脚踏地球
南北两极

李文祺　著

上海文艺出版社
Shanghai Literature & Art Publishing House

序一　时代传奇的足迹

周瑞金

　　中共上海市委宣传部委托上海文化基金会评审，公布了 2022 年度第一期资助名单，李文祺的长篇纪实文学《脚踏地球南北两极》赫然在目。我正在为老同事、老朋友李文祺感到高兴，想不到作者将这部书稿的电子版发到了我的手机，嘱我为之作序。

　　我与作者有不解之缘。1966 年夏，中共上海市委决定从上海工厂、郊区农村和当年高中应届生中，选调四十多名青年人进《解放日报》社"掺沙子"。20 岁的农民之子李文祺，就与其他六位农村青年一起被选进《解放日报》社。他们当时多数是初中毕业，务农两年以上，是公社或大队的团委干部，所谓"根正苗红"的接班人。原来，报社党委有他们的培训计划，先跟老记者跑二三年，然后送北京中国人民大学新闻系带职培训二三年，这样花五年左右时间，他们就可以成为独当一面的党报记者了。

　　想不到事与愿违。1967 年"一月夺权"风暴席卷报社，不但原来培训计划泡汤，有人还以"旧市委派来的修正主义接班人"为由，要将他们赶回农村去。当时报社许多老编辑老记者同情"农村七青年"，起来维护"农村七青年"的权益。经过两个多月的斡旋，通过各种途径，终于把"农村七青年"留了下来。我那时正在农村部当记者，自然与他们在一起成为"一条战壕里的战友"。在这场去留斗争中，李文祺显露出敢于负责、迎难而上、有勇有谋、不屈不挠的优秀品格，给我留下深刻的印象。后来，我经常与他们一起下乡采访，共同切磋业务，帮助修改稿件，在生活上相互关心。从此，我们结成的情谊一直保持了几十年。

挫折与困难磨砺人的意志和毅力。李文祺在"文革"时期经受了政治与业务双重的艰难困苦磨炼。他憋足一口气，认真学习，刻苦钻研，积极投入采写实践，善于拜师求教，兼收并蓄，为在新闻舞台上崭露头角夯实了基础，准备了条件。终于在我国进入改革开放的历史新时期，迎来新闻工作的春天时，他敏锐地抓住机遇，迸发出自己的才智光芒，在新闻生涯中迈出了关键而灿烂的一步。

这就是 1984 年 11 月，在他积极争取下，作为地方媒体记者代表参加了我国首次南极科学考察队的采访活动。这次采访横渡太平洋，穿越西风带，挺进南极圈，建设长城站，顶大风，战涌浪，随"向阳红 10"号考察船航行十万八千海里。就在危象丛生、生死搏斗的第一线，李文祺拍下了惊心动魄的《在巨浪中》新闻好照片，发出了"记者赤脚涉冰水，协同把五星红旗插上南极大陆"的振奋人心好新闻。这次南极采访，李文祺甘冒风险，不怕牺牲，临行前留下放大照片，写下"遗嘱"向妻子告别。他信念坚定，勇于拼搏，冲在艰险第一线，出色地完成了报道任务，完成了市科研部门交代的标本采集任务，获得了国家海洋局和南极考察委员会三等功表彰，《解放日报》社给他记了大功，他还受到全国记协通报表彰。回报社后他又撰写出版了《南极之行》《南极掠影》两本书，举办了南极摄影展览，在上海乃至全国产生了广泛影响。

机遇永远属于有心人、有志人。不想十五年后，年过半百的李文祺又获得了一个百载难逢的机遇，有幸参加了 1999 年中国首次北极科学考察队的采访活动。这次随"雪龙"号考察船北上北冰洋，历时 71 天，航行 14180 海里，发回 138 篇报道，4 个版彩色照片。他还与同船 20多个新闻单位的记者展开友好竞争，抢发了不少独家新闻。李文祺每天凌晨一时和下午一时按时向《解放日报》和《新闻晨报》供稿，因此每天睡眠只有两三个小时，71 个日日夜夜几乎靠服药、打针维持下来。《解放日报》和《新闻晨报》两报编委会发给李文祺的慰问电中，充满感情地说："你在长达两个月的采访过程中，深入第一线，不惧困难，不怕危险，不顾疲劳，时刻将完成采访报道任务放在第一位。你的敬业精神和长年采访中形成的优良作风值得表彰！"李文祺在总结自己南北极采访之行时，坦陈："（我的成功）既来自领导和同事们的关心和帮助，也来自我的勇气，就是不怕苦，不言累，不畏难，不惧死。"

出色完成北极科考采访活动，使李文祺在15年内走到了地球的南北极，成为中国唯一参加过首次南极考察和首次北极考察的新闻记者，被誉为"脚踏两极第一记"。他攀登了极地考察新闻采写的高峰，载入了中国新闻史册，也为《解放日报》社和上海媒体赢得了荣光！

值得一提的是，李文祺亲历从"神一"到"神六"的采访，在酒泉卫星发射中心留下无数足迹，这段经历也堪称传奇。他从1988年开始报道上海制成我国第一颗气象卫星等新闻，获得上海市科技好新闻一等奖。后来连续跟踪报道长征四号火箭送风云一号气象卫星上天，以及发回气象云图信息等新闻。新世纪前夕，李文祺多次往返大漠深处的中国酒泉卫星发射中心，从1999年神舟一号宇宙飞船发射，到2005年神舟六号载人飞船上天返地，他连续跟踪报道了每年一次的"神舟"系列飞船的成功发射盛况。就在2005年10月，年近花甲的李文祺乘车前往"神六"发射架附近采访地点，突然发生车祸，胸椎骨折，倒地起不来了。在离飞船发射只有一个多小时的紧急情况下，他强忍着疼痛，招呼车上战士把自己架起来，双手拉着扶手，一步步移至汽车中间靠窗坐下，头枕照相机包，尽力挺起头颈，脚蹬座椅，打开车窗，屏住呼吸，全神贯注，左手支撑，右手架着相机，一听到"点火"口令，说时迟那时快，按下快门，为《解放日报》提供了近距离的清晰的"神六"升空照片。拍完照片，他人瘫在车上，立即被战士抬上担架，乘飞机送回北京医院救治。

从南北极地科考采访，到"神舟"系列飞船的连续报道，显示了李文祺高度的事业心、责任感，出色的采写才干，优良的采访作风，无畏艰险困苦的敬业精神，以及埋头苦干、公而忘私的高尚品格。回想他本是农家弟子，又是青年农民，没有受过正规的新闻专业训练，以初中文化程度起步，来到上海市委机关报（20世纪80年代中期他曾在职进修于黄浦区工大取得大专文凭），投身于新闻采写实践和社会大课堂，亲历了从"文革"到"改革"的大熔炉的砥砺与锤炼。跨进新世纪，他被破格评定为高级记者，升任《解放日报》驻北京办事处主任，荣获了范长江新闻奖，终于成长为出类拔萃的优秀党报工作者。李文祺的事迹，堪称时代传奇！

客观说来，李文祺的足迹，反映了我们时代的风貌。正是波澜壮阔的改革开放伟大时代，催生了我国南北两极的科学考察，推动着航天事业的飞速发展，激励了千千万万有志奉献者的聪明才智。李文祺这才有了施展自己才干的大动力、大机遇、大舞台。离开了传奇式的高歌行进的改革开放时代，显然也就没有了李文祺的新闻传奇。从这个意义上说，确实是时势造英雄，英雄获机遇创业绩。李文祺自己也说："我留恋这一段风华岁月，我感谢时代，感谢机遇，感激领导和同事，我也满意自己的创造，留下了一个美丽的回忆。"

荀子云："无冥冥之志者，无昭昭之明；无惛惛之事者，无赫赫之功。"李文祺的足迹，交织着理想与奋斗，梦想与实干，进取与拼搏，成功与感悟。他志存高远，执着追求，自立自强，有着坚定的人生信念。他拥抱改革开放，敢于迎接挑战，勇于接受艰苦采访任务，有强烈的事业心和创造欲。他清醒地认识到：要想得到别人得不到的东西，就得付出别人不愿意付出的心血；不努力争取，再好的机遇也会稍纵即逝；没有了压力也就没有了动力，没有了动力，也就发掘不出潜力。他从实践中得出结论：不是世上伯乐太少，而是自己埋没了自己。"平平淡淡出不了好记者，庸庸碌碌写不出好新闻。"从这个意义上说，也是英雄造时势，李文祺以自己心血和汗水烙印的足迹，创造了时代的传奇！

作为新闻人的李文祺，他的时代传奇足迹，确实生动形象地启迪人们，新闻推动社会进步。只要社会还存在对公平正义的不懈追求，还存在对公共事件的好奇打量，还存在对众说纷纭的求证渴望，作为瞭望哨的新闻记者，就大有英雄用武之地。"关键时刻，我在现场！"记者就应当在现场报道事实，尊重事实，还原真相，探究真相。这是新闻的强大生命力所在，也是记者的党性自觉、职业精神、自律意识、专业水准和公信力所在。

作为新闻人的李文祺，他的时代传奇足迹，确实生动形象地告诉人们，人生成功的价值，不在于赚多少钱，做多大官，住多好的楼房，开多靓的轿车，而在于怎样做人。做一个有抱负、有追求、有操守、有道德境界的人，尽自己最大努力，做对社会对国家对民众，也对自己和家庭有益的事。用平凡与传奇编织自己的人生，用奉献与拼搏书写自己的业绩，让希望与进取充满自己的生活，无怨无悔、无愧无憾地铸造自己的人生。这才是李文祺时代传奇足迹的实质所在，也正是我们应当共同追求的人生价值观。

有位哲学家说得好："从长远看，做事的结果终将随风飘逝，做人的收获却能历久弥新。如果有上帝，他看到的只是你如何做人，不会问你做成了什么事。在他眼中，你在人世间做成的任何事都太渺小了。"这话包含有深刻的人生哲理。做人是一生的事业，每个人都有自己的人生足迹。成功的标准不止一个，成功的途径也不止一条。因此，只要自己奋斗过，追求过，努力过，多做好事善事，就可以达到人生的理想境界，至于所做的事得失成败反而显得不重要了。这就是人生的真谛。

诚如作者自己所说："成长之路上的足迹，不求每一个足迹写下的都是甜蜜与欢乐，但求无悔于每一个足迹；不求每一个足迹留下的都是幸福与微笑，但求无愧于每一个足迹；不求每一个足迹记下的都是美好与痛快，但求无憾于每一个足迹。"我相信大家都会同感于作者的无悔、无愧与无憾，都会赞叹作者的理想、奋斗与成功！

定稿于 2022 年 10 月 14 日

作者为《人民日报》原副总编辑

序二　他感动了中国

—— "五极"记者李文祺

贾树枚

《解放日报》高级记者李文祺，有着丰富的经历，多彩的人生，献身新闻事业无怨无悔，深入现场采访出生入死，爱岗敬业，追求卓越，登上了记者生涯的五个"极点"，创造了非凡的业绩，做出了重大贡献，被称为感动了中国的"五极"记者。

哪五个"极"？

壮士慷慨闯南极

1984 年春，我国首次派出的远洋科学考察船赴太平洋调查海底锰结核胜利归来，国家海洋局东海分局局长董万银在船上接受记者采访，采访结束，在聊天时不经意地提到："我们今年还有项重大任务——到南极考察。"

在场的其他人没注意这句题外的插话，长期从事科技报道的李文祺打了一个激灵，问董局长："派不派记者去？我能不能去？"董局长答应道："我们欢迎，但要你们单位提申请。"

李文祺立刻向报社领导汇报："这是我们国家首次去南极考察，机会难得，希望报社派我随船报道这次科考盛举。"

时任总编辑陈念云、部主任余建华立即表示支持。申请报告送上去，国家海洋局很快批准，但提出：此行任务艰巨，参加者必须身体健康、业务熟练，还要面对困难，不怕牺牲，不但要完成采访报道任务，还要担任装卸工、搬运工。是年38岁的李文祺年富力强，自小在家中干农活，从不知道苦和累，怕什么？就这样，他成了中国首次南极科考队的一员。

党和国家领导人在人民大会堂为科考队送行，语重心长地叮嘱："希望你们平平安安地去，平平安安地回。"

李文祺深感责任重大，壮志满怀，但内心深处也作了各种准备。他看到，许多队员在登船前写下了遗嘱，船上准备了收尸袋，万一遭遇不测，就有去无回。

离家前，李文祺拿着外交部发的公务护照到南京路王开照相馆拍了张12英寸的大照片，对妻子彭银芳说："想我的时候看看照片。"妻子看着照片仿佛猜到了什么，怯生生地问："不要去了，行不行？"李文祺流着眼泪坚定而又乐观地说："就像解放军战士上战场，只能前进，不能后退，不去，就是逃兵。我是代表国家、代表中华民族去的，你放心，我一定会平安回来。"

上海市科技协会领导和三十多位科技记者走过弯弯曲曲的乡间小路，到李文祺家中为他送行。《文汇报》摄影记者臧志成听说李文祺结婚时连结婚照也没拍过，特地把李文祺和妻子、女儿叫在一起，拍了张"全家福"。事后，臧志成悄悄地告诉李文祺："那张照片是为你万一回不来作纪念的。"

11月20日，"向阳红10"号科考船离开上海，出东海，跨大洋，过赤道，穿越西风带，狂风暴雨，惊涛骇浪，考验着每个人的体力和意志。

船上用水配给，考察队员半年没洗澡，头发胡子长得像野人。李文祺忍受着晕船、呕吐、失眠、厌食的折磨，每天向报社发稿，国内的千千万万读者，通过报纸关注着科考队的行踪。

在南大洋上，"向阳红 10"号遭遇极地大风，风速达每秒 34 米，而 12 级风也不过每秒 32.4 米。往日昂首挺胸的科考船，一会儿钻进波谷，一会儿又被抛上浪尖。144 米长、14 米高的涌浪与船头相撞，溅起几十米高的浪花，船体剧烈颤抖，左右摇摆达 70 度，舱室内瓶飞椅倒，人仰马翻，船体发出咔嚓咔嚓的响声。更严重的是，第 5 层甲板有 6 处裂开！主甲板两舷加强柱有 4 处裂缝！后甲板进水！船上雇佣的阿根廷顾问和直升飞机驾驶员，穿上救生衣，想登机逃走，但无法起飞，就跪在甲板上，左手拉着扶手，右手在胸前画十字，口中念念有词，祈求上帝保佑。

考察队队员坚守着岗位，与风浪殊死搏斗。

在船长室，48 岁的船长张志挺双手紧握罗盘，神情专注，沉着应对，果断地发布口令：左满舵，右满舵，右桨停，左桨停，左车进一，右车退二！大副、二副、三副站立两旁，协助操作，一丝不苟。船员们高喊："船在人在，人在船在！"

李文祺冒着被风浪卷走的危险，抓着栏杆，从船舱爬到驾驶室，从船头到直升飞机平台，手持国产海鸥相机拍摄船员们与波浪生死搏斗的场面。

与暴风搏斗 15 个小时，冲出暴风圈，抵达乔治王岛民防湾，船员们高呼："船长万岁！"

回到船舱，李文祺趴在地板上，写下了通讯《在沧海横流中》，连同《在巨浪中搏斗》的大幅照片，发回报社，及时刊登在《解放日报》上。

历尽千辛万苦，科考船驶进南极圈，在乔治王岛上建起了有史以来第一个中国南极科考站——长城站。

船员们站在长城站前，遥望南极大陆，感慨万千。李文祺等 6 名记者向总指挥建议："我们已经来到了南极，但尚未登上南极大陆，我们能否再前进一步，把国旗插上南极大陆？"船长采纳了这一建议，组织了 36 个人，穿上救生衣，上了登陆艇，向南极大陆进发。

环顾四周，是一座座千姿百态的冰山，寒光闪烁，晶莹剔透。突然，一座巨大的冰山向一旁倾倒，翻了个大跟头，发出轰隆隆的巨响。这是因为冰山底部在海水的冲刷下逐渐融化，头重脚轻，以致倾斜翻倒。

队员们无心欣赏这一南极奇观，万一小艇被翻跟头的冰山压着，非完不可！

小艇避开冰山，曲折前行，不料水中又冒出几个庞然大物——原来是巨鲸。它们一个个喷出十多米的水柱，黑色的尾巴一摆一摆，打出一个个漩涡。巨鲸虽然不会伤害人，但如果过于靠近，小艇也有被卷进漩涡的危险。

小艇迂回前进，驶向岸边，又在沙滩上搁浅。队员们穿上高到膝盖的防滑防冻防水靴，涉水上岸。记者们穿的是棉鞋，怎么办？李文祺等人脱下棉鞋，鞋带一系背在肩上，赤脚下水，走过浅滩。冰水刺骨，浑身打寒战，牙齿碰得咯咯响。上陆后穿上棉鞋，竟觉得双脚热得发烫。

队员们把五星红旗插上了南极大陆，创造了又一个奇迹。

回程中，因为登陆艇搁浅在浅滩上，队员们都脱了鞋，赤脚下水把登陆艇推入深水，再登艇回到科考船。

李文祺把这段经历写成一篇通讯发回报社，发表后荣获全国好新闻一等奖，时任国务委员宋健亲自向李文祺颁奖。

南极考察两个半月，航行十万八千里，李文祺发回了近百篇消息和通讯，国家海洋局和南极考察委员会为他记了三等功，《解放日报》为他记大功。上海教育出版社把他的作品汇编成《南极之行》一书出版发行，由时任上海市市长汪道涵题写书名，时任市委宣传部副部长龚心瀚作序，新闻出版署、团中央、国家教委授予"全国优秀图书奖"。李文祺在南极拍摄的照片编成《南极掠影》一书出版，上海图书馆举办了"李文祺南极摄影展"，为这次南极之行画上了一个圆满的句号。

北极再奏凯旋曲

南极归来，"不甘寂寞"的李文祺又做起了"北极梦"。

15年后，梦想成真。

1999年，国家启动北极考察计划，国家海洋局组建新闻报道组，第一个邀请李文祺："这次去北极，因为国家没有预算，采访记者每人要交10万元，你李文祺来，只要5万元就行了。"

年过半百的李文祺再一次热血沸腾。但那时的李文祺实在拿不出5万元。无奈之中，他找到报社领导："能不能我自己出一点，报社出一点，我再找朋友赞助一点，让我参加北极采访？"报社领导一听，说："不要这一点那一点了，你作为报社的特派记者去采访，费用全由报社承担。"

1999年7月1日，"雪龙"号从上海外高桥码头出发，李文祺是船上唯一采访过南极又参加北极采访的中国记者。来自中央和地方媒体的记者们称他是"脚踏两极第一记"，推选他担任记者组临时党支部书记。

穿过白令海峡，进入北冰洋，洋面上一会儿风平浪静，波澜不惊；一会儿风起云涌，浓雾茫茫。直升机常常起飞时艳阳高照，回来时浓雾弥漫，找不到甲板。李文祺的报道任务也更重了，他同时担任了《解放日报》和《新闻报》晚刊的特派记者，还承担了向《北京晚报》发稿的任务。他把每天的工作分成两段：下午到晚上12点发生的新闻，发给《解放日报》，凌晨到中午12点发生的新闻，发给《新闻报》晚刊。为了与报纸截稿时间相接，他每天固定在下午1点和凌晨1点发稿，雷打不动。船上71天，李文祺向《解放日报》发稿68篇，向《新闻报》晚刊发稿70篇，还拍摄编发了4个版的彩色画刊。由于工作时间长，睡眠少，人体生物钟被打乱，内火重，几乎天天吃药、打针，一坐就疼。

1999年7月18日，雪龙号驶近北纬66°，扩音器里响起考察队报务主任的声音："前方发现北极熊！"船上的20多名记者立即穿上考察服，拿上照相机、摄像机，冲出舱室。李文祺第一个冲到船头。

"雪龙"号减速，慢慢向冰原靠近。北极熊是北极地区最大的食肉动物，全身披着厚厚的白毛，仅鼻子留着一撮黑毛。只见远处浮冰上一群北极熊有的在轻松自如行走，有的在晒太阳。李文祺举起相机，拍下了一幅幅动人的画面，一看手表，已经过了晚报截稿时间。他返回船舱，直奔报务室，通过卫星电话拨通了报社，找到《新闻报》晚刊副主编胡廷楣："我口授，请你记录。"终于抢时间在全国媒体中第一个发出了科考队发现北极熊的报道。

北极归来，上海科技出版社把李文祺关于北极的报道汇编成《来自北极圈的电讯》一书，出版发行。上海自然博物馆举办了"李文祺北极摄影展"，为李文祺的北极之行再次画上圆满的句号。

航天事业见证人

如果说南极、北极是地球的两个地极的话，那么浩渺无垠的太空无疑就是地球的第三极了，航天，就是向第三极进军。

李文祺感到幸运的是，他参与了神舟一号到神舟六号宇宙飞船发射的报道，是我国航天事业发展的见证人。

1999年11月20日，李文祺第一次来到大西北的戈壁滩。凌晨6时，我国第一艘宇宙飞船——神舟一号在酒泉航天发射场升空，飞行20小时后，于21日凌晨3时40分返回。一般情况下，凌晨3时许当天出版的日报早已开印。在现场采访的李文祺目睹飞船着陆，争分夺秒，写好报道，传回报社，在当天的《解放日报》第一版刊出了神舟一号胜利返回的消息。

2001年1月10日和2002年4月1日，李文祺在现场报道了神舟二号、三号的发射和返回。

2002年12月和2003年10月，李文祺报道了神舟四号、五号宇宙飞船的圆满成功。

2005年10月12日，59岁的李文祺再次走进巴丹吉林沙漠腹地，采访神舟六号发射。汽车在凹凸不平的公路上疾驶，李文祺双手紧抱着相机，坐在最后一排。突然，一次剧烈的颠簸，李文祺头碰上车顶，又重重地摔回座位，头部、背部、腰部疼痛难忍。汽车已到了离发射架只有 1000 米的指定地点，同行们纷纷下车寻找有利地形，李文祺却瘫在车上，无法动弹。离神舟六号发射只有一个多小时了，他招呼随车战士把自己架起来，勉强移动到汽车窗口，头枕照相机包，脚蹬座椅，打开车窗，在窗口架好相机，对准发射架，拍下了飞船发射的瞬间。照片非常清晰，但如果仔细看可以发现，角度稍微有点斜。这个轻微的倾斜，记录了摄影者的非凡经历。

就在当天，李文祺的妻子彭银芳和《解放日报》驻京办事处的工作人员一起，上街向北京市民散发刊登李文祺撰写神舟六号胜利归来的《解放日报》号外，有人走过来悄悄地告诉她，李文祺出事了……话没说完，彭银芳已泪流满面。

这时的李文祺，已被送进当地的部队医院，经检查，胸椎 12 级压缩性骨折，一截胸椎被压进去了近二分之一，尾骨碰伤。在部队医院住了 8 天，仍然不能动弹。李文祺想回北京，医生说，去机场的路况不好，再有闪失，下半身将全部瘫痪。

李文祺急于回京，医院用木板做了副担架，把他捆在木板上，抬上救护车，再抬上飞机，飞回北京，住进同仁医院。李文祺在那里治疗、休养了好几个月，出院时被定为 9 级残疾，至今阴天下雨腰部、背部还隐隐作痛。

庆功宴上，时任总装备部部长曹刚川和政委李继耐、副政委朱增泉特地把李文祺拉到桌旁，高兴地说：《解放日报》立了一功！

三大会议铸春秋

如果说北京是中国的心脏，那么"三大会议"——全国党代会、人民代表大会和政协会议就是心脏跳动的最强音，是铸造中国历史、影响世界走向的大事。对三大会议的报道历来是新闻界的重大战役，全国乃至世界性大媒体，无不派出精兵强将，安排大量版面和时段，抢占新闻报道的制高点。

世纪之交的20年间，李文祺先后担任《解放日报》驻京记者和驻京办事处主任，参加中共十四大、十五大、十六大和历年人民代表大会、政协会议的采访报道工作，对中国政治、经济、文化发展的大局和走向，党和政府最高层重大决策的经过，忠实地做了记录和报道，产生了广泛的社会影响。

在这些报道中，他记述了江泽民总书记与上海代表讨论如何发挥带头羊作用，更好地为长江经济带和全国服务，与文艺界代表讨论继承和创新的关系，与教育界代表讨论如何从应试教育转为素质教育；记述了胡锦涛总书记在酒泉飞船发射场与航天英雄杨利伟亲切握手，送他登上神舟五号飞船的动人场景；记述了政协委员视察三峡工程，参与重大决策等重大事件……

在李文祺的笔下，还记述了钱学森、周光召、宋健、徐匡迪、朱丽兰、王选等著名科学家畅谈科学精神，探索可持续发展的战略，以及节能环保技术、纳米技术、科技住宅、绿色建材、大规模并行计算机系统、生物雷达、高产水稻研究等等。

有兴趣的读者可把《京城纪事》一书找来看看，那里收录了李文祺作为《解放日报》驻京记者写下的数百篇纪实作品。

扎根群众写传奇

李文祺从业40年，20年上海，20年北京，走南闯北，见多识广，采访风云人物，结交天下豪杰。他采访报道的对象，从党和国家最高领导人到来访的外国政要；从科技界泰斗、演艺界明星、奥运会冠军，到劳动模范、战斗英雄，但他的根却深深地扎在基层，他的心紧贴着普通百姓。

40 年记者生涯，让李文祺最感动、最自豪、投入精力最多的，是他与一个普通工人发明家的交往和对他的报道——这个人就是包起帆。

李文祺是第一个采访报道包起帆的人。

包起帆是 1967 届初中毕业生，1968 年进上海港务局白莲泾码头做装卸工。那时，木材、钢铁等散货的装卸全靠人工操作，不但劳动强度大，而且工伤多。他目睹 3 位工人兄弟死于木材装卸，许多工友在工作时受伤致残，他自己的大拇指也在劳动时被压伤。他怀着"让码头工人远离死神"的强烈使命感，投身抓斗工艺改进、港口装卸、集装箱堆场和集装箱电子标签系统攻关，数十年如一日，勤奋学习，刻苦攻关，成为国内外知名的工人发明家。

粉碎"四人帮"后，迎来了科学的春天。上海市要表彰一批科技创新的先进人物，李文祺找到了包起帆，多次采访，写成通讯《从装卸工到发明家》，《解放日报》刊登在一版头条。这是媒体对包起帆的第一篇报道，后来荣获上海好新闻二等奖。

李文祺和包起帆惺惺相惜，从采访和被采访关系变成了亲密无间的朋友。

20 多年来，包起帆先后完成 120 多项发明创造，荣获 3 项国家发明奖，3 项国家科学技术进步奖，18 项省部级科学技术进步奖，30 项国际发明展览会金奖。

中国拥有世界最大的集装箱吞吐量，但没有制定过任何一项国际标准，这个尴尬的纪录被包起帆打破。他和他的团队从 2001 年起潜心研究电子标签技术，面对西方的垄断和质疑，多次邀请国际标准化组织（ISO）专家来上海考察电子标签应用情况。面对事实，西方专家从最初坚决拒绝到最终愿意与中方一起制定国际标准。2011 年 12 月 29 日，国家标准化管理委员会与交通运输部在北京宣布，国际标准化组织已投票通过并颁布由包起帆领衔制定的《ISO 18186：货物集装箱 -RFID 货运标签系统》，使这项标准升级为国际标准。

包起帆从一个装卸工，成了教授级高级工程师、国内外知名的"抓斗大王",专家们称他推动了"一场改变人们运输方式的革命"。

20多年中,李文祺追踪着包起帆的足迹,报道了他的每一项重大发明创造活动。他还主编了图文并茂、100多万字的《抓斗大王包起帆创造发明历程》《抓斗大王包起帆创新实践历程》《抓斗大王包起帆——感动中国的人》《改革先锋包起帆》四本书,由上海科技出版社出版,令包起帆的传奇经历、崇高精神和光辉业绩广为传播。吴邦国委员长亲自题写了书名。他还主编出版了连环画《抓斗大王包起帆》。

李文祺的拼搏精神和骄人业绩也感动了无数人,也因此荣获上海范长江新闻奖、上海大众科学奖,被选为上海科技传播学会副理事长、中国科技新闻学会理事、中国科普作家协会理事、中国教育记者协会理事、中国环境记者协会理事、上海科普作家协会会员、上海作家协会会员,等等。

李文祺在记录历史的同时创造了自己的历史,在书写他人传奇的同时撰写了自己的传奇。

作为一名记者,李文祺用自己的心血、汗水和奋斗,感动了中国。

2022年冬
作者系中共上海市委宣传部原副部长

前　言

地球，神奇美妙。

人类居住的星球，看到的是连绵不断的高山，一望无际的大平原，望不到边的沙漠戈壁，广阔无垠的大海……

要是坐上飞机，从空中往下看，更会感到大地真是辽阔无比。

地球究竟有多大？科学家曾经计算过，它的表面积约 5.1 亿平方千米，体积约为 10800 亿立方千米，重约 60 万亿亿吨。

假使从它的最北端的北极一直向南走，到达它的最南端的南极，得有 2 万千米。这么远的路程，要是按每天行程 50 千米步行，就要连续不断地走上 400 天。

要是坐上一架每小时能飞行 800 千米的喷气式飞机，也得 25 小时才能到达。这还只是地球的半个圆圈。

假如沿着它的最大纬线圈——赤道，向东或向西行，整整飞行一圈，再回到原出发点，那就需要 50 多个小时，要连续飞行两天多。当年航海家麦哲伦率领船队绕地球一圈是花了近三年时间的。地球之大可想而知。

如果拿面积相比，整个地球面积相当于中国领土面积的 53 倍，是英国本土面积的 2000 倍。但地球表面这么大的面积只有 29% 是陆地，71% 都是海洋。

地球的大小，可以用一些指标的数量去描述：

地球的平均半径为 6371.004 千米；

地球的赤道半径为 6378.140 千米；

地球的极地半径为 6356.755 千米；

地球的平均密度为 5.518×10^3 千克／立方米；

地球的质量为 5.974×10^{24} 千克；

地球的表面积为 5.11×10^8 平方千米；

地球的体积为 1.083×10^{12} 立方千米。

用举例的方式来解释，假设一个人日行 50 千米，从地心走到地表要走 127 天，绕地球一圈要走 801 天。2300 多万人手拉手站成一圈，才能把地球围住。按全世界人口 50 亿计算，人均占有地表面积仅 0.1 平方千米，若只计算陆地面积，人均占有不足 0.03 平方千米。与太阳系其他行星比，地球的体积比最小的冥王星大 110 倍，是最大的木星的 1／1316。地球的体积比月球大 48 倍，是太阳的 1／130 万。

地球是一个太空漂浮的石头，一颗隶属于太阳系的对人类很重要的行星。它的形状像一只悬着的鸭梨，它的赤道部分鼓起，是它的"梨身"；北极有点放尖，像个"梨蒂"；南极有点凹进去，像个"梨脐"，整个地球像个梨形的旋转体。

宇宙周围一片幽深的黑暗，群星散发着迷人的淡白色光芒，但一切都不及地球，那么美丽无瑕，通透晶莹。那淡淡的水蓝色带给她静谧之美，那交错的纹路让她更显沧桑、神秘而不可捉摸，美丽且耐人寻味。这就是我们的地球，人类的母亲，生命的摇篮。

当人从茫茫太空观察地球时，最耀眼夺目的是两极，那熠熠闪亮的白色。

南北极，是地球上的最南端和最北端，同样是世界上最寒冷的地方，每年有一半的时间，太阳根本无法照射到地面，完全处于黑暗之中，称为"极夜"，剩下的另一半时间，太阳从早到晚都挂在天上，不会落山，称为"极昼"。北极"极昼"和"极夜"的时间和南极正好相反。北极的中央大部分地区都是由冰川组成。冰川，就是冻结的水，像高高的山峨一样耸立在那里，可别小看了这些冰川，它可是储藏着全世界大约 70% 的淡水呢！

人类为了征服南北两极，数百年来进行了艰难的探险。中国也加入了世界探险的队伍。

1984年11月，中国派出第一支南极考察队，至今已有40年啊！中国南极考察年复一年。中国在南极事务中有了自己的地位。

1999年7月1日，中国派出第一支北极考察队，至今已有25年！中国北极考察年复一年。中国在北极事务中有了自己的地位。

从"向阳红10"号科学考察船，到"极地"号科学考察船，再到"雪龙"号、"雪龙2"号科学考察船，一代胜过一代。"雪龙"是在地球两极雪天冰海中穿行的中国"龙"。2022年，"雪龙"和"雪龙2"号，双龙完成中国第40次南极考察任务后凯旋。

现在，中国已拥有一个基地——中国极地研究中心。

南极有了5个考察站：长城站、中山站、泰山站、昆仑站和秦岭站。

首架极地固定翼飞机"雪鹰601"，对南极进行大规模航空科学调查，测线长度达两万千米。2018年，中国建造的"雪龙2"号破冰船下水，2019年首航北极，进行中国第十次北极科考，2023年7月进行中国第十三次北极科考。2024年7月将进行第十四次北极考察。

北极已经建立2个考察站。在综合考察研究、观测平台建设和国际科技合作等方面取得了显著成果，进一步提升了我国北极科学研究水平和创新能力，以及在国际北极事务中的影响力。

极地-海洋观测系统平台形成，有了一支门类齐全、体系完备的科研队伍和一批重点实验室。涵盖空基、岸基、船基、海基、冰基、海床基的国家南极观测网，使"中国极地考察进入了海陆空立体化协同考察的新纪元"！

中国极地考察，我是一个亲历者；中国极地考察取得的辉煌成就，我是一个见证者。

我有幸参加了中国首次南极科学考察队，更有幸参加了中国首次北极科学考察队，在中国新闻界中参加中国南北极首次科学考察队的记者，我是唯一，同行们赞誉我为"脚踏两极'第一'记"。我之所以能成为"'第一'记",一是国家改革开放,有了科学的春天;二是有《解放日报》的领导和同事的关心、帮助、鼓励;三是自己抓住机遇,不怕险阻,不怕牺牲,勇往直前,努力奋斗,不断进取;四是家庭的支持。

我在两个第一次里,置身于考察队员之中,与他们同甘共苦。用日记记下了科考队员们一路风险、一路拼搏、一路艰辛、一路风光、一路考察、一路快乐的人和事,并把自己的成长融入了故事。

> 参加中国首次南极考察和中国首次北极考察队证书

目 录

第一章　机遇

第二章　神奇的南极洲

第三章　南极在召唤

第七章　凯歌还

第八章　向北极进军

第九章　组建中国首次北极科学考察队

第十章 向北挺进

第十一章 被冰雪覆盖的大洋

第十二章 科考开始

第十三章　北进　北进

第十四章　联合行动

第十五章　凯旋

第一章

机遇

来自饭局中透露的重要信息

　　国家海洋局东海分局是国家海洋局派驻东海区的海洋行政管理机构，1984 年 5 月 7 日，派出"向阳红 16"号科学考察船，赴西北太平洋执行深海锰结核考察任务。

　　1984 年 7 月 11 日，中国首次大洋多金属结核资源专项调查顺利结束，考察船队返回上海。东海分局举行新闻发布会，邀请上海新闻单位的科技记者，到停靠在黄浦江上的"向阳红 16"号船上采访。

　　东海分局局长董万银宣布：本次调查历时 66 天，航程 14200 海里，调查面积 80 万平方千米。此外，这次还大量获得了这一洋区的重力磁力、海底沉积、水文、水深、气象等自然环境要素资料，为我国后来确定在太平洋中部矿区进行研究，并最终拥有专属勘探权和优先商业开采权的 7.5 万平方千米奠定了基础。这次考察是我国第一次派单船到西半球的太平洋区进行科学活动，通过这次考察，为进一步推进我国对大洋锰结核的调查和研究开发工作，提供了重要的科学依据；也为我国锰矿业的发展，做出了新的贡献。锰结核所含的金属钛密度小、强度高、硬度大，广泛用于航空航天工业，有"空间金属"美称，用于制造坦克、钢轨、粉碎机等，堪称"取之不尽，用之不竭"的金属矿物资源。

这是一个值得报道的消息，各个媒体的记者都很兴奋。中午董局长设饭局，招待记者在船上用餐。大家说说笑笑，举杯祝贺中国锰结核调查取得重大成功。

席间，董局长兴奋又不经意说了一句话："今秋我国还有更大的考察行动呢！"其他记者没有听进去，坐在董局长身旁的李文祺听到了。

"董局长，什么考察行动？"李文祺悄悄问了一句。

"党中央、国务院决定组建中国首次南极考察队，到南极考察建站。"董万银局长向李文祺透露了一个国家行动。

李文祺立即说："派不派记者去？"

"派，当然要派。"董局长回答说。

"我去行不行？"

"只要你们单位打报告到国家海洋局，我看问题不大。"

在欢乐庆贺之中，一个重大行动在争取。

因为，南极考察在中国是首次，是国家的一个重大行动；考察队从上海出发，全国关心；考察船是上海江南造船厂生产的，能否成功完成考察任务，全世界关注；作为上海的党报——《解放日报》不能没有记者参加。

李文祺一回到报社，立即向科教部主任余建华作了汇报。余主任说："好啊，好啊。"并要他再去国家海洋局东海分局，把情况了解得更为详细后，立即向报社党委报告。

第二天，李文祺从延安东路乘渡轮过江，在陆家嘴公交终点站乘 85

路公交车，沿着浦东大道一直往东到高桥站下车，找到东海分局宣传处王处长，向他说明来意。他报告董万银局长后，董局长热情接待李文祺："真想不到，《解放日报》反应如此之快。"

董局长详细介绍了以下情况，早在 1977 年 5 月 25 日，国家海洋局党委提出了发展计划：查清中国海、进军三大洋、登上南极洲，到本世纪末在海洋调查科学技术上，接近、赶上和超过世界先进水平。南极考察建考察站成为国家宏伟目标。全国科学大会后，王富葆等 32 位获得竺可桢野外科学工作奖的科学家，以"向南极进军"为题，联名致信党中央和国务院，中国要到南极建站，进行科学考察。他们情真意切地说："为祖国、为人民、为子孙后代，希望党中央早做决定。我们随时听从祖国召唤！"

1984 年 6 月 12 日，国家海洋局、国家南极考察委员会、国家科委、中国人民解放军海军、外交部联合上报国务院、中央军委《关于我国首次组队进行南大洋和南极洲考察的请示》。

很快，6 月 25 日，国务院批准了这个报告。紧接着，国家海洋局向有关单位发出《关于执行南大洋和南极洲考察任务的通知》，并附《南大洋和南极洲考察人员体检要求》和《南大洋和南极洲考察人员简历表》。

此次考察使用工具为江南造船厂生产的"向阳红 10"号科学考察船。此船为万吨级，可以在冰区以外的任何海区航行作业，续航力为18000 海里，运输货物 2000 立方米，通信导航设备比较先进，远洋科学考察仪器设备比较完善。但要进行适当改装和维修。

考察船队从上海黄浦江出发，考察任务完成后再返航上海黄浦江。

入选考察队

在李文祺详细了解中国首次南极考察建站的目的意义和考察航线等具体情况后，1984年8月14日，科教部正式向报社党委报告，郑重提出派一名记者随科学考察船采访。

《解放日报》党委的反应极快。当天晚上，在《解放日报》三楼会议室召开党委会，进行专题讨论。大家一致认为，中国进行南极考察建站是中华人民共和国的一件大事。考察船队从上海起航，在南极完成任务后返航回上海，上海人民肯定关注。作为上海的第一大报一定要派出记者随船队采访，从第一线报道实况。但派谁去呢？

这个采访线索是李文祺得来的。他又是采访科技领域的记者，他去顺理成章。党委会一致同意，作出决定："经党委讨论，同意科教部的报告，派记者参加南极考察活动。记者由科教部派李文祺同志去。"即1984年8月15日，中共解放日报委员会以"解委(84)42号"文，向国家海洋局提出申请，并附上记者名单。

1984年9月3日，国家海洋局用电话回复报社，总编室机要秘书杨义生作了记录：

关于南极考察问题，南极办公室业务部门已同意李文祺去，还要给

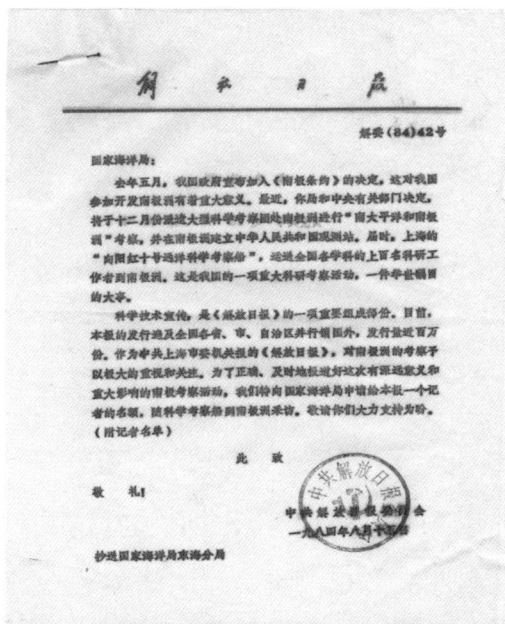

> 解放日报党委给国家海洋局的报告和记者名单

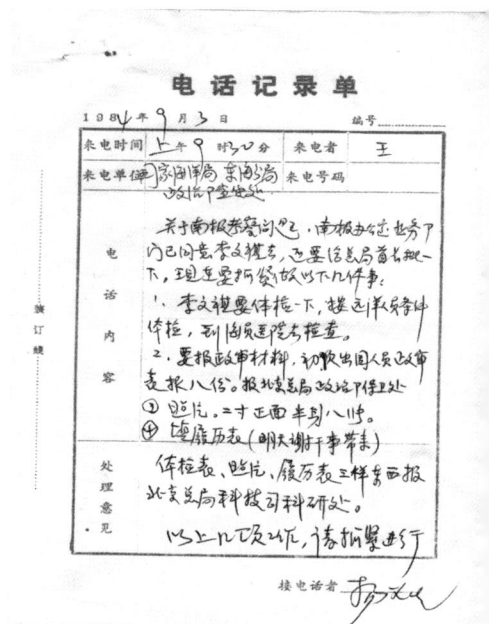

> 国家海洋局回复记录单

总局首长批一下。现在要抓紧做以下几件事：体检、政审、填履历……

经上海海员医院体检及组织部门政审等一系列繁琐的事后，还有两项重要事要做，一是报社总编辑签名。这问题不大，因为报社党委已作出决定李文祺去南极考察采访，总编辑为李文祺签名顺理成章。二是李文祺的妻子要签名，因为南极考察在我国是首次，去南极有着极大的风险。险就险在南极不可测。尽管中国有着郑和下西洋的壮举，但毕竟时隔600年了呵！为此，国家有关部门作出决定，除了单位的领导承担风险，家属也要有精神准备。

怎么办？李文祺就对妻子说：报社领导批准我出国了，已签名；家属也要签名。

出国，是当时的热门话题，多少人企盼啊！在李文祺"出国"的

第一章　机遇

"哄骗"中，她也签了名。李文祺终于成了一名南极考察队队员。当妻子得知李文祺是去南极采访的消息后，流泪劝李文祺不要去了。

李文祺说："去南极考察是国家行动。我此去犹如解放军打仗，只能进，不能退。否则是逃兵了！"她默不作声点头了。

李文祺与妻子彭银芳出身同乡同村，从小一起长大。1946年10月1日出生的他，比妻子年长一岁。他20岁时被上海市委调入《解放日报》社。

他17岁时，祖母为长孙李文祺挑选了一个孙媳妇——彭银芳。她长着一双大眼睛，两根长长的辫子飘前飘后，手脚勤快，讨人喜欢。祖母要求儿子、媳妇为他俩订婚。

李文祺当了记者后，接触的社会大、人员广，父亲怕他进城后眼界高了，看不起乡下人了，给他敲警钟："千万不能丢了银芳！"

李文祺没有变心。8年后喜结良缘，生下女儿一双。现在李文祺要去探险了，她能不担心吗？

条件很差，也要把稿件传回报社

李文祺要出征了。他义无反顾。《解放日报》党委书记、总编辑陈念云，党委副书记冯士能，副总编辑陆炳麟、居欣如、周瑞金等都在李文祺的南极考察采访报道计划上作了批示，希望他不辱使命。冯士能还特地加了一句："与考察队员同甘共苦，同船去同船回。"

当时，我们的国家正处在拨乱反正之中和改革开放之初，物质比较匮乏。平时，记者采访的装备就是一支笔、一个笔记本和一只包。

李文祺赴南极采访，随身携带的"装备"是：一个微型录音机，两支圆珠笔，一盒圆珠笔芯，四本日记簿，一捆稿纸，连照相机也没有。

"怎么没有照相机装备？"人们不可思议。报社领导要求摄影部借调一架照相机给李文祺使用。

"我们摄影部的记者人手一架照相机，没有多余的可调。"摄影部负责人说。

上海市科委科技开发交流中心主任李树钧得悉后，打电话给李文祺："老李，你到我这里来，我帮你。"

李文祺走出报社，到汉口路上49路终点站，乘上公交车，直奔设在徐家汇万人体育馆里的科技开发交流中心。在李树钧办公室，他对李文祺说："你是《解放日报》的记者，代表了上海新闻界。一个大报记者没有照相机带着，太不像话。有了照相机，可拍下许许多多珍贵资料呵！回来后还能办摄影展哩！"

　　李树钧接着说："你立即去买架新照相机带去。"

　　他招呼办公室主任把财务请来，并带上一张支票。财务来到主任办公室，递上支票。李树钧接过支票，签上名，盖上章，转手交给李文祺，叮嘱道："去南京路的摄影器材店，把最好的相机买下。不过，这相机不是送你的，是借给你使用的。考察结束回来后交还。"

　　此刻，李文祺激动得连声说"谢谢！"

　　再说到了南极，发稿是一个头痛的问题，通信是一大难。国家包下了记者食宿行的费用，但不给通信费。新华社、《人民日报》的记者，各自带了海事卫星传真设备，并携带了外汇。报社为了节省宝贵的外汇，不拨一美元，李文祺可以说身无分文。

　　如何采写新闻，如何发稿，成为报社领导共同关心的事。李文祺写了个采访计划，报社领导从党委书记、总编辑陈念云，到党委副书记冯士能，副总编辑周瑞金、居欣如、陆炳麟等，都十分关心，也都作了批示，出谋划策。冯士能强调"随船去""随船返回"，始终与科技人员和船员同呼吸共命运。

　　根据领导的意见，发稿采取了两种方式：一是由考察队总指挥、海军作战部部长陈德鸿将军批准，用海事卫星通话，电话传稿。报社准备一架录音机，配备一名得力的帮手——胡廷楣，帮李文祺从南极电话传回的稿件整理出来。二是搞好考察船上报务室内报务员们的关系，尤其是报务主任的关系，由他们把李文祺的稿件译成电文，发报到上海电报局，再由电报局译成稿件，送到报社。流程如此复杂，如此繁琐，但解决了当初被认为是极大的难题，真是不可思议。去南极采访，不是李文祺一个人的事。

从田间走来

李文祺是从田间走出来的记者。他的出生地在浦东严桥，近黄浦江，是离市中心最近的一个乡镇。

黄浦江从吴淞口始，弯弯延伸至内陆，穿过申城，江水奔流不息，至南码头，有一条支流向东南奔去。人们称为白莲泾。

泾连着春塘河，河接着浪水浜，浜小转弯有一个郑家池的小村庄里，住着李姓夫妻俩，生下两个儿子，大儿子李星涛结婚后，他的头生儿子，自小聪明。他为儿子取名文祺。祺，幸福、吉祥之意，平平安安。他想让自己的儿子今后能成为个文化人。儿子不辱父望，在学校读书，老师称赞，被选为少先队小队长、中队长，在中学选为学生会主席。他与同村同岁的同学龚石林，积极参加爱国卫生运动，学校放学后，两人手持铁锹，到地头找鼠洞挖洞灭鼠，第二天包上一小袋鼠尾巴，算是灭鼠的数量和成绩交给老师。一天复一天，老师惊奇了。张校长亲自找他俩询问，才知他俩灭鼠创造了一套除害灭鼠的操作法：先找洞，再察看，确定老鼠进洞口和逃生洞后，堵住逃生洞，再挖进进口洞。两人的铁锹互相轮替掘进，以防老鼠逃窜。到达鼠窝后一只只拖出摔死，剪下尾巴。张校长兴奋地说：太好了！学校把李文祺、龚石林的灭鼠事迹上报，获得认可，并在上海自然博物馆展览。一些学校得知后派学生到学校学习取经。浦东县中心小学的师生到校后，张校长让他俩带领他们到田头观看实际操作。在杨高路西边一块农田的高坡边，李文祺发现了一个鼠洞，洞口四周有很多鼠屎。他断定洞内有 12 只老鼠。大家不相信。李文祺、龚石林要大家后退当着人们的面操作。一锹一锹挖，最后从洞中捉出了 12 只老鼠。大家拍手惊呼：太神奇了。浦东县爱国卫生运动委员会授予李文祺、龚石林"除害能手"称号，被浦东县共青团委员会评为"红色少年"，并光荣出席上海市爱国卫生运动委员会先进表彰大会，授予金色奖章。出席表彰大会的当天晚上，还被安排住进了和平饭店。

1962 年，国家遭遇自然灾害，国民经济遇到困难，工厂缩减工人，政府缩减干部。严桥乡不例外，在确定下放干部的名单中，没有李星涛的名字，是另外一人。此人得知后哭着向组织申诉"家中上有老下有小，夫人有病，困难多多"，要求不被下放。李星涛得知后，主动跑到党委书记办公室，对李振华书记说："我年轻。我是共产党员。我下放！"

李星涛忧国家之忧，分担国家困难的举动，得到领导的充分肯定，党组织批准了他的请求。从此，他不领取国家薪金，不当国家干部，回家当农民，挑水浇粪，拉车送菜，与社员一样挣工分过日子。他的儿子作为回乡知识青年也回乡种田了。

父子俩回乡两年，以农民的本分吃苦耐劳，勤俭持家，受到村民尊重。他儿子在村里很活跃，创办夜校，设初中、高中班，组织青年入学，请有大学文化程度，因病回乡休养的施永福担任教师。自己则在高中班学习，写的作文经常受到老师称赞。母亲给他的零用钱都买了书。《红岩》《林海雪原》《上海的早晨》《三家巷》等书籍，一书连着一书看。当时，台湾的蒋介石叫喊"反攻大陆"，派遣小股武装特务到沿海袭击捣乱，严桥公社组建武装基干民兵连，李文祺被任命担任连政治指导员，持枪带领民兵巡路巡夜。生产队长严毛团，大队党支部书记倪根兴作为入党介绍人，介绍李文祺入党。在全村举行的党员大会上，全票通过。那年，他 18 岁。

1964 年，中共上海市委成立社会主义教育工作队，父子俩一起被吸收入队。父亲派往奉贤奉城公社，由他带领几个大学生到生产队开展工作。因驻地有血吸虫，他不让学生下田插秧，自己去插秧结果染上了血吸虫病。儿子派往塘外公社，由川沙县委第二书记曹匡人带队。

曹匡人曾经对李文祺说，他一生做过两件事：一是在浦东修建了一条路——杨高路。二是在南汇开挖了一条河——大治河。

他是江苏淮安市涟水县岔庙曹老庄人，1927 年出生，13 岁参加涟水县儿童团。1944 年入党，1949 年 7 月，中央团校毕业后分配到上海工作，历任浦东区团工委书记、中共洋泾区委书记、高桥区委书记。1956 年 1 月 1 日，上海市人民政府对浦东沿江地区的行政建制作了重大调整，经国务院批准，由高桥、杨思、洋泾 3 个区合并而成立东郊区，曹匡人任东郊区委第一书记。面对新的形势，如何发展生产，搞好东郊区的经济建设，是区委当时的首要任务。怎样才能把东郊区建设好？他马上召开各界人士会议，广泛征求意见。会上大家提出：应该修建一条贯通全区的道路。

高桥区、洋泾区、杨思区 3 个区原来各区都有一段马路，但比较狭窄，并且互不连通，远远不能适应经济发展的需要。显然，东郊区内没有一条贯穿全区的大路，对全区经济建设和各项事业的发展，都很不利。区委认为这个提议很好，于是下决心从杨思镇到高行镇修筑一条大马路。

要筑这样一条马路，历史上是从来没有过的，也是一项需要投入大量人力、物力、财力的大工程。如何克服困难，曹匡人把这个重要决策向人民代表、政协委员通报，征求意见，纷纷表示赞成。开源节流，紧缩其他一些开支，集中必要的人力、物力、财力来修筑杨高路。1956 年开始修筑，没有现代化的筑路机械，李星涛等乡干部带头，积极参与，与民工一起扁担竹筐挑石挑煤渣筑路，翌年 3 月竣工。一条长 18.9 千米，面宽 3.5 米，路面铺碎石、煤屑的公路终于修成了。继而，市政府把原洋泾区高庙至张家浜沿江一带地区划出，成立东昌区。1958 年 8 月由原东昌、东郊两区合并成立的浦东县，曹匡人任浦东县委第二书记。1960 年 10 月，根据市人民政府的决定，撤销浦东县建制。农村地区的 11 个公社，3 个县属镇划入川沙县；沿黄浦江的 6 个街道办事处分别划入杨浦、黄浦、南市 3 个区。浦东县从组建到撤销，前后仅 2 年 2 个月时间，历史短暂。曹匡人任川沙县委第二书记。

曹匡人喜欢培养年轻人，曾在川沙县树立了 10 个青年标兵。这次他亲自带了 40 个青年人，选定的都是培养对象。待运动结束，根据各人表现，将安排到各公社担任社长、团委书记、妇联主任。李文祺是其中一个，他在社教中表现出色，被评为五好工作队队员。1965 年，他又转移到川沙县城厢镇、城镇公社对面街大队开展运动。1966 年年初调回严桥公社工作。曹匡人关心着李文祺的成长。曹匡人之后担任奉贤、南汇县委书记和市政府农委副主任、市民政局局长期间，也关心着李文祺的进步。

定向培养

　　《解放日报》要从上海郊区197个人民公社中选调知识青年到报社培养新闻事业接班人。李文祺经川沙县严桥人民公社党委书记王兆铭、社长秦炳根推荐介绍，又经县委组织部门考核，《解放日报》党委派人面试，1966年8月1日，他带着中共川沙县委组织部的介绍信，从浦东走进华东局机关报兼上海市委机关报的《解放日报》。

　　这天，李文祺的父亲李星涛很兴奋。这位党培养的老干部叫儿子早早起床，准备行李：一只网兜内装一个脸盆、一支牙膏、一条单人

> 去《解放日报》报到前在公社门前留影

席子、一条被单、一只枕头，扎紧后挂在自行车上。早饭毕，父子俩推着自行车走出家门。

　　李文祺订婚后尚未过门的妻子彭银芳，奔过来送上一双布鞋，一张

她的照片，红着脸说："是我亲手扎的，勿晓得是否合脚。"然后转身走了。

李文祺心中明白，不要忘了她，穿着她亲手一针针扎的鞋，不要走错路。

从乡间泥路走上杨高路，从石街路的塘严路走到浦建路有 6 里，到头左转直往董家渡。乘渡轮过黄浦江，沿着黄浦江边的外马路向北走，在外滩海关大楼旁的汉口路往西。父子俩一路走，一路说，到了 274 号门口，父亲抬头望望，指着门口上方的四个红色大字说："这里就是《解放日报》，是毛主席题的呢！我不送你进去了。你要好好听党的话，努力学习，做一个有出息的记者。"

李文祺从自行车上取下行李，踏进了报社。他左看右看，觉得一切都很新鲜。大门内是个收发室，右转是楼梯，很宽敞，他一步一步走到二楼，向右拐弯，再左转十余步，是组织人事科。推门而入，一个中年人从办公桌旁站起来，笑眯眯地问："你找谁？"

"我是来报到的。"李文祺拿出介绍信递了过去。

他看后笑眯眯地说："是小李，川沙来的。欢迎欢迎。"接着自我介绍，"我姓楼，大楼的楼，名叫耀忠，今后叫我老楼好了。"

这是李文祺进报社认识的第一人。

到了下午，其他 6 人相继报到。组织人事科的负责人组织大家相见熟悉。奉贤县平安公社来的袁新民说："在徐家汇 26 路无轨电车终点站，我乘上 26 路无轨电车后，看到有两个人，都手提简单行李，都带着一条单人草席，我想是否跟我一样去《解放日报》报到的，大着胆子问：'侬俩阿是去《解放日报》的？'"

两个从松江来的年轻人抬头一看，面前的年轻人穿着土布衣，一米七多的个子，两眼炯炯有神，也带着简单行李，便反问道："你去《解放日报》？"

"是呀是呀，我去《解放日报》报到。"袁新民高兴极了，"真想不到，真想不到，居然在这里巧遇了。有缘啊！"

> "农村七青年"到报社报到后在楼顶合影

　　袁新民从车窗外叫卖人手中买了3根雪糕，一人一根。到了汉口路终点站下车，三人往前走，看到的是黄浦江，却没看到《解放日报》社。

　　"呦，走反了。"

　　原来，张文昌、徐琪忠只去过上海市区一两次，方向感不强，松江县委组织部的干部特地关照得很仔细："到了终点站下车，往前走一二百米就到报社了。"

　　张文昌、徐琪忠只晓得"往前走"，袁新民也跟着走，结果走反了，闹了个笑话。还有一个笑话是：张文昌、徐琪忠离开松江县委组织部，前往松江长途汽车站时，张文昌的一条毛巾放在组织部忘了拿。徐琪忠就陪张文昌折返回去拿，一来一回约走了三刻钟，弄得大热天的一身汗。

　　与李文祺一起调进入报社的有同是川沙县凌桥公社的沈凤珠，还有松江县张泽公社的徐琪忠、城东公社的张文昌，青浦县朱家角公社的吴志强，奉贤县平安公社的袁新民和嘉定县长征公社的浦雪根，六男一女，年龄 19 至 24 岁。此时，他们都是农村的基层干部了，其中两人是团委书记。

踏进《解放日报》第二天，报社党委书记、总编辑马达亲自在三楼会议室会见从郊区农村调到报社的七青年。

三楼会议室的地板打着蜡，油光泛亮。朝南的窗，一尘不染，透亮。四周墙面是油漆的，光滑。东边的墙上挂着彩色的毛泽东主席像。一张暗红的长方形会议桌，桌边放着 20 把皮椅。七青年走进会议室，个个拘谨。马达见此情景，挥挥手说："来，来，来，大家随便坐。我今天与你们见面，认识一下。"

马达轻松的话，让七青年的脸上露出笑容。

马达说："你们都是中共党员，都在农村担任基层干部，有文化，有写作基础和能力，经过一定锻炼。你们这批根红苗壮的年轻人，都是

> "农村七青年"在报社工作 40 年，在汉口路新大楼前合影

上海市委与《解放日报》党委研究决定挑选来的。郊区 10 个县，197 个人民公社，经过层层筛选考察，才选到你们 7 个人，到报社充实记者队伍，是给知识分子成堆的编辑部掺沙子。我们首先组织你们学习毛泽东等无产阶级革命家的新闻理论，让老记者给你们讲课，再让老记者带你们到社会中去实践。两年后，送北京中国人民大学新闻系进行系统培养。大学毕业后再返《解放日报》。希望你们珍惜党的培养机会，掌握本领，在今后的新闻采访中出好作品，成为名记者。"

马达还对他们说，"你们写的第一篇稿子是由我亲自看，一人一篇，组成一个版"。1966 年 10 月初，7 人分成 3 个组下乡采访，徐琪忠与张文昌去采访松江城北的女民兵改造荒塘的事，写了"向荒塘夺粮"的通讯，马达批示：此篇缩编后即可发表。马达对"农村七青年"十分上心，他的话，给七青年指明了方向。

马达是怎样一个人呢？

马达，中国著名报刊活动家。1925 年出生于安徽安庆，1937 年抗战爆发后从家乡逃难到上海，参加中共地下党组织的活动。1941 年初皖南事变发生，16 岁的马达离开上海，来到新四军苏中根据地，当年加入共产党。第二年，苏中根据地创办油印的《滨海报》，马达被调到报社，历任《滨海报》《苏中报》《群众报》记者。中华人民共和国成立后，任上海《劳动报》社总编辑、社长，1958 年起到上海市委工作，任市委副秘书长，《解放日报》党委书记、总编辑。

"农村七青年"调进报社后，又从工厂调进了 13 个青年工人。对这些青年的培养计划已经定好，正要落实之时，"文化大革命"开始。

差点被赶出《解放日报》社

　　这批 20 岁左右的年轻人，是上海市委采取措施，在郊区 10 个县 197 个人民公社中挑选出来的。当时，每个公社推 1 名，党组织一层一层筛选，最终选了 7 人。

　　"文化大革命"中，他们没有造反，也没有参与夺权。造反派动员他们参加"联合造反司令部"。他们不参加。因此，造反派对他们很有意见。造反派头头采取了一个很卑劣的手法，把 7 个人找去宣布："根据上海市革命委员会的文件和精神，凡是抽调到市区机关的党员同志，都回原单位去抓革命，促生产。"

　　7 个青年都是共产党员，听党的话。来，是党选来的；走，确实是党要他们走，没有话说。但是造反派没有出示文件。他们想想不对头："我们是正规的手续调来的。我们回去也要有一个交代，给我们一个正规手续。"可是，他们没有。于是，他们 7 个人商量怎么办？

　　李文祺是牵头人，组织 7 个人分成 3 个小组，分别到当时的市革命委员会政宣组、文教组、郊区组，还有工业组去问一问，调查一下，市革会是不是有这样的文件。晚上回来一碰头，都说没有，没有这个规定。他们想不通了。于是，他们跟当时年轻的一些编辑记者说了，那些帮助过他们的记者，后来也都成为了新闻出版领域的佼佼者。他们一听，也认为不对头。他们说："你们这些人是党组织选调来的，他们为什么要把你们踢出去呢？不行，你们应该起来跟他们斗。"李文祺想对呀，一定要问个清楚。于是他们写出了《为什么叫我们走？》大字报。大字报一贴出来就引起轰动，马上出现一批反对他们的大字报，说他们"是资产阶级反动路线的产物"，接着又马上出现一批挽留他们的大字报，说造反派手段卑劣。双方针锋相对，大字报铺天盖地。

大字报他们都抄了下来，厚厚的一沓，保存至今。这个大字报集是李文祺整理的，一共制作了两本，一本自己留着，一本让徐琪忠保存，大字报集详细地反映了7个人怎么来，造反派怎么赶，观点非常鲜明。

差一点被造反派赶出《解放日报》社大门的7个青年，在党组织的亲切关怀下和老同志的热情帮助下，终于在《解放日报》社扎根。后来这7人中，成为高级记者2人，处级干部3人。有一次，李文祺到人民大会堂参加一个会议，巧遇原上海市委书记陈丕显，他知李文祺是《解放日报》记者，就笑眯眯地："当年调进《解放日报》社的几个青年党员现在怎么样？"李文祺听后心头热乎乎的，忙说："报告老书记，他们现在都是报社的业务骨干。"他听后拉着李文祺拍了张照片。

周瑞金与李文祺、吴志强、徐琪忠、袁新民同睡集体宿舍的一间寝室，张文昌与丁锡满同睡一间寝室。集体宿舍在汉口路309号原《申报》馆大楼5层，面南向北的房间，3张双人铁架床，分上下铺。窗门打开往下看，便是山东路体育场。靠九江路的场边，还有几个外国人的坟墓，墓碑上刻着老外的姓名。这间小小的宿舍，在冬天里，北风呼啸，挂着的洗脸毛巾，会被冻结成硬邦邦的"冰棍"。夏天，室内闷热难忍，只有不时到水龙头下冲凉后再睡。特别是可恶的臭虫，经常爬到身上叮咬吸血，爬过的皮肤上留下连接的一个个肿块，奇痒无比。为了不让臭虫袭人，他们在床脚撒上杀虫的"六六粉"，防止它们爬上来。可是，杀虫粉阻止不了它们吸人血的本性，竟然爬到天花板上，从人睡的上方跳下，再爬到人身上吸血。他们中有人一叫"臭虫咬人了"，马上开灯，寻找臭虫，灭杀臭虫。几经苦寒，几经叮咬，他们成了磨难的好友、好同事。

李文祺又与龚心瀚同一个办公室。李文祺会驾驶摩托车，龚心瀚坐在车后，经常一起去郊区采访，《农村十大员》、南汇《万亩果园桃梨香》等一篇篇通讯，见诸报端。周瑞金、龚心瀚是复旦大学新闻系的高才生，精通新闻业务。李文祺与他俩一起，可以说是一种奇遇。他俩是师傅，又像兄弟，对李文祺传、帮、带、教，李文祺不在大学胜似在大学，从他们身上学到了很多知识、智慧和新闻采写技巧。

李文祺在新闻业务上进步很快，但与乡下订婚的未婚妻彭银芳尚未喜结良缘，整整 8 年了。祖母急了，父母也急了。

祖母对孙子说："我想抱重孙呢！"

父母对儿子说："把婚结了吧！"

1971 年春节将要来临，李文祺对父母说："听你们的，把银芳娶回家吧。"

李文祺结婚没请婚假，办喜事那天，李文祺还在采访哩。等到写好稿，把稿交到部主任手中，天也快黑了。他骑上自行车往家赶，匆忙中突然想到，结婚证没开呢！可是家中的亲戚们还等着他成亲。

这可怎么办？这可怎么办？他骑自行车到公社门口停下，赶到办公室看到正要下班的公社妇联主任、日常办理结婚登记的杨国琴，急忙对她说明来意，她又惊又喜又带批评地说："你怎么搞的，喜酒已在办了，结婚证却没开，世上哪有你这样的！好在我没有走。这样吧，我拿出结婚证，你自己填写。"

杨国琴打开抽屉，拿出两张结婚证，结婚证是 64 开的四页纸，红色的封面，第二页上有三句语录：

"千万不要忘记阶级斗争。"

"备战备荒为人民。"

"我们作计划、办事、想问题，都要从我国有六亿人口这一点出发，千万不要忘记这一点。"

在第三页上，她让李文祺填写上结婚证 71 字第 52 号，再写上自己和妻子的姓名，性别、年龄。结婚登记日是 1971 年 1 月 23 日。

在另一张结婚证上，她让李文祺填写上结婚证字号，再写上妻子和自己的姓名，性别、年龄。结婚登记日是 1971 年 1 月 23 日。

杨国琴在两张结婚证上盖上红红的大印：川沙县严桥人民公社革命委员会。李文祺与彭银芳正式成了夫妻。

赶回家中，亲戚们兴高采烈，"新郎来了！新郎来了！"李文祺没有理发，更没换新衣，穿着一身工作服，结了一次移风易俗的婚！

参加了尼克松、田中访华接待

　　"农村七青年"感谢党的关怀，感谢报社有正义感的同志们的支持和帮助，终于在《解放日报》站稳了脚跟。他们分别在不同的新闻岗位上，努力学习，掌握本领。李文祺在报社的进步更为突出。

　　1972 年 2 月，美国总统尼克松访问中国。

　　2 月 28 日，中美两国在上海锦江饭店小礼堂签订了《中美上海联合公报》，为两国建交奠定了基础。李文祺被选派参与了接待，也见证了历史。这年 9 月，日本首相田中角荣访华到上海，李文祺又参加了接待工作。

　　在李文祺参加接待日本首相田中期间，其父亲李星涛因患血吸虫病，肚胀腿软手臂无力。肚皮像冬瓜，脚腿像丝瓜，手臂像黄瓜，有气无力。作为一名党的基层干部——严桥公社多种经营办公室主任兼建筑服务队党支部书记，不但管理经营，还要亲自参加劳动。那时，一个干部每周至少参加劳动两天。然而，一个有病的人，为了不让人瞧不起自己，下决心要治好自己的血吸虫病，发誓："治好病，跟党走，还要革命 20 年！"

　　他自己提着替换衣服的包，没人护送也无人陪伴，走进市第八人民医院。那天，他吃了一碗白米饭，一碗咸肉冬瓜汤，为自家的水缸和弟弟家的水缸挑满了水，离开了家。谁知，血吸虫病没有治疗好，却把他的肝脏弄坏了。竖着走进医院的人，横着出来了。李文祺因忙于接待，没有陪伴在父亲身边。等接待任务结束，回到家见到骨瘦如柴的父亲，大哭，哽咽着说："阿爸，你怎么不说一声呢？"

"没事，没事。"他断断续续地说，"国家的事是大事。你忙你的。"

没过几天，他走了，英年早逝，年仅49岁。严桥公社机关、学校、企业、大队、生产队，全都送了花圈、花篮。花圈、花篮摆满了一屋子，敬仰这个严于律己、公而忘私的好干部。

"国家的事是大事。你忙你的。"李文祺牢记父亲的话，李文祺又一次见证了一段历史。

1973年9月，法国总统蓬皮杜访华，李文祺又一次参加接待。

到上海参观后，蓬皮杜总统从虹桥机场起飞回国。当天下着雨，人群冒雨欢送。周恩来总理特地关照机场准备姜茶，让大家饮用预防感冒。从候机大厅到法国专机，有一段路，周总理陪着蓬皮杜走过夹道欢送的人群，警卫人员撑着雨伞挡雨。周总理轻轻用手一甩，示意警卫员不要为他撑伞。此刻，李文祺全看在眼中，他流泪了！因为他知道周恩来总理患着病啊！

李文祺再次见证了历史。

粉碎"四人帮"后，"农村七青年"在报社党委会的关心下，一面工作，一面读书，都取得了大学文凭。他们不负众望，都成了报社业务骨干。李文祺先后担任农村部负责人，科教部党支部书记，驻北京办事处主任。沈凤珠任总编室副主任，张文昌任夜班编辑部副主任。在业务职称上，李文祺、徐琪忠被评为高级记者，张文昌被评为主任编辑，吴志强、浦锡根被评为记者。袁新民调往市农场局南汇芦潮港农场任农业公司任总经理。

李文祺从当时的农村部调往工交部后不久，再调往新组建的科技教育卫生体育部，简称科教部，从事科技新闻战线上的采访。他刻苦学习各方面的科技知识，与科技界的科技人员交朋友，写出了一批受读者欢迎的报道和通讯。

1978年3月，他被选为全国科学大会代表，出席18日在北京人民大会堂隆重召开的科学迎来春天的大会，受到了邓小平等党和国家领导人的亲切接见，与其他代表一起合影留念。

大会休会期间，大会组织代表参观中国科技成就展，在现场抓到了别人认为没有新闻的一条"大鱼"。这篇新闻特写惊出了一个信号，李文祺成为全国第一个在报上公开署名的记者。

1978年3月18日，全国科学大会在北京人民大会堂隆重开幕！对中国知识分子来说，的确是一个春天；对历经10年苦难的中国来说，也是一个春天，更是中国历史上的一次伟大转折。

全国科学大会在北京胜利召开。和一般偏重学术的科学会议完全不同，它实际上是中国科技界的一次政治大会。因为在这次会议上，确定了中国科技界未来的路线政策方针，对随后的改革开放和科技发展起着至关重要的作用。

那天开幕的全国科学大会，不仅解放了知识分子，也拉开了中国改革开放的序幕。李文祺作为上海的代表，又作为《解放日报》的特派记者，报道了大会的盛况。

在这个大会上，时任中国科学院院长的郭沫若，用文学家的浪漫，呼唤科学的春天，并鼓励科学家们"嫦娥奔月""龙宫探宝"……

3月27日，阳光灿烂的北京城，春意盎然，大会秘书处组织代表参观科技成果。下午3点，李文祺和其他上海代表进入北京展览馆。

在大厅，李文祺突然听到一个洪亮的声音："那不是唐教授吗？"只见我国著名科学家——中国科学院上海有机化学研究所研究员汪猷冲出人群，疾步走向吉林代表团，握住另一位我国著名科学家——吉林大学教授、量子化学家唐敖庆的手，激动地说："唐教授，你好！我们见面了！"戴着深度近视眼镜的唐敖庆教授先是一愣，而后哈哈大笑说："啊呀，原来是你，我的老朋友。我们见面了，我们见面了！"两只手紧紧地握了又握，十分亲热地谈了起来，彼此询问着学习和生活的情况。

"我们见面了。"在这亲切的话语中，饱含着辛酸的回忆。唐敖庆教授告诉李文祺，为了发展我国化学基础理论和有机合成工业，1974 年决定招收 30 名学员，办一个量子化学讨论班。各单位推荐的学员来报到了，一切准备工作就绪了，唐教授心里说不出的高兴。然而，一股黑云立即压到了他的头上。"四人帮"在吉林的代理人说什么"搞基础理论就是倒退，就是复辟"，刮起了一股批判基础

> "文化大革命"后在报上第一个公开署名的文章

理论研究和教学的妖风。一张张指名道姓"批判"唐敖庆的大字报贴出来了，接着帽子、棍子一齐飞来。就这样，量子化学讨论班被压垮了。这时，他的老战友、中国科学院上海有机化学研究所汪猷同志写信给他，请他到上海去讲课，给一些青年科研人员学习量子化学，打些基础。

"他们不让我在吉林讲课，我就到上海去！"1975 年 4 月底，唐敖庆教授来到了上海，可是他哪里知道，被"四人帮"严密控制的上海，讲课同样是艰难啊！"四人帮"及其余党、亲信、爪牙纷纷跳出来，阴阳怪气地说什么："唐敖庆开门办学办到知识分子堆里来了，真是新鲜。"

他们不安排住宿，不给任何方便，处处进行刁难。对于"四人帮"，及其余党的非难，汪猷和有机所的同志们很气愤，他们冲破阻挠和干扰，想方设法安排唐教授讲课。唐敖庆教授在汪猷和有机所党委书记边伯明等同志的关心和帮助下，在上海讲了两个月的课。

昔日的支持和帮助，让唐敖庆、汪猷结下了深厚的友情，如今他俩作为全国科学大会的代表，在北京展览馆里碰了面，彼此有多少心里话要说啊！他们肩并肩，手拉手，有说有笑，兴致勃勃地观看着展览。

"如今可好了。邓小平副主席十分重视科学技术的发展，亲切关怀知识分子的成长。为了实现我国社会主义四个现代化，我们这些老人豁出去了。我们要在党的领导下，在新的长征中，为完成新时期的总任务贡献力量。"唐教授低声而有力地说着。

"那还用说。只要祖国强大，我们甘为孺子牛。"汪猷接着唐教授的话头说。

"唐教授，你到上海来，再给我们带研究生怎么样？"汪猷向唐敖庆发出了邀请。

"我来学习，我来学习。"唐教授谦虚地答应着。

这时，正在展览大厅参观的上海代表团团长、中共上海市委书记韩哲一同志听着他俩的对话，激动而热情地伸过手去，握住唐敖庆教授的手说："唐教授，我们热烈欢迎你到上海来讲学，给我们带研究生。"时任上海市科学技术委员会主任的杨士法同志也握住唐敖庆教授的手说："上海人民忘不了你。你给上海培养了像陈念贻这样的科学家，我们要感谢你哪！"

为了祖国的明天，他们的手，紧紧地握在一起；他们的心，也激烈地跳动在一起。

这感人肺腑的一幕，事先是没有安排的，正巧被李文祺"撞上"，新华社记者也"巧遇"，拍下这个镜头。李文祺写了《战友重逢分外亲》的特写，送韩哲一同志审阅，他大为赞赏地对李文祺说："你抓活了一条新闻，赶快发回报社刊登。"

当时，同样去北京参加大会的兄弟报社的一名记者，他认为参观活动出不了新闻，就没有去展览馆。他得知韩哲一同志的话后，赶来找李文祺商量，要李文祺与他一起用两报记者的名义发表。李文祺没有意见，但稿件已发回报社，得由报社领导决定。李文祺把情况报告《解放日报》的部主任夏华乙同志，他向社领导请示后回话："如果兄弟报社要用这篇稿件，就署上《解放日报》供稿。"就这样，这篇本来只署"本报记者"的稿件，报社当班的总编辑，在"本报记者"后面署上了"李文祺"三个字，刊登在第二天的《解放日报》上，引起上海科技界和新闻界的震动。因为在长达10余年的时间里，凡是记者采写的稿件，都不能署名的，而此次署名，开创了一个先河。李文祺成了上海新闻界第一个署名的记者。

记者写新闻报道，署名是很正常的事，然而在50年前"文化大革命"期间是不可思议的。那时，翻开任何一家报纸，发表消息、通讯之类的新闻作品，在消息稿前是三个字："本报讯"；在通讯稿后是四个字："本报记者"。对此，原《人民日报》总编辑，曾第一个进入朝鲜战场、报道我志愿军的战地记者李庄在回忆这段经历时说过这样一段话："文革"期间，偌大北京城报纸、刊物没有剩下几家。少数能够出版的都塞满大批判文章，但是难以看到作者的名字。过去写文章的，多数被打倒了，少数搁笔了。李庄又说：当时政治生活不正常，使得人不能"冒尖"。编辑是"无名英雄"。相比之下，记者应该是"有名英雄"，因为写文章署名，好文章多了，对内对外产生了好的影响，就成为名记者。本来记者"冒尖"是好事。有见地，敢直言，擅文采，为党和人民作了较多的贡献，理应受到表扬。

四篇落实知识分子政策的报道获奖

记者写文章、搞报道是非常个性化的劳动——思维活动。新闻作品署名的真实准确，也是新闻的生命。新闻作品署名，一是让记者恪守新闻职业道德，维护新闻记者自己的形象；二是让真正的新闻资源开发者公布于众，让读者知晓，以利监督；三是鼓励记者"冒尖"，让记者在公视野中成为"名人"。因此，保护记者的署名权，是粉碎"四人帮"后，在拨乱反正年代新闻主管部门考虑的一件事。而恰恰在这个时候，李文祺撞上了好运。这就是李文祺成为第一个署名记者的由来。

报社编制作了调整，新建科教部。部主任沈光众是个在 50 年代受到不公正待遇的老党员、老干部、老编辑。他在科教部悉心培养年轻记者。当李文祺采写到一个好题材时，他亲自润色，并拖住他一起配发编者按或评论员文章，一个口述，一个记录成文，第二天见报。有的文章发表在一版头条。

一场意义重大的讨论

上海医工院抓住一项课题，对干部、党员进行尊重科学、尊重专家、尊重知识的教育。

　　上海医药工业研究院党委抓住对一项课题的争论，在党员干部中进行"三尊重"（尊重科学、尊重专家、尊重知识）教育，提高了广大党员干部的认识，推动了党的知识分子政策的落实，加强和改善了党的领导，促进了科研工作的深入开展。

　　去年 12 月 11 日，医工院召开院务行政例会，讨论 1980 年科研计划的落实问题。会上，化工研究室党支部书记在发言中说："我们室一个工程师的'古龙酸吸附树脂'的题目，没有列入计划，室里不知道，也没有经费，几个人已做起来了，这是非法的。"布置这一课题的老专家童村听了以后，非常生气地说："既然是非法的，就依法处理好了！"。参加会议的党委副书记、院长对支部书记指责专家搞科研活动是"非法"的错误说法，当即进行了批评，指出老专家进行探索性课题的研究是正常的，研究室支部书记应当给予积极的支持。

　　75 岁的童村是该院副院长，我国著名的抗菌素专家，1956 年加入共产党。长期来，他一直重视发酵染菌的研究，学术上有造诣，科研上有成就。"文化大革命"中，他的身心虽然遭到"四人帮"的严重摧残，但粉碎"四人帮"后，更加奋发工作，坚持亲自动手做实验，受到大家的尊敬。近两年来，维生素 C 在医疗保健上的应用越来越广泛，而我国维生素 C 的生产水平却很低。为了迅速改变这种状况，童村提出了增产维生素 C 的新工艺。去年夏天，童村带了上海制药二厂的同志，不花很多钱，利用院里现有的设备，用了几个月的时间，把维生素 C 制备工艺过程中的基质浓度由百分之八提高到 16%，创造了国内的最高水平。接着，童村又开展后处理提取的研究，需要一种树脂，他向化工研究室主任介绍了这一设想，并要求他们选择一种树脂。在布置这项任务时，支部书记也在场。当时，一个专搞树脂的老工程师正住院开刀，室主任就把选择树脂的工作交给了另外的科研人员。经过一段时期的实验，选择的几种树脂都不理想。不久，那位老工程师出院上半天班。当他得知童村所需的树脂尚未解决时，主动设计了一个方案。童村听了汇报，认为很好，可以搞。就这样，这位老工程师和其他科研人员开始了这项工作。这段过程，支部书记和室主任是不知道的。事后，支部书记对老工程师"擅自"进行这项工作，提出了批评；还跑到车间，责问参加树脂试验的两位青年科研人员"是什么任务？"这就是这次院务会议上被指责为"非法"的课题。

问题发生后，医工院党委认为问题虽然发生在个别同志身上，但带有一定的普遍性。院党委在结合学习讨论邓小平同志的《目前的形势和任务》时，连续四次召开党委会，两次党委扩大会，一次学习讨论会，通过这场争论，向干部、党员进行尊重科学、尊重专家、尊重知识的教育。在学习、讨论中，许多同志说：一个有过重大贡献的科学家，为了早日实现四个现代化，不顾年迈体弱，大胆探索新课题，亲自动手做实验，这是难能可贵的。知识分子是工人阶级的一部分，是依靠的对象。像童村这样的老专家，更是工人阶级的宝贵财富，是四化建设的骨干，党的干部应该主动关心他们，支持他们的工作，并且为他们积极创造条件。党委负责同志说，问题在下面，责任在领导，说明院里的工作重点转移没有转移好，党的知识分子政策也落实得不够好，所以才发生不尊重专家的事情。经过学习讨论，那个支部书记也提高了思想认识。

在提高思想认识的基础上，院党委又与全院同志一起，对落实党的知识分子政策的情况，作了系统的回顾，检查了工作，找出了差距，如对知识分子的重要作用认识不足，在政治上和工作上信任和依靠不够。有些研究室的室主任负责制执行得还不够；有的支部书记还有"一揽子"统管的情况等等。针对这些问题，党委拟订了进一步改善党的领导，落实知识分子政策的若干措施。

通过一场讨论，医工院出现了新的气象。科研人员的积极性得到调动；科研工作的进展较快；后勤部门积极为科研服务。院里召开为期三天的学术论文报告会，宣读交流论文91篇，盛况空前。一批老专家都配上了助手，调配给童村的助手，已开始整理童村的有关学术论著。不久前，院党委批准了两名高级工程师的入党，打破了10年没吸收一名高级知识分子入党的局面，引起了科研人员的强烈反响，有些科研人员也提出了入党申请。

"门外客"请进门
——中华造船厂党委落实知识分子政策记事

今年春节前，我国新建的军舰"132"和"154"舰经过试航，证明性能达到设计要求。国防科委和国务院有关部门发文嘉奖为国防现代化做出了贡献的建造军舰的船厂职工。

此时此刻，为海军提供现代化舰艇倾注了自己心血的工程技术人员，他们的心像奔腾的大海，久久不能平静。是啊！党的政策像指路明灯，为他们发挥自己的聪明才智，开辟了广阔的天地……

（一）

1978年下半年，国务院有关部门明确提出中华造船厂建造的"132"和"154"等几条军舰，必须在1979年年底交货。时间紧迫，任务艰巨。各科室、车间把具有密级条件的工程技术人员拉了上去，还是不够用。怎么办？他们就在没有密级的工程技术人员中，挑选了一部分送厂组织、保卫部门审查。但是，送上去的名单，根据过去的审查结论，不是这个人历史上有问题，就是那个人社会关系复杂，大都被打了回票，不能接触技术秘密。造船需要人才，但不少有用之才却不能用。有的科室出现了这样的怪事：一个专门设计船用工具的工程师，领导要他设计军舰上的工具，但又不能让他上船；到外厂去参观学习制造军舰的工艺，他也不能去，而是让一个工人去参观，回来再讲给他听，叫他设计图纸。这个工程师苦恼地说："叫我设计，又不能让我接触技术，这叫我怎么干？"一些所谓有这样那样"问题"的工程技术人员为了避嫌，总是提醒自己"要识相点"，有的连图纸放在一旁，也不瞟一眼。有的工程技术人员干脆说："在这里，我的心冷了，走吧！"一段时间，由于各种原因，工厂组织科收到了书面和口头要求离厂的请调报告占全厂工程技术人员的十分之一。

第一章　机遇

（二）

矛盾尖锐地摆到了厂党委会面前。造船任务紧迫，急需人才，而大批人才却要求调离，怎么办？正在这个时候，党委书记殷照发收到了一名工程师的信。信中说："我们年纪都大了，余年不多，我们都想为祖国的军舰出力。然而，我们却不能沾边，这是多么痛苦啊！本来，搞社会主义四个现代化，大家都是自己人，都有义不容辞的责任。你们不把我们当自己人，而当作'防一脚'的对象，这叫我们怎能不寒心呢！我们什么都不计较，就是计较党不信任我们！"

多么诚恳的言辞，多么强烈的愿望，多么可贵的热情！这位工程师的信深深地扣动了老殷的心。

在厂部门口，一位工程师拉住党委副书记张定鸿的手说："老张，你放心用我好了。为了保守国家的机密，我愿意一切照你规定办，决不违反。"面对这样正直而坦率的工程技术人员，老张的眼睛湿润了。

老殷和老张都是刚恢复工作的老干部。在林彪、"四人帮"横行的年代里，他们曾经被强加上"叛徒""黑帮"等罪名，被批斗、关押、下放车间劳动等。他们理解这些技术人员的心情。他们决心亲自来抓落实知识分子政策这件大事。

党委首先统一党委一班人的思想。党委会上，他们谈党对知识分子的政策，摆厂里技术人员的现实表现。党委副书记黄家琪说："我是1952年进厂的，有些没有密级的工程技术人员，我是看着他们成长的，已经考察了30年。一个人能有几个30年？还要考察到什么时候才能用他们？不能再按老框框办事了，要敢于用他们！"党委责成组织、保卫部门对厂里现有不能接触技术秘密的工程技术人员，逐个进行调查分析，把分析的结果向党委汇报。

（三）

组织、保卫部门的同志通过调查分析，郑重地向党委会提交了一份33人的名单。

党委会逐个地讨论、研究了他们的密级问题。是哪些问题使这些人长期来不能接触技术秘密呢？我们举几个例子：

有一个工程师长期被看作"特嫌"。这个"特嫌"是怎么一回事呢？原来，1947年他在同济大学读书时，认识了在该校工作的他父亲的一个朋友，此人是国民党特务。1948年，同济大学由四川迁来上海，正赶上上海学生运动的高潮；学校有个地下党员因参加学生运动被捕。当时地下党通过这个工程师，利用他与这个国民党特务的关系，救出了被捕的同志。这位工程师为党做了一件好事，却背了几十年"特嫌"的黑锅。

有个工程师，中华人民共和国成立前读中学时，参加了三青团，并担任过分队副，中华人民共和国成立后，主动向组织作了交代。30年来，他一贯热爱党，热爱社会主义，工作认真踏实。可就是因为这个问题，不能接触技术秘密。

有个工程师，他的祖母、叔父、叔母、姨母、姨夫等在台湾，本人表现很好，多次表示，他一生的愿望就是两条：一是盼望台湾回归祖国，实现祖国统一；二是把生命献给祖国的造船事业。对这样一位热爱祖国、热爱社会主义事业的知识分子，就因为有"海外关系"，而不能接触技术秘密。

党委在讨论这些人的密级问题时，感慨万分。他们说：把这样一些热爱祖国，愿意为四化贡献力量的工程技术人员关在门外，这不但是极大的浪费，而且是一种犯罪行为！党委决定：立即批准22名工程技术人员的密级。

第二天，厂党委召集这22名工程技术人员和他们所在科室、车间的党支部书记，以及组织、保卫部门的同志开了一个会。党委副书记黄家琪当着大家的面郑重宣布："这22位同志可以接触技术秘密。你们是党的依靠力量，你们是祖国造船事业的骨干！党和人民是信任你们的！"

工程技术人员听到这盼望已久的决定，不少人激动得哭出声来。许多同志要回了请调报告。紧接着，党委又批准了37个工程技术人员的密级。

（四）

工程技术人员甩掉了多年来套在脖子上的精神枷锁，干劲冲天地奋战在制造"132"和"154"舰的第一线。他们的科学知识和工人的实践经验相结合，结出了丰硕的技术之果，新技术、新工艺不断涌现：

30吨重的船体分段，以往要拖到室外翻身，既不安全，劳动强度又大。工程技术人员们集思广益，大胆采纳了翻身小车方案，就可以在车间里原地翻身了；

一种新型的可调螺旋桨，首次在工厂设计、制造，并应用于军舰；

工程师庄任良，试制成功"饱和电抗器控制设备"，解决了技术上的一大难关；

技术员魏颂芳，把原来人力控制的电焊机电流装置，改革成自动控制装置。焊接时，如电流大小不合适，只要把放在电焊工口袋里的探头仪拿出来，就可以远距离调节电流，不需要人在船体上跑上跑下了。

……

经过几百个战斗的日日夜夜，国务院有关部门交下的制造"132"和"154"舰的任务，按时按质按量地顺利完成了！凝结着工程技术人员和广大工人心血和劳动的"132"和"154"舰经过试航，已经服役于海军部队。

过去"不能接触技术秘密"的人，今天是祖国造船事业的骨干，是建设"四化"的工程师。

制冷专家陈廷骧为什么会出走

我国制冷专家、国际冷冻学会会员陈廷骧，由于有关部门迟迟没有解决他的工作安排问题，于今年7月27日携带家属子女三人离沪去美国。这件事在有关单位引起议论纷纷；因为有关单位工作中的严重官僚主义和"踢皮球"作风，竟让一位有专长、立志于为四化出力的科技人才出走了！

陈廷骧，今年63岁，1939年毕业于国立中法工业学院，先后任美商北极总公司上海公司、中国通惠机器公司工程师等职，曾当选过国际冷冻学会会员、法国冷冻协会会员和中国机械工程学会上海分会编辑委员。1950年回国，任上海冰厂工程师兼代厂长。1955年因其历史问题而被捕。经审查，陈历史上未发现重大政治历史问题。1956年予以释放后，分配在中央城市服务部设计安装公司上海制冷工程队工作。1957年离职而长期失业。1960年以后经市委统战部门介绍，为外文出版社、上海科技情报研究所等单位翻译外文资料。

粉碎"四人帮"以后，陈廷骧出于对我国四化建设的一片热情，于1978年11月、1979年9月先后两次写信给中央有关领导同志，要求工作。陈在信中恳切地说："我研究制冷技术30多年，对制冷设备的设计制造和冷冻工艺的操作管理有理论知识和实践经验。特别是20余年来，我未放弃对制冷专业的理论探讨，并坚持编译国外学会寄来的资料。现在形势喜人，亦逼人，我虽年近花甲，但老骥伏枥，爱国之心不甘后人。"表示要在制冷技术方面做贡献。1979年9月24日，中央有关领导同志作了批示。本市有关领导同志也很重视，先后两次批示，请商业二局按社会闲散人员给陈安排一定的技术工作，发挥其所长。市委统战部门也提出，陈在制冷方面有一定水平，为调动一切积极因素，建议应当给陈安排工作。

市人民政府科技干部处，在调查研究的基础上，多次与商业二局组织处协商，他们表示同意接收。1979年12月17日正式向商业二局发出《关于陈廷骧同志工作安排的通知》。可是通知发出不久，商业二局组织处突然变卦，以"年纪大""局机关编制冻结"等理由借故推托，并称："如能征得市编制委员会的同意，可以接受陈安排到我局机关工作，并在我局机关支薪"，把安排陈的工作推向市编制委员会。

市科技干部处的同志接信后，多次去商业二局组织处做工作，再三陈述理由，希望他们能从落实党的知识分子政策，搞四化建设需要各种人才和发挥他一技之长的角度来考虑问题，安排适当的工作。这时，商业二局组织处又推说是"局属公司不肯接收"。经向市编制委员会了解，编制冻结，指的是局以上机关，公司以下的科技人员安排，根本就不属限制的范围。市科技干部处的同志虽经多方努力，也没有结果，皮球又被踢回来了。

直到 6 月 16 日，为陈廷骧的工作奔波了 7 个月的市科技干部处的同志，总算在商业二局听到了一个比较满意的答复："同意接受，也可以安排。"可是，正当着手为陈安排工作的时候，陈已办好出境手续，准备离开祖国了。

从陈廷骧的出走可以说明，有些部门和单位对落实党的知识分子政策，充分发挥知识分子在四化建设中的作用，并没有引起足够的重视。这样一位有一定专业水平和影响的制冷专家因迟迟不作安排，被迫出走了，这说明我们有些部门的官僚主义多么严重！

就应当派沈被章这样的人出国
——记上海轮胎二厂选派工程师沈被章出国的经过

去年 12 月，上海轮胎二厂派出的一个考察团，在国外技术谈判中，主要谈判代表以熟谙技术业务的行家的姿态，使谈判对手为之折服，在一笔交易中使国家少支出了大量的外汇。

今年五月，上海轮胎二厂为了完善轮胎的试验手段，确保轮胎的质量，在向国外购买一些设备时，这位代表又参加了中国技术进出口总公司与国外一家公司的技术谈判。他以充足的理由和无可辩驳的数据，又使对方的技术要价降低了 12.5%，并且不收技术服务费和定金。

要问这位代表是谁？他就是轮胎二厂的工程师沈被章。可是，这位为国家节约了大量外汇做出贡献的工程师，在出国的问题上，曾经有过一段不小的波折。

去年 9 月，经国家有关部门批准，上海轮胎二厂从国外引进一套新型的轿车轮胎设备及技术。为保证这项引进工作的顺利进行，上海市出口办公室要求该厂选派工程技术人员赴国外考察谈判。厂党委在讨论出国人选时，大家对必须选派有真才实学，精通本专业知识的技术人员出国的原则，思想是一致的。但在确定工程师沈被章出国时，却发生了分歧。同意他出国的同志认为，沈被章知识面广，技术业务熟练，外语基础好，派他出国是合适的。不同意他出国的同志认为，沈被章在技术上有一套，但1958年曾被划为"右派"，1969年又被定为"现行反革命"。现在刚刚平反、改正，就派他出国，步子太快了。问题反映到上级有关部门，一些同志认为，沈被章是"双料货"，不同意他出国。

厂党委书记老陈是赞成沈被章出国的。为了统一思想认识，他组织党委一班人学习党的知识分子政策，对沈被章的"双料货"问题，进行了具体的分析。

沈被章，1950年毕业于上海交通大学机械系，今年52岁。他一直从事轮胎方面的技术工作，有过许多创造发明，1956年被提升为工程师，同年被评为上海市先进工作者。1957年，他对党的某些政策提了些意见，却被错划为右派，受到降职降薪处分。在这以后，他仍坚持搞科研，设计了一种全国最大的轮胎生产设备，为发展轮胎生产，做出了贡献。"文化大革命"中，他和亲属一起议论过江青、张春桥的问题，被打成"现行反革命"，管制3年，下放车间监督劳动。沈被章在备受折磨的情形下，仍然不忘科研工作。他为了使尼龙帘子布轮胎大量投产，研制成功了机床专用加工工具。他的问题得到改正、平反后，曾多次表示，要把失去的时间夺回来，把余生贡献给四化。

"这样一个好同志，受了不白之冤，还是想到科研，难道还能说他是'双料货'吗！"党委书记老陈激动地说："这样的人才，我们有什么理由不用呢！我们一定要冲破阻力，让他出国！"

经过讨论，党委的认识得到了统一，决定派沈被章出国。可是，上级有关部门的同志还是说："你们一定要派他出去，出了问题，谁负责？"

"沈被章出国，我们是放心的。如果出了问题，我去坐牢！"厂党委另一个同志据理力争。最后在市有关领导的支持下，厂党委的决定得到了批准。

　　当选派沈被章出国的决定，告诉他本人时，沈被章激动得说不出话来，表示决不辜负党和人民的信任。他回到家里，把这件喜事告诉在旅游局当翻译的爱人时，爱人还不相信，怀疑地说："啊！你能出国？"当她知道这是千真万确的事实时，激动地说："党和人民不仅是对你一个人的信任，也是对我们一家人的信任啊！"

　　沈被章出国了。他完成了党和人民交给的任务。今年6月，他被化工局提升为厂副总工程师；又光荣地当选为杨浦区人民代表。

　　以上一组文章，在全国好新闻评比中，获国家科委落实知识分子政策系列报道好新闻三等奖。

第二章

神奇的南极洲

南极是个什么样的大陆

地球，人类居住的星球，神奇美妙。当人类从茫茫太空观察地球两极时，那里是最耀眼夺目，熠熠闪亮的白色。

那个似梨的白色大陆，海洋包围着的是地球的尽头。如果能从上海打一个洞穿过地球，那就是南极。它的面积1400万平方千米，相当于一个半中国那么大，是中国陆地面积的1.45倍。然而，它是人类认识最迟的一个大陆。远古时代，这里曾经绿树婆娑，草幽花繁，与南非洲、南美洲、澳大利亚、印度大陆连为一体。1亿5000万年前，1亿5000万年前，由于古代陆地的解体，各大陆彼此漂离，南极则漂流到了地球的底部，成了冰雪茫茫的白色世界，98%的陆地被冰雪覆盖，平均厚度2500米、最厚达4800米，是全球最寒冷、自然条件最恶劣的地方。这里没有居民，更没有污染。

由于地轴倾斜，在极圈以内出现永昼永夜，只有冬、夏两季之分。这块大陆被人类发现以后，各国科学家和航海家纷至沓来，进行探险和考察，取得了巨大的成果。它表明，这块面积约 1400 万平方千米的冰雪大陆，以它独特的环境和资源，为许多学科研究提供了极其有利的条件，被称为"解开地球奥秘的钥匙"，有"天然科学试验胜地"之称。在这里可以获得其他大陆难以得到的异常宝贵的科学资料，对人类研究和认识地球整体环境，以及认识宇宙有着重要意义。

南极被发现的丰富宝藏，逐渐向人类展示了它的美好前景。在冰原覆盖下的不毛之地，蕴藏了近 220 种资源。其中重要的有金、银、煤、铁、铜、镍、锡、铝、铅、锌、锰、金刚石、石油、天然气，以及铀、钍等放射性矿藏。有人估计南极的石油储藏量达 400 亿吨，天然气约 500 亿立方米，比世界主要产油沙特阿拉伯的石油储藏量还多 1 倍。在南横断山脉中，煤炭矿藏非常集中。其中维多利亚煤田总面积为 100 万平方千米，煤层厚度达 6 ~ 9 米，是当今世界上储藏量最大的煤田。在南极的查尔斯王子山脉周围 200 千米区域，埋藏着一个世界上最大的磁铁矿床，厚度达 70 多米，宽 5 ~ 10 千米，延伸 120 ~ 200 千米，品位高，含铁量达 30% ~ 38%。如能开采，足够全世界使用 200 年，金矿的含金量为 1.4 克 / 吨，银的含量 10.3 克 / 吨。

南极大陆 98% 的陆地常年被冰雪覆盖，是世界冰川最集中的地方。大陆冰盖面积占全洲面积的 95%，冰层平均厚度为 20450 米。人们测到的最厚冰层达 4200 米。冰的总体积达到 2500 万 ~ 3000 多万立方千米。它集中了全球 90% 的冰雪，相当于地球淡水总量的 72%，是地球上最大的淡水资源。如果这些冰雪全部融化，海面将升高 60 米，地球不少地方将是一片汪洋大海，沿海的许多大城市会被淹没。

南极这个巨大的冰库对全球气流和海域影响巨大。如何去利用南极冰川，减小人类工业生产对极地冰盖的影响，将是研究南极重大课题。南极对人类生存的条件产生直接的影响，引起了各国科学家的关切。科

> 南极磷虾

学家们已经开始尝试把南极洲的浮动冰山，从海洋里拖到干旱的国家加以利用，造福于人类。

南极像一顶雪冠戴在地球之端，冰雪皑皑，终年常寒。虽然没有土著居民，但有世界最丰富的海洋生物资源。不仅种类多，而且资源量也大，主要有鲸、海豹、鱼类、乌贼和磷虾，其中有被喻为"蛋白资源仓库"的磷虾资源。

南极生机盎然，海洋生物很丰富。世界上90%以上的鲸是在南极海洋捕获的。南极磷虾的储量尤为可观，估计有50亿吨左右。磷虾是迄今为止人类发现的含蛋白质最丰富的生物。科学家们估计，只要每年捕捞1.5亿吨磷虾（相当于目前世界海洋总捕捞鱼量的两倍），就能向世界人口的三分之一提供基本蛋白质，且不会破坏南太平洋的生态平衡。目前，已有20多个国家正在研究利用磷虾问题。

"大鱼吃小鱼，小鱼吃虾米"，这是我们从小就知道的自然法则。在各种海洋纪录片中，也能看见这种鲸鱼、鲨鱼张开大口，一次吞掉无数小虾米的场景。

这种发着光、成团游动的小虾形成了蔚为壮观的景象，它们就是南极洲海域的磷虾。曾有科研人员统计过，算上蓝鲸、海豹的食量，再加之人类的捕捞，每年会有 3 亿吨南极磷虾被消耗掉，但现在它的数量不仅没减少，反而还有泛滥的趋势。这一点就要归功于磷虾超强的繁殖能力。每年的 1 月到 3 月是磷虾的产卵期，在这期间每只磷虾都会多次产卵，你一定想象不到，那么小小的一只磷虾，每次的产卵数量竟然可以达到 10000 万。

很多人都想不到，这小到不起眼的磷虾竟是体型巨大的蓝鲸的主要食物和营养来源。一方面是因为蓝鲸虽然长得大，但却没有牙齿，不能咀嚼食物，所以它基本不会捕食大型的海洋生物，数以亿计的南极磷虾，成为了它最好的选择。另一方面，别看磷虾的体积小，但它身上的蛋白质、维生素 A 以及虾青素含量却非常高，这也是为什么现在人类也开始大量捕捞磷虾的原因。

与金枪鱼、牛肉等肉类相比，南极磷虾的蛋白质含量更高，且含有人体必需的 8 种氨基酸。正因南极磷虾蕴藏着巨大的经济价值，自 20 世纪 60 年代起，苏联、日本、波兰等国率先开始商业捕捞南极磷虾。近年来，挪威引领了新一轮南极磷虾资源开发，形成了较为成熟的南极磷虾国际市场。

南极磷虾的储量尤为可观，估计有 10 亿～ 15 亿吨。磷虾是迄今为止人类发现的含蛋白质最丰富的生物。从 20 世纪 70 年代开始，人类已初步开发利用。每年捕捞 1.5 亿吨，就能向世界三分之一的人口提供基本蛋白质，且不会破坏南极磷虾的生态平衡。从 20 世纪 70 年代始，人类已开发利用。目前，已有俄罗斯、日本、波兰、挪威等国率先在南大洋进行南极磷虾的初级商业性捕捞，其中以俄罗斯的年捕获量最大，约为 50 万吨 / 年。

南极洲又是企鹅的王国，海豹的乐园，海鸟成群结队，海洋底栖生物种类繁多，是天然的动物园。

这些资源的全面开发和利用，引起了世界各国日益浓厚的兴趣。中国为了在南极有自己的科学实验基地，并在全世界对南极拥有发言权，因此也要进行南极考察。这就是我国为什么要耗资千万，"调兵遣将"

去南极的原因。

但是，南极是由于地轴倾斜，在极圈以内出现永昼永夜，只有冬、夏两季之分。它的气候特点是严寒。

这是为什么？因为尽管在夏季接受的太阳辐射比赤道地区还多，可是由于冰雪的强烈反射，太阳能被反射回大气层，南极依然是惊人的寒冷。年平均气温 −25 ～ −30℃。内陆地区最低气温可达 −89.6℃。因此，南极被喻为"世界的冷极"。

又由于寒冷的空气经常从大陆内部向海洋方向流动，南极的另一个特点是多风，暴风雪天气时而发生。年平均风速 18 ～ 20 米 / 秒，最大风速可达 100 米 / 秒，是"暴风的故乡"。

南极的年平均降雨量不足 50 毫米，较非洲撒哈拉沙漠还干燥，号称"白色沙漠"。

南极，其范围是指南纬 60° 以南的海洋、岛屿、冰架和陆地，总面积约 5200 万平方千米；其中的陆地和岛屿总称为南极洲，面积约 1400 万平方千米，约为地球陆地总面积的 1/10。

冰雪量最多的大陆——南极大陆上的大冰盖及其岛屿上的冰雪量，储存了全世界冰雪总量的 95%，被喻为"地球冰库""世界淡水库"。其冰盖平均厚度为 2500 米，最大厚度达 4800 米。

平均海拔高度最高的大陆——南极大陆平均海拔高度达 2350 米，位居世界各大陆平均海拔高度之最。最高山峰文森峰，海拔高度 5140 米。南极大陆冰盖最高点冰穹 A，海拔高度 4093 米，是中国人首次从冰盖进入冰穹 A 考察后确定的。

最孤寂、洁净的大陆——南极大陆是世界上至今唯一没有常住居民的大陆，仍是原始生态与洁白无瑕的冰雪世界、真正的世界野生公园和最洁净的大陆。

世界最寒冷之极——南极地处高纬地区，常年被冰雪覆盖，终年气候酷寒，只有冬、夏两季之分，年平均气温 −25 ～ −30℃。在南纬 80° 以内地区，年平均气温可达 −60 ～ −70℃。

最长昼夜的大陆——"半年是白天，半年是黑夜"的极昼、极夜奇特现象，是仅在南北极高纬度地区出现的一种高空物理和天气现象，且随着纬度的增高而越为明显。

最干旱的大陆——南极大陆的年平均降雨量不足 50 毫米，内陆地区几乎为零，较非洲撒哈拉沙漠还干燥。

暴风雪最强之地——南极地区多暴风雪天气；年平均风速 18～20 米／秒，最大风速可达 100 米／秒，被誉为"暴风的故乡"及"最大杀手"。

世界最大的淡水库——南极地区的冰雪总量之和约达 2700 万立方千米，储存了全世界可用淡水的 72%，可供全世界饮用 7500 年。

神秘南极洲

长期以来，南极洲一直披着神秘的面纱。绚丽多姿的极光，憨厚的企鹅，刁钻的贼鸥，懒洋洋的海豹，恐龙的祖先，陨石的宝库，洄游的须鲸，冰点下的鱼类和海底生物，近 10 亿吨巨大储量和磷虾等问题，200 多年来，一直吸引着无数探险家、科学家，为寻找、探索、研究这块神秘的南方大地，历尽艰险，前仆后继地进行了不屈不挠的斗争。

南极有四大特性：神秘性、自然性、探险性和科学性。

神秘性。人们发现南极的南桑德韦奇群岛，至今才 200 多年。长期以来南极洲一直披着神秘的面纱，时至今日，南极大陆的大部分地区仍未有人涉足，是地球上最后一块处女地。

自然性。广袤的南极大陆到处都充满天然、原始、荒凉，呈现着大自然的鬼斧神工。她是近 2 亿年前古冈瓦纳大陆的中心，保留最古老的近 40 亿年的岩石。她是地球至今污染最少、被环境学家选作全球污染监测本底的地方。

探险性。南极具有地球最南端的自然环境、洪荒原始，人们对她知之甚少、可望难及，吸引众多的探险家。她又是人类挑战极限不可多得的地方，因而又极具刺激，极具风险，几乎每年都有人葬身莽莽冰海，但仍有源源不断后来者踏上这个探险家的乐园。

科学性。南极洲隐藏着极其丰富的矿藏资源和信息资源，可谓上天可知天文，下地可识地理。南极又对全球变化极其敏感，全球的微小变化都可在南极洲找到响应，被当作全球环境变化的预报器。于是，南极洲被称为探险家的乐园，科学家的圣堂。

南极也是五极：冷极、风极、旱极、磁极和地极。

冷极：南极洲内陆高原是地球最寒冷的高原，平均气温为 −56℃，形成了地球巨大的天然"冷库"。1983 年 7 月 22 日，东方站（南纬 78°28′，东经 106°48′，海拔 3490 米）的气温骤然降到 −89.2℃，是全球至今为止测得气温最低记录。

风极：南极大陆以多风暴著称，风暴频繁而且强烈，风速每秒超过 60 米。在东南极洲的中央高原常年被极地高压控制，其强烈的冷空气沿着冰面陡坡向沿岸急剧流动，形成稳定而强劲的下降风，并频繁地在大陆沿岸地区产生强烈的暴风雪，使能见度降低，有时降至零，又称为"白化"或"乳白天空"，持续几小时至几天，对考察队员造成极大的威胁。1978 年在东经 140°附近的法国迪维尔站，观测到 96 米／秒的最大风速。

旱极：南极大陆是世界上最干燥的大陆，有"白色沙漠"之称，其年平均降雪量为 12 厘米，在中央高原，年降雪量只有 5 厘米，与撒哈拉大沙漠的年平均降雨量差不多。

磁极：地球就像一块巨大的磁石，这个磁石的极就是磁针向南所指的位置，为南磁极。这个南磁极的位置是 1909 年由沙克尔顿考察队确认的南纬 72.4°，东经 155.2°处，每年以 10 千米左右的速度向北移动。

地极：众所周知的在南纬 90°是地理学上的极点。人站在这一点上，身体旋转一周，就是绕地球一周，人在这一点上向任何方向走，都是向北走。在这一点上，每年有半年白天，半年黑夜。由于极点上面被大冰盖覆盖着，而在重力作用下，冰盖沿着海的方向滑动，因此，在极点的标志杆每年都要重新定位，大约移动 10 米。

南极还有六个谜：古冈瓦纳大陆、巨大的磷虾资源、臭氧空洞、冰架融化、冰下湖、陨石中的火星生命。

古冈瓦纳大陆：大约在 1.7 亿年前，地球上有一个现在称为冈瓦纳的超级大陆。这个冈瓦纳大陆是以南极大陆作为中心，连接南美洲、非洲、马达加斯加、新西兰、澳大利亚和亚洲的中南半岛。冈瓦纳大陆的构想是来自 20 世纪初德国的气象学家阿尔弗莱德·韦格纳，他注意到非洲大陆西侧和南美大陆东侧的海岸线有相似之处，而且东西两侧的地质构造、陆地上的动植物化石、冰川分布等也非常一致。连成一片的还有包括位于北半球的印度半岛，形成一个超级大陆。这就是著名的大陆漂移学说，但当时因无法解释使超级大陆分裂并位移数千千米的原因，所以这一学说一度就销声匿迹。后来，许多地球物理学的观测验证了海底扩张学说，因此冈瓦纳大陆学说又复活，并与海底扩张学说相结合，形成了近代的板块构造学说，而在证实古陆的变迁中，对南极洲的岩石和化石的研究起着重要作用。地球上的各类岩石像一座巨大的宝库，藏着地球演化史的一系列资料，记录着古陆变迁的踪迹，科学家发现在南极洲，分布甚广的是侏罗纪火成岩，其主要成分是玄武岩，这些岩石既有岩床，岩脉的侵入岩体，又有火山堆积岩的某些特点，整个南极横贯山脉都是这类岩石，其构成成分与北美、南非和澳大利亚的岩石相同。这说明，这些地区原来同属于一个火成岩石。在南极半岛和西南极洲广泛分布的岩石是第三纪早期的火成岩体，其重要成分是花岗岩，这种岩石与美洲西部沿岸的岩石相似。表明，南极大陆西部都是环太平洋构造地带的一部分。而东南极洲沿岸的基岩，无论从宏观还是从微观上看，都与冈瓦纳大陆其他碎块的岩石类型相同，同类岩石的纹理也十分相似。特别是含紫苏辉石花岗岩，在东非和印度南部都广泛存在。南极大陆冰岩的发现，为大陆漂移学说提供了另一个证据。所谓冰岩，是指在冰川的作用下形成的一种岩石。当巨大的冰川沿山谷、坡地流动时，往往连同它底部和两侧的岩石一起刮起来，卷入冰川的内部，一起流动。这颇像大江洪水暴发时泥沙俱下的景况。由于冰川的巨大压力和摩擦力，加上那些被卷入冰川内部的岩石块的互相挤压与摩擦，在岩石表面留下了条条擦痕。冰川消退后，夹杂在冰川中的石块便堆积起来。它与普通岩石不同，没有明显的层次，人们称之为冰岩。冰岩表面的擦痕，记录着冰川流动的方向和冰川的强度。冰岩的多少，标志着冰川规模的大小。冰岩在南极分布十分广泛，南极横贯山脉中最厚的冰岩达1000多米。这表明，当时冰川的规模相当大。在南极大陆发现冰岩之前，人们早已在南非、南美和澳大利亚发现了冰岩，分布非常广泛。它们的特征和形成都与南极大陆的相似。据分析和推断，这些冰岩的形成年代都在2.7亿～3亿年以前。冈瓦纳大陆的各个碎块都有冰岩，这一事实再次表明，当时这些大陆是连在一起的，都被冰雪覆盖着，并有巨大的冰川形成。南极岩石和海底古地磁的测量结果表明，南极海底的扩张与冈瓦纳大陆裂解，都处在同一年代。除岩石外，大陆漂移学说的另一个证据是化石。舌羊齿是一种古老的低等植物，因为它的叶形像舌头，故称为舌羊齿。它生活在大约2.5亿年以前，是当时地球上的重要植物，长得很茂盛，甚至形成巨大的森林。后来，由于地壳的变迁，这些植物被埋在地下，形成今天的煤。舌羊齿植物化石，在冈瓦纳大陆的其他碎块大陆上，如美洲、非洲和澳大利亚也早有发现。但是，羊齿植物是靠孢子繁殖后代的，孢子又小又轻，极易被传播。风可以把孢子从其他地方飘到南极洲。因此，还必须有更确凿的证据。1967年，科学家在斯科特发现羊齿植物化石的地方，发现了迷齿动物骨骼化石。迷齿动物是地球上最古老的陆地动物之一，它是由淡水中生活的动物进化来的，大约3亿年前，它就生活在陆地上，属于鸳鸯动物了。它再也不能回到淡水生活，更不能在海水中生活。它的游泳能力也很差，根本不可能远渡重洋，从其他大陆来。啮齿动物的化石，也在非洲和南美洲发现。显然，只有非洲、南美洲这些大陆连在一起，才能解释这一事实。随着南极考察的深入，更多的化石在南极洲发现。1970年，地质学家又在南极横贯山脉找到了水龙兽化石。水龙兽是生活在2亿年前的一种动物，不久就绝迹了，接着代替它的是恐龙。水龙兽的发现，说明，在2亿年前冈瓦纳大陆还没有解体，当时，这块大陆处在适于水龙兽生活的地区。南极化石可分为两大类：一类是海洋生物化石，一类是陆地生物化石。

但古冈瓦纳大陆还留下了许多谜。人们通过裸露岩和岩芯的精密调查，采用碳十四等现代测量技术，正在逐渐揭开南极大陆的形成史及基岩类的构造发展史，以及冈瓦纳大陆的演变过程。

巨大的磷虾资源：磷虾是与虾相似的甲壳类，有七种磷虾生活在南大洋中，其中最大型的是南极磷虾，资源量高达 10 亿吨。多数洄游于南极海中的须鲸，都是冲着那里的大量磷虾而去的。包括鲸、海豹、企鹅、鱼类等几乎所有的南极动物，均把磷虾作为主要食粮。磷虾生活在从南极大陆沿岸浮冰带到南极辐合带。其繁殖期是在 11 月末到次年 3 月的南极夏季期间，在表层水中产卵，下沉到 1000 米左右深处卵化，幼虾边生长边上浮至饵料丰富的表层，经过 2～3 年才成熟，体长 6 厘米，能存活 7 年以上。夏季食用靠近海面的硅藻等浮游生物，冬季食用附着在海冰下的微型藻类和海中碎屑，即使几个月什么都不吃，它们也能通过减少身体消耗而保存自己。南极磷虾在简单而又脆弱的南极生态中起着极其关键的作用。它的生理学和生态学仍然有许多未解之谜。

臭氧空洞：大气中的臭氧是紫外线作用于氧分子，氧分子分解成氧原子，氧原子和氧分子结合形成臭氧。臭氧大部分存在于平流层 10 千米～50 千米高度，其最大密度在 20 千米高度。臭氧的总含量还不到地球大气分子数的 100 万分之一。太阳光中含有一种叫紫外线，公认为是导致皮癌和白内障的元凶。由于臭氧能吸收太阳光中的紫外线，因此保护了地球上的生物。英国人 1985 年报道发现南极上空的臭氧空洞。每年的 8 月下旬至 9 月下旬，在 20 千米高度的南极大陆上空，臭氧总量开始减少，10 月初也现最大空洞，面积达 2000 多万平方千米，覆盖整个南极大陆及南美的南端，11 月份臭氧才重新增加，空洞消失。研究表明，人类活动大量用作制冷剂和雾化剂的氟氯烃，在平流层中经光分解成氯原子，氯原子使臭氧分解。南极上空，在 20 千米的高度，因温度非常低易生成云，这种云加剧了氯的催化作用。地球大气中的臭氧层出现空洞，这一问题已引起人们的普遍担忧。现在，世界各国都在致力于减少乃至制止氟氯烃的生产，南极的臭氧空洞还会继续扩大吗？南极的紫外线对南极的生态系影响如何？

冰盖融化：1995 年 1 月，美国科学家通过欧洲 1 号卫星的合成孔径雷达，观测到南极半岛的 4200 平方千米的北纳尔森冰架断裂，在几天内，最北部裂成两块并几乎完全断开。同时，靠南边的跟美国罗得岛州一样大小的冰块也从纳尔森冰架断掉。阿根廷南极研究中心通过现在调查宣称，仅仅在两周内，南极半岛的纳尔逊冰架就少了一大块，总面积达 1300 平方千米。这种发生在纳尔森冰架的大范围断裂事件，许多专家归结于全球气候变暖，全球气候变暖是由于大气层中的温室气体如二氧化碳、甲烷和氮氧化物等造成的，这些气体能够阻止地球表面对太阳光的辐射，大气中的温室气体含量越高则地球表面温度越高。从南极冰芯研究和观察站的地球化学监测表明，南极大气的过去和现在都受到全球温度变化的影响。现在二氧化碳每年平均增加 1.5 百分点，如果以这样的速度增长，那么，300 年内地球大气中的二氧化碳含量将增加 1 倍。气象观测资料表明，从 1860 年至 1995 年，全球平均温度上升 0.5℃，而南极平均气温近 50 年来却上升 1℃，南极半岛气温上升了 2.5℃。南极洲冰盖的平均厚度 2450 米，最大厚度达 4750 米，位于东南极澳大利亚凯西站（南纬 66° 17′，东经 110° 32′）以东 510 千米处。南极冰雪总储量近 3000 万立方千米，占全球淡水量的 72%，它的自重把南极大陆岩床的平均高度压到海平面以下 160 米。据估算，一旦南极冰盖全部融化，全球海平面将上升 60 ～ 70 米。但是，也有很多制约南极冰盖融化的因素，如南极洲包括南大洋是全球最大的冷库，它通过大气和海水源源不断地向赤道地区输送冷源，从而制约和平衡全球温度的上升；再者，冰盖融化，海平面升高，海面积变宽，海水的蒸发量增大而使天空云量增加，则减少了太阳光辐射而使地面温度降低。同时，对冰盖的形成历史和现在的冰雪物质平衡了解，将有利了解南极冰盖和温度变化的关系，因为，在大约 3 百万～ 4 百万年的上新世，当时的地球温度比现在还高，是否发生冰盖全部融化，当时的海平面是怎样的？现在的冰盖是增高还是变低？因此，全球变暖与南极冰盖融化是人类面临的一个长期而又十分复杂的课题，在相当长时间内都是个热点问题。

冰下湖：俄罗斯媒体1994年报道，俄罗斯专家利用地震探测和发现在东南极大陆存在一个冰下湖，并取名为东方湖，该湖位于俄罗斯东方站冰盖下3800米深处，湖面长250千米，宽40千米，湖深700米，其中有200米的疏松沉积层。该湖水至少有50万年未与大气接触。有关湖水的成分、水中有无生物存在、湖的成因及演化等都是人们所迫切关注的。目前，俄罗斯已在东方站钻取冰芯达3523米深。人们担心再往下钻会打穿冰层并污染湖水。根据南极研究科学委员会（SCAR）的建议，俄罗斯冰川专家在97／98年的南极夏季再往下打150米，即在离湖面25米～50米时停止。同时俄还将继续利用地震法进一步确定内陆冰川面积、冰川至基岩的结构以及冰和湖的确切边界。最近，美国太空研究专家认为，东方湖可能是可模拟木星卫星中存在的冰川—海洋—岩石的唯一天然实验室，并提出采用航天高技术诸如火星探路者机器人，自己钻透3000多米厚的冰盖进入湖水和沉积物中进行无沾污采样和样品分析，并把分析数据和图片源源不断地传回地面。

陨石之谜：美国航空航天局曾宣布，美国科学家通过分析1.3万年前掉入南极冰盖中来自火星、未受污染的陨石，发现了一些非常细小的古老的单细胞生命，推断火星可能存在着生命，并于1996年派遣两艘飞船前往火星，计划在2003年取回火星上的岩石样。这块存有火星生命证据的像垒球大小的陨石，是采自南极洲阿兰山，称为84001号的陨石样品，大约在1500万年前，一颗小行星或彗星撞击火星外壳，所产生的陨石沿着绕太阳转的轨道运行，直到1.3万年前，它落到南极洲的阿兰山，在那里一直隐藏到1984年才被发现。据大英博物馆记载，除南极洲外，至今为止，人们在陆地上发现的陨石只有2500枚，但在南极，科学家发现的陨石就达15000枚。南极洲冰中的陨石，随冰雪的流动被一同推向大海的方向，其中多数陨石掉进海中。有些陨石，流动中碰到冰盖下的隐蔽山脉便逆坡流动，冰被阻挡后不断弱氧化，少污染。

南极大陆被称为陨石的宝库，它是研究宇宙物质及其形成、宇宙和地球相互作用的极其重要样本。俄罗斯科学院通讯院士、古生物研究所所长罗扎诺夫在2月4日宣布"俄罗斯古生物所和美国宇航局的专家对陨石碎片进行了共同研究，并从中找到了一种极简单的微生物。这种微生物与现在地球上的细胞形态相似，只能生长在有水地方，但其年龄比地球要老得多。他们是远比地球出现之前就更早存在于宇宙中的生命。

总之，南极确实隐藏着大量的信息，它可帮助揭开地球以及宇宙的过去和未来，是地球留给人类不可多得和不可再生的天然实验室。因此，保护南极，探索南极，让它更好地为人类服务，是我们生存在地球上第一个的应尽义务。

第三章

南极在召唤

中国为什么要进行南极考察？

南极的神秘和特有的魅力吸引着世界各地的探险人。

200 多年的南极探险之旅，一直没有中国人的身影。1768 年，英国著名航海学家库克船长，第一次驾驶帆船进入南极圈内，遗憾的是，他没有发现南极大陆。半个世纪以后，俄国沙皇亚历山大一世派遣两艘机帆船组成探险队，经过两次"南征"发现了"南极大陆"，但实际上那是离南极大陆很近的一个岛。美国人认为，发现南极的荣誉属于美国的捕鲸船船长帕尔曼。1820 年 11 月，他在南极海域游猎过程中，曾清晰地看到了南极大陆，比俄国探险队早了两个月。英国人则说，英国探险家在美国人帕尔曼之前 10 个月就登上过南极。实际上，他们各自声称第一个发现南极大陆的这个地方，现在被各国统称为"南极岛"。

不论是谁发现了南极，整个 19 世纪乃至 20 世纪中叶，西方各国的开拓者不断地深入南极，进行科学探索，甚至在南极出现了领土纠纷。

1959 年，在南极建立了科考站的美、英、苏、日等 12 个国家在华盛顿签订了《南极条约》。条约禁止在南极进行军事性质的活动和资源开采，鼓励进行科学考察和国际合作。更重要的是，该条约冻结了南极主权，即各国对南极领土主权的任何要求，在《南极条约》生效期间不被否定，也不被肯定。

到 20 世纪 70 年代末，已有 18 个国家在南极建立了 40 多个常年科学考察站和 100 多个夏季站，不但发达国家，很多发展中国家已经把国旗插到了南极大陆。

1981 年 5 月，外交部、国家科委、国家海洋局报国务院批准，成立了首个专门机构——国家南极考察委员会。现在，中国人也要来了！一句话，中国要在南极有自己的发言权和决策权。

南、北两极是地球的重要组成部分，在全球环境与气候变化中举足轻重，直接关系着人类的生存与发展。南极又是一块未开发的大陆。对极地进行考察，在科学、政治、经济和军事上，都有着鲜明的国家权益象征。

"为人类和平利用南极做出贡献"，这是中国开展极地科学考察的基本国策和长远方针。

对地球两极的科学考察、经济开发等，中国要拥有自己的发言权和决策权。中国开展极地科学考察是履行大国的义务与责任。

南极，中国人来了！

然而，这个愿望的实现，倾注了多少人的心血呵。每当提起咖啡，都会引起考察队长郭琨的痛苦思索。

明净的落地玻璃窗，像一具油画的框架，摄下了澳大利亚首都堪培拉一尘不染的蓝天。林立的高楼大厦和郁馥的街心绿地，占据整个画面。近景是几只雪白的鸽子，在洒满阳光的广场旁悠闲地信步，不时扑腾地飞上天空……

然而，站在窗前的郭琨，双手抱臂，对眼前的一切似乎毫无兴趣，他的心情恶劣到了极点。

郭琨，1935 年 9 月出生在河北省涞水县姜各庄村一个书香之家。1956 年从天津市扶轮中学毕业并被保送至哈尔滨军事工程学院学习，传统的家教和严酷的军事训练生涯，练就了其拼搏奋斗、勇于探索、敢为人先、务求完美的优秀品质。1962 年大学毕业后，郭琨成为一名军事科技工作者，担任国家南极考察委员会办公室主任、中国南极研究学术委员会副主任。

他清楚地记得，1983 年的 9 月，南半球风光旖旎的春天。经国务院批准，由外交部和国家南极考察委员会组成的司马骏、郭琨、宋大巧三人代表团，首次以观察员的身份参加了在澳大利亚首都堪培拉举行的第 12 届《南极条约》协商国会议。

这是中国政府派出的第一个代表团。13 日至 27 日的会议主要议题，讨论南极电讯手册、南极科学保护区和环境保护等，共有 30 多项。东道主澳大利亚特地为 100 多名代表包了一家旅馆。

"郭先生，祝贺 10 亿人口的中国，加入南极国际合作的大家庭。"

许多相识的和不相识的朋友操着不同的语言，一见面都向郭琨这样表示。因这年 5 月 9 日，全国五届人大常委会第二十七次会议正式通过了中国加入《南极条约》的决定，中国成为该条约的 36 个缔约国之一。

"谢谢，"郭琨心情也很激动，"希望今后在南极考察事业中我们密切合作。"

"OK！欢迎中国的科学家到我们的科学站来工作，我们的大门始终是向你们开放的。"澳大利亚、新西兰、阿根廷、智利，还有日本的代表都郑重地发出邀请。实际上，20 世纪 80 年代伊始，我国新兴的南极考察事业得到上述友好国家的慷慨支持，中国的科学家已有 30 多人次到这些国家的南极站度夏或越冬。郭琨有理由相信，随着我国正式加入《南极条约》，国际合作的前景将会更加广阔。

但是，这并不能使郭琨的心情平静下来。

南极，这个蓝色星球上唯一没有国界的冰雪世界，那里蕴藏着无穷的奥秘。世界各国为了认识它，了解它，揭开它那神秘的面纱而缔结了《南极条约》。为了开展广泛的国际合作，为和平利用南极奠定了友谊的基石。不过，在《南极条约》上签字的国家却有协商国和缔约国之别。只有在南极的冰原建有科学考察站的国

> 考察队长郭琨

家，才有可能取得协商国的资格。不具备这个基础条件，那只仅仅是缔约国而已。

郭琨和代表团员们一到堪培拉，无时不感到有一种无形的压力。

会场的布置和座次的安排不用说早已暗示了这种区别，会议厅中心位置，摆着长长的条桌，这里是主宾席。16 个协商国的代表团，如同众星拱月一般，团团围坐，面对庄严的主席台，其余 20 个缔约国成员，只能坐两旁。

这区区小事权且不必计较，只要参加会议能达到预期的目的。然而，会议期间无论是大事还是小事，处处显示出协商国对待缔约国的傲慢，如有一点民族自尊心的人是无法忍受的。

会议的文件，照例是与会代表人人有一份的。可是怪哉，郭琨不止一次地发现，协商国的文件柜里各种文件资料塞得满满的，而我国的文件柜里却空空如也。向会议秘书处询问，那位碧眼金发的小姐彬彬有礼地说："对不起，有些文件只发给协商国……"这还不算，每当会议讨

论到实质性问题时，或讨论决议和最后表决时，主持会议的主席，敲响小木槌，立即向缔约国代表下了逐客令："先生们，现在就要表决，请非协商国的代表到休息厅喝咖啡。"

咖啡，浓郁芳香的咖啡，此刻比一杯苦药还要难以下咽。郭琨的心头顿时填满了苦涩和屈辱。走出会议厅，大门在身后"嘭"地一声关上，郭琨的心不由得猛然一颤。他知道，在联合国5个安理会常任理事国中，只有我国不是《南极条约》协商国。10亿人口的堂堂大国，在举世瞩目的南极事业中，我们中华民族却没有丝毫发言权，处于任人支配，寄人篱下的地位。尽管我们在《南极条约》上签了字，可是当别人在高谈阔论，决定南极的命运时，自己作为10亿人民的代表却关在会场之外，怎能咽得下这杯苦涩难堪的咖啡呢？

"屈辱！"郭琨认识到，在南极建站与否，关乎国家荣辱和民族尊严。

郭琨默默地站在窗前，忧郁的目光茫然凝视着堪培拉落日的余晖……

一杯杯咖啡在他的心头搅起阵阵冲天的狂澜。此刻，他置身在风光绮丽的澳大利亚，他想起正是著名的英国航海家库克船长在18世纪发现了这块富饶的大陆。库克是南极考察史上一位不可忽视的人物，是他在1773年的远征中，第一个闯入南极圈的。在此之后，英国海军军官威廉·史密斯于1819年也发现了南设得兰群岛。之后，通过无数勇敢探险家艰苦卓绝的努力，才揭开了南极惊心魂魄的序幕。这里可以列举许多英勇的名字：俄罗斯的别林斯高晋，苏格兰的罗斯，美国的帕尔默，英国的斯科特，挪威的阿蒙森……他们的名字光照史册，也成了南极大陆一些海域、岛屿、冰架、海峡以及许多科学站的名称。仅仅2个多世纪，南极的探险时代已告结束，继之而来的是更为波澜壮阔的科学考察时代。

郭琨，他回想起两件事：1982年8月，第四届国际南极地学讨论会在澳大利亚德雷德举行，中国第一个去南极考察的科学家张青松宣读了两篇论文，介绍自己在澳大利亚埃戴维斯站的越冬考察工作，引起国际学界高度重视。然而令张青松困惑的是，与会学者均将其视为"张青松的个人行为"，并不代表中国在南极的科学成就。同样的尴尬，中国地质学家孙枢也曾遇到过。1980年，他曾以观察员身份出席在新西兰召开的第十六届南极研究科学委员会会议，临行前，领导交给他一项特别任务：向南极研究科学委员会咨询，中国具备什么条件才能成为其正式成员。

"必须有实质性科考活动。"对方如此答复。

"我国已经派出两名科学家参加南极考察了。"孙枢所指，是中国派赴澳大利亚参加南极考察的张青松和董兆乾"破冰之旅"。

"他们是跟澳大利亚考察队去的，不算。"对方的回答，让孙枢不知该如何回应。

1981年，中国申请加入了国际南极条约，但由于没有自己的南极考察站和长期南极考察计划，中国不能成为《南极条约》的核心成员。

一幕幕的壮景把郭琨的思绪从堪培拉回到北京。在中国历史博物馆那敞亮的大厅里，一件件展品闪耀着我们祖先的智慧和才能。郭琨久久地徘徊在一具像是水勺子的指南针面前，这举世闻名的四大发明之一，像一根神奇的魔杖，撩拨着他万般的思绪。

这枚小小的指南针，静静地躺在那里，不知度过多少个寂寞岁月。它即使跻身于博物馆的玻璃柜，但比起周围那些帝王后妃铺金堆玉的冠冕，或者五彩斑斓的甲胄，仍然是那样平庸无奇，丝毫不能引起参观者的注目。然而，郭琨在它旁边却不能离开。那始终不渝地朝向南方的勺柄，仿佛发出了嘶哑而苍老的声音，在他的心底久久回响："孩子们，你们要向南，向南，始终坚持不懈地向南挺进。"

"老郭，今天晚上……"代表团翻译的叫声把郭琨的思绪打断了，翻译拿着几张请柬推门而入，但是一见他那阴沉的目光欲言又止。

会议期间，各国代表团竞相举行盛大的宴会，几乎天天有。当郭琨听说又是宴会时，他从牙缝里蹦出两个字："不去！"半晌，他斩钉截铁地对团长司马毅同志说："以后，不建成我们中国自己的南极站，我决不来参加这样的会议……"

郭琨决不是说说气话。国家的声誉，民族的尊严，使他时刻有一种紧迫感。

梦，我的梦！梦，民族的梦！梦，中国的梦！郭琨提出了他这个多年梦寐以求的愿望和梦想。

从此，生活的旋律始终围绕一个中心主题展开，它那节奏昂扬的乐章：南极！南极！郭琨和他主持工作的"南极办"，像一个大型交响乐队开始了紧张的排练。

一批又一批科学家派往南极，他们在友好国家的南极站度夏、越冬、考察，搜集有关建站和开展科学研究的资料。

一个又一个代表团和考察组，马不停蹄地穿梭飞行，考察各国为极地服务的建筑、交通运输工具、特殊的食品加工。他们像一批侦察部队，开赴南极半岛和南设得兰群岛，遍访那里的智利、阿根廷、苏联、波兰等国的科学考察站，勘察地形，考察海况，论证建站的可能性……。

1984 年 2 月，32 名科学家联名致信党中央和国务院，建议中国在南极洲建立科学考察站。不过，争议声也很大。据估算，1 年要花 1.1 亿元人民币。在当时，这是一笔不小的钱啊！国力承受不起。时任国务院副总理李鹏建议："由国家海洋局制定建南极站方案。争取一个立足之地，花钱在 2000 万以内。"

当年 6 月 25 日，党中央、国务院正式批准了建设中国南极长城站的报告。

中国正式组建南极考察编队

一个伟大的历史性战役，终于拉开了雄壮的序幕。中国正式组建南极考察编队，赴南极的船两艘："向阳红 10"号和海军打捞救生船"J121"号。"向阳红 10"号 141 人，"J121"号 308 人。

考察队两支：南极洲考察队和南大洋考察队。南极洲考察队 54 人，南大洋考察队 88 人。

1984 年 9 月 11 日，任命陈德鸿为总指挥，董万银、赵国臣为副总指挥。

陈德鸿，海军少将。1930 年 12 月出生在江苏省阜宁县沟墩镇。小时候上了 5 年私塾。1946 年 3 月加入中国共产党，任乡宣传干事，农村剧团团长。1949 年 2 月参军，11 月，从陆军"发展"到海军，成为海军南京航海学校航海中队的一员，担任文化教员。可陈德鸿一看，航海中队官兵不少是原国民党海军人员，大多是大学生和高中生，自己这点水平怎么当文化教员呢？于是，他提出调离现有岗位的要求，经领导批准，他去学航海。在航海学校结业后，被委以重任，先从海军登陆舰负责人干起，一直升任到海军作战部部长。作为不脱军装的海军军官，调任国家海洋局任副局长。1984 年，国家海洋局将首次南极考察列入年度工作计划。国家南极考察委员会、国家海洋局和海军等部门经过充分研究，决定由陈德鸿担任中国首次南极考察总指挥。

董万银，时任国家海洋局东海分局局长，1925 年出生，1939 年入伍，1946 年入党。历任排长、学员、航海员、副舰长、舰长、副大队长、副局长等职。参加过苏北、莱芜、南马、胶河战役等，曾荣立三等功三次、四等功三次。

赵国臣，海军旅顺基地司令员。辽宁绥中人，生于 1935 年 10 月。1956 年 8 月参加中国人民解放军，1960 年 8 月入党。1956 年 8 月至 1961 年在中国人民解放军海军指挥学校指挥系学习。1961 年至 1962 年为海军舰艇战士。1962 年任海军舰艇实习鱼雷长。1964 年至 1965 年任海军舰艇鱼雷长。1974 年任海军潜艇艇长。1979 年任海军潜艇支队参谋长。1980 年至 1982 年在海军学院合成指挥班学习。1982 年任海军潜艇支队支队长。1984 年至 1985 年任海军旅顺基地参谋长。中共第十三、十四届中央候补委员。

郭琨为南极洲考察队队长，董兆乾、张青松为副队长；金庆明为南大洋考察队队长，沈毅楚、王建文为副队长。

9 月 19 日，陈云为中国南极考察队题词：“南极向你招手。”

南极和南大洋考察航线和队徽

中国南极考察队的队徽为海蓝色的徽底，中间为银白色的南极洲

> 南极考察队队徽

第三章　南极在召唤

大陆轮廓，上面印有 CHINARE 的红字，中国南极考察队的中、英文环绕在它的周围。CHI 代表中国；字母 N，即 NATIONAL；字母 A，即 ANTARCTIC；字母 R，即 RESEARCH；字母 E，即 EXPEDITION，分别表示国家、南极、考察、远征队 4 个意思。它的含义是：中国南极考察队员肩负祖国人民重托，远涉重洋，不畏艰险，为祖国和南极考察事业争光的赤胆忠心。

"向阳红 10"号是一条什么样的船？

"心脏"健壮

船上机电部门是航船的"心脏"。按照"向阳红 10"号船的正常航速，到达南大洋和南极洲的考察目的地，来去航程约需 48 个昼夜。参加机电部门工作的王应禄说："'向阳红 10'号船的机电设备，质量是过关的，各项技术要求达到一定的先进水平。船上装有两台 9000 马力的主机，其中一台是备用的。还有 5 台 650 千瓦的副机，其中 3 台也是备用的。这些装备是一般船只所不能媲美的。可以这么说，'向阳红 10'号的机电部门是可以信赖的，是可以胜任远征重任的。"

"耳"明"眼"亮

"这次远征，时间长达四五个月，1985 年的元旦、春节，都要在南极欢度。船离码头后，与亲人无法互通鸿雁。但是，我可以告诉你们，我们的船上装有相当灵巧的'耳朵'——强大功率的收发机和卫星通信系统。通过它们，我们能天天收听祖国的声音，可以随时随地向祖国、向亲人报告我们的信息。即使在地球最南端的那一点，我们也可以与北京、上海通电话。声音的清晰度，不亚于市内的公用电话呢！"副航通长罗永春充满着自豪的激情。

"对于南大洋的流冰带、浮冰区，以及座座高大的冰山，'向阳红10'号将怎么对付？"李文祺问。

罗永春坦然地说："这是不必担心的。这艘船不但具有一般的常用导航设备，还装了'避碰雷达'，它的视力称得上'火眼金睛'，能把几十海里的航线看得清清楚楚。一旦有障碍物，'避碰雷达'就会在荧光屏上显示，随即发出警报，我们可以及时采取必要的措施。"

测天有方

南极洲的天气，一天三变，甚至五变、六变。面临恶劣的气候环境，"向阳红10"号将如何对待？

气象部门长林夏生说："为保障科学考察的顺利进行，这次有34名气象工作者随同，他们的主要任务之一，就是在气象方面保证航行的安全。同时，收集、积累太平洋周围的气象情报、资料以及观测船所在地的气象资料。在两者结合的基础上，作出考察队地域一至三天的短期天气预报。此外，船上还装有监视四百海里范围的测风雷达，能及时提供风暴生成、发展、移动、消失的情报。对于这次远征，我们在气象工作上是作了充分准备的。"

后勤保障

"我说几句。"负责船上后勤工作的吴明权对李文祺兴奋地说："兵马未动，粮草先行。这次随船人员之多，出海时间之长，是前所未有的。为使科学考察者们吃好吃饱，保持良好的身体素质，我们准备了120吨主副食品，有猪、羊、牛肉和鸡、鸭、蛋、鱼、对虾、蔬菜等1300多种。这些副食品大都是上海人民支援的。舱室中除备有齐全盥洗设备外，还配有暖气设备，全船有 11 个空调站，在极寒环境下也能保证舱室温度在 20℃上下。至于在舷外甲板上作业，或登南极洲大陆，科学考察者们将穿上特制的御寒羽绒风雪衣。这是由上海纺织科学研究院研制提供的面料，上海羽绒厂精心制作的。"

"向阳红 10"号已经受过多次南下太平洋的考验，算得上是久经沙场的"老将"了。放心吧，祖国的亲人们，这艘英雄的航船不会辜负你们的期望，一定会胜利完成党和人民赋予的首次考察南大洋和南极洲的重大使命！

党和国家领导人接见考察队员

1984 年 10 月 13 日下午 4 点 30 分，人民大会堂四川厅。

党和国家领导人万里、胡启立、习仲勋接见中国首次南极考察队队员。考察队总指挥、中国人民解放军海军作战部部长陈德鸿少将，将首次南极考察的航线图摊在地板上，向领导介绍中国首次南极考察队斜穿太平洋，不停靠沿途国家，直达南极洲。这条航线前无古人走过，有多少风险也无人知晓。考察队员中去过南极的只有 7 人。

向中央领导介绍航线

怎么去南极？破冰船是极地科考最有效的工具。但中国没有极地科考利器——破冰船。从中国赴南极洲也没有现成的航线可寻，科考队从 1249 张中外海图，150 本海洋、极地资料中，绘出了一条航线。这条航线起点是上海，经宫古水道、关岛、古伯特、社会群岛，由社会群岛海域按大圆航法，直插美洲南端的合恩角驶入阿根廷的乌斯怀亚市港口，再横穿德雷克海峡，抵达南极。

这条航线从没有人走过。船上准备了一些大的塑料袋，准备收殓牺牲队员的尸体。

所谓大圆航法，是采用地球面上两地间最短航线，即大圆航线的球面航法。选取最短的航线，也就是不避绕这条航线上任何的艰难险阻，直冲过去。无论怎么走，中国科考队都将开辟一条中国到南极的新航线。1984 年 10 月底前，建设南极科考站的物资和科学仪器设备共计 500 吨，全部运抵上海，装进了"向阳红 10"号和"J121"船的船舱。南极气候恶劣，对建站物资和科学仪器设备的质量要求也特别高。比如，对建站房间的要求是：防寒、保温、抗风、防火和防雪埋，所以房屋的建筑材料都是双层钢板内夹聚氨酯泡沫塑料。建筑是组合式的，钢板在 -50 ~ -60℃的情况下也不能开裂。

国家为南极科考站建设划拨的资金是 2000 万元。在最初的资金预算中，有中央领导批示，能用 2000 万元建起一个无人站就算成功。

"我们国家应该进入这个领域，增长这方面的知识，了解地球，为人类和平利用南极做贡献。你们要有吃苦耐劳的精神，团结战斗的精神。中国人不笨，可以做出自己的贡献。"

"要准备得尽可能充分些。要把条件想艰苦些，设备准备得牢固些，生活准备得丰富些。考察船要保证不出事，船经过考验了吗？"万里问。

当国家海洋局局长罗钰如汇报到南极考察和南大洋考察时，万里说："哪个地方艰苦？"

"艰苦性质不一样。"罗钰如回答。

"为国家南极科学考察事业做贡献是很艰苦的，但这是苦中有乐，求人民之乐。"万里继续说。

"为国家、为南极科学考察做出重大贡献，没有任何别的快乐能比对祖国做出贡献快乐得多。求人民之乐，求国家之乐，做苦中求乐，自愿吃苦。"

"首次南极考察是我国科学考察史上的一个创举。你们是开拓者，开创者，是中华民族历史上第一次，责任重大，光荣艰巨。"

万里对董兆乾、张青松说："十亿人民的心和你们在一起，要平安地回来。"

"要尽量考虑得周到些，要做好一切准备。这是我国第一次大规模派出的考察队，人又这么多。我国进入南极科学考察领域，已经晚了。希望大家踊跃参加，要能吃大苦、耐大劳，去南极能增加知识。今天，启立和我代表党中央、国务院前来检查，看看还有什么问题。现在还有段时间，务必要达到预期的目的。这样才能取得好的成果。你们这么多人，都要有吃苦耐劳的精神，团结合作的精神，向科学探索的精神，做出自己的贡献。祝你们顺利，取得丰硕成果。"

胡启立说："万里同志代表党中央、国务院讲话，想得周到，十分重要，我完全赞成。我补充一点：一个半世纪前，南极大陆被发现，各国科学家、探险家争着去南极探险考察，南极神秘的面纱被揭开了。但我们中华人民共和国，占世界人口四分之一的大国，在南极大陆始终没有一个立足点。由于历史上帝国主义的侵略，内患外乱，国弱民穷，不可能去南极考察。经过建国三十五年的努力，特别是党的十一届三中全会以后，拨乱反正，现在是全面振兴，政治上是空前的安定团结，经济上是日益繁荣昌盛，今天才有可能组建自己的南极考察队。"

胡启立说："我提几点希望。你们要有充分的思想准备，对困难充分估计。天有不测风云，要时刻准备迎接艰苦战斗，保证安全。全体人员要胜利地返回，完成祖国交给你们的考察任务。"

"不仅要建成南极站，还要把它作为国际友谊活动的地方，要讲友谊、讲礼貌、不卑不亢。要让外国朋友看到我国的开放政策，要友好交往，互相交流情况。"

"科学考察上要认真，一丝不苟。来不得粗枝大叶，要有严格的科学态度，数据要精确。"

"最后，无论气候怎么寒冷，风暴怎么强烈，自然条件怎么恶劣，10 亿人民的心是和你们在一起的。"

万里动情地说："为 10 亿人民做出贡献，祖国不会忘了你们的。等你们胜利回来时，我们再来开个会欢迎你们。"

10 月 15 日，邓小平题词："为人类和平利用南极做出贡献。"

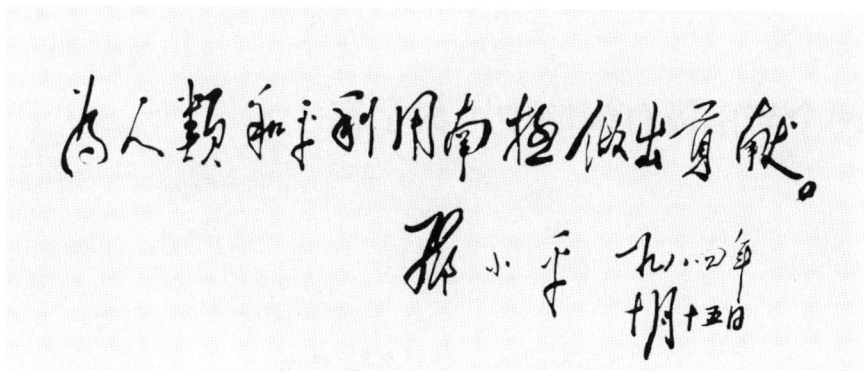

> 邓小平题词

两个与南极有缘的中国科学家

参加接见的董兆乾和张青松，是与南极有缘的人。

董兆乾出生于 1940 年 3 月，山东省荣成市人，1966 年毕业于山东海洋学院，因成绩优异进入国家海洋局工作，专攻物理海洋学。1979 年 12 月 18 日一大早，董兆乾所在的海洋二所海洋物理研究室主任陈干城匆匆来到他家，告诉他国家最近要派科技人员去南极考察，经海洋局系统组织内部挑选，选中了他。董兆乾到了北京才知道，这次考察是由澳大利亚政府组织的，澳方邀请，中国政府派遣，参加此次南极科学考察。

同一天，1936 年出生的中国科学院地理科学与资源研究所研究员张青松，正在山东青岛出差的他，收到单位的加急电报："火速回京，有出国任务。"

"会让我去哪儿呢？"从接到电报那一刻起，张青松满脑子都是这个问题。21 日抵京，所领导终于揭开了谜底：国家派他和董兆乾一起去澳大利亚的南极凯西站考察访问，时间约 2 个月，1 月 6 日就出发。

"当时听到这个消息，张青松心里是既兴奋又担忧，兴奋的是能够得到单位的认可去执行如此重要的考察任务，但转念一想，又担心自己对南极还不了解，难以完成考察任务。"

但面对只有半个月的准备时间，张青松顾不上想太多，一边查阅南极资料，一边准备采样工作，十分忙碌。在收集资料过程中，张青松还看到这样一则消息：1979 年 11 月 28 日，一架从新西兰飞往南极的 DC-10 客机在南极罗斯岛坠毁，机上 214 名乘客和机组人员无一生还。南极气候恶劣，张青松心里有了准备。出发前，张青松为了不让家人担心，并没有把赴南极考察的危险性说得太多，只是在写给党支部的信里留下了这样一段话："此次南极之行，我一定努力争取最好的结果，顺利归来。万一我回不来，请不要把我的遗体运回，就让我永远留在那里，作为我国科学工作者第一次考察南极的标记。"字里行间，透露着探索南极科学奥秘的无畏与勇气。

董兆乾和张青松带着坚定的信念，1980 年 1 月 12 日，从新西兰基督城乘坐"大力神"运输机，飞抵"南极第一城"美国麦克默多站，揭开了中国南极考察事业序幕。

1980 年 1 月 6 日，董兆乾和中国科学院的张青松，成为中国踏上南极的第一个科学家，揭开了中国南极考察事业的序幕。

在南极考察中，他俩除了主访凯西站外，还访问了澳大利亚和新西兰的南极局，参观了两国的南极博物馆，收集了有关南极考察的大量参考材料。两位中国科学家还顺路考察了美国的麦克默多站、新西兰的斯科特站和法国的迪维尔站，对南极建筑物、考察队的现场运行，考察队员的衣食住行、安全保障，冰雪世界的交通运输、通信联络等，进行了详细、认真的考察。

在极地大陆，每走一步，甚至每说一句话都充满艰险。如果在室外随便开腔，牙齿的釉层会受损伤，牙齿会被冻裂。碰到第一场极地暴风雪时，他俩躲在澳大利亚考察站内，可以清晰听到外面暴风呼啸。当时，风速达每秒 50 米，卷起大陆的巨型石块，打在建筑外墙，像在开机关枪，房子摇摇欲坠，经历过风暴的人"说不害怕肯定是假的"。这样的环境下，他俩仔细记录下各国考察组在南极活动的各种信息，留下了宝贵的一手资料，还收集并运回几百千克的样品。

　　这次考察历尽艰险，他俩圆满完成了任务，于 3 月 21 日回到北京。回国后，他们向国家海洋局提交了 5 万多字的综合考察报告，为我国组织南极考察、派出首支南极考察队和建立南极考察站的计划制定打下了基础。接着，海洋二所和中国科学院地理所分别组织课题研究组，出版了各自主编的《南极科学考察论文集》，这也是中国科学家对南极的首次科学著述。

　　同年 5 月，澳大利亚南极局局长访华时对国务院副总理方毅说，两位中国科学家表现"非常优秀"，已经是"南极人"了，并当场邀请他俩年底再赴南极考察。一年后，董兆乾第二次跟澳大利亚人奔赴南极，遇到了更大的危险，还差点丢了性命。

　　考察船在海上遇到风暴，风速每秒近 80 米，海船紧闭舱门，在海中翻滚了七八个小时。董兆乾没向大使馆报告险情，在船舱里弹着吉他给自己压惊，直到这艘船强行抢滩，冲上南极大陆才脱险。

　　"再晚一点，肯定完了。"董兆乾说。

　　董兆乾和张青松完成考察任务后，又参加首次国际南极海洋生态和生物资源考察计划，第二次赴南极进行物理海洋学考察，并在澳大利亚南极局和墨尔本大学进行合作研究。1984 年 1 月，参加阿根廷国家南极考察队，第三次赴南极。现在，他俩共同参加中国首次南极考察队，第四次要赴南极考察了。

第四章

斜穿太平洋

作了"光荣"的准备

中国南极考察，关键在"首次"，前无先例，有着极大的风险。俗话说："天有不测风云，人有旦夕祸福。"明知南极考察有风险，偏向风险行。南极考察体现在一个"险"。险，就在不测风云之中。

为此，考察队做好了各种物资准备，其中在考察船上准备了收尸袋，"万一"有考察队员"光荣"了，就装在塑料袋中，存放冰库中运回。对考察队员来说，也要有充分的精神准备，做好"万一"。因此，考察队离境之际，考察队员为了国家，为了民族，有的写了遗书，把自己交给祖国。

遗书上写道："如遇不测，请把我埋在南极，碑上刻上'中国人'。"

这真实反映了考察队员"壮士一去不复返"的悲

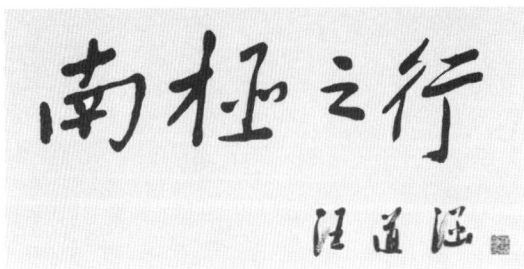

> 时任上海市长汪道涵为李文祺题词

壮心情！

中国科学院海洋研究所研究员王荣，本来决定到外国考察船参加南大洋调查，但他考虑到中国首次南极考察更需要他，断然改变主意，告别病重的父亲，决然加入中国首次南极考察队。

机要员唐玉友的妻子患癌症，刚做完肿瘤切除手术，需要有人照顾，领导考虑换其他同志去。他得知后说：国家需要的时候，个人最大的困难也要想法克服！他安排好妻子的护理，毫不犹豫地踏上征途。

年轻军官潘建新，在海军J121号远洋打捞救生船启航前，他的父亲——一位海军舰队指挥员，因病去世了。弥留之际，这位戎马倥偬的红军老战士，把儿子叫到跟前说："到南极去是我多年的愿望，可我去不成了，你一定要把我的骨灰带到南极，撒在南大洋。"潘建新尽快料理完父亲的后事，捧着父亲的骨灰盒，带着老人的嘱托和遗愿赶到船上。

李文祺要去南极了。时任上海市市长汪道涵为他题词：南极之行。

上海新闻界的一帮朋友，不约而同地渡过黄浦江，从渡口走到乡间的李文祺家中，欢送他远航出征，并呈送上上海著名书法家赵冷月先生题写李白名诗的墨宝："长风破浪会有时，直挂云帆济沧海。"

大家又一起在李文祺住房前合影留念。《文汇报》知名摄影记者臧志成悄悄问李文祺："你拍过全家福照片吗？"

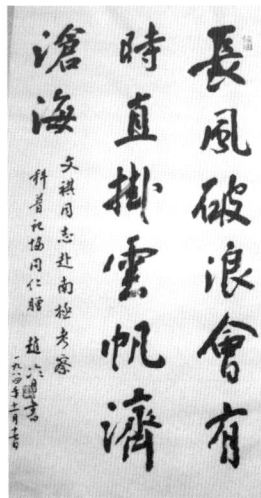

> 著名书法家赵冷月题词

> 上海科技记者到李文祺家送行合影

> 临行前与妻儿合影

"没有。"

"你把你夫人和两个女儿请到房间里，拍张全家福。"

在小楼上的房间里，臧志成拍下了李文祺第一张全家福。待李文祺的夫人和两个女儿下楼后，臧志成又悄悄地对李文祺说："我为你准备的！"

1984年11月20日，这是中国科学考察史和航海史上的一个重要日子。中国首次南极科学考察队就要起航了。

为了适应极区海域航行和科学考察的需要，国家海洋局对"向阳红10"号科学考察船进行检修和改装。上海船厂抽调骨干，集中力量，如期完成了导航系统等200多个项目的施工任务。上海纺织科学院参照外国的南极考察羽绒服，研制出御寒、抗风、防雨雪和轻便、结实、耐磨的羽绒服面料。上海羽绒服厂为考察队员加工制作适合的南极考察服的上装下裤。

上海手表厂为每一个考察队员赠送了一块上海牌手表。

来自国家23个部、委、局和有关省、自治区、直辖市和人民解放军的592名队员集中上海。其中南极洲考察队员54人，南大洋考察队员74人。新闻媒体则有新华社、《人民日报》、中央人民播电台、中央电视台等中央媒体的记者，地方媒体则是上海的《解放日报》和《文汇报》。

这批具有爱国主义热情和艰苦奋斗情操，有理想、有抱负、有能力、有体魄的中华男儿就要出征了。

李文祺也要离家了。这一去，就是半年，是凶是吉，未卜。李文祺一大早起床，向老母告别说："我出去采访了。"

但对妻子怎么说呢？李文祺只能暗示。行前，李文祺把外交护照上的照片，跑到南京路上的王开照相馆，放大成一张12寸大的照片，拿回家放在写字台上的玻璃台板下。

他对妻子说："银芳，我去南极将近半年，你要是想我的话，看看照片吧。"言外之意，不言而喻，他作好了"光荣"的充分准备。再在五斗橱上放上一只青翠的国光苹果，对妻子说："只要苹果好好的，就平安无事。"半年后，南极采访平安归来，这只苹果果然青翠。

他对母亲说："我要出远门了。银芳会照顾好侬的。"

那天，黄浦江上的东海分局码头，彩旗飞扬，锣鼓喧天。国家南极考察委员会主任武衡，国家海洋局局长严宏谟，海军司令员李耀文，上海市委书记、副市长阮崇武等领导，以及上海各界代表数千人，到码头为考察队壮行。

> 留给妻子的照片

《解放日报》社党委副书记冯士能，副总编辑居欣如，科教部的正副主任余建华、连金禾和记者胡廷楣，上海市科委科技交流中心主任李树均等也来到了码头。还有李文祺的大兄弟李文于，李文祺的岳父彭阿宝，李文祺的妻子彭银芳以及他们的两个女儿李勤、李冬芸。

汽笛声声，欢呼阵阵，考察船驶离码头，亲人们与李文祺挥手告别的眼神中，是一种期盼，更是一种伤别。

舟，在上海港起航，李文祺和这一切暂时分手，满载着理想和追求。重新相聚在何时？在那丰收的时候！

> 考察队壮行

> 《解放日报》党委副书记冯士能、副总编居心如，市科技交流中心李树均等到码头送行

秘密任务

就在奔赴南极的前几天，上海市人民政府科学技术委员会打电给李文祺："文祺同志，我是魏瑚，请你到我办公室来，有要事与你相商。"

魏瑚，江苏宜兴人，市科委副主任，是李文祺非常尊敬的老前辈、老革命。

"魏主任找我有什么要紧事啊？"李文祺心中纳闷。他赶到市政府她的办公室，魏瑚开门见山地说："首先祝贺你赴南极采访。再次向你提出一个要求，委托你在南极采访活动中，不失时机地为上海人民采集各种标本。"

对于这项任务，李文祺没有思想准备，但考虑到市政府交办的事，李文祺表示尽力而为。

但李文祺顾虑有三点：

一、采访任务已很重了，单枪匹马行吗？

二、没有采集动植物标本的经验。

三、采集到标本怎么带回？

魏主任说："你的顾虑我们考虑到了，我们为你设想一个方案：第一，由市政府出面开一封介绍信，交给考察队领导，告知你的秘密任务，请他们提供方便，给予帮助，保护你的安全。第二，到上海自然博物馆作短时的标本采集、保存、装箱等训练，并由他们提供必需的装备。"

在上海自然博物馆，动物部主任周满章向李文祺传授了采集动物标本的技能，向李文祺提供了保存动物的纱布、福尔马林，以及匕首、指南针、防护服和存放标本的铁箱。

李文祺接受秘密任务后，一上考察船就向考察队总指挥陈德鸿将军和"向阳红10"号船船长张志挺递交了介绍信，报告了他的秘密任务。谁知他俩一口答应，要李文祺大胆放心去做。张船长稍稍布置部下，在船的冷藏库中辟一个地方，专为李文祺存放标本。李文祺想："我的秘密任务，他们可能事先知道了才一路绿灯吧。"

李文祺带着市科委、新闻界同行们和朋友们的情谊，带着家人的嘱咐，又带着市政府要他为上海人民采集南极生物标本的证件，登上了"向阳红10"号船。

启航前那一份护照

11月19日上午，李文祺接到国家海洋局东海分局通知，去拿出国护照。可是到了东海分局，发护照的人告诉他，护照由海洋局情报处的摄影师代他取走了。李文祺好不容易找到那位摄影师，没料到摄影师说，"在别人那里保管着，缺不了一个角"。人家这么说，再讨要不好意思，他便回报社送审次日要刊登的评论员文章《我国科学考察史上的壮举》了。

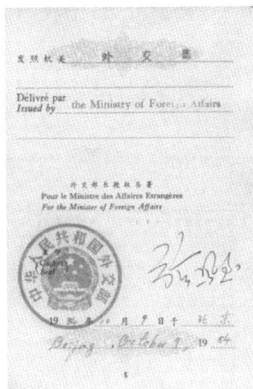

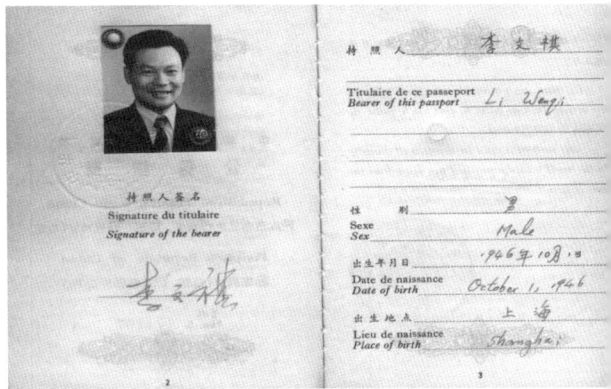

> 外交公务护照

下午2时,李文祺在东海分局礼堂现场采写考察队出发誓师大会消息时,扩音器里传来这么一句话:"李文祺同志,请你赶快把自己的护照送到'向阳红10'号会议室,海关和边防检查站等着给你签证!"

李文祺心头一惊,急忙登上船。海关人员问:"你的护照呢?"

"我没有拿到啊!"

"没拿到?希望你用刚才来时的速度回头去找。假如盖不上出境章,即使出境,也算作是偷渡。"话毕,工作人员先笑了。

"偷渡?"李文祺是老实人,先是一愣,再是身上冒汗,他果真用来时那样快的速度找到了那位摄影师,摄影师也是一愣,这时摄影师想起来了:"护照好像在孙志江那里。"

孙志江,《人民画报》记者,摄影师要李文祺去寻孙志江要护照。

胖胖的孙志江,看到李文祺急得快冒烟了,依然慢条斯理地说:"护照?你的?哦……哦……好像是我拿的。昨晚我还看过你护照上的相片哩,个头也不孬!"

真是急惊风碰到慢郎中。

"请你回去帮我找一找好吗?"李文祺恳求着。

"不要急……急嘛,你看,我正忙着拍照呢。"

事情到了这个地步,李文祺脑子里的语言区里只存在两个字加一个标点"完了!"

随遇而安。换了平时一定会这样做,可今天是去南极……但手里的那篇稿子还没完。先写好再说吧。

大会结束了。一个同志欣喜地跑来:"李记者,护照找到了!"

"找到了!"李文祺像一根爆竹被点燃一样地蹿起,"在哪里?"

"在,在情报处摄影师箱子中的衣袋里。他把你的护照给孙志江看了后又放回口袋,后来,衣服换下了,他把它锁进箱子里。要不是领导叫他仔细找找……"

共和国外交部签发的墨绿色外交公务护照,失而复得,李文祺捧着,顿觉分量倍重……

首次南极考察队临时党委委员、政工组组长吴振嘉不无同情地叫李文祺把护照给他，由他想办法，赶在明天启航前盖上章。

此刻，李文祺登上了"向阳红10"号船。队员告诉他，吴振嘉还没有回来。他抚着栏杆，望着码头上攒动的人头，心随敲响的鼓点悸跳。作为一个年份资深的记者，他太知道，一念之差往往带来什么……

……还有30分钟，"向阳红10"号船就要起锚解缆了！李文祺已经做好了下船的准备，就在这时，吴振嘉的身影蹦进了李文祺的眼帘……

"1984.11.20.离境"的海关章盖在李文祺的护照上，十分清晰，恐怕李文祺一辈子也忘不了它。

出师不利

欢送时的阴影

1984 年 11 月 20 日，这是中国科学考察史和航海史上的一个重要日子。

我国首次南极科学考察队的"向阳红 10"号考察船起航了。中华好男儿出征，牵动着亿万人民的心。少先队员寄来了一封封热情洋溢的信、一面面队旗、一条条红领巾。

天津手表厂送来了他们设计、生产的有南极地图标记的海鸥牌手表。

甘肃、黑龙江、浙江等省以不同方式，表达了他们的心意。

国家南极考察委员会主任武衡，国家海洋局局长罗钰如，海军政委李耀文，中顾委委员方强，上海市副市长阮崇武，南京军区司令员张明，浙江省副省长张敬堂，东海舰队司令员谢正浩等，与上海数千市民和考察队员家属，一早赶到码头为他们壮行。

码头上，鼓号声声；爆竹阵阵；汽笛连连。

武衡等向考察队授国旗和镌刻着邓小平题词的镀金铜匾及中国南极长城站站标后致辞："党和国家信任你们，关心你们，把你们看作是敢于乘风破浪、踏冰卧雪的勇士！全国人民和科学工作者，都关切地注视着你们，期待你们传回胜利喜讯！"

上午 9 时 45 分，武衡宣布："启航！"

陈德鸿总指挥下达命令："各就各位，启动！"

10 时整，"向阳红 10"号船和"J121"号船解缆，徐徐离开码头，开始了中华民族史上远征南极的处女航。

亲人们与考察队员们挥手告别。双方是一种期盼，更是一种伤别。船下几千双手与船上的几百双手，一边是送，一边是别，同时挥动，仿佛把汽笛声都给搅颤了。

突然，"向阳红 10"号船上一根钢缆断了，那架本来被吊住的舷梯，以每秒 3.74 米左右的加速度往下砸去，人群哗地闪开。"嘣"的一声，舷梯磕在一只可容五人敲的巨鼓铁架上，铁架断了，与舷梯一起落在地面。李文祺急忙下俯视，不由倒抽一口冷气：舷梯距离鼓手只差半米左右。

"哇……"不少前来送行的家属吓着了，有的甚至直呼船上考察队员的名字，求他别去了。

考察队的几位负责同志，眉头微紧，脸色铁青，一言不发。他们可算是唯物论者，不信有什么兆头。但是，大凡人都爱图个吉利，凑个兴头，这意外的事故给欢送场面抹上一层阴影。

船动了，李文祺望着完全动了感情的人们，原潜在心底的那种朦朦胧胧的工作责任感，一下子变得十分明了了：

手中这支笔并不是那样无足轻重。

也许，真有什么凶兆不凶兆的，

也许，真有什么危险不危险的……

592 名考察队员成了 591 名

船驶离黄浦江，在长江口锚地，又发生了意想不到的第二件事：考察船机电部门的李晋生突然身体不舒，发现自己的右手不听话，使不出劲，他当即向考察队长报告。考察队领导老周立即查看情况，跟他捏握手，觉得他的手确实没有握力。经研究决定，李晋生赶快下船检查。

李晋生被船接走了，不久传来信息，李晋生脑血管破裂，是轻微脑溢血。医生嘱咐不能前往南极。592 名考察队员（其中海军官兵 308 人），少了一名，成了 591 人。

台风迎面扑来

不吉利的事接二连三。考察船穿过宫古海峡，驶向太平洋。19、20 号台风在菲律宾以东洋面生成，气象班接收到卫星云图，新生成的 19 号台风以每小时 12 海里，正面扑来，最大风力 12 级。这无疑是两只"拦路虎"。

是前进还是后退？考察队党委决定：继续前进。

风，越刮越大；浪，越来越高。船头飞起的浪花，扑向前舱甲板，洒向船舷窗口。晶莹透明的水珠，好像生了根似的，沾在玻璃上闪闪发亮。船体两旁泛起阵阵白色水花。船在风中行，船在浪中走。这时，考察队总指挥中国人民解放军海军作战部部长陈德鸿将军跟副总指挥董万银商量开了。

"顶着台风行船，可不行；抛锚待航，时间不允许。"陈总指挥说。

"绕道走，到原定航线需要 12 小时，燃料浪费就大了。"老董思考着。

"我看这样行不行。"陈总指挥征求老董的意见说："我们船不走原定航线，直接向东走。也就是说，放弃原定走日本宫古海峡，穿越日本琉球群岛吐噶喇列岛最南端的航道，直接进入太平洋。"

"这样的航线是可以的。不过……"老董说了半句没有再说下去。

"不过什么？"陈总指挥问。

"这条航线，宽不过 10 多海里，与国际上 12 海里为领海的规定，有冲突吗？日本方面会有什么反应吗？"老董深思着说。

"我们为了避开台风，才走这条航线的。如果日本方面询问，我们可以这样回答：我们是中华人民共和国海洋科学考察船，去南极进行考察，并以礼相待。我们相信日方是会谅解的。"陈总指挥解释着说。

"那好，改变航向，我船走琉球群岛的吐噶喇列岛。"老董同意了陈总指挥的意见。

不走原计划的航线，而是绕道日本的一个岛屿水道进入太平洋，在关岛西部再回到原计划航线，有效地避开台风袭击。

海图航标员，根据总指挥的意图，很快标好了航线。船，我们的考察船，在船长张志挺"右舵"的口令中，改变航向，向着日本的吐噶喇列岛驶去。

吐噶喇列岛最南端的航道，水深800米左右，但水下礁石很多。据《航海指南》记载，1938年，吃水7.91米深的英国"里特勒"号船，通过这条航线时，被水下暗礁擦破了船底而沉没，考察船能通过吗？

上午11点，考察船依靠先进的导航仪器，顺利通过了日本的航道。李文祺站在船舷上，观察着动静，只见离船不远的日本岛屿上，高高的瞭望塔清晰可见。日方对考察船的航行没有什么表示。渐渐地，日本列岛在远去的视线中逐渐消失了。

由于受到台风影响，东海海面和太平洋边缘海面，风大浪高。两船乘风破浪前进，船体摆动幅度达15度，人站立不稳，有的考察队员已呕吐，尽管如此，考察队员们的精神还很饱满，情绪高涨。考察队员已开始进行海洋动力、磁力、表层海水营养、大气中的宇宙尘埃等方面的调查。

晚上，船过时差上的东8区，已安全而顺利地通过航道，开始进入太平洋，这时，每人的手表按照统一规定，从18点拨到19点。

浩瀚的太平洋，万顷波涛滚滚。它是世界第一大洋，面积约为17968万平方千米，占地球表面积的35.3%，等于世界大洋总面积的49.8%，比世界上陆地面积总和还大五分之一。

太平洋不仅是世界上最大的海洋，也是世界上最深的海洋。它的平均深度为4028米。深度超过6000米的海沟就有19个，其中超过万米的 6 个深海沟，全部在太平洋。马里亚纳海沟的斐查兹海渊深 11034 米，是地球表面的最低点。如果把世界最高峰——珠穆朗玛峰放到那里，它的顶峰距离海面还有 2000 多米哩！

发出第一条消息

这消息太重要了。李文祺赶写了一条新闻，请考察队临时党委委员、政工组组长吴振嘉审阅通过，向《解放日报》发送。可是，李文祺没有携带传真装备，怎么发出？他想到了同行——《人民日报》的杨良化同志。他走到杨良化居住的舱室，见杨良化满头虚汗，正在呕吐，人的神志也有些不清。但是，很奇怪，他知道李文祺的来意。因为，杨良化是党中央机关报的记者，素质高，事前知道李文祺没有带稿件传真设备，曾对李文祺说："如果需要我帮助尽管开口。"

他见李文祺进他舱室就知道是怎么一回事了。便不顾自己晕船呕吐说："你跟我走。"

他摇摇晃晃带着李文祺走到第六层报务室，接通了卫星电话。杨良化在李文祺稿子前加上一句话："稿子收到后，望即转《解放日报》驻京办事处。拜托！杨良化。"

《人民日报》与《解放日报》有着十分友好的关系，亲如兄弟。《人民日报》驻沪记者站设在《解放日报》大楼内，汽车驾驶员是《解放日报》派的。而《解放日报》驻京办事处设在王府井《人民日报》家属宿舍的四合院内，汽车驾驶员是《人民日报》派的。这次南极考察，两报记者走到一起，老大哥帮助小弟弟，在杨良化看来理所应当，毫不犹豫。

传真机上的稿子向北京传送完，电话机一搁，杨良化奔出电讯室，李文祺立即端来脸盆，"哗"一声，两股黄水拌着血冲倒在盆里。随后，杨良化倒在地上。

就这样，"向阳红 10"号船发出了第一条消息：

本报向阳红 10 号船 26 日电　赴南极考察的我船编队，斗涌破浪，于今晚八时（北京时间）通过关角水域，进入原定航线，现以每小时 17 节的航速，继续向东南挺进。至此，我船已航行 1510 海里。

我船避开今年第 19 号和 20 号台风后，太平洋上的巨大涌浪不时向两船冲击，船体晃动剧烈。"向阳红 10"号船为保持船体平衡，及时施放了"防摇鳍"。该装置似鸟之两翼，装在船体中央，使用时插入船体两旁的水中，减轻船体的倾斜度。该船船长张志挺对记者说："我船的先进装备，就是再大一点涌浪也不怕，请记者转告南征的家属们，我们都平安！"

南大洋考察队地球物理组的队员们，以顽强拼搏的精神，每天轮流工作 24 小时，已获海洋重力、水深、磁力等方面的资料。曾两次到南极，足迹踏遍南极北岛的南极洲考察队队长郭琨，在涌浪冲击下趴在地板上进行工作。他们的精神、意志，深深打动了每个考察队员的心。大家说："任凭涌大浪险，祖国在我心间！"

这几天，我船编队各党支部根据中央领导同志关于在考察第一线发展吸收党员的指示，正在广泛开展工作，到今天止，已有一批非党同志，提出了入党申请。

本报特派记者　李文祺

与此同时，李文祺的名字通过《解放日报》走进了千万名读者的心里。许多原来不去留意报上记者名字的人，看了这条消息后知道了他。而那些考察队员的家属，更把李文祺当作一架新闻发射器，每天取报时总要问："李文祺写的东西有吗？"

上海对外供应公司友谊包装装璜厂的谢珂写给她丈夫、考察队员吕清毕的信中说："特派记者李文祺的南极新闻报道很可贵，也很及时，我们感谢他！"

与此同时，同行的新闻竞争也在同一条船上展开。

去南极的新闻单位有《人民日报》、新华社、中央人民广播电台、中央电视台、中央新闻制片厂、《人民画报》、《解放日报》、《文汇报》、《人民海军报》、《解放军画报》、上海科教电影制片厂等派出的记者、编辑、摄影师 18 人。

同行相争，自古迄今，不足为奇。

"向阳红 10"号船上的记者除了讲友谊外，为了各自报纸的地位、信誉，也展开了激烈的竞争。竞争之余，些许的、不友好的声音和举动也是有的。人在高度紧张的状况下，有时很难区分什么是竞争，什么是不友好……

李文祺低调，没有架子和记者的派头，替船员干活，替领导出主意多，得到船员和领导的喜欢，自然信息来源也多，新闻也写得多了。

人看同一件事，百人百种角度，不能强求。一时间，在船上对李文祺有这样的议论：

"他是乡下人，长在乡下，现在也住在乡下。"

"他文笔差劲。"

"没什么水平——他这个人。"

李文祺知道这些话是谁说的。

梧桐树倒在大路旁，自有行人道短长。文章做得好坏、得失、功过、利弊，都是明摆着的。

一天，那位同行晕船了，呕吐后，人十分虚弱。李文祺关切地服侍他，并端来热汤面，一口口喂他。

有人见了，在过道里悄悄地支了他一下："李记者，你犯不着这样，他在背地里说你坏话。"

李文祺宽厚地笑笑。他心里明白，但不想计较。

现在关键的关键不仅仅是风雨同舟的问题，而是和衷共济。

"比起南极考察，比起祖国交给的天大使命，我这个乡下人的话题，显得多么荒唐、滑稽。"李文祺这样说了，心里觉得十分好笑。

丁点小芽，一撮芥末，权当是在大海洋枯燥生活时的调味品吧，吃多了一点的人，打个喷嚏就是了。你说你的，我做我的。人生离不开友谊，但要得到真正的友谊才是不容易；友谊总需要忠诚去播种，用热情去灌溉，用原则去培养，用谅解去护理。

考察船意外出故障

考察编队航船在太平洋上乘风破浪，即将驶抵赤道。想不到的事故一个接着一个。

航行在太平洋上的两艘中国船一前一后，11 月 27 日凌晨 4 点 55 分，"向阳红 10"号船总指挥室里"滴铃铃，滴铃铃"，一阵急促的电话铃声响起。

陈总指挥拿起听筒，只听得对方说："'J121'报告，'J121'报告，我船右主机第一缸冷却水管支架断裂，第八缸支架裂缝发生故障，航速由 18 节迅速降至 6-7 节，故障严重。单车航行，航速每小时十二节。现正采取排障措施。"

原来，"J121"船发生了一个意外情况。右主机第一缸活塞冷却管支架突然断裂，主活塞的强大推力把支架带入曲轴箱内，冷却水呈伞状猛烈向外喷射，情况万分紧急，眼看一场事故将要发生。主机班班长一个箭步冲上去，用力一拉制动阀，飞转的主机停止了转动。这时，船指挥组和船上领导闻讯来到机舱。一个严峻的问题摆在大家面前：断裂的冷却管支架无法修复，船上又没有备件，两台主机一台"瘫痪"，抵达南极的一万多海里的路程才走了六分之一！怎么办？用一条"腿"跑？速度太慢，会影响建站时间；依靠外国港口抢修？距离最近的美国关岛也有 400 海里，还要通过外交部门联系，且要延误时间；返航？建站任务就会告吹！技术人员经过研究，大胆提出封闭右主机第一缸，用其余 8 缸继续航行。

这里正是台风生成区域。

"封缸！"

总指挥陈德鸿考虑再三，下达了命令："右主机第一缸封缸后，每分钟转速 130 转；左主机 152 转，尽快避开台风生成区。""J121"艰难地在浩瀚的大洋上蹒跚而行。

故障来得突然，没有备用支架，全船上下十分着急。船长于德庆的压力更大。

"如果'J121'船不能把建站物资按时送到南极，将使已经公之于世的中国首次南极考察失败，我们将无颜以对中国共产党，无颜以对全国人民！"

总指挥得到报告后，与副总指挥董万银紧张地研究对策。经再三研究决定，采取只有在万不得已情况下使用的"封缸航行"。

"封缸航行"即对发生故障的汽缸停止供油。尽管风险很大，但是唯一的办法。机电部门的干部、战士，冒着缸内 70℃的高温，轮番钻进去作业，皮肤烤得灼热，喘不过气来，浑身上下汗如雨下。困难面前，谁也不后退一步。

"J121"号船是随同"向阳红 10"号船同去南极考察的海军救生打捞船，载有海军官兵 308 人。主机发生故障后，与"向阳红 10"号船的电讯联络更加频繁。如果不获成功，中国考察船编队所走的航线，正是北半球台风生成区的必经之道，这样会给船队带来更大麻烦。

5 点 05 分，"J121"号船报告："航速 7 节，排除故障需 3 小时。"

5 点 07 分，为了与"J121"号船保持距离，"向阳红 10"号船减速，二车进三，两分钟后改为二车进二。

5 点 15 分，"J121"号船的航速为 6 节，距"向阳红 10"号船 7.2 海里。此时，"向阳红 10"号船也减速为二车进一。

9 点 35 分，"J121"号船尚未修好右主机。"向阳红 10"号船总指挥发出指令：封缸右机每分钟 130 到 135 转，左机 155 转，要注意气缸爆炸压力和排险温度，设法尽快避开台风路经区。

10 点 32 分，"J121"号船报告：我船进行封缸试验航速 15 节。右主机 110 转，左主机 125 转。经副总指挥和专业干部判定，这是质量问题造成的机械故障。已录像和照相取证。

13 点 25 分，"J121"号船的航速降为 6.2 节。

经 4 小时 25 分钟的艰苦抢修，"J121"号船的右主机封缸完成后，转速为 125 转，左主机 150 转。温度、压力正常。

16 点 05 分，"J121"号船排除故障，航速达到 17 节。

17 点 45 分，"J121"号船向总指挥报告："现我船左主机 150 转，右主机 125 转，温度、压力均正常。经研究，现暂保持上述转速航行，继续测定各项参数，摸索管理经验，待明天再次研究上报。"

20 点 37 分，总指挥告"J121"号船："给海军发个报，请家里从"J506"或"J302"船拆一套备件，27 日送南极办交副主任处，由南极办设法带到阿根廷最南的城市乌斯怀亚。"

经过昼夜运转，证明"封缸航行"可行的，开创了中国大功率柴油机封缸航行史上最新纪录。

"向阳红 10"号船主机的气缸阻塞

一波未平，一波又起，意想不到的事又发生了。12 月 1 日，从凌晨 1 点到上午 9 点，"向阳红 10"号船八、九两个缸的油泵先后阻塞。傍晚 6 点，两台主机的高压油泵同时阻塞、卡死，航速从每小时十八节一下子降到五节，船只能在太平洋上慢慢挪动。高压油泵好比内燃机的心血管，一旦阻断，就会造成"心肌梗塞"。

油泵好比人的血管，应畅通无阻地向肌体的各个部位供"血"。一旦阻塞，"血"供不上后果是不堪设想。同样，油泵被异物堵塞，燃烧着的发动机供不上油，就会停止运转！何况，一台 9000 匹马力的主机有 9 个缸，两台主机共 18 个缸，现在竟有三分之一的缸出现问题，情况是严重的，如不及时抢修，船怎能通过素称"暴风区"的西风带呢！

是什么东西把油泵阻塞？

为了查明原因，船长张志挺来到了机舱，要求拆开一个油缸检查。

机电长徐家泉，根据船长张志挺的指令，迅速把高压油泵拆卸下来。一看，油泵的喷嘴被柴油中的沉渣堵塞。

症结找到了。

"立刻停机停航，动大手术！"总指挥陈德鸿和副总指挥董万银果断地决定，为了清除隐患，为了保证南极考察胜利，全面清洗油路、油柜，油柜中的存油全部抽出过滤。

机电部门的 40 多位同志，全部来到了主机舱，分成六个小组，打响了抢修主机的战斗。

赤道的夜晚，灼热逼人。机房内，热浪滚滚。空调装置不断向机房输送凉风，但温度仍在 40℃。大家顾不得高温，光着上身，穿着裤衩，汗水像雨珠往下淌；污物似油彩涂了一身，分不清哪是汗哪是油。

副轮机长开长虎，五天前被铁器砸伤了脚，他忍着痛，不离现场。毛国华、王应禄昏倒在舱里，醒来又奋不顾身地扑向自己的岗位。

机灵的船员石海翔，从一个口子中钻进油柜，跪在地上，借着洞外照进的微薄的光线，用面团一寸寸地粘清碎渣和沙粒。里面，柴油味熏人，空气稀薄，黑沉沉的一片漆黑不见五指。他把油库中的油渣全部清洗出。

用面粉团清洗油库，李文祺还是第一次看到。内行的机电工人向李文祺介绍说："用布清洗油库是不行的。棉织物的线头存在油库里，会给运转的发动机带来麻烦。"

"喔，原来如此。"

主机区队长黄俊生带病坚持抢修，毛国华由于晕船，呕吐，出汗过多，身体抵不住，昏倒在工作台上。

夜越来越深。人们汗流浃背在干，没有一个打退堂鼓的。机舱内刺鼻的油味，污染的空气，越来越浓。身上淋漓的汗水，紧张的劳作，使人头晕目眩，气喘吁吁。有人晕倒了，醒过来再干。

南极洲考察队副队长给他们送来了冰冻橘子水，食堂的同志也送来了面包。随队的记者全部出动，摄下了一个又一个感人的镜头。

黎明来临了。一夜不合眼的人仍在干，两夜不合眼的人不肯歇。身体内的水分大量失去，南大洋考察队副队长花峻岭口渴难忍，嗓子在"冒烟"。为了解渴，他拿起碗，把放在主机旁边的铅桶里的柴油掏起来，竟然当作绿豆汤喝下去了。

这是怎么搞的！人们惊奇。

原来，18个高压油泵喷嘴拆下来以后，机舱里面全是油，空气中的柴油味强烈，嗅觉器官失灵了，味觉器官也不好了；更重要的是，炊事员把烧好的绿豆汤也放在铅桶里，送到抢修的第一线，放在主机旁边。灯光下，绿豆汤竟然与柴油毫无区别。因此，花俊岭当即发高烧到39.5℃。医生立即采取抢救措施。可是，高热不退。花俊岭为此整整发高烧15天！

跟李文祺住在一个舱室里两位青年人——李传颂、杨恩义，也三十几个小时没睡觉，眼睛熬得通红通红。李文祺说："你们辛苦了！"他们说："没啥，没啥，为了神圣的事业，辛苦点算不了什么！"

是啊，为了神圣的事业，他们在顽强地战斗，不吃饭，不睡觉！他们以顽强的战斗精神，用20个小时把油库清洗完毕，像这样的任务，以往需10天的工作量！一路抢修，一路航行。

一路航行，一路抢修。

故障清除了！柴油注进了内燃机，内燃机推着船，船犁开了蓝色的大海。在国家南极办委员会办公室的地图上，航线在延伸——

留下了一道长长的清晰航迹。

赤道联欢

　　考察船来到赤道。赤道对大家来说，是个陌生而又神秘的地方，多么令人神往！特别能在船上经过赤道，领略太平洋上的赤道风光，真是有一番情趣。

　　这一天，终于到了！1984年12月1日早晨9点，住在各个舱室的考察队员，都来到了飞行甲板上，等候过赤道的时间到来。

　　船尾上的五星红旗，在赤道的热风中招展。朵朵白云在空中飘荡。蓝色的海面，被万吨巨轮犁起阵阵白浪，波涛上留下清晰的航迹。这时候的海洋面，没有大浪巨涌，而是细浪溇溇，在阳光的照射下，波光粼粼，一番"太平"景象。只见赤道两旁的海平面平静得连一丝波纹也没有，就像一面巨大的镜子铺在船下，一直延伸到望不到头的天涯海角。船过浪起，不时惊起成群的飞鱼。它们从"镜子"里一跃而起，展开鸟儿般的翅膀，溅起细细水珠，滑翔一段距离后，又钻进了"镜子"。

　　9点12分（北京时间6点12分），美丽壮观的赤道展现在眼前。

　　此时此刻，考察队员们，全都戴着印有"中国"两字的帽子，有的光着膀子，有的穿着裤衩，列队站在直升飞机停机甲板的前后，围成一个大圆圈。

汽笛长鸣，鞭炮、礼花齐放，四颗红色信号弹腾空而起。喇叭里传出《祝您幸福》《步步高》等欢快的乐曲。在人群的欢呼声中，陈鸿德总指挥兴高采烈地宣布："中国首次到南大洋、南极洲考察队通过赤道了！"

顿时锣鼓声、掌声响彻云霄。过后，陈总指挥说："我们通过赤道的时间是 1984 年 12 月 1 日 9 时 12 分，位置在东经 170° 25′ 27″，纬度 0° 0′ 0″。"

中国南极考察队离开祖国已 10 天了。两艘万吨考察船航行了 3532.8 海里，约为上海到阿根廷乌斯怀亚航程的三分之一。我们从北半球来到了南半球！

再过几天，我们通过国际日期变更线，就从东半球来到西半球了！航程漫漫，路途遥遥，我们在征途上跨出了可喜的一步。

"联欢活动开始！"陈德鸿总指挥的话音刚落，他接着说："我首先表演一个节目，朗诵两首自编词。

第一首：《航渡》
　　　　考察南极，
　　　　壮志凌云！
　　　　南极建站志如钢！
　　　　誓为祖国争荣光。

第二首：《向往》
　　　　两蛟龙过赤道，
　　　　乘风破浪，
　　　　全程守望。
　　　　驶向南大洋，
　　　　南极考察齐奋斗，
　　　　捷报频传扬四方！

接着大家都表演自己的拿手节目，在飞行甲板上尽情地唱呀，跳呀！一片欢腾。

赤道是地球南北两极，距离相等的一个大圆圈。地球的赤道面通向地心，垂直于地轴，将地球分为南北两个半球。在航海上，航船以赤道为零度，每1度为60分，每分为1海里。东来西往的航船过赤道，不管哪一个国家的，都要举行欢庆活动。这似乎已成为一个规矩，一项传统。船员们在这地球大圆圈上狂欢、跳舞。据说这是为了避难去灾。一阵欢乐过后，各人把破旧的东西统统扔进大海，让旧的事物永远过去，探求新的理想。这是一个多么好的规矩，吉祥的传统。第一次参加远航的考察队员们，这种机会是终生难得的。因此，庆贺过赤道是很有意义的。

值得一提的是，中国南征船编队，自进入太平洋后至今未碰到一条来往的船只，不要说商船，连渔船的影子也没有见到。仅有一次，我们正在吃晚饭的时候，船上的喇叭突然传出"请记者们快到驾驶台"，只见一架标有美国国旗的直升飞机，在我们船的前后左右盘旋。机上的驾驶员清晰可见。只见他向我们招手致意，然后腾飞而去。大概他知道我们是科学考察船，科学是没有国境线的，是神圣的，是增进人民幸福和友谊的事业，所以向我们招手，表示友谊和致敬的意思吧！

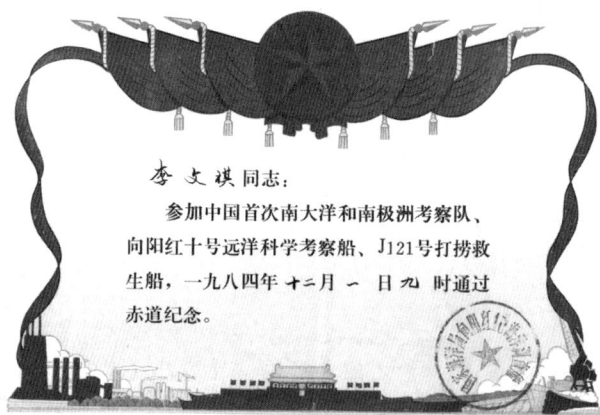

李文祺同志：
参加中国首次南大洋和南极洲考察队、向阳红十号远洋科学考察船、J121号打捞救生船，一九八四年十二月一日九时通过赤道纪念。

> 过赤道纪念

航行中的手术

从上海出发时，是寒风刺骨的冬天。但到赤道时，迎来了骄阳似火的盛夏；过赤道后，却是和风轻拂的暖春，再往南开，又是寒气袭人的严冬。

在 20 多天的航行中，考察队员们经历了春夏秋冬 4 个季节，更有趣的是在航行中大家都过了两个 12 月 4 日。这是怎么回事呢？原来，科学家把地球划分为 24 个时区，从西经 7° 30′ 至东经 7° 30′，为 0 区。

每隔 15 个经度为 1 个时区，时差 1 个小时。东、西 12 个区的中部划条国际日期变更线。航行太平洋上的船只由西向东越过变更线，日期往后移一天，反之就提前一天。那么国际日期变更线，是怎么样的？

1522 年 9 月 6 日，西班牙的麦哲伦探险船队进行为时 3 年的环球航行后，返回祖国，260 名探险者只剩下 18 个人。在欢迎麦哲伦船队胜利归来的会上，发生了一场争论，欢迎者按日历说那一天是 9 月 6 日，被欢迎者按航海日志说那天是 9 月 5 日。双方争执起来，各不相让。后来才弄明白，这是地球自转造成的。这件事提醒了人们，从此规定了一条"国际日期变更线"。中国首次南极考察队驾驶的"向阳红 10"号和"J121"船向东行驶，每前进 15 个经度，就把钟拨快 1 小时。

　　1984 年 12 月 4 日 15 点 20 分 11 秒，我们的考察队通过变更线，倒退一天。12 月 5 日又回到 12 月 4 日。

　　我们在太平洋上过了两个 12 月 4 日，多么有意思。

　　大海既有温柔的一面，也有暴跳如雷的脾气，它是一个神秘的世界，在它脾气温和时，海面上水平如镜，吹着温和的海风，令人心旷神怡。站在船边外走廊，举目远望，那一望无际的大海，天连水水连天；海水轻轻地拍打着船舷边，好像唱出了优美悦耳的歌声；那雪白的浪花像一个调皮的孩子，在船后面你追我赶地戏耍。无边无际的海面仿佛是一块晶莹的蓝宝石，又仿佛像一块天蓝色的地毯，整齐地铺在上面，真是美丽如画。然而又有谁知道这平静之中隐藏着多大的危机呢；平静只是大海的一面。

　　中国首次南极考察队，在远征途中脚踩巨轮，目睹了太平洋的英姿风貌。

　　船到了太平洋多风暴海域——西风带。

　　清晨，当天上的星星微微隐去，太平洋的颜色显得深沉。灰色的云朵飘荡在天际，海水的颜色渐渐地由深变浅，云朵也由灰变白。顷刻，海面金光万道，把变幻中的云彩染成了艳红色；海浪反射着霞光，如万点碎银在抖动。

　　突然，霞光变成了耀眼的亮点，在碧绿的波涛间，太阳露脸了，一跃而起，把燃烧着的火焰传给大海，传给人间。此刻，天空、海洋、云

> 太平洋上的考察船

彩、航船，构成的一幅绚丽的画面。啊！在无边无垠的大海上，观看日出，真是一种美的享受！

这番景象不由得使李文祺想起 460 多年前，伟大航海家麦哲伦接受了西班牙国王的命令，率领由 5 艘船和 265 名船员组成的船队，进行了一次历史性远航。他们从西班牙出发，穿过大西洋，绕经南美洲，向西横渡太平洋。3 年后环绕地球一周，从东面回到始发港。在他们行经太平洋的几个月里，洋面异常平静，使船队一帆风顺，平安到达目的

> 航行在西风带

地。因此，他们就给这大洋起了"太平洋"这个美好的名字。

啊！太平洋，您好。李文祺想进一步领略一下太平洋的风光，就来到甲板上。忽然发现刚才是碧绿的海水，一下子变成暗蓝色，水面上出现一条刀刻笔划似的分界线。一位航海人告诉李文祺，这是海水变深的缘故。

正说着，只见远方水天相接处，一片黑沉沉的乌云腾出海面。风卷着黑云，黑云像野马般地翻腾卷驰而来。转眼间，黑云吞没了太阳，天空霎时昏暗了。大洋的风暴，以它特有的凶猛狂暴，浩大的威势裹着一个个泛着白沫的巨浪，呼啸着向船舰扑来。

这里是南纬 40°，举世闻名的西风带，终年刮着几乎不变的偏西大风，掀起凶猛巨浪，素有"咆哮 40 度"之称。平静的海面突然露出狰狞的嘴脸，像一锅烧滚的开水，猛烈地沸腾起来。那张牙舞爪的浪花，就像被困锁的妖魔鬼怪解脱出来了。顷刻，蓝湛湛的海面上波涛汹涌，巨浪滔天，令人毛骨悚然，退让三分；狂风驾着奔涌的浪头，哇哇地叫

着扑向行船。

顿时，船在海面上跳起了霹雳舞，前后左右摇晃起来；一会扎进低谷，一会被涌到浪尖上，上下起伏足有二十多米；即便经过几年的锻炼已不太晕船了，这样的摇晃也让大多数人有些很不好受。

邱为民记者写了一首词：

> 西风带，
> 涌浪咆哮震天烈。
> 震天烈，
> 马达声竭，
> 汽笛声咽。
> 漫漫海路与世绝，
> 甲板迈步重如铁。
> 重如铁，
> 大涌似山，
> 飞浪如雪！

奔涌的波涛，漫过船头，飞上甲板，扑到10多米高的吊车上而撞得粉碎。偌大的万吨巨轮活像个醉汉，随着巨浪摇摆，依着巨浪而升沉。顿时，人们失去了平衡，像腾云驾雾一般，走起路来跌跌撞撞，大家不禁相视而笑。突然，又一个大浪打来，只见前甲板上的吊车在轻轻晃动，大概是固定钢缆的螺丝松动了。吊车是装运南极物资的"一把手"，不能有半点疏忽。水手长立即组织几名水手，披上雨衣，冒着狂风巨浪冲到前甲板。船在剧烈颠簸，他们爬着前进，然后跪在甲板上把一个螺丝拧紧。

当他们回到轮舱时，衣服已湿透。一位年轻人埋怨道："麦哲伦给太平洋取了这么个好听的名字，真是名不符实！"

另一个满脸络腮胡子的水手风趣地说："你不知道，这是太平洋为我们去南极举行的特殊欢迎仪式。麦哲伦要是知道了，一定会说太平洋对咱这些中国的'南极人'偏心呢！"一番话逗得大家捧腹大笑。水手长说："这是太平洋厚待咱们的'见面礼'！"

船在风浪中搏斗，顽强地前进。

"J121"船板吊车的巨大吊臂，随着船体颠簸不停地摇晃，"不好，准是固定吊车的钢缆松动了！"船长于德庆知道，这吊车是吊运建站物资的唯一工具，万一有点闪失就会误大事。于是他大声命令道："赶快固定！"只见枪帆长邵德全和几名水兵，披上雨衣迅速向前甲板冲去。巨轮在大洋上剧烈地颠簸着。他们就像在"跷跷板"上行走，一步一晃。又一个大浪猛地向甲板砸来，两名战士一下被打到船边，幸亏他们一把抓住栏杆，才没被卷入大海。等浪峰一过，他们飞快爬到吊车边跪着把固定钢缆的螺帽一个个拧紧。

风浪中，考察队员们经不起长时间的折腾，胃口越来越差，食欲严重减退。见了牛奶、面包，不想沾口。五香牛肉、炒鸡蛋、糖醋黄鱼、咖喱鸡块、香酥鸭等鲜美菜肴，也失去了吸引力。考察队员们三五成群坐在一起，就会情不自禁地议论一个话题，要是能吃上一顿炒青菜，该多好啊！这要求不高，但在航海中比登天还难呀。

然而，人要坚持下去，就要吃饭。为了刺激食欲，从上海带来的辣味萝卜干和榨菜，成了热门的佳品。榨菜上一层红红的辣椒粉，则是不肯轻易洗掉的，同饭拌在一起，吞下肚去。

吃饭，对考察队员们来说，不是一种享受，而是一项艰巨的任务。由于船体的晃动，人的头脑痛得欲裂。胃在骚动。吃下去的饭，直往喉咙口冲，闭着嘴，使劲往下咽，才不会吐出来。这时，人们吞下一粒晕船药，才会好一些。但过不多久，人体会发热，直冒虚汗，胃中的东西又往上冲了，嘴不自觉地一张，食物连同胃液，从口中喷射而出，眼泪满面。同志们风趣地把航途中的晕船呕吐，说成是"交公粮"，并概括"交公粮"的过程是：海上风平浪静，船外阳光灿烂，船里谈笑风生，平安无事。船外四海翻腾，船里天下大乱。船外翻江倒海，船里翻肠倒胃！晕船的味道是：

一身冷汗，

两眼发呆，

三餐不进，

四肢麻木，

五脏翻腾，

六神无主，

七上八下，

九（究）竟如何？

十分难受。

吃饭难，烧饭更难。炊事员们在海浪翻腾下，船体颠簸中烧饭炒菜，相当艰苦。伙房里，用粗大的麻绳拉好扶手，船体倾斜时，炊事员可以拉上一把，不让跌倒。饭锅中的水泼出，加进冷水；再泼出，再加进，冷冷热热，热热冷冷，煮成了夹生饭。切菜，砧板上的肉会飞到地下，洗洗切切，切切洗洗，好不容易才能炒好一个菜。炊事员们看到考察队员们晕船呕吐，就想尽办法，烧了一点绿豆稀饭和面条，调调胃口。炊事员吕清华等通宵达旦磨豆浆，做豆腐，让大家吃得好，保存体力。

太平洋的浪头，排山倒海也向航船扑来，船体剧烈抖动，人们的晕船还在加深。一些考察队员不得不在自己的耳根边，贴上膏布，促使中枢神经器官保持平衡。南极洲 54 名考察队员，已有 18 人晕船，其中 12 人呕吐，有一人一天吐了 8 次，把胃液都吐出来了。他痛苦地躺在床上说："难受死了。如不是身负重任，真想跳海算了。"

"J121"船则有三分之一的人员晕船了。

"向阳红 10"号船也有呕吐的。他们当中，有的想家了，更有人说："如能回去，我第一个回去。"

消极的情绪在传播，影响着人们的思想。

"我们不是去旅游的，也不是出国观光的！"船上负责政治思想工作的同志，针对性地开展思想教育。

"我们肩负着祖国人民的重托，我们承担着祖国人民的希望！晕船怕什么，饭要吃，人要动，战胜晕船关。"

思想教育，稳定了人们的情绪。

然而，在南极洲考察队员中，人们的情绪还是高昂的。这主要是队长郭琨带的好头。这个"老南极的中国人"，船体晃动也使他头晕目眩，但他不吭一声，坚持工作。上午 10 点，李文祺推开他的房门，只见他趴在地板上与副队长董兆乾商量工作。

红色的地毯上，放着一张"南极洲建站位置示意图"，旁边一盘电影胶片的铁盒，掀掉了盖子，存放着香烟头。郭琨趴着，董兆乾蹲着，两人在笔记本上记录商量的课题。此情此景，李文祺见到了，遇着了。谁能想到，堂堂的考察队长竟然趴着工作，旁边的写字台空着！

此时此刻，李文祺心中涌动一股热流。他不是有意空着写字台，而是晃动的写字台，不能使他开展工作，不得不趴在地板上坚持工作。

李文祺手中的照相机对准了他。郭琨见李文祺进来，从地板上爬起来，不好意思地说："都是为了工作，不得不这样。"他的意志，深深打动了每个考察队员。

远航是艰苦的，但考察队员们的情绪依然高涨。每天清晨，大家迎着大海上磅礴而出的朝阳，在 500 平方米的飞行甲板上跑步，打太极拳；就是船体左右幅度晃动时，大家还是手扶着手，像醉汉似的迈步。每天傍晚，除了值班工作人员，人们几乎倾室而出，在不是"广场"胜似"广场"的直升飞机的飞行甲板上，一圈又一圈地打转、散步。那些自称"牛通社"的"记者们"，发布几条船上各个部门发生的"新闻"，引得大家哈哈大笑，以此驱散人们的疲劳。艰苦中充满着生活的气息。

船在风浪中搏斗，顽强地前进。蒋加伦激情满怀地写了一首诗《远航》。

远航

蛟龙劈波斩浪

向着南极的怀抱投去

虽然西风带狂风巨浪

但它阻挡不了炎黄子孙坚定的步伐

等待着我们去插五星红旗！

船体颠簸，有的考察队员受不了啦！

葛棣明，22岁，1983年8月从上师大毕业，分配到"向阳红10"号船，从事气象工作。1984年上半年参加了中国第一颗同步卫星发射码的观测工作后，马上投入南极考察。由于劳累辛苦，长期在风波浪里生活、颠簸，隔天上午便感觉右下腹疼痛，但他不吭声，坚持工作。晚上6点，腹痛加剧，他不得不来到船上医疗室。值班的医生对他进行体检，诊断为急性阑尾炎。航行中发生急病要动手术，是"向阳红10"号船从1976年建船以来，还没有碰到过的事。怎样治好小葛的病？医生们考虑到航行条件下船体晃动因素，首先进行保守疗法，即用抗菌消炎的药，静脉滴注。如果方案失败，再采取手术治疗。

2个小时过去了，小葛的体温尚正常。可是，4个小时以后，他的体温又持续上升，炎症在加剧，各阳性体征均未减弱。

"为了队员的生命，立即进行手术！"

倪医生果断地说："马上消毒手术室和医疗器械。"副总指挥董万银、政委周志祥，先后来到小葛的身旁，守护着他。供电部门的同志，采取紧急措施，确保手术室的用电。

在陆地上做个阑尾切除手术算是小手术，现在可非同一般了，船在晃动中动手术，何其难呵！一个晃动，稍不留神，手术刀碰到人体其他脏器，后果不堪设想。更何况没有麻醉师，仇医生自兼麻醉师，在另外三位医生的配合下，特别认真，格外细致，尽力做到万无一失。采取的措施是全身麻醉，用绑带把小葛身子绑在手术台。乘着船体向左面晃动下动，船体向右晃动，收起刀。1 小时 52 分钟过去了，手术成功了！此时，时针正指着凌晨 4 点 30 分。窗外，天际刚刚送走黑夜，迎来了黎明。

李文祺目睹了这个罕见的手术，拍了张照片，回舱室写了篇目击记。长时间的海上生活，使人的记忆功能有所衰退，18 位记者中，不乏有下笔千言，倚马可待的好手，但此时入眼的事不写，等一会儿记不起来了。

李文祺把写好的稿件请领导吴振嘉审阅，吴振嘉说："颇有特色，可以发。"李文祺兴奋地奔向卫通室。正要发稿的一刻，吴振嘉走了进来。

"李记者，我突然觉得这篇东西不能发。一发，家属看了要紧张的。你意见如何？"吴振嘉提出了自己的看法，还带商量的口吻说。

沉吟片刻，一向爽朗的李文祺吞吞吐吐地道："作为记者，我很想很想发。你知道一个记者在现场写出一篇自己满意的东西不容易。但作为一名考察队员，我，我只能服从。"

"新闻兵很自由，在现在这个时候就不能自由了。"李文祺又补充了一句。

吴振嘉再没作声，拍了拍李文祺的肩。唯听风声涛声……

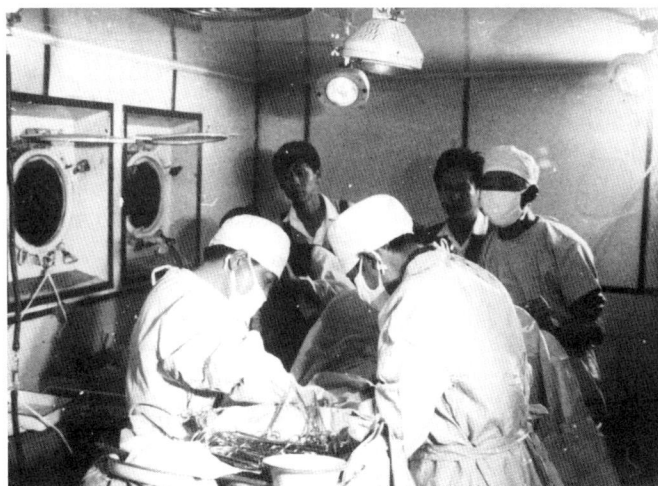

> 航行中的手术

终于看到了大陆

此时船上的新鲜蔬菜已经没有了，淡水也越来越紧张，不得不实行配额供给。一天一缸子水，喝水、刷牙、洗脸，洗脚，就这一缸子水。反正一天就这么点，加上晕船，呕吐的人也比较多，而船上的条件也比较差，公共卫生间里遍地都是呕吐物，又没有水清洗，人在此环境中很难受。

1984 年 12 月 19 日，两船航行 28 天后，抵达太平洋彼岸阿根廷的乌斯怀亚港。

阿根廷的乌斯怀亚港是个三面环山、一面向海的天然良港。它位于火地岛的南侧，地处南纬 54° 49′，西经 68° 18′，是世界最南端的城市。

乌斯怀亚这个名字来自印第安语，意思是"看太阳升起的地方"。这里是火地岛行政区首府所在地，有 18000 多人，大多是欧洲移民。过去，这里人烟稀少，满目荒凉，是专门流放犯人的地方。现在，火地岛上不但有 250 多个畜牧场，还兴建了纺织、电子、石油和天然气等新型工业。乌斯怀亚成了阿根廷南方的通商港口和旅游胜地。

考察队靠港，除了补给物资，检修船只外，还向阿根廷租赁了直升飞机，聘请了航海顾问。乌斯怀亚人极其友好地接待远道而来的中国人，当地驻军派军乐队在码头上奏乐欢迎。中国人也极力表达友好，可是对于小城居民来说，突然来了500多个外国人，还是会感到好奇。之前，几乎没有华人去过这个地球最南端的小城，看到一群群中国人走路摇晃，不知是怎么回事。原因很简单，在海洋上摇晃了一个月的人啊，上岸走路也是船的摇晃节奏。而考察队员们像是从太空回地面一般，欣喜若狂地踏上了异国大地，让潮湿的肺叶大张，去灌满干爽清新的空气，让咸腥的身躯一任阳光拂抚。

当天下午，考察队来到市区游览。长久闷在铁罐子里的人，一下子松弛了绑紧的神经。这是个美丽而别致的小城。这里的山并不高，但顶部的积雪终年不化，一顶顶"雪帽"在阳光的照射下闪烁着耀眼的白光。山腰间生长着茂密低矮的耐寒树木，远远望去像裹着一层翠绿的纱幔。山坳里有3条2里多长的街道，沿海岸平排而行。街道两旁的建筑都是用铁皮和木板建造的平房和两层小楼，房顶千姿百态，五颜六色，就像一朵朵山茶花在群山中怒放。这里看不到大都车水马龙、繁华喧闹；整个城市显得朴素宁静，小巧玲珑。

12月的南太平洋沿岸，正是春深似海，鲜花盛开的季节。马路两边的空地上布满绒毯似的草坪，家家房屋前后都开放着绚丽的鲜花，有幽香的蔷薇，瑰丽的羽扇豆，素雅的白百合，还有这里特有的金黄成串的德塔玛花。乌斯怀亚人酷爱养花。在每家并不宽敞的房舍里，都辟出一席之地放置花卉。街上到处散发着扑鼻的花香。

有人说，乌斯怀亚是座"不夜城"。的确，这里的夏季，晚上11点太阳还没落山，第二天凌晨2点天已大亮，真正的黑夜只有1～2个小时。居民一般2～3点开门营业。当你进去选购商品时，售货员会迎上来对你说："早上好！"晚上9点多钟，北京的商店已是打烊，路人稀少，在这里却是一天最热闹的时刻。人们纷纷来到海边、街头散步，到商店购买东西，直到午夜太阳下山时，街上才渐渐重归宁静。可是到了冬季，这里一天只能看到两三个小时的太阳。所以，初到乌斯怀亚的中国人很不习惯。

> 阿根廷乌斯怀亚

阿根廷人十分好客。12 月 21 日上午，火地岛阿根廷海军基地司令阿夫少将，热情地邀请"J121"船指挥员和船长到他办公室作客。中午，爱德华多中校又把船上 50 多名官兵请到家里，用阿根廷烤牛肉招待中国客人。吃饭时，一行人见到一位退休老船长，他今年 60 多岁，在海上度过了 35 个春秋，曾经 6 次到过南极。他听说我们要到南极考察，便详细地介绍那里的情况。他指着自己的脑袋风趣地说："我的头发全被极风吹光了。如果需要，我愿当你们的顾问。"

中国考察船的到来，使这个平时宁静的小城一下子变得热闹起来了。每天到码头参观中国船的人络绎不绝。每到一处，人们都热情地围上来问好。一些活泼可爱的阿根廷儿童，把我们赠送的明信片、年历和邮票等小礼品，珍惜地放在自己的纪念册里……

考察队自靠岸第一天起，就成了乌斯怀亚的头号新闻，电视台播放录像，几乎无人不晓，无家不知。横贯东西的圣马丁大街上，车流不息，一群群天真活泼、可爱的小孩，包括大人比划着手势在街头与别人交换纪念品。这些孩子把大人给的硬币——比索、邮票、香烟等换取中国考察队的纪念信封、中国邮票和硬币。他们可以说是第一次看到中国的东西，所以什么都感到新奇，并为能得到这些东西而高兴。有些阿根廷人，不好意思交换纪念品，就叫小孩来换取。当然，一些胆大的姑娘、小伙子也会主动前来索取物品，特别对中国的清凉油、仁丹、风油精很感兴趣。一看到考察队员印有"中国"两字的考察帽和佩戴的队标、徽章也不放过。有个队员在街上漫步，一个姑娘跑到跟前，用西班牙语问话，但这个队员听不懂也不理解对方的意思，这个姑娘就伸手一抓，把他头上的帽子拿了就走，回头向他笑笑，举手致歉。中央新闻纪录电影的摄影师老邵，胸佩 1 枚北京图案的纪念章被五六个姑娘围住，非要他送给她们不可。她们的举动是友好的，她们看到北半球的人身上的东西，都觉得新鲜，因此都想要。而且中国人的文明礼貌，深深赢得了他们的心。

据乌斯怀亚当局的官员说，中国人来到之前，他们十分担心，怕中国人一上岸，会给这个小小的城市造成灾难。但在事实面前，他们不得不惊叹，"中国人好，了不起"。为什么呢？因为中国人守纪律、懂文明、讲礼貌，不像有些国家的考察队登岸后，一偷、二抢、三酗酒、四打架、五嫖女人，把平时的小城市闹得天翻地覆。五百多名中国人上岸，谁也没有损害一点乌斯怀亚的利益，难怪乌斯怀亚人对中国人特别有好感。海关的人员及守卫港口的阿方军人见到中国人，都竖起大拇指，称中国人"伟大"。就连停靠码头的其他外国商船的船员，也不得不承认中国人"秋毫无犯，纪律严明"。

还有一些女人涂脂抹粉来亲近考察队员，把她们的名片塞给他们。有一位妖艳的年轻女人向李文祺走来，递上一张名片，名片上一个女人斜躺着招手，还有地址电话。她十二分热情请他去玩，遭到拒绝。

考察队有铁的纪律。考察队离开祖国之前，每人得到一份《中国南极考察队员守则》。守则有十条规定，其中第九条规定："在船只停靠港口期间，要服从统一指挥和安排；严禁个人自由行动；要服装整齐，有礼貌、热情友好。"

中国人给乌斯怀亚人民留下了深刻印象。

到达乌斯怀亚之时，正是夏季开始之际。有的人身上仍穿着皮袄，而更多的人都穿了汗衫，女人穿裙子，衣服的穿戴差别很大，你说这里是夏季，山峰上却白雪皑皑，终年不化。说它是冬季，人们穿的却是夏装。山坡上草青花香，用铅皮作屋顶的私人住宅内，楼房阳台和院子旁的月季花以及一些不知名的阿根廷花草，翠绿吐芽，但屋子里仍放暖气。室内外差异之大，使人不信。但我们确确实实地见到了，而且身临其境。看来，不协同的自然景色，构成了乌斯怀亚的独特美景，难怪年年有 5 ~ 6 万外国人到这里游览。同时，家庭种植花草，装点家中环境，恐怕是人类的共性吧。不是吗？一到春季来临，居住在大城市的人，只要条件许可，每家或多或少种些花草。

走在乌斯怀亚的主街——圣马丁大街上，可以从东到西一望到头。1 千米长的大街上，没有一个红灯、一个警察。人们驾驶汽车，谨慎小心，不争先恐后抢档，很有秩序，即使在转弯、上下坡时也如此。商店里的主人见到中国人很客气，我们主动送给他们一点小玩意儿，他们很高兴，拿出 100 个比索或更多的钱，甚至签上名送给你留作纪念。但是这里的商品很贵，一只 20 英寸的彩电合 500 美元；一件衬衫要 1500 多个比索（一美元折合 162 比索），合 10 美元；一条牛仔裤要 30 多美元；一张电影票要 400 个比索；一件全毛大衣要 100 多美元。喝一杯咖啡也得 100 多个比索。什么都贵，没有价廉的东西。

新奇的是，每家每户的电表、煤气表和煤气罐不是装在室内的，而是装在室外的马路上，谁都能见到。煤气罐用一根链条锁着。出售的杂志封面较差，半裸体的女人和几乎裸体的女人照，吸引不了读者。店主生怕有人翻阅，一般都塑料纸封着。商店橱窗里，偶尔有一二幅裸体女人照、画。中国的瓷器在这个小城市出售，令人惊奇。瓷器底部印有

"中国制造""中国广东"等字样，也有印着"万寿无疆""福""喜"等字的瓷盘、瓷瓶。店主人见到中国人会主动拿起给他们看，并用英语说"CHINA"（中国），表示这里有中国货。乌斯怀亚人民是友好的。他们对中国了解不多，但敬佩。

乌斯怀亚并不繁华，不是想象中的灯红酒绿、纸醉金迷的城市；她具有质朴、清醒的特点，使李文祺对乌斯怀亚有着良好的印象。

> 李文祺在地球最南的公路尽头留影

第五章

抵达南极

我们到南极了！

　　考察队五天的停靠，穿藏青西装的中国人，纪律严明，对阿根廷人民热情友好，赢得了当地人的好感，政府撤销了设在码头上的防范设施，知道了"CHINA"！

　　1984 年 12 月 24 日，西方的平安夜。两船离开阿根廷最南端的乌斯怀亚市，便进了德雷克海峡，穿越和西风带一样咆哮的德雷克海峡，就要到达目的地，南极洲乔治王岛了。

　　德雷克海峡是极地气旋风暴最为频繁的海域，是众多去南极探险的船队闻之色变的险地。但是中国南极考察队通过的这一天，上天似乎给予了特别眷顾，海面上风平浪静，水波不兴。

　　据有关资料介绍，德雷克海峡长 300 千米，宽

1000千米，是极地风暴路经的海域，风云变幻，波涛汹涌。一般情况下，涌浪高达4米，可与好望角相比。400年前，英国"魔鬼探险家"德雷克率领5艘15吨到100吨的帆船和160名船员，经过了近3年的环球航行，第一个来到这里，发现该海峡是通往美洲西海岸的通道。为纪念德雷克的航海业绩，此海峡被命名为"德雷克海峡"。

如今，中国第一个南极考察队，驾驶着两艘万吨巨轮，航行在德雷克海峡，要冲破被风暴、波涛封锁的南国之门，向着南极驶去！

德雷克海峡并没有想象得那样可怕、恶劣。海峡上空，阳光灿烂，没有一丝云彩，只有5～6级的风；海峡的浪，平平常常。两船一前一后，奔驶在湛蓝的天和海之间，甚是壮观。25日12点31分，"向阳红10"号船首先到达南纬60°，西经59°39′。在驾驶台工作的副船长徐乃庆同志兴奋地拿起话筒，向全船广播："同志们，我们进入南极了！"

"我们到南极了！"群情激昂，全船欢腾。中国南极考察编队进行南大洋和登陆建站的目的地就在眼前！我们聘请的船长顾问特隆贝达先生，是阿根廷人。他站在驾驶台上感慨地说："我多次驾驶到南极海域航行，碰到的都是狂风恶浪，想不到今天遇上了好天气，中国人是走运的。加上有两条很好的船，你们的事业一定会成功！"

外国朋友的良好祝愿，出自他对中国人民的热爱。也正像他所说的那样，中国南极队遇上了好运气。

船越是往南开，风浪越是小。到下午6点左右，海峡的风几乎停了，浪也小了，海面似镜，平得像西湖的水，没有一点波纹。一条条似鲸似豹的水生兽类，不时冒出水面游来弋去。

浮冰！你们看，左舷方有浮冰！有人高兴地叫喊着。从驾驶台向前观察，海面上发亮的光点在水中飘荡。是的，那里有浮冰，雪白晶莹。巨大的冰块上，一群群企鹅站在上面，欢迎来自远方的客人。

"左舷方有雪山！"又有人拿着望远镜兴奋地说。用肉眼远望，一条雪白的带子飘在天际，屹立在大海中。

南极，多好的南极！

12月25日，两船相继驶入南纬60°以内，《南极条约》规定，南纬60°以南地区属于南极地区。

2月26日南极科考队抵达南极洲南设得兰群岛乔治王岛的麦克斯韦尔湾。就在"向阳红10"号驶近乔治王岛，茫茫的冰盖、成群的企鹅出现在眼前时，全船的人都在欢呼。

大家心中无比感慨：南极，中国来了！

考察队经历142天，航程54000公里，穿越98个纬度183个经度，13个时区，开辟了通往南美大陆和南极的新航线。

> 长城湾，长城站对面的企鹅岛

中国要建的第一个科学考察站选在哪里？

选站址

12月27日下午1时，陈德鸿、郭琨、董兆乾等7人，乘租用阿根廷航空公司的"海豚"式直升飞机，勘查了阿德利湾等5个地方。部分队员乘"长城1"号艇，到爱特莱伊湾沿岸踏勘。最后预选出11个站址，其中以菲尔德斯半岛地区最为理想。

这里是一块台阶式鹅卵石地带，地域开阔，有3个宜饮用的淡水湖，海岸线长，便于小艇抢滩登陆，距智利马尔什基地机场仅2.3千米，交通方便；夏季露岩多，地衣、苔藓等低等植物发育比其他地点好；企鹅和其他鸟类均在此栖息繁殖，适宜多学科考察。

12月29日21时30分（北京时间上午9时30分），国家南极考察委员会通过通信卫星电话，批准考察队报告，同意在乔治王岛的菲尔德斯半岛地区建长城站。

但让大家始料不及的是，那里已经被人捷足先登了。有别的国家的国旗在那里飘着？再仔细一看，是南美洲乌拉圭的国旗。

再用望远镜细看，乌拉圭的一面小国旗确实在那儿飘着。那个地方实际上就被它占了。

乔治王岛是南极地区科学考察站分布最为密集的区域。它位于南极大陆边缘，气候温和，便于物资运输。当中国科学考察队到达之前，就已有9个国家在岛上建立了考察站，乌拉圭就是其中之一。

第二天，考察队一行20多人来到了乌拉圭站，进行交涉。

乌拉圭考察站的站长出面接待。郭琨告诉他们说："我们要挨着你们这块海滩建站。"

"欢迎。欢迎。"乌拉圭考察站站长说后，便问：

"你们中国南极考察队来了多少人啊？"

"我们的船停在港湾，有2艘万吨巨轮，600名考察队员。登陆的只有20多人。"

乌拉圭站站长大吃一惊，两只眼球都瞪起来了。

实际上是591人，也确实不少，差9个人就是600人。在南极建站史上，没有任何一个国家一下子就派出近600名考察队员。他吃惊也是情理之中，因为他们只有12名考察队员。

然而，要进行科学考察，必须首先建立考察站，为考察人员提供包括衣食住行在内的各种后勤保障。

国家南极考察委员会选定南设得兰群岛作为中国第一个南极站的站址，但是被乌拉圭已抢先一步。当时，中国与乌拉圭没有建立外交关系，为避免日后发生摩擦，考察队把目光转向了菲尔德斯半岛南部海滩。

为了防止再出现被别国捷足先登的情况，科考队决定派人先乘快艇登陆。

登陆

一行人乘登陆艇去抢滩登陆了。登陆艇开到港湾口上的时候，就看到前面又有两面国旗竖在那里。一看，一面是德国的，即当时的联邦德国，一面是智利的，两面国旗并排着竖在那里。

原来，中国选站组头一天在那里考察选址时，他们发现中国想在那里建站。于是，等中国选站组一撤，他们就把国旗竖起来划地为界。

当下，考察队员非常气愤。大家说，他们要竖国旗，我们就把站建到他国旗底下。

于是，测绘专家鄂栋臣拿出测绘仪器测量，绘制了中国人在南极的第一张地图。在这幅 1：2000 的地图上，鄂栋臣把长城站前的美丽的海湾命名为"长城湾"，结束了中国在南极大陆从无命名的历史。他还把极具中国特色的名字赋予南极无名的山川湖泊，填上长城湾、望龙岩、龟山、蛇山、八达岭等名字。

考察队在长城站的西小山顶上建立了天文观察墩；又在东面海滩建立了人工验潮和水准基点。通过精密卫星观测定位和验潮，在乔治王岛建立起我国的测绘坐标系统和高程系统。经过 55 次卫星的有效通过，采用单点定位的方法，获得了天文点的坐标。

经过实地考察,南极长城站站址选在乔治王岛的菲尔德斯半岛南部。

长城站之所以选址乔治王岛,主要基于以下几点考虑:

一是该岛自然条件好,可谓南极洲的"热带",年平均气温仅为 –2.6℃;

二是乔治王岛东侧有许多天然港湾,便于巨轮锚泊,加上沿海地形平坦,有利于船只登陆;

三是附近海域生物资源丰富,科研价值大。

经过反复勘查、对比、研究、讨论,最终确定在乔治王岛菲尔德斯半岛南部建立长城站,站区海拔 10 米,距离海岸 100 米。长城站的建立,为我国成为《南极条约》协商国奠定了坚实基础。

中国南极长城站在精确位置是:

南纬 62° 12′ 59.3″,西经 58° 57′ 51.9″,方位 170° 38′ 27″。

1984 年 12 月 30 日下午,中国南极考察队在乔治王岛菲尔德斯半岛

> 登陆

的滩头登陆，海豹也前来"欢迎"。

长城站海边的海拔是 2.681 米；站址的海拔是 13.633 米。长城站距南极半岛，也就是距南极大陆 70 海里；距阿根廷最南端的城市乌斯怀亚 960 千米；距离我们伟大祖国的首都北京 17501.949 千米。

1984 年 12 月 31 日，中国南极考察队在乔治王岛菲尔德斯半岛举行长城站奠基典礼，第一面五星红旗插上了南极洲。

在中国南极长城站北面有一个清澈晶莹的湖泊，被正式命名为"西湖"。一块中英文对照的铜制铭牌竖立在湖畔。这是在南极洲上第一个由中国命名的湖泊。

这个湖泊离长城站 200 米，位于雪山环抱的小谷中。它的东北面是小山坡。南面是一系列由火成岩组成的陡峭的山坡。谷地的出口正对着波光粼粼的长城湾。南极"西湖"的面积为 1000 平方米，水深 10 米。夏季，岸边尚留着残雪和冰凌。雪峰和露岩，倒映在清澈晶莹的湖水之中，真可与西湖媲美。这个湖水充沛，水质较好，即使在隆冬季节，冰

> 长城站奠基

> 作者在奠基地留影

层下 4～5 米仍不结冰，能保证长城站有充足的生活和工作用水。

在南极西湖东侧的小山坡上，来自浙江的考察队员们还立了用不锈钢重力取样管制成的高达 4 米的立标，上部用不锈钢导向舵做铭牌，写有"中国杭州"字样，导向舵箭头朝上，冲向天际，表示考察队员们勇往直前的精神。

但是，争地风波却没有到此为止。

考察队员在选址的地方搭了帐篷，大家都在帐篷里面睡觉，鄂栋臣在外值班，围着帐篷转来转去。他突然看到一个老外扛着一捆竹竿，出现帐篷旁，在他国旗的南面，我们帐篷的南边圈地，插了一块木板，用英文写着："中国人建站，不要越过这条界线。"

《南极条约》规定，南极不允许圈地为界。南极是地无边界、人无国籍之分的地方。鄂栋臣一看情况不妙，立即向考察队长报告。有人建议把它拆掉！但是领导开会研究说，他把绳子拉起来，我们不好动他的绳子，也不好去拆他的。我们得按照我国外交部的规定，有礼有节地跟他交涉。我们就找到那个老外，告诉他违反了《南极条约》规定。

老外解释说，他们在此进行地下水、地电、水下地温等等实验项目，埋了很多仪器，已经进行了 5 年数据采集了。他担心中国建站的时候，在这个地方破土一挖，把数据采集的环境破坏了，实验项目就连续不下去。我们说会照顾到这些科学研究的环境，前提就是他们得把这个界线撤掉。因为各个国家到南极都是为了科学研究，不是抢地盘才去的。老外一听，马上答应把竹竿儿和绳子收了起来。

建码头卸运物资

站址选定后，立即开始突击卸运建站物资。"向阳红10"号政委周志祥在卸运建站物资的誓师大会上，喊出响亮的口号："人生能有几次到南极，今日不拼何时搏！"

四支突击队在长城站基地会战。"J121"船上有一个"干部突击队"，全由海军年轻精干的团级军官组成，他们像猛虎扑向困难！"向阳红10"号与"J121"船的共青团员，在鲜红的团旗下，挥热汗与狂风搏击。

因为，建站必须抢在南极冬季来临之前。如果在夏季建不成站，不可能在冬季继续进行。中国考察队带的都是夏季装备啊！大船无法靠岸，只能靠小艇把物资运到岸边，再转运到站。当务之急，必须在岸边建造一座供小艇停靠的码头。

为了探明海底的地质和生物情况，指挥组把潜水作业的任务又交给了潜水长刘宝珠。

刘宝珠，37岁，1968年参加人民海军，当潜水兵10多年，已经300多次潜入深海作业。曾5次荣立三等功，被誉为"勇敢的水下尖兵"。这次来到南极，他担任船上突击队副队长，带领水兵们跳进冰海抢建码头。

但是，海底地形复杂，暗流多，流速快，手头也全无可以参考的资料库；况且，当时民防湾里还有一群鲸在游来游去，海豹、海狼随处皆是。这次下潜，与其说是作业，倒不如说是探险。

此刻，刘宝珠在想些什么？

他想：我是潜水长，而且有经验。如果有风险的话，理所当然要把风险担起来，把安全让给战友。再说，我们就要让全世界看看，中国人不但能驾驶自己造的船到南极考察，建站，还能用自己的潜水设备潜入南极海底。

为了驱赶海兽，船上放下了一条小艇，绕着潜水位置高速转着圈。时间一分一分地过去，仪表上显示的下潜深度在一米米地增加。甲板上一片寂静。刘宝珠由于长时间的劳累，当潜到 30 米左右的深度时，就感到胸闷。停留了几分钟，让身体适应一下，他又继续下潜……57 米，终于踏到了海底！他在神秘的海底走动 5 分钟，采集了泥沙和生物标本。20 分钟后，刘宝珠安全浮出水面，甲板上的水兵和考察队员同志们长舒一口气，马上高兴地围上去，向他祝贺。刘宝珠，第一个潜入南极海底的中国人！

我国第一个潜入南极海底的勇士胜利踏上甲板后，潜水医生及时把他送进了减压舱。船政委袁昌文把刘宝珠从海底采集的一袋标本打开，大家看到，标本中有一株特别引人注目的海草。这株海草的顶部长出 3 条 30 厘米长的项链状的枝叶，色如玛瑙。海草上带的黑灰色泥里有一只多彩的小贝壳。看着这些南极海底的生物，大家非常兴奋。

当刘宝珠经过 10 多分钟的减压，满面笑容地从减压舱出来的时候，同伴们问他："你在海底看到了什么？"

他回答说："今天阳光灿烂，海底能见度很好，2 ~ 3 米远的东西清晰可见。这里的海底平坦，泥沙松软，上面长着一丛丛海草，密密麻麻，颜色金黄，十分好看，还有美丽的贝类……"

1985 年元旦，新年第一天。考察队员顶着暴风雪，在冰冷刺骨的海水中，抢起铁锤，把一根根钢桩打入海底，用每袋 50 千克的沙袋垒砌码头。

有人被大浪冲倒，爬起来再干；

有人的防水裤里流进了冰冷的海水，疼痛如刀割，不哼一声；

有人手砸破了，肌腱砸断，咬咬牙再干；

有人汗水湿透了衣衫，穿在外面的防寒服，被海水打湿，冻成冰凌了，忘我干；

现场指挥颜其德，劳累过度晕倒，醒来后继续工作。

所有人，没一个叫苦喊累，大家拧成一股绳拼了命地抢筑码头。

然而，大风大潮突然袭来，顷刻间，刚刚建起的码头被吞没了。一块重百斤的固定木板被大浪冲走，垒起的沙袋被冲塌。正在用餐的队员们，在队长一声令下，立即放下碗筷，火速奔向码头，抢回木板，重新叠起沙袋。

第二天，南极洲乔治王岛民防湾内，阳光灿烂，蓝天白云朵朵，碧海浮冰块块。有的浮冰上躺着海豹；有的浮冰上伫立着企鹅；雪海燕飞来飞去。城楼般高大的考察船，在南极绮丽风光的衬托下，显得格外雄伟。

为了再次探清海底海况，上午9点10分，潜水长刘宝珠身携50多千克重的潜水装置，下到冰冷的海水里，顺着潜水绳慢慢下潜，海面不断冒出白色的水泡。谁知南极的天说变说变，干了没有多久，大风雪骤至，阵风11级，几米开外便人影模糊。

刘宝珠喊道："干吧，伙计们！掉脑袋也要把码头拿下来。"

道理很简单：物资运不上来，建站只是句空话，由于浪涌大，防水衣反而成了累赘，他们干脆把它脱掉，泡在齐腰深的海水里，再次将一根根钢管打进海滩，垒起一包包200～300千克重、装满石子的麻袋。湿透的衣服，风一吹就是一层冰。

突击队员个个嘴唇发紫，手也失去知觉……就这样，他们在拼搏。

120小时的连续轮番作业，一座长29米、宽6.2米、深3.1米的码头建成。

修好码头，就要把 2000 多吨物资运到站上来，那怎么运啊？完全靠人工手搬肩挑，劳动强度非常大，平均每天干 20 个小时活。人们常常极度疲劳，感到累，只要停下来，不到一分钟，眼睛马上就会闭上了。

驾驶小艇的队员争分夺秒，抢时间，争速度，日夜兼程，风里来雪中去，没有一句怨言。

南极洲考察队副队长张青松，他亲自扛木头方子，肋骨撞断还不下火线。

海军 179 号直升飞机飞行员与地勤人员，密切协作，安全飞行 125架次，吊运物资 39 吨，接送考察队员 1050 人次，被称为"南极雄鹰"。

"这次，在南极的上空，我们留下了中国飞机的航迹。"海航兵某团的副大队长于志刚以自豪的口吻说。

于志刚是我国首次展翅南极的 179 号直升机机长。

于志刚的脸庞被南极风吹得黝黑，他虽然远涉重洋，但看不出有一丝倦意。他说："南极气候难掌握，地形不熟悉，可供辨认的标记太少。"确实，直升飞机的导航设备受地域条件的影响，飞机飞不了多远就听不到地面的指令，雷达也捕捉不到目标。但是，为了战胜困难，到南极的第 2 天，于志刚他们就载着考察队的领导在乔治王岛上空察看地形，选择站址。接着，他们投入了吊运两台发电机的任务。在乔治王岛建立中国长城考察站，是这次赴南极的重要任务之一。装载在船上的被称为长城站"心脏"的两台发电机，直升飞机能否按时把它们运上岛，关系到长城站的施工进度，关系到照明器材，取暖设备作用的发挥。但是，连续几天都有 11 级大风，飞机无法起飞。

1 月 5 日，天气好转，机务人员早早地把飞机拖出机库，船上的人们都涌到甲板关注着机组人员。当飞机轻盈地离开甲板，在 20 米上空悬停时，两台发电机已推到甲板后部，在大家共同努力下，只用 20 分钟时间，就顺利完成了两台发电机及附件的吊运。这举足轻重的一仗，打得很漂亮。

1 月 16 日，"超黄蜂"直升飞机在"向阳红 10"号船吊运物资，从早上 4 点半起床，一直干到下午 2 点，共飞行 22 架次，吊运 27 吨物资。像这样超强度的吊挂飞行，在国内也未曾经历过。在南极飞行中，险情最大的是 1 月 11 日那天的超条件飞行。这一天，建站突击队员在乔治王岛上整整干了一天，下午 4 ~ 5 点钟，天气突变，风雨交加，最大风速达每秒 22 米。小艇无法下海。按国内规定，风速在每秒 12 米以内才能放飞。为此，机组人员考虑了各种情况，在作好充分准备的基础上断然升空，分批把 40 名突击队员接回船，开创了在南极恶劣气候条件下强行起飞的先例。

向阿根廷租用的直升飞机也投入吊运建站物资。

各人配合，各组配合，卸运建站物资成功！气象班长陈善敏等四人，用 27 天的时间建成了一个正规化的气象站，进行了"卫星云图接收"等五个方面的系统观测。

天色暗下来了，周围静下来了，可是乔治王岛上用帐篷搭起的墨绿色的"长城餐厅"内，却成了欢闹的场所。在长城站各个施工工地上，在科研观测仪器旁，紧张工作了一天的考察队员们，挨挨挤挤地坐在两条长长的餐桌旁。

"今天的菜谱是油爆大虾、土豆烧肉和银耳鸡蛋汤。"

"后勤部长"刘书燕还特意拿来了泸州特曲、中国红葡萄酒和青岛啤酒。随着友善的戏谑，诙谐的打趣和对美味佳肴的称赞，人们的疲劳消失了，脸上泛出了微笑。今天，12 月 19 日，是考察队离开祖国整整两个月，队员们登上乔治王岛的 20 天，也是胜利完成卸货和做好施工准备的日子。就在一个小时前，"向阳红 10"号船刚刚驶离民防湾去对南大洋进行考察。此时此刻，难道不值得队员们庆贺吗？

餐桌上，人们酒意正酣，笑意更浓。就在今天，发电站实现了 24 小时连续供电。通信班首次试机并接收到了北京的讯号，房屋班固定好了全部房屋的基础钢筋混凝土浇筑板，气象班第一次接收到了卫星云图，科考班开始进行了高层大气物理观测……一片酬谢、祝贺声中，站长郭琨站起来发表"餐厅演说"——在南极，在长城站，站长有什么话要讲，都是趁吃饭时说，队员们称此为"餐厅演说"。

郭琨首先宣读了国家海洋局、国家南极考察委员会和海军为卸货成功发来的慰问电，然后讲了近期的任务。他说："南极建设站工作现在进入冲刺阶段。从明天起，要用 3 天时间打好全部水泥基础，用 3 天时间立起房屋钢架，用 8 天时间装好工作楼和生活楼的墙体，保证提前建起长城站。每个队员都要苦战 27 天，用自己的劳动为长城站这幅画卷添上几笔光彩，向祖国人民报喜！"

夜色已深了，为已往胜利的庆贺变成了对未来工作的祝愿。人们在寒风里，抓紧临睡前的片刻，为明天的大规模施工做好道路和材料的准备。

> 卸物资建站

寒极中建站成功

建站中的艰难

南极，这块在 300 年前无人问津的大陆，现在越来越受到各国科学家的重视。但是，南极的气候也是常人难以想象的，这是世界上最冷、风最大的地区。南极的风可以杀人，它的最大风速达到每秒 100 米，比 12 级台风风速还要快 3 倍，被称为"风极"，能轻而易举把人吹走。同时，这里也是地球的"寒极"，最低气温为摄氏 –80 多度，在野外，几分钟就可以把人冻死。

南极只有冬夏两季，全洲年平均气温为 –25℃，内陆高原平均气温为 –56℃，极端最低气温曾达 –89.8℃，为世界最冷的陆地。要在终日被冰雪覆盖的南极建立考察站，只能在短暂的夏季，也就是每年的 11 月中旬到翌年的 3 月中旬中间施工。4 月到 10 月，南极的冬季到来，冰原上就只剩极度的寒冷和无边的黑夜。如果夏天完不成任务，就要延误一年。因此，中国第一个南极考察站一定要在冬季来临之前建成。

长城站奠基后随即开始建站施工。凛冽的寒风中，争分夺秒。塑料帐篷常被大风吹翻，被暴雪压塌，经常早上醒来发现自己都成了一个雪人。

在如此恶劣的环境里建站，外国科考队都是让专业建筑公司把站建好后，才派科研人员上去；而中国则全靠科考队员自力更生建站。在码头，他们是搬运工；建房时，他们是建筑工；科考时，他们又成了科研人员。搬运工中也有记者。在刺骨的寒风暴雪中，大家团结一心抢时间。

首先是平整场地。在那遍地是大鹅卵石的海滩上弄平，很难。但要建房，必须平整。大鹅卵石，人搬呐。考察队员们搬起石头，"哎哟"一声吼，一块一块把它搬开。

建房子，每一栋房子27个坑基，每一个坑一米见方。挖27个坑的时候，一米以下是永久冻土层，有的不到一米，就挖不下去了，考察队员们就用三角镐往下一啃，啃不动。啃的就是一层皮。用炸药炸，那是不允许的，南极条约有规定，炸不允许，炸会污染环境。最后用什么呢？用风镐，坑基是用风镐钻出来的。

科考队54个队员分成了9个班，科学家们也得按照建筑师的指导干体力活，地质学家刘小汉被任命为螺丝班班长。他1983年12月毕业于法国郎盖多克科技大学地质系，获得法国构造地质专业理学博士学位，1984年1月回到中国科学院地质研究所从事科研工作。长期从事构造地质（显微构造、大地构造）领域的研究工作，在东秦岭、大别山、三江地区、五台山、天山、西准噶尔和南极地质考察研究等方面卓有成效。

刘小汉背的挎包里装着几十个大螺丝，很重，手中拿个大活动扳手，率领螺丝班的五六个人，爬到钢梁顶上，骑着工字钢梁拧螺丝。要拧几千个啊！要拧正拧紧，可不容易呢。指挥摆钢梁的，由水准仪测定校正，低了，再高点；高了再低点。反正，科学家们在建设师指挥下，干拧螺丝活体力活。

科学家坐在那个五米高的钢化架上拧螺丝，可不是件容易事。钢化架铁皮做的，潮湿，按照规定两个小时换一班。然而，有的队员一劳动就几个小时，到最后整个羽绒服裤全湿了。他们从钢化架上下来，两条腿动弹不了了。让医生给他们揉，换裤子，郭琨要他们别上去了，但他们当面说好，郭琨一走开，不到一袋烟工夫，他们又坐上去拧螺丝了。

盖房子还遇到一桩大问题，房子是拼装结构，在国内试验时好好的，但到了南极就不灵了。按照计划长城站要在1985年2月20日举行落成典礼，困难需要在天寒地冻中赶紧解决。为了赶工期，考察队提出"苦战27天，建成长城站"的口号。大家把当地的黑夜时间，仅仅的两三个小时，成了唯一的固定休息时间。一到凌晨3点就要起来了。不管你累得还想睡，郭琨跑到每个帐篷去叫唤队员起床干活。

谁知，郭琨刚一离开帐篷，有的队员倒下又睡着了。

乔治王岛上，气候阴冷潮湿，强风凛冽，雨雪频繁，气压偏低。建站人员疲乏不堪，有人站着，两分钟就闭上了眼睛。回到帐篷，刚坐下没说几句话，就发出了呼噜呼噜的鼾声。潮气升盈帐篷，醒来，充气垫子上留下一个湿淋淋的完整的人印！

"这不行啊！到时候建不成，怎么向祖国交代！"郭琨又回去叫。他说："我是狠心地叫，叫起来了，所以有人我叫'周扒皮'。"

刘小汉说："真的是，郭队长每天早上一吹哨，害怕。那个哨声，在心里头特别反感。特别困，才刚睡一会儿，就吹哨。吹过哨了。看到谁还不起来，就去掀，把睡袋掀起来。实在太困了，等他一转身一走，吭当，又躺下又再睡一会儿，再睡几分钟。"

另外一个最危险的是什么呢？建天线塔。天线塔是长城站与祖国保持联系的空中桥梁，为了能在大风里把两根天线竖立起来，队员们冒着巨大的风险。天线塔吊到半截，风来了，是最揪心的时候，放下也危险，竖起来也危险，怎么办呢？最后，郭琨与建天线的队员商量后，再增加十个人，拉住天线，一拉就是三个小时，不敢放下，放下以后更危险啊。

考察队员尽管很累又受凉，但在南极不会得流感，也不会发烧，更不会得病毒性感冒，最多是消化不良拉肚子，不会得消化道传染病。手被划了一个大口子，在国内得赶紧消炎，在那不用管它，绝对不会感染。什么原因？

南极是地球上最后一块未被病菌入侵的纯洁大陆，相当于一个大的"无菌室"。加之没有现代化工业的污染，气候酷寒，持续低温，传疾病的蚊、蝇和细菌无法在这里生存和繁衍，南极空气中的微生物含量也少到用仪器都难以检测出来，所以，南极缺少使人患传染病的病原体，在南极，即使手被划破了一个大口子，也不用担心出现破伤风的问题。因此，在南极着凉、咳嗽，也不会感冒。中国的近 600 名考察队员无一人感冒，原因在于冰天雪地的南极，紫外线、酷寒、无污染，这些条件让南极成了一个无菌的环境，干净得难以形容。医学科学界把南极称为"无菌世界"。

南极距离夏季结束只剩不到 3 个月，一旦夏季结束，海面结冰，将非常危险。为争分夺秒尽快将南极站建成，500 多吨的建站物资仅用了120 个小时，每天劳动 16 个小时以上。

建站成功

春节前夕，屹立于民防湾畔两幢橘红色的长城站主楼眼看就要落成了，考察队想在站前竖块石碑。但在寒冷偏僻的极地，上哪儿去找石匠呢？南极洲考察队副队长董光乾想到了多才多艺的夏叔眉。夏叔眉听说要为我国第一个南极科学考察站刻碑，欣然领命。他早起上岛刻石，夜深下小艇归来，每天在风雪交加的露天工作 10 多个小时。人们见他左手握凿，右手抡锤，凿碰卵石，石粉飞溅，那"叮叮当当"的刻石声，伴随着工地机器的轰鸣声，汇成一支动听的交响曲。

独自一人担当长城站石碑的全部凿雕任务，这对第一次当石匠的夏叔眉来说，确实不是一件容易的事。就是石碑的高度吧，站也不行，蹲也不行，只能依伏在石上。尤其刻石碑下部的字，非得弓着腰不可。两天下来，夏叔眉就感到直不起腰，膝盖被南极的寒风吹得疼痛难忍，手关节麻木胀疼。晚上回船，他用"理疗特效药"药膏敷一敷，第二天又出现在工地上。从此，他患上了沙眼，但他没有退却。一位外国朋友看见他那娴熟的技术，连连对翻译说："中国艺术家，中国艺术家！"经过连续 9 天紧张的工作，长城站石碑终于雕刻完工。

1985 年 2 月 20 日，一个颇具规模的中国长城考察站出现在外国考察队员的面前，短短 42 天的时间，中国科考队员以坚强的意志力完成了搬运、建筑的高强度劳动，建成了中国第一个南极考察站。

举行完考察站落成典礼后，队伍开始撤离。中国考察队员们一一向国旗敬礼告别，每个人都流下了热泪。

我国新建的南极长城站挂有一幅《郑和下西洋》的油画。画面集中反映了中华民族坚韧不拔，继往开来的开拓精神。人们既把它视为艺术的珍品，又把它誉为有志发扬光大民族之魂的佳作。

这幅油画出自一位年轻画家之笔，他叫毛文彪。他是海军政治部的美术创作员，刚过冠礼之年，是中国画坛的后起之秀，是中国美术家协会会员。近 3 年多来，他创作油画、宣传画 80 多幅，其中参加全军及全国美展的有 25 幅，并多次获奖。

那么这幅油画是怎么创作出来的呢？毛文彪在构思这幅油画时，考虑了很长时间，下去体验生活、收集资料时间更长了。南极这个神秘的世界里，那里有坚实的冰川、憨态可掬的企鹅和昼夜不停的风雪，是个未经开发的荒漠原野。

中国人去考察，他认为是和当年郑和航海下西洋的举动是一致的，是一种了不起的开拓精神。不是吗，远在 580 多年前，我国伟大的航海家郑和，率领大宝船绕过印度洋，到达非洲的东海岸。这种壮举给人以勇敢、智慧和力量。今天的中国科学家们正是继承郑和下西洋的精神，有志发扬光大民族之魂。因此，毛文彪决定画这幅画，正是体现了这个思想：当年，航海家郑和为了沟通海上"丝绸之路"，传播海外中国人民的友谊而下西洋；今日，中华民族的子孙为了和平建设，为造福于人类而闯南极！

为了创作好这幅油画，毛文彪背着画箱，操起画笔，从北方到南方，从城市到海岛，跑遍了广东、海南，福建厦门、浙江舟山的角角落落，寻找当年远涉重洋古船的航迹；到北京图书馆的古书堆里翻阅明朝的道具、服饰、兵器、风土人情；请教了各方面专家和学者。画面上的大宝船上的青花瓷瓶、丁字木锚、葫芦、竹筒、大船载小船、大帆套小帆、木制大绞盘以及阳光、风浪、汗水，正是当年英雄们留给人们的一种巨大精神力量。毛文彪希望通过这幅画鼓舞今天闯南极的勇士探索南极大陆奥秘的勇气。

南极乔治王岛长城站将这幅油画挂在站的显著的位置上，两边配有智利、阿根廷两国朋友送的条幅。前来祝贺长城站建成的苏联、美国等国的客人，看着这幅油画，都伸出大拇指说："中国朋友，这个！"

长城站前，巍然矗立着一块巨大的鹅卵石碑。碑上赫然刻着 22 个雄浑刚劲的大字："长城站　中国首次南极考察队　一九八五年二月二十日。"红色的大字镶嵌在浅灰色的南极石上，显得格外苍劲醒目。这块石碑的雕刻者，就是海军北海舰队航保处副处长夏叔眉同志。考察队员们称赞他是"南极的第一个中国雕刻家"。

当年 43 岁的夏叔眉，从小在外祖父罗荣桓元帅身边长大。还在读小学的时候，他就酷爱雕刻艺术，练习刻粉笔、玉石、石砚。后来他参了军，又进海军水面舰艇学院深造，但他对雕刻艺术仍然追求不止。他利用业余时间雕刻瓷盆、铜模，并为人刻图章，深受群众喜爱。这次赴南极考察，夏叔眉领导气象组，负责航海保障任务。出发前，他仍没忘记带上心爱的雕刻工具。在远涉重洋的日日夜夜里，夏叔眉热心为船员的瓷杯上刻字，还把船员捡来的一块块精巧美丽的南极石，刻上"南极石"等字样。人们把他的作品当作珍贵的纪念品，而他自己也从艺术劳动中分享到无穷乐趣。

1985 年 2 月 19 日，中国第一个南极科学考察实验基地中国南极长城站建成。

长城站由房屋、发电机组、通信电台、气象站、仓库、机械车辆场和油库等 11 个部分组成。两栋主楼中，一栋为办公生活，一栋为宿舍。主体建筑是钢框架高架式房屋，面积 350 平方米，还有 4 栋存放物资的木板房，251 平方米。站内有了完备的供电、供暖和通信设施。

正在附近海域进行科学考察的联邦德国"北极星"号考察船发来贺

> 中国南极长城站落成

电："长城站是非常好的名字，是伟大中华人民共和国的象征。你们是中国人民的先天！"

前苏联别林斯高晋站站长惊叹地说："你们的建设速度出乎我们的预料，是惊人的！在南极建站史上不曾有过！中国人民了不起！"

在海外的炎黄子孙也扬眉吐气。著名物理学家、诺贝尔奖获得者杨振宁感慨地说："中国在南极建站，是历史上一个重要的事情，也是中华民族史上一件非常重要的事情。"

……

1985年2月20日，长城站建成举行了落成典礼。以国家南极考察委员会主任武衡为团长的代表团出席了长城站落成典礼，乔治王岛上的阿根廷、智利、巴西、前苏联、波兰、乌拉圭等国的南极站站长、科学家和美国"公主"号考察船船长等出席了长城站落成典礼。

建站落成典礼

中国在南极建考察站，梦想成真！

中国南极长城站终于落成了。她凝结着考察队员的汗水和祖国人民的期望！

1985 年 2 月 20 日上午，橘红色的长城站主楼前的广场上，考察队员列队站着。个个精神抖擞、意气风发。每个队员的手臂上，佩戴着中国南极考察队队标。

长城考察站主楼的房顶上，彩旗飘扬。苏联、智利、阿根廷、巴西、波兰、乌拉圭的国旗迎风招展。各国考察站的朋友们坐在站前的主席台上。

9 点，时任国家海洋局副局长钱志宏宣布："中国南极长城站落成典礼开始！"顿时，锣鼓喧天，鞭炮齐鸣，一片欢腾。庄严的五星红旗在录音机播放的国歌声中徐徐升起。

天，突然变了。鹅毛般的大雪纷纷地从空中飘落下来。长城站，乔治王岛又被白色的雪花覆盖。气温下降到 −5℃。虽然冷，但考察队员的

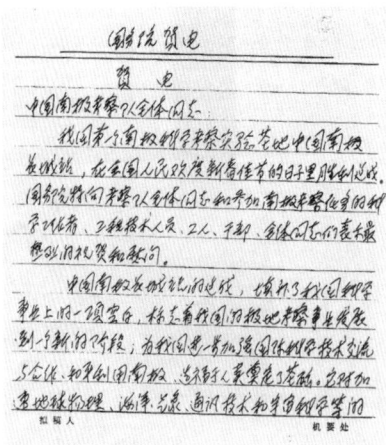

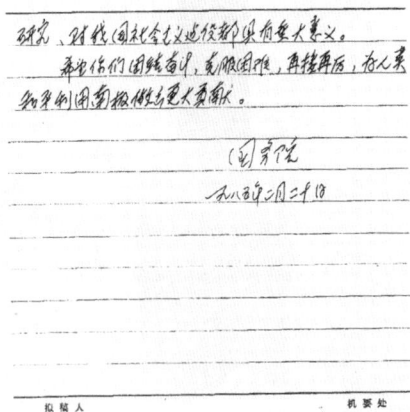

> 国务院贺电

心啊，与国歌的乐曲一起跳动；热血呵，在血管中奔流、沸腾。

国家南极考察委员会主任武衡为长城站落成剪彩。武衡还宣读了国务院的贺电。

贺电说："中国南极长城站的建成，填补了我国科学事业上一项空白，标志着我国的极地考察事业发展到一个新的阶段；为我国进一步加强国际科学技术交流与合作、和平利用南极、造福人类奠定了基础。它对加强地球物理、海洋、气象、通信技术与宇宙科学等的研究，对我国社会主义建设都具有重大意义。"

中国代表团副团长中国人民解放军海军副司令杨国宇，中国驻阿根廷大使魏宝善，驻智利大使唐海光，考察队总指挥陈德鸿和长城站首任站长郭琨，先后讲了话。他们的千言万语，集中到一点，就是：中国南极长城站的落成，填补了我国科学事业上的一个空白。对我国今后进行系统的南极考察，加强国际科学技术交流与合作，和平利用南极，造福于人类，奠定了基础。中国信守《南极条约》，并与各有关国家的南极考察站和科学家合作共事。

郭琨，黑黑的脸庞，高高的个子。他在激动的讲话中声明：欢迎各国科学家和祖国台湾地区的科学工作者，到中国南极长城站参加南极科学考察活动。我们将为你们的工作和生活提供一切方便。我们也为到长城站观光访问的各界人士提供方便。

这声音，通过电波，传向地球的每一个角落。

入夜，长城站灯火通明。考察队员们沉浸在激动、兴奋、幸福之中。短暂的 45 天，长城站在荒漠的乔治王岛上拔地而起，这是奇迹，这是创造！中华民族的优秀儿女，没有辜负祖国人民的期望，胜利完成了建站任务。

"为祖国，干杯！"

"为人民，干杯！"

"为长城站，干杯！"

一杯杯酒，我们高高地举起，碰杯！继而一饮尽；一瓶瓶祖国的美酒，我们要痛饮。一串串的泪珠，夺眶而出，在每个人的脸庞上淌下；一滴滴晶莹的泪水，流入了乔治王岛的泥土。我们，中国第一支南极考察队创立了丰功佳绩。

考察队员们引吭高歌《考察队员之歌》：

在狂暴的风雪中，我们听见了祖国的呼唤。

在艰险的征途上，我们看见了亲人的笑脸。

重任在肩，

希望在前，

为祖国争光，

奋勇当先。

亲密的战友啊，忠诚的伙伴。

我们考察队员，都是中华的好儿男。

在严寒中顽强拼搏，

我们洒下了滴滴热汗。

在冰雪里英勇奋战，

我们奉献出丹心一片。

艰苦创业，

征服南极，

为子孙造福，

任重道远。

亲密的战友啊，忠诚的伙伴。

我们考察队员，都是中华的好儿男。

随着歌声，我们的同伴，拥抱痛哭！我们中华民族盼望的日子来到了，我们炎黄子孙的愿望，终于实现了！

李文祺很兴奋，他拉着向阳红 10 号船服务室主任张炳根，到长城站前合影留念，感谢他一路上对他的特别帮助和关照，发送了一篇又一

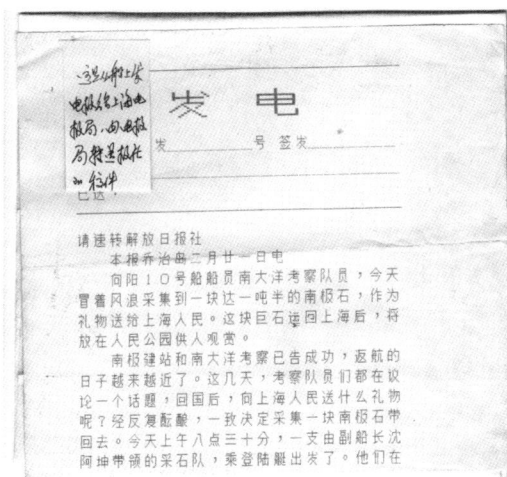

> 从南极发到上海电报局的新闻稿

> 与考察队领导成员关振嘉在长城站站标前的合影

篇稿件。

中国南极长城站落成了。"向阳红10"号船全体船员，代表上海人民将一只金光闪亮的铜钟，永久地放置在长城站。铜钟上刻着"金钟长鸣"与"长城世盛"八个大字和"中国上海市"的标记。

这只铜钟是船上的一只雾钟，重37千克。船长张志挺说："雾钟是船只迷航时使用的钟，一敲，当当响亮，威震四方。把雾钟放在我国的长城站门前，表明我们永不迷航，永远朝着正确的航向前进。"另外，船上的船员们，把船上一只推进器，擦掉了锈迹和灰尘，涂上清漆，刻上"首航南极""考察、建站留念，'向阳红10'号科学考察船"的字迹，也放置在长城站。船员们兴奋地说："推进器代表着祖国和人民，它发出强大的推动力，把我们送到了南极洲，挺进了南极圈，胜利完成了建站和考察的任务。推进器留在南极洲意义深远。

海军"J121"船把一只铁锚放置在长城站的广场上，上面刻着："中国人民解放军海军308名官兵首赴南极纪念。"它表明，我英勇的人民海军是不可战胜的，他们为长城站的建设，做出重要贡献。

南大洋考察队也在长城站放置了一地用铜环连结的铅鱼（重垂）。它表明我国海洋科研工作者的大团结，完成了南大洋的考察。国家海洋局第二海洋研究所的同志们，在 4.4 米长的不锈钢柱状取样管上，刻上了"中国杭州"字样和南大洋考察的经纬度。此管插进泥土 2 米，祝愿我国南极科学考察事业生根、开花、结果。

《解放日报》赠给考察队的一幅著名画家程十发的国画，也挂在长城站内，为长城站增添了光彩。

参观外国考察站

面积与中国第三大岛——崇明岛差不多的乔治王岛上，这时已经有苏联、智利、阿根廷、巴西、波兰、乌拉圭、中国等国家建立的考察站，彼此遥遥相望。乔治王岛作为南极洲的一部分，成了各国和平利用的场所。几天来，苏联、智利等国的科学家来到考察船参观作客，中国的科学家也到各个科学考察站访问。

2月1日，李文祺与有关科研人员访问了共12户人家的智利考察站的居民村。这儿坐落着一排排长方形箱式房子，居住着智利的考察人员和家属。村民们见到他们，纷纷招手致意。他们来到一排奶油色的房子前，轻轻敲门，女主人见是中国客人来到，友好地请他们进屋。科研人员崔彦军充当了翻译，把记者介绍给她。"喔，你们是写文章的。"她做着写字的手势，笑眯眯地说着，随手拿起电话请她丈夫回家接待客人。

这位名叫阿娜·玛丽亚·马尔提诺的女主人打开内室门，让我们参观。在厨房里，全是现代化的烹调设备。在卧室里，女主人抱起胖乎乎的孩子，他们一逗，孩子就咧开嘴笑了。女主人说，她有3个儿子，1个5岁，1个3岁，这个最小的孩子才两个月，是第一个出生在乔治王岛上的孩子。

> 智利在南极出生的孩子

正说着，她的丈夫赫尔曼·卡玛秋·巴亚塞依回家了，他高兴地与采访者一一握手。他是智利站的医生，他们家住智利首都圣地亚哥。1984年2月，举家来到考察站。他们将待到1986年2月才回国。每月工资2000美元，妻子在家做家务。

"你们到过中国吗？"他们问。男主人坦率地说："我们很喜欢中国，但去不了。每月的收入只能够维持生活。"女主人补充说："我们去不了中国，但我们很喜欢吃中国的米饭，特别是中国的广东菜。"女主人还告诉李文祺一行人，去年中国广州杂技团访问智利时，夫妻双双从乔治王岛乘飞机来到圣地亚哥观看中国杂技。他们啧啧称赞后，拿出自己录制的录像带，给李文祺一行人放"狮子舞"等节目。

"你有没有孩子？"女主人突然问对座的王西蒙。小王脸红了一下，说："我结婚只有3个月，告别了妻子来到南极。"女主人称赞说："中国人了不起。"

告别时，男主人拿出名片，特意送给他们留念。李文祺把一支印有"解放日报"字样的圆珠笔赠给了他，他高兴地说："谢谢！"

他们为什么要在这里安户？原来，这是他们的国家向国际社会提出领土要求的一个理由："我们在南极有居民，你们有吗？"

南大洋的生死搏斗

进入南大洋

1985 年 1 月 19 日，"向阳红 10"号船卸完货后赴南大洋科学考察工作也开始了。考察内容包含了生物、水文、气象、化学、地质、地球物理、捕捞磷虾等学科约 23 个项目。

队员们的脚下，是黑暗的海底深渊……

从船舷伸出的绞车长臂，把几千米长的结实的钢索，投入那深不见底的海底。钢索的尾端，挂着一只张开大嘴的铁家伙，科学家称它"大洋 50 型挖泥斗"，它带着地质学家们的殷切期望，像潜入水下的蛟龙，到海底龙宫去探宝了。

船每次到考察站时，地质学家们便开始忙碌起来。那笨重的铁家伙潜入海中几百米甚至于几千米的深海，我们考察的站位最深是 4200 米，一上一下起码需要 2 个多小时。

当挖泥斗提出水面，搬上甲板时，地质学家们怀着无比喜悦的心情，从那钢铁怪物的嘴巴里掏出了来自海底的宝贝。这不是珍珠玛瑙，也不是闪光的宝石，而是一团团乌黑的软泥，或者是一块块裹着泥沙的石头。但是在科学家的眼里，它们都是无价之宝。

海洋地质学家睦良仁说："在南极海洋不同深度的地方，从深海大陆架，到次深海和海盆，沉积物是完全不同的。浅海地带多是砾石、石块及泥沙混合物，它们大多是冰川作用的产物。再往深处，物质逐渐变细，以至到深度更大的次深海，则变为细沙和粉沙。到了深海，只有硅藻软泥了。"他们正是通过这样的取样分析，来了解海底的沉积类型。

除了用挖泥斗进行表层采样和箱式采样外，他们还用我国自制的 10 米长的钢管，即重力活塞取样器，取出了 4000 米深的海底沉积的软泥。这位曾参加过中美海洋学家联合在东海考察的海洋地质学家说："这是非常宝贵的标本，因为海底沉积速度是很慢的，一般来说，1000 年的时间也不过形成数毫米的沉积物（当然各海区的速率不相同），取得几米深的海底软泥，是大自然在几十万年的漫长岁月中形成的。研究它的物质构成，可以了解几十万年的海洋发展的历史，进而研究海洋在地质年代的状况。这是古海洋学的一项重要内容。"听他这一番话后，海底软泥确是宝贝了。

"大量的工作还有待于回到实验室去做。"睦良仁说。他们在南大洋考察中，除了采集海底沉积物，还进行了海水悬浮体过滤，大气尘埃收集，现场地球化学要素测定，以及岸边地质地貌的考察。大量的标本将在实验室中用电学显微镜，X 光衍射等方法进行一系列分析化验，从而为南极海底的地质概况，得出科学的结论。

1 月 24 日，"向阳红 10"号船航行在西经 69°15′，进入南极圈。这是中国船只第一次驶入，更是探险考察的一个伟大的创举！船上的汽笛拉响，船长向全船广播："我们进入南极圈！我们进入南极圈！"语声高亢中带有激动。

南大洋考察队领导决定，请餐事班的师傅们拿出祖国人民支援的副食品，进行烹饪，庆祝这一时刻。

优秀的中华好男儿，迎着极地刮来的狂风，脚踩惊涛骇浪，长驱700海里，向南极半岛北边的阿得雷德岛考察站奔驰。

中华民族的优秀儿女，驾驶着万吨巨船来到南大洋，进入南极圈。作为第一批进入南极圈的中国人，谁不为之激动、自豪！

曾记否，历史上的1773年1月17日，英国航海家库克，驾驶"决心"号和"探险"号，到达南纬71°10'，西经106°54'，作为世界上第一个闯进南极圈的人。他的南进纪录保持了近50年。1819年，俄国的航海家别林斯高晋，也闯进了南极圈。1838年，英国人罗斯打开了通往南极的大门。

现在，中华民族第一次派出的"向阳红10"号科学考察船，在气象多变，海情复杂，航路不熟的情况下，正在向极圈内挺进。

重任在肩，
希望在前，
为祖国争光，
奋勇当先。

《考察队员之歌》激励着大家。船长张志挺已经几个晚上没有睡过安稳觉了，他的牙床肿了，装配的假牙被迫取下，48岁的船长，没有了假牙，显得老了。可他，为了船的安全，忘却了自己。他要求每个航海人员不准擅自离开驾驶室，不能有任何疏忽。谁去厕所，须得报告。严格的要求，是为了防范情况的急剧变化。

南大洋海域，尤其是极圈，要小心出现的浮冰和冰山。雷达只能有效地发现大冰山，对一般高出水面1米左右的冰山无能为力。这种冰山，水下部位无比坚硬，重达几百吨，颜色呈绿或蓝，与浪花相混。只有用肉眼观察，才能有效地发现它们。航海人员的责任无比重大，他们当班之时，全神贯注，严守岗位，一丝不苟。

天阴沉沉的，潮湿寒冷的海风吹到脸上，像刀割一样疼。忽然，瞭望台的报告：左前方发现一个长方形目标。是船？形状不像。是岛？雷达测定它正以每分钟 60 米的速度在移动。靠近一看，原来是座巨大的冰山。航海长用六分仪一测，好家伙，700 多米长，80 多米高，就像一堵玉石堆起的城墙漂浮在海面上，陡直的峭壁闪烁着翠绿的莹光，顶上盖着一层厚厚的积雪，一群海鸟尖叫着掠过海面，静静地飞落在冰山上。据冰川学家计算，这样的冰山，露出水面的部分只占整个体积的七分之一，绝大部分都埋在水里。面对这个庞然大物，大家惊叹不已。

进入冰区调查，海面上的冰山渐渐多了起来。冰山四周，簇拥着无数大大小小的浮冰，高高低低，姿态万千，晶莹夺目。有的像展翅欲飞的天鹅，有的像洁白盛开的雪莲，有的像昂首浮游的海龟。浮冰上躺着一只只海豹，悠闲自得。一群群排列整齐的企鹅，扇动着小翅膀，像在欢迎我们这些陌生的远方来客。

冰是南极海域的重要特征。南极海域的冰有两种。一种是海水冻成的海冰，另一种是从大陆排挤到海里的岸冰。南极海冰的主要源地是罗斯海、别林斯高晋海、威德尔海以及南极沿岸地带。

南极海域每年 4 ~ 5 月开始结冰，11 月份开始融化和破裂，12 月份冰线迅速南移，其速度每天达 5 ~ 12 海里，2 月底冰退至最南的永冰线上。这时，绝大部分沿岸地段冰带不超过 50 海里，个别地方冰一直破碎至岸边。

南极海域的岸冰也有独特性质。冬季岸冰从大陆沿岸靠海流和风的作用向北发育，到冬末时，其平均厚度达 150 厘米。夏季，同样受海流和风的影响，有的破碎，有的消失。

南极海域的冰量变化非常大。冬季，海冰所占海洋面积最高达 2260 万平方千米。夏季，减少到原有的六分之一左右，最低为 350 万平方千米。海冰的北部界限，由于季节不同，移动的幅度在 500 ~ 1000 千米之间。它们一直分布到南极辐合线，大约有 21.8 万座冰山，平均每座冰山重 10 万吨，其漂流路线大体与表面流相同。冰山的总面积约 3416 万平方千米，体积约 17928 万立方千米，90% 的冰山在距岸 50 ~ 75 海里处。冰山的平均寿命为 13 年，为北极冰山的 4 倍多。

南极冰山按其形状和大小可分巨台状型、台状型、圆顶型、倾斜型和破碎型五类。最普通的是平顶台状冰山，它起源于缘冰和冰舌。冰山一般长几百米，高出海面几十米；大的有长 170 千米的巨台形平顶冰山。1956 年 11 月，美国曾观测到长 333 千米，宽 96 千米罕见的大冰山。每座冰山就是个"固体淡水库"。早在 1886 年，就有人从南极把小型冰山用船拖到阿根廷化水。澳大利亚科学家算过一笔账：如果把一座长 17 千米，宽 10 千米的冰山拖到阿德莱市，就可以供 81 万人食用 30 年的水，成本比淡化海水要便宜 100 倍，可赚 9.6 亿美元，这是很有吸引力的。因此，近年来一些缺水国家。纷纷开始研究冰山的利用，有的还成立了国家冰山运输公司。1977 年 10 月，第一次冰山利用国际会议召开，有 18 个国家的 200 多名学者出席，宣读了 105 篇论文。为了缩短冰山运转时间，减少途中损耗，人们正在考虑在冰山尾部和两侧安装以原子能为动力的推进器，使其自行。用涂有散热降温药物的塑料薄膜，给冰山裁剪一件"外衣"，以防止途中融化。

这次，考察队员们可算是"近水楼台先得月"了。在民防湾里，布满陡峭的冰川中有一段冰川发生崩塌，成千上万的冰块散落下来，整个海湾顿时变成冰的世界。船上装的淡水有限，每 5 天每人只能领得 25 千克。"浮水化了，不是可以用吗？"一句话提醒了船长。他下令放下小艇，几名水兵把一块几百千克重的浮冰捞到船上，然后砸碎，大家可以任意取用。这下可解决了大问题。有的人还拿起一小块放在嘴里尝尝，说是很甜。李文祺也吃了一块，果然不错。大家乐呵呵地边吃边说："这是南极的冰淇淋，保证没有污染！"

而南极大陆全被冰雪覆盖，像只大的奶油蛋糕。它是地球上最高的大陆，平均海拔在 2350 米。其实，冰盖的平均厚度就占了 2000 多米。那么，大冰盖的体积有多大呢？约有 2450 万立方千米，一旦全部融化，全球的海平面将升高 60 米，许多城镇就会变成水下城堡了，上海的东方明珠只露出尖啦！

据科学家推断，2500 万年前南极开始降雪，冰盖是年复一年的积雪形成的。因此有许多奇妙之处。1957 年，美国在南极点上建立了"阿蒙森－斯科特"考察站，10 多年后这个站离开极点 100 多米，平均每年移动了 10 米。为此，1975 年废弃旧站，又在极点上方 400 米处建了新站，但这个站仍以每年 10 余米的速度离开极点。是房子移动吗？不是，是冰盖在移动。因为大冰盖像一个倒扣着的大锅，整个冰盖从最高处（4200 米以上）向四向缓慢倾斜，犹如面团塌落一样。冰盖的移动，形成了无数的冰川；冰川流动到海边，断裂到海里的巨大冰块，就形成冰山。

1983 年，澳大利亚政府送给我国的冰样，是在南极罗斗姆冰盖钻探 420 米深处取得的，是一万年前的冰。怎样算出来的呢？夏季水中含同位素氚和氧 18 较多，冬季较少些，通过垂直钻探取样，测定相邻冰层中同位素的变化，这样就可测定出不同深度的冰龄了。此外，分析不同深层的氧 18，和一条随时间变化的温度曲线，从而可知当时的年平均气温和古气候变化规律。从取样中有时还可获得古代宇宙尘埃、陨石、花粉、土砂、生物等标本。难怪人们称南极冰盖是巨大的天然资料库了。

南极冰，还有个奇妙之处是会唱歌。取一块南极冰投入斟满酒的杯里，马上产生又大又多的气泡，连续发出"吱吱吱""咪咪咪"的响声。这是因为禁锢在冰里的气泡，形状、大小不同，气体迸发出来时音量和频率也各异，因而就构成了悦耳的乐曲。

我们又看到了南极另一个奇妙的现象——冰障。这是海军上将詹姆斯·克拉克·罗斯，在 1841 年他的一次有名的航行中首先发现的。他在向南行进时，一座大冰壁挡住了去路，他把这种冰叫作冰堤或冰障（罗斯冰障）。从航海的观点看，再也没有比这更恰当的名词了。研究南极地质学和冰川学中的任何一个特点，都不会像冰障这个冰成物那样能引起科学家们的更大兴趣，在成因和命名的根据方面，也不会引起像这个冰成物一样的激烈争论。

1901～1903年，领导瑞典南极考察队的奥托·诺登塞尔特，提出冰障的另一个名称——陆缘冰，这个名称也为大多数科学家所接受。这个名称表明这种冰体的外形和位置，因为这些冰块呈阶梯状，主要分布在大陆棚上。但是还没有充分把握说，罗斯冰障和诺登塞尔特发现的拉尔逊陆缘冰的形成过程是完全相同的。

显然，陆缘冰只有南极大陆才有，而北极的海洋由于温度和含盐的原因，至少目前不可能产生陆缘冰。南极大陆的陆缘冰是世界上最大的浮冰，其中最大的是长达350～500海里的罗斯冰障，其次是威德尔海的陆缘冰。在其他陆缘冰中，沿格雷厄姆地岸分布的拉尔逊（或诺登塞尔特）陆缘冰，以及谢克尔顿陆缘冰（玛利皇后地）和西陆缘冰（威廉二世地）都值得注意。此外，沿南极大陆东部海岸线的陆缘冰虽然不十分清楚，但无疑也很大，是值得注意的。

罗斯陆缘冰（或罗斯冰障）是斯科特、谢克尔顿和伯德考察队的科学家们专门研究的对象，他们对陆缘冰的形状和成因作出一系列的判断，但这些判断彼此常有矛盾。这一独特的冰成物，有一个独一无二和不易分类的特点。这个特点是：它的整个冰体具有表示冰川特性的所有作用，就是，冰块的补给、滑动和消耗处于平衡状态，然而在一般冰流中，这些作用只是各个部分独有的。

这个冰障处在罗斯海入口的海湾里，使我们有理由假定，冰障一部分浮着，一部分靠着陆地。用肉眼或仪器观察都表明，这个情况是符合实际的。斯科特第一个精确地测量了冰障的海缘，发现它是浮动的。他还证实了鲍尔赫格列文克过去确定的一个有趣事实：从罗斯首先发现冰障的1841年起到1889年，冰障的前缘平均退缩12～20海里。

冰障临海的一面是一条悬崖线，悬崖最低2米，最高在50米以上。赖特和普里斯特利考虑了各种因素以后，确定冰障在边缘附近的厚度为244米。但据古耳德的计算，冰障的平均厚度应该不小于335米。

有一种假定认为，冰障的边缘在某个地方和海底相接。伯德和其他考察队进行的现代海洋地理学研究证明，这种假定的可能性很小。然而也很明显，冰障，特别是在陆棚中央部分，并不是一个完全自由浮动的冰体，因为近期的研究发现有支撑冰川或阻止冰川滑动的岛屿和浅滩。

从冰脊有收缩（朝南的那面尤其多）和裂缝这个事实中可以看出，冰障是位于陆地上的。阿蒙森在通向极点的道路上，距离弗拉姆格姆46海里处和冰障的其他内部地方发现上述裂缝；这些地方应当是冰障边缘发生收缩现象的地点。

不用怀疑，在这个冰面上发现的变形，是冰障的自由浮动部分和受阻部分滑动速度不同的结果。但是很明显，冰障大部分处于漂浮状态。从古耳德和阿蒙森乘雪橇考察到的现象中可以得出结论：冰障的某些部分显然极不平衡。古耳德写道：“我们安好宿营地后，很快就发现周围不是安安静静的。无论在我们的下面和四周，冰都在折裂作声，有时夹杂着像远处的隆隆炮声，或者像一阵阵短促而尖锐的排枪声。有时候，冰块的折裂使营房帐篷都震动了。我看着我的秒表，倾听和考察这种接连不断的折裂声，大约有20分钟。我发现折裂声平均每秒钟1次，以后我睡着了。过了3～4个小时，我醒来再听，感到惊奇，因为一连几分钟没有一点声音。很明显，尽管这个地方陆缘冰的厚度至少有20米，却压挤得非常厉害，甚至我们的装备和营房帐篷的重量也足够破坏它的平衡状态，使冰层折裂。”

南极的大冰盖、冰川真奇妙。

生死搏斗

挺进极圈，这是一个伟大的举动。

考察船在极圈内向南考察航行。

海天茫茫，大雾重重。

1月26日，10级以上的风，卷起巨浪，船在涌浪中摇晃、颤抖，上下颠簸，发出"吱吱嘎嘎"的声响。

涌浪一个接着一个，掀起8.6米高的波峰，排山倒海地向船冲击。"向阳红10"号船曲折地呈S形向南挺进。一个巨大的涌浪从左前方横向扑来，船长张志挺早已发现，发出了"右满舵"的指令。操舵手把舵向右一转，巨轮转到右方，巨涌扑空。可是，紧接着而来的又一个巨涌向船体冲来，发出"嘭"的巨响，船体立即向右倾斜30度，继而又向左倾30度。

23点01分24秒，"向阳红10"号船闯进了南纬66°34′00″，西经69°15′50″。船上的广播喇叭，响起了副船长沈阿坤洪亮的声音："我们进入南极圈了！"巨轮拉响了汽笛，全船欢腾。人们忘却痛苦，发出"我们到了南极圈"的欢呼。

25日凌晨1点45分，"向阳红10"号到达南纬66°54′，西经69°14′的第2个考察站位。队员们在风浪大，气候恶劣的条件下，开始了紧张的极圈作业。

不规则的巨涌和三角大浪不时向船体猛烈冲来。万吨巨轮犹如一片树叶，在浪尖深谷中挣扎着，时而抛向浪尖，时而跌进浪谷，150多米长的船体在"格格"地剧烈颤抖。南大洋考察队员们，身系安全带，在暴风中取样，在波涛中施放底栖拖网。他们在极圈内采集到的肉红色的海鳃，又名海笔，是腔肠动物，形状如一支毛笔，有杆有头，长51厘米。笔头散开，似朵朵散开的花，实为少见。还有海参、水螅虫和各种各样多毛类环节动物。这些标本是科研人员冒着生命危险采集到的，十分珍贵。科学家说，这些标本可供我们划分海洋动物自然单元的依据。陈德鸿总指挥怀着激动的心情，写了一首诗：

> 奇遇极风送独舟，
> 巨龙戏水频点头。
> 冲破极圈千层浪，
> 炎黄子孙在搏斗。

海天茫茫，大雾重重。船在涌浪中摇晃、颤抖，上下颠簸10多米，发出吱吱嘎嘎的声响。人站立不稳，躺在床上也会滚动。哗哗的巨涌大浪，扑向船舷，飞向甲板，浪花一片，水珠漫天。挺进极圈的航程极为艰苦。

下午5时40分，考察队员和船员为欢庆进入南极圈，队员们进入餐厅会餐，只见餐事员精心烹饪的菜肴，一张张餐桌上，摆满了一盆盆茄汁对虾、油氽花生米、炒猪肝、皮蛋、白切肚子、油爆花生米、清蒸鱼……色香味俱全。嘿，还有茅台酒、上海牌啤酒和青岛啤酒。大家刚坐下，谁知一个大风浪扑来，船体猛地向左侧一摇，桌子上的人和菜肴一下子全部滑出。也几乎是同一时刻，队员们也一个个摔倒在地，身不由己地一会向右边滑去，一会儿又向左边滚去，溜冰似的滚来滚去。人们身上满是酒菜的油腻和汤水，十分狼狈。

饭没能吃成。精彩的场面，却引来满厅的笑声。船员说："这种情况，还是考察船建组以来第一次遇到。"对此，船员老贺写了一首打油诗：

波浪滔滔风呼啸，
今天会餐真热闹。
一个巨浪排山倒，
花生跑，对虾跳。
皮蛋滚，酒瓶逃，
盘子飞，椅子摇，
身不由己一边跑。
滑的滑，倒的倒，
四脚朝天哈哈笑。
满桌佳肴未尝到，
首先吃到极圈的好味道。
很好，很好。

风浪

第六章 南大洋的生死搏斗

这是真实生动的写照。

极圈风浪不一般。庆功宴没能吃上，肚子空空。船还在摇晃，人们在餐厅的地板上聚在一起，谈论刚才发生的事。原定的联欢晚会，也不得不取消。

25日凌晨1点45分，"向阳红10"号到达第2个考察站位。队员们在风浪大，气候恶劣的条件下，开始了紧张的极圈作业。

科学家在为磷虾分类

"向阳红10"号船战风斗浪，到达南纬66°54′，西经69°14′。捕捞南极磷虾的科研项目开始了。领衔的是王荣。他是我国研究磷虾的专家，身高1.88米的山东大汉。南极磷虾资源为世人瞩目，科学家称之为人类未来的"蛋白仓库"。虽然它们的体长只有3至5厘米，但营养极为丰富，经济价值极大。

王荣说：10只磷虾所含的蛋白质，相当于4两猪肉的营养价值，被称为"冷甘露"。苏联、日本、智利、波兰、联邦德国都派船队去南极捕捞磷虾，我国的台湾地区也派船去捕捞。苏联每年的捕捞量达40至50万吨，相当于当时我国一年的带鱼产量；日本的年捕获量为1.2万吨。为了认识磷虾，了解磷虾的数量分布，我国首次考察南极就把对磷虾的生物学特征、种群组成和幼体分布，以及捕捞工具和加工方法的研究，作为一项重要课题，列入南大洋考察中。主攻磷虾研究的王荣，带了一个实验室到南极。

他们在风浪中捕获了100多千克磷虾，还捕捉了50多条活磷虾。这些娇贵的小动物，在实验室中的每个5立升的玻璃缸中，两排小脚一划一动，一蹦一跳，自由自在；它们在昏暗灯光下，闪发出幽幽的蓝光，十分可爱。

王荣介绍："这些娇客与我们配合得很好。它们每天食量多少，什么时候脱皮，我们都一一记录下来，取得了重要数据。""可是，时间长了，它们不生龙活虎了。什么原因？原来，用南大洋海水和南大洋中捕捞的磷虾饵料硅藻用完后，就用经过过滤，冷却到零摄氏度的其他水，虽然每天给它们换水，用海藻喂它们。但它们不领情，一尾接着一尾死了。国外人工饲养磷虾的成活率最高纪录是一年；我们是首次饲养，也不容易呵！而造成磷虾真正死亡的原因，是水不清洁，可能是水土不服吧。"

"南极磷虾既然十分丰富，开发前景又如何呢？"

王荣说，南极磷虾的储量以前有人估计为 10 至 50 亿吨。那是根据几十年前人类大量捕杀鲸、海豹，使磷虾大量繁殖而确定的。这种估计

科学家在采样

不一定正确，但从目前考察获得的数据来分析，至少有 4 亿吨，如果每年捕捉十分之一，不会破坏它们的生态平衡。而这个捕获量就能达到现在全世界的海洋捕鱼量的三分之二。这样，人类的"蛋白仓库"就可以实现了。至于我国什么时候能在市场上见到磷虾，还需要时间，但不会很长。我们已用国产网具捕磷虾取得成功，只要我们把南大洋磷虾捕捞同远洋渔业结合起来，采取就地捕捞，就地加工的方法，磷虾迟早会端上餐桌的。到时，人们可以尝尝它的美味，一饱口福！

考察队员提议，做标本以及饲养活磷虾之外多余的磷虾，让我们品尝品尝吧。领导采纳意见和要求，把多余的磷虾送进了伙房。晚餐时，红彤彤的油爆虾端上了餐桌。医生警告：谁也不能多吃，最多 10 个。然而，有的考察队员不听劝告，连吃了 20 个，甚至更多，造成上吐下泻的后果。是什么原因？医生说："这是异性蛋白过敏！"看来，品尝好东西也不能贪嘴呵！

"向阳红 10"号战胜极圈风暴和恶浪，利完成南极圈的科学考察，于 25 日上午 9 时 26 分 30 秒，调转航向，准备驶出极圈继续进行考察，可是极地狂风还是一个劲地吹，大洋狂浪还是不停地翻卷！风越刮越大，涌浪越来越高，出现了空前险情！

11 时 30 分，迎面刮来的北风，风速每秒达 29 米。到 14 时 42 分，风力增强，每秒竟达 34 米，风力已超过 12 级（每秒 32.6 米）。

船艰难地行着。

船体左右摇晃到 70 度（单边倾斜 35 度）。各个舱室瓶飞椅倒，人仰马翻。我扶着拉杆，艰难地"走"到驾驶室，举目远望宽阔的海面，风雨交加，白浪滔滔，巨涌滚滚，狰狞可怕。往日昂首挺胸的船头，一会钻进波涛，一会儿站立浪尖，100 多米长，14 米高的巨涌与船头相撞，"嘭！嘭！嘭！"飞起几十米高的水柱浪花，涌上甲板，随即，船体剧烈振动，颤抖不止，发出"嘎吱嘎吱"的连续响声。万吨船此时似一叶小舟，在波峰中大起大落。船舱内，没有固定好的桌椅和瓶瓶罐罐在翻滚、掉落。

> 考察船在风浪中前进

　　"向阳红 10"号陷在狂风大浪之中，整整 9 个小时无法摆脱。

　　当日深夜，船上的广播突然响起船长张志挺带着浓重绍兴口音的命令声："关闭所有的水密门，全船任何人未经允许，一律不准上前后主甲板……请注意，再广播一遍……"

　　张志挺，英勇的船长！就在考察编队即将出征的时候，他被任命为国家海洋局东海分局副局长，然而，他依然回到了"向阳红 10"号。1978 年，是他接来这艘崭新的科学考察船。在 6 年多的时间里，他与船朝夕相处，一次又一次地完成了科学考察任务。1980 年，我国准备向太平洋发射运载火箭，决定"向阳红 10"号赴太平洋执行任务。张志挺当时正患偏头痛，在家治疗；当他听到出征的消息，立刻赶回船上，要求亲自驾船出征。

　　医生反对，家属阻拦，领导上说"研究研究"。张志挺急了："就是死，也要死在太平洋上！"人们拗不过他的决心，让他去了。带病的他拎着 75 包中药，站上"向阳红 10"号的驾驶台，胜利地完成了任务。这次赴南极考察，他自然当仁不让。船长的岗位在大海。海，既是船长的舞台，又是船长的敌手。编队到南极，是我国航海史上第一次，也可能是张志挺作为船长最后一次驾船出征。茫茫大海，有涌流涌浪，有风、雪、雾、雨，使出浑身解数，要给这位即将卸任的船长不寻常的考验！

1 月 2 日中午，满装建站物资的"长城二号"登陆艇，正系于大船船尾，突然气旋来临，白浪滔天，大雨如注，波涛摇晃着登陆艇，登陆艇猛烈撞击着"向阳红 10"号，"砰砰"响。系船的两根缆绳即将磨断，小艇随时有打翻的危险。张船长下令："吊人上艇，解缆，迅速抢滩！"

他已看清了，风浪虽大，但顺风行舟，即使登陆小艇，也完全可以压住浪头。"用小舵角！"他嘱咐着，操舵工沉稳地点了下头。登陆艇出发了，海浪一次又一次地盖过小艇，但是，却不能奈何它，登陆艇怒吼着，一下子抢上了滩地。船长的智慧斗过了大海。

有时，船长又需要有无比的机警。1 月 10 日，晚饭后，大家正在看录像片，突然，每秒 28 米的狂风夹着大雪铺天盖地地袭来。突然间，"嘣嘣"两下，海底 100 米深处锚链走动，船在狂风推动下正撞向悬崖！

瞭望值班同志报告："我船走锚！"

张志挺立即拉响警铃，命令："动车！"

这警报响得正是时候，机电部门的同志一跃而起，扑向机舱。一分钟内主机启动。好险，此时船尾只离悬崖两百米，若不是船长当机立断，撞崖的惨祸在所难免！

在每走一步都艰难的日子里，张志挺的床位常常是空着的。即使他拖着疲惫的身体横到床上，他敏感的神经却随时保持着"戒严"，一旦船上出现故障，航速减慢，他会突然跳起，奔进驾驶舱。他站在驾驶台旁，全神贯注地遥望大海，不知多少次误了吃饭。为此，他身体虚弱，牙床浮肿。

张志挺在驾驶台上是威严的，可是平时却是个富有幽默感的人。四方脸上总挂着微笑，一口浓重的绍兴话。在单调、漫长的航海生活中，他时常开开玩笑，讲讲趣闻，逗得大家哈哈大笑。因此他兼了一个"职务"——"牛通社社长"。

他爱大海，爱"向红阳10"号船。

此刻，船处在危险之中：后甲板进水，6厘米粗的尼龙缆绳被巨浪卷进汹涌的大海；6000米长的卷扬机的马达和进口的电机设备浸泡在海水中；5吨液压吊车被海浪砸倒，摧毁；尾部埋在水下7米多的两个主机推进器，9次露出水面打空转，原来每分钟153转，此时达到200多转，自动舵、机械舵、手工舵全部失灵，船随时有失控的危险。更严重的是，船的第5层甲板有6处裂开！主甲板两舷加强柱有6处裂缝！船舷铁门被打入海中，12吨液压吊车被摧毁！险情丛生。

船考察队指挥组向祖国首都北京发出"情况很危险"的急电！

在这生死存亡的紧急关头，绝大多数船员个个坚守岗位，与巨风恶浪搏斗。

在船上租用的阿根廷船长顾问和两名直升飞机驾驶员，身穿救生衣，跪倒在甲板上，左手拉着扶手，右手在胸前比划，口中念念有词："上帝啊，保佑我们吧！"

此刻的李文祺，没有想到死，想到的是记者的责任。他从船底到驾驶舱，拉着扶手，避开巨大的吸力，从下往上，一层层甲板观察。他惊奇地发现，此时的人们却没有一个晕船，也没有一个呕吐。人们脸庞上的表情严肃紧张。人的精神绷紧了！

死亡的威胁就在眼前。责任！责任！李文祺要把这记录下来！他知道，船在人在；人在船在。在生与死的面前，船长张志挺，只见他两手紧紧抓住舷窗上紧固的螺帽，趴在窗舷，目不转睛地观察翻江倒海的巨涌。测浪器抛出，数据传回：浪的波长500米，浪高14米。排山倒海的浪，冲击着独舟。

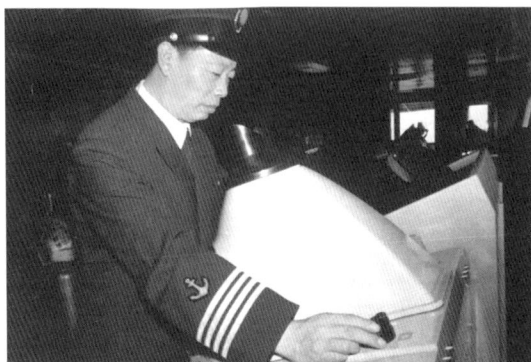
张志挺船长在观察海况

张志挺，挺住啊！他镇定地不时地发出口令：

"右车进四，左车进二！"

"左车进一，右车退二！"他用一进一退，一退一进的方法，弥补失灵的舵，抗衡着山似的浪，调整着船的航向。整个驾驶室，空气凝固了，静得出奇。

船长就是船老大！驾驶室10多个航海人员的心，被揪紧了。船的安全，228名考察队员和船员的安危，都在张志挺的身上。他把船保持在35°到25°的最佳状态。此时，如有一丝疏忽，整条船就会倾覆！

以往，张志挺曾多次驾船闯过太平洋，但从未遇到过如此凶猛的风浪。面对险情，他沉着镇定，始终坚守岗位，选择最佳航向，使用正确的规避方法，以娴熟的技术，准确无误的口令，指挥着大副、二副、三副和轮机长、水手长，操控着考察船。

王荣、唐质灿、陈时华、张玉林、李福荣等队员，看到放在后甲板的科研网具、仪器设备被巨浪冲得七歪八倒，随时有卷走的危险，他们不顾自己的安危，冲出舱门抢救。一个横浪铺天盖地，吞没了他们，把人们的心揪紧。浪过后，陈时华的眼镜飞了，帽子掉了。他紧紧抓住身旁的一根绳子，才没有被浪卷走。其他队员抱住了铁架，没有发生意外，真险！只是，衣服被海水泡得湿透了。

舱室里的人啊，六七个人呆坐在一起，谁也不说话，每人的手死死把着护栏。从舷窗看出去，只是一波又一波的恶浪，撕扯着"向阳红10"号的钢板，发出刺耳的"刺啦"声，仿佛下一秒就要将巨轮扯为两半。

狂风呵，你要撕裂万吨巨轮！巨浪啊，你要吞没第一次到南大洋的中国考察船！常常是船头深深扎入水中，船尾则高高翘起，螺旋桨离开了水面。

发出"SOS"也没有人来救护！李文祺把令人毛骨悚然的狂风呼啸，用录音机录下。为了把惊险场面拍摄下来，他在驾驶室外的观察甲板上，迎着狂风巨浪，左手紧紧抓住栏杆，右手举着照相机拍摄。

船身左右大幅度地摇晃，人一不小心就会滚出栏杆。但李文祺一个心眼现场观察，采访、拍摄。"第二手的资料，怎能抵上目睹。"他在艰难的情况下，摄下了这惊心动魄的场面。在舱室里，他趴在地板上，赶写了考察船在大风恶浪中的通讯特写《在沧海横流中》。

稿件经陈德鸿总指挥亲自批准，由报务室迅速发往上海电报局，再由电报局派摩托车驾驶员送往《解放日报》社刊登。速度之快前所未有。上海电报局的收报员收到此稿，激动万分，马上回复了一个电报，代表上海邮电工作人员向南大洋考察队员们致敬。上海科普创作协会秘书长李正兴，代表上海科普创作协会向李文祺发了慰问电。

如此可怕的惊涛骇浪，平生第一次看到，也第一次遇到。在船上工作的老船员，也是第一次碰见。罕见的风浪，没有把船吞掉，可把大家惊得目瞪口呆。但在船长正确、果断的指挥下，顶风踏浪15个小时，终于化险为夷！

15个小时，是惊心动魄的搏斗；

15个小时，是生与死的考验；

15个小时，是考察队员一

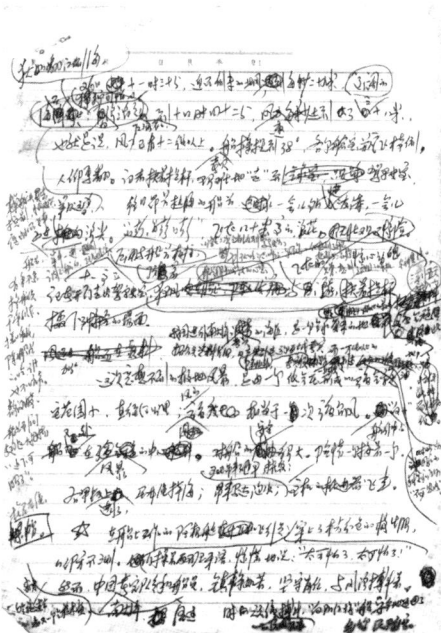

> 趴在地板上写的稿子

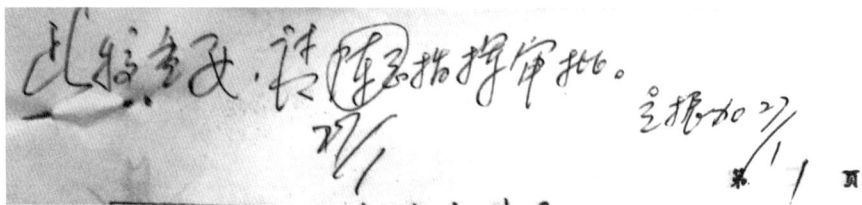

> 领导签发

生经历中的聚焦！

当晚23点30分，船冲出暴风圈，安全抵达乔治王岛民防湾。人们高呼：

"船长万岁！"

"祖国万岁！"

有一名考察队员写下了一首诗：

这是一群男人，这是一群被女人依恋着的男人。

把水密门关闭，

把世界和一切关闭。

船长血红的眼睛，

扑向浪，扑向风，

舵工粗大的手，

死死扼住舵轮。

船头一次次被按进海里，

又一次次昂起，

螺旋桨每次空转，

又每次扎进浪里，

就这么顶着，僵持着，

人与风，

生命与死神，

在搏斗。

然而，

烧锅炉的还是生起烟火，

厨师们还是做菜，

这是一群男人，

这是一群值得女人骄傲的男人。

啊！英勇的"向阳红10"号，

您谱写了我国科学考察史上光辉一章！

分歧中的统一

南极，并不是想象中的理想之地，而是充满着危险的世界。到这里考察没有一定的勇气和牺牲精神是不行的。这次南极考察的实践，是赴南大洋考察的 7 名记者们一生中难忘的。

1985 年 1 月 19 日至 26 日的 8 天中，南大洋考察经历了 4 个气旋。气旋，是中心气压低于四周而形成的旋流，它并不是从一个方向来的，而是旋转着的风，像江河中的漩涡。它不断改变方向，掀起的波浪很不规则，有横浪、涌浪、对船的威胁极大。4 个气旋中，风力有大有小，最小的 7 级，顺风 9 级，最大的一次就是 26 号 12 级以上强气旋，每秒34 米，涌高 12 米，波宽 100 米。

对于不断出现的气旋，大洋调查计划要修改订正，不能再到原定的海区进行考察了。据有关资料介绍，原定的考察区域，是一个气象极为复杂的地带，3 ~ 5 天就有一个强气旋形成。而要考察的区域是气旋必经之地，常出现 11 级以上的大风。到这个区域科学考察的国家，除日本外，只有中国这一次了。

超过 1 万吨级的船驶进该海区的至今只有 3 艘，而这 3 艘是破冰力强和抗风能力大的油船。中国的"向阳红 10"号船进入这个海区可以说是冒险，用大洋队的队员话来说："填补这个海区的调查空白。"

到这个海区考察，遇到正常的风浪并不可怕，但是不顾实际情况，去硬闯，则是违反科学态度的。从实际情况来看，26号的风，它的风速已超过每秒34米，超过了船的抗风能力。

然而，有的领导同志认为："在这个海区考察，尽管会遇到气旋，但也有平缓的时期，应重振旗鼓，再去闯一闯。"

科学考察本身具有探险性质，为了取得资料，填补空白，就要去闯！否则，中国要参加《南极条约》协商国，摊不出资料啊。

此话有一定的道理。但是，有的同志不同意这个观点。他们觉得，根据中央领导同志"确保安全，万无一失，初战必胜"的要求，进行大洋考察是没有问题的。只有船的安全有了保障，才能胜利完成任务。船的安全失去保障，完成任务等于零。因此，这个海区不能去了，要调整考察的海区。像这样危险的事，只能有一，不能有二。

张志挺船长说："全国人民都知道我们在这里考察，万一出了问题，不好交代啊！它涉及到国家的荣誉，船不能多次折腾，金属也会疲劳的！"

指挥组组长张季栋说："我们船经过了考验，这话是对的，但这样的考验不能多次，有一次已够受的了。就船而言，如此考验，应绝对避免！"

"向阳红10"号船政委周志祥讲得最明白："这个海区无论如何不能再去了！"

领导层中有不同的意见，考察队员中也议论纷纷。有的说："我们差一点做了海龙王的女婿。如果再到危险的海区去硬闯，出了事，连尸首都捞不到了。"

意见如何统一呢？在修整南大洋考察的会议上，正副总指挥要大洋队拿出具体意见来。如果再要考察原定海域，经批准，才能执行。看来，坚持到原海区调查是不可能了。

为了取得调查的胜利，南大洋考察队经过深思熟虑，迅速调整了调查的海区与范围，采取了"气旋来临我撤退，气旋撤退我击去"的方法，避免了危险。这是考察队取得的重要经验！

南大洋考察进展顺利，考察队员运用灵活机动的战术，采取迂回穿插的方法，避开了一个又一个极地气旋，把一个又一个的考察战位拿了下来，取得了一批又一批的资料。现在，就剩下南大洋考察的最后一个战位——11号站位了。

这个站位距利文斯顿岛有90余海里，在南极半岛以北的海区，离开海岸较远。那里无风三尺浪，海况复杂，气候多变，来回航程需要10个小时。

要不要把11号站位拿下来？南大洋考察队队长金庆明斩钉截铁说："祖国人民派我们到这里来，就是再苦，再累，也要拿下这个站！"

金庆明，上海籍的科学家，他深知11号站位的重要性。11号站位处于南大洋考察一个举足轻重的海区，水深4000余米。从南极半岛到大陆架、到大陆前坡、到大陆盆地，组成了三个单元，形成了一个海洋考察的剖面。进行这个地区的考察，可以获得浅海到深海，整个南极半岛基本构造和水温结构的资料。因此，这个站位对于南大洋考察来说，是一个极其重要的组成部分。丢了这个站，等于丢了南极半岛的海区的考察，关系是何等的重要。考虑到船的安全。金庆明胸有成竹地说："乘极地气旋的空隙，突击奔袭。"

气象部门报告：这几天，11号站位的海区正在低压带，不断有气旋在运动。仅2月7日这一天，就有7个气旋由西向东运动。气象部门建议：为了船的安全，先在海湾待命，伺机进发。气象预报是正确的。船，在海湾漂泊了一天，避开了气旋的影响。在考察问题上由于存在分歧，所以总指挥部与船长非常慎重，要科学加决心。

2月8日下午，气象部门向总指挥和船长报告，3日晚到9日，11号站位的海区，有一段天气较好的时间。在未来24小时内，不会受到气旋的影响，建议可以考虑考察作业。

这个报告是气象部门全体同志经过热烈讨论，认真分析，深思熟虑后提出来的。南极的气象太复杂了，他们是根据气象卫星云图，智利发布的无线电天云图，加上他们积累的经验得出的结论。

总指挥和船长根据气象部门的报告，经慎重考虑，决定批准考察。船长张志挺于下午 5 时 30 分，下令动车。

"向阳红 10"号船以每小时 18 节的航速驶向 11 号站位，一帆风顺，于当晚 18 点 58 分，到达南纬 62° 12′，西经 63° 51′ 的 11 号站位。

此时，南极的夜空，不是我们刚到南极时的白夜了，而是进入黑夜了。一轮明月当空，黑色的海面上波光粼粼。海区的风速每秒 11 米，风力 5 级，海面上涌着小浪。哈！真是一个好天气！考察队员迎着刺骨的寒风，信心百倍地到达了各自的岗位。

60000 米长的钢缆启动了，装上了取水的容器，1 米 1 米地送进 4000 余米深的大海。在这样深的水中作业，这也是第一次哟！大家分外谨慎小心，密切注视着仪器和机械的运转。测量海水的温度、盐度、深度的工作完成了。生物化学采水结束了。分层浮游生物拖网也告捷，就剩下重力海底取样了。取样的采集器一下子扔到海底，钻进了 6.3 米深的地层中，28 吨重的海底样品吊上来了。从这些地质泥土的样品中，可以知道 10 万年前南极的地质地貌。这一"仗"，共花去了 7 小时 12 分，获得了 3080 米水深资料。

"南大洋考察最后一个站位攻下了！"队员们和船员们舒心地欢呼着。

极地气旋，一个接着一个袭击着"向阳红 10"号船。南大洋考察为时 64 天，共遇到了 28 个气旋、8 个风暴！

大洋考察经历如此凶险，就更懂得下列数字的珍贵：

"向阳红 10"号在南大洋调查海区行驶十万平方千米，考察海或在南极半岛西北北部海区，考察了生物、水文、化学、气象、地质、地球物理等 6 个学科 23 个项目。布设综合观测站 34 个。通过考察，完成了南极海或水深测量 8730 千米，重力测量 3460 千米，磁力测量 3030 千米，获得了多学术资料、标本和数百瓶浮游生物和底栖生物样品，取得了总深度 35716 米的温、盐、深测量的六万组数据，捕到了 100 千克磷虾……

这是南大洋在我们勇士的进逼下，不得不奉献的馈赠！

五星红旗插上了南极大陆

　　1985 年 2 月 8 日，北京时间凌晨 2 时 35 分，36 名考察队员列队站在"向阳红 10"号的甲板上，前方，是白雪皑皑、壮观无比的南极大陆。

　　中国首次南极考察队总指挥陈德鸿和"向阳红 10"号船长张志挺脸色庄重地走过来。

　　"同志们"，老陈的声音格外响亮，"今天，我们要代表祖国，代表全体中华儿女，登上南极大陆！我们一定要把五星红旗插上南极大陆！"

　　一股激情从我们心底升起，"立正——上艇！""吱、吱——"小艇迅速地下落到汹涌的洋面上。

　　1984 年 11 月 20 日，"向阳红 10"号满载全国人民的期望，离开上海港后，穿越赤道，绕过合恩角，战胜极地大风，于 1985 年春节前夕顺利地在乔治王岛建立了中国第一个南极考察站——长城站。在建站的同时，实施向南极大陆挺进的计划！

　　说起来，让五星红旗由首次考察队员擎上南极大陆的建议，还是李文祺等随队记者先提出来的呢。

　　"向阳红 10"号刚在乔治王岛民防湾卸建站物资，李文祺等 6 名记者联合向考察队领导提出："趁热打铁，把国旗插上南极大陆。理由是，中国人在乔治王岛建站，仅是南极考察事业的开始，中国人的脚，应踏上真正的南极大陆。我们要向全世界表明，中华民族的子孙今后一定有能力在南极大陆活动，为和平利用南极，做出中国应有的贡献。"

领导经过郑重研究，采纳了记者们的意见。

然而，登上南极大陆，是件相当危险的事，"向阳红10"号这样的巨轮，不能直接靠岸，人员须乘小艇登陆，恶劣多变的气候和极不稳定的冰山，随时可能使小艇倾覆，人员没顶。36人决心已下，陈德鸿总指挥和张志挺船长亲自带队，李文祺、陈可雄、孙志江、邵振堂、郝强国、朱幼棣6名记者，成了当然的登陆人员。2月7日，"向阳红10"号上的气象部门报告，8日将有一个难得的晴天过程，机不可失，领导决定，是日实施登陆。

"突、突——"小艇犁开冰冷的海浪，向南极大陆进发了。

谁知他们刚上小艇，蔚蓝的天空突然变灰了，层层雾气从白雪皑皑的大陆上升起。接着，雨挟着雪漫天飘洒。是进还是退？

"前进！"船长张志挺一声令下，小艇如箭奔向大陆。涌浪起伏，小艇颠簸，海水浇了一身，打到脸上，飞进嘴里，一股苦咸味难忍。

涌浪不断，小艇颠簸，四周，环立着一座座百态千姿的冰山，晶莹剔透。突然，一座大冰山自动翻个大跟头，"轰隆隆"的巨响，使他们大吃一惊。

南极冰海上的冰山翻跟头，是他们已看到多次的奇观，然而现在令大家非常紧张，冰山在水下的"根基"，由于水温的作用逐渐融化后，头重脚轻就会翻跟头。万一小艇被倾翻被冰山压着，非完蛋不可！张志挺极其谨慎地指挥着小艇前进。

一座座造型别致，百态千姿的冰山在我们身边漂浮，哈哈！有的还在水中翻身哩。巨大的冰山，埋在水中的部分，由于海水的侵蚀和水温的作用，加速了融化的进程，造成"头重脚轻"，一旦失去平衡，来个大翻身，发出轰隆轰隆声，真是冰海奇观。

还有那游弋的鲸，不时从水中冒出，喷出10多米高的水柱，黑色的大尾巴似船帆摆动，既令人欢喜又叫人害怕。小艇如给它碰着，非翻掉不可。然而，同志们没有一个害怕的，记者们更是抓紧难得的机会，站在小艇的甲板上，抢拍遇见的一切。南极海，呈现着无与伦比的美。

说南极的气候像"神经病"，一点不假，忽然，小艇前方升起层层雾气，开始像炊烟，继而似云团，蔚蓝的天空瞬时变灰了，紧接着，雨夹着雪纷纷扬扬飘下来，天气变了。进还是退？

"前进！"张志挺大喝一声，小艇加足马力，向大陆驰去。

小艇不时向左向右，避开冰山前进。不料，水中又冒出庞然大物——鲸。它们喷出10多米的水柱，黑色的尾巴一摆一摆，打出一个又一个漩涡。鲸虽然不会伤害人，但如果过分靠近，也会使小艇产生危险，我们紧张地攥紧了双拳。

南极海，可怕的海。但我们没有一个胆怯！有个考察队员背诵着他写下的对联："顶狂海战恶浪，冰天雪地长城站；兴中华为和平，英雄男儿登大陆。"

大有一个"壮士一去不复返"的心情和豪气！经过30多分钟的航行，36人来到了南纬60°30'，西经61°47'的雷库鲁斯角。只见大陆海岸带上，厚厚的积雪压着冰盖，冰盖似一顶大草帽，压着山峰，绿莹莹的冰层裂开着一道道奇形怪状的口子，向海边倾斜，冰洞、冰峰、冰川连成一片。小艇在岸边开来开去，选择不到登陆点。

"那里有一块沙滩！"张志挺发现新大陆似的，高兴地叫了起来。他指挥小艇慢慢地靠上了沙滩。张志挺一马当先，跳下小艇，涉水把缆绳扎在一块巨石上。操舵的小孙，高举五星红旗，跳下小艇，向大陆登攀。人们一个接着一个，正像电影里的战士发起冲锋一样。

往下跳的队员，脚上穿的都是到膝盖的防冻防滑防水靴，而记者穿的都是棉靴。一旦涉水，棉靴会透湿，行动更不便，但时间不等人。

"赤脚登陆！"李文祺叫了一声，6名记者不约而同地脱下棉靴，脱掉袜子，卷起羽绒裤腿，把棉靴往肩上一放，赤着脚跳了下去。

"喔唷！"双脚浸泡在南极冰水中，刺骨似的痛。人，身不由己地颤抖，但他们个个斗志高昂，"哗哗"地蹚过了冰水。冰凉的海水，像针刺了一下。李文祺把照相机抱在怀中，生怕海水打湿了，一步步，摇摇晃晃地登陆。刺骨的冷水，使李文祺的双脚不停颤抖，牙齿"格格"打架，但心中似火燃烧，向着南极大陆的冰峰，前进。

走上滩头，我赶忙把双脚伸进棉靴，这时双脚像被火烧过似的，火辣辣的。几个记者笑哈哈地说："这次，我们的经历太丰富了，参加了建站，挺进到了南极圈，战胜了大风的袭击，现在又赤脚登上了南极大陆，嗨！"自豪感油然而生。

厚厚的积雪压着冰架，冰架又厚厚地压着岩石。这万年、千年雪，叫人赞叹不已。蓝莹莹的岩冰，裂着一道道口子，奇形怪状向下倾斜，冰洞、冰谷，更是奇丽多姿，十分好看。李文祺等赤着脚终于登上了南极大陆。

总指挥陈德鸿站在冰盖下指挥插国旗。

五星红旗在南极大陆上猎猎作响。登陆的队员们马上散开，有的观察生态，有的敲冰取样，有的架起摄影机，拍摄这动人的一幕……

> 海滩搁浅的登陆艇

　　李文祺看到绿莹莹的冰架下，两只海鸥看着考察队员插五星红旗的神态，似乎在欢迎的模样，他按下快门，抢拍了一张照片。

　　风还在刮，雪还在下。张志挺看到登陆目的已经达到，下令撤退。大家返回登陆点，发现小艇被风刮得搁浅了，动弹不了。

　　"跳海！"张志挺又下令。大家在海水中齐声喊"1—2—3"，齐心协力把小艇推出，爬上小艇。张志挺指挥着艇，向母船驶去。

　　小艇返航了，36人回首南极大陆，看着风雪中飘舞的国旗，眼眶湿润了。

> 冰盖与海鸥

第七章

凯歌还

洗澡过年

身为"异乡之客"的水仙花，在南极悄悄地绽开了花瓣，吐出了蕊香。在祖国，每当水仙花盛开的时候，春节就要来到了。

在南极过年可不比寻常。但考察队员们也要像在家时一样，用祖国的习俗过个好年！是啊，时到如今，正是庆祝一番的时候。

几个月来，考察队员们每前进一步都会遇到困难。现在，长城站已经建成，南大洋考察也圆满结束，祖国的慰问团带来党和人民最亲切的问候。在艰难困苦时刻中，无暇顾及自己的考察健儿们，现在总算有了时间调整一下自己的"尊容"了。

人是爱美的，让我们梳妆一番吧！对着镜子，大家突然爆发出一阵笑声。

"这是我吗？"长发垂肩盖耳，有的小伙子胡子有寸把长。往日，大家说："这有什么？反正爱人看不到。"可是，过年了，可不能再那么窝囊！

船长特准抽用一舱压舱水，给队员们洗个澡。洗澡？这可真是最大的享受！两个月来，身上不知流了多少汗水，内衣不知湿了多少次。可是，在南极，淡水是多么珍贵啊！三个月来，没洗过澡，没洗过内衣。现在总算是可以"清爽"一下了，船上到处响起笑声。精神焕发的考察队员们，在南极喜迎"中国年"。

家书来了！此时，南极时间2月18日12点，正是祖国2月19日零点，春节的除夕。祖国派出的代表团来到了南极长城站。

国家南极考察委员会主任武衡等一行，乘直升飞机来到长城站，到"向阳红10"号船慰问考察队员。

武衡在人群里声如洪钟般地宣布："我们带着祖国千千万万人民的心意来慰问你们，向大家拜年。你们取得了伟大的胜利！"

热情洋溢的话语，如热流冲击着每个考察队员的心房。大家沉浸在无限兴奋和喜悦之中。他们传颂着祖国代表团带来的喜讯，喜读着亲人们的来信。啊，一封封书信，飞过万水千山，跨过大海汪洋，把祖国和考察队员的心紧紧相连。

远航3个月，家书抵万金。不是吗，祖国派出的代表团，给队员们带来了三大箱千余封家书。特别是那些热恋中的小伙子，收到情人的来信，心情更为激动。1983年毕业于大连海运学院的丁理明，收到上海纺织机械三厂女友的来信，他激动地对李文祺说："你看看我的信，她多么想我啊！"

秀丽的钢笔字落在白纸上："理明，理明！很激动，我虽然不能去南极，但仿佛也到了南极，我不能用更好的词句来表达我的真诚的心。但你只要在南极好好工作，我在上海也是幸福的。"

而那些匆匆踏上征途的丈夫，妻子是多么想念他啊！"亲爱的蒙：你离开我一个多月了，在这漫长的日子里，我最关心的就是南极考察队的新闻。每当我凝视着我们新婚和离别时拍的照片，我就会情不自禁地回味着这终生难忘的幸福。我们在一起的时间很短，但我深深地感到，我多么需要你。亲爱的蒙，作为一个南极考察队员的妻子，我感到自豪！光荣！幸福！只要我们心心相印，永远相爱，那么，暂时的分别又算得了什么呢？亲爱的，让我们共同努力，期待那春天的到来吧！"

妻子的心，浸透了对丈夫的爱，这是上海第三人民医院曹小蓉写的信。今天，2月18日，她的丈夫，"向阳红10"号的科研人员，一个毕业不久的大学生王西蒙，在50天后收到了妻子的来信。小王对李文祺说，他们在1984年10月1日结婚，新婚才50天，他就来到了南极。他说："她想念我，我也想念她，但我们把爱的力量用到了工作中去了。"

妻子对丈夫的爱，还寄寓对孩子的一片深情。正在复旦大学秘书专业培训的聂青妮在给她丈夫崔彦军的信中说："我们的孩子小巍可乖呢，他虽然只有两岁多一些，但很会说话，逢人就说'我爸爸到南极去了，爸爸回来时，我要到码头上去接'。"是啊，亲人们盼望着考察队员凯旋。

李文祺的妻子彭银芳在信中说："文祺，我真的好想你。你去南极后，家里我照料着，一切都好。我做了一张表格，你们平安一天，我就在这一天的表格中打个勾。那天，你在《解放日报》发表的《在沧海横流中》中的文章，我们厂里的同事，把报纸收藏起来，不让我看到，生怕我为你们担心。因为我天天看报，报上有你发的消息，就知道你们平安。我看不到那天的报纸，急哭了。同事们安慰我没事，要我一百个放心。现在，国家海洋局东海分局的同志打电话给我，要我写封信给你，由国家派出的慰问团带到南极。我就写了这封信。另外，我弟章法已结婚成亲，我带着两个女儿去喝喜酒了，亲戚们要我向你问好，祝你平安归来。"

《解放日报》党委会、编委会通过上海电报局向中国首次南极考察队发慰问电：

在 (1985 年) 即将到来之际，我们代表百万读者的心意，祝贺你们在南极乔治王岛登陆建站成功，并向你们致以节日的慰问！

从考察船队出发之日起，全国人民、全上海人民就密切地关注着你们的行踪；每天报纸上刊登的考察船队消息，成为人们必看的新闻和热烈议论的话题。人们为你们经受艰难困苦的考验而钦佩，更为你们取得的每一个胜利而自豪！你们以自己的智慧和斗争精神，表现了中华民族的英雄气概，鼓舞着人们为振兴中华、振兴上海而努力奋斗！

我们每天等待你们的最新消息。祝你们在新的一年中不断取得新的胜利！

　　　　　　　　　　　　　　　　《解放日报》党委会、编委会

考察队总指挥陈德鸿收到《解放日报》党委会、编委会的慰问电，即让播音员广播。考察队员们听到《解放日报》党委会、编委会的慰问电，一个个拥向李文祺的舱室，热烈拥抱，表示感谢！

夜来临了。在南极的除夕晚上。南极的夜，没有星光，只有民防湾的两艘中国万吨巨轮和长城湾的"中国南极长城站"，闪烁着明亮的灯光。

代表团团长武衡感慨万分，他挥笔写了一首诗，诗曰：

古稀赴南极，壮哉亿桑行。

起飞毛毛雨，降临万里晴。

"长城"已屹立，冰山照眼明。

佳节探至亲，欢声荒岛盈。

祖国的亲人们，告诉你们吧，考察队员们在南极过春节是很有意义的，也是愉快的。丰盛的节日菜单已拟定，正准备在新年到来的时候为亲人们遥干一杯呢！

采石献上海人民

南极建站和南大洋考察已大功告成，返航日子越来越近了。这几天，考察队员们都在议论一个话题，回国后，向上海人民送什么礼物呢？经反复酝酿，一致决定采集一块南极石带回去。

上午8时30分，一支由副船长沈阿坤带领的采石队，乘登陆艇出发了。他们在长城湾的海滩上，发现一块长135厘米，宽90厘米，厚60厘米，形状如卧着的海豹的上半身，竖起似企鹅的花岗岩。这块巨石埋于沙石之中，队员们用铁棒把它挖出，然后用粗大的麻绳捆牢，在南大洋考察队副队长花俊岭的指挥下，"哎哟""哎哟"齐声唤，使劲把巨石往海边拉。采集这块巨石的共有19个年富力强的小伙子。要是在平时，9个人

> 采石献给上海人民

> 在人民公园的南极石

就能把巨石扛到船上。可是，长时间的海上搏斗，小伙子们体质已虚弱了，拉上几把，便气喘吁吁，满头大汗了。加上海滩岩石丛生，高低不平，19个队员用足力气，巨石只能寸一寸地往前移动。50余米的路程，竟花了两个多小时。李文镇也参加了采石，深知这块巨石来之不易。

重达1.5吨的南极巨石运到艇上。由于分量过重，艇在海滩搁浅了近3个小时。涨潮后，登陆艇才化险为夷。但是，天气突变，气旋即将来临，小艇开足马力，冲破层层涌浪，返回"向阳红10"号船。考察队员们被不时飞起的浪花浇得浑身湿透。尽管这样，大家还是喜笑颜开，激情满怀，在气旋来临的半小时前，安全登上了大船。

南大洋考察队员，冒着风浪采集到的南极石，作为礼物送给上海人民，表达了船员和考察队员们对上海人民的深情厚意。但这块巨石放在何处为好？有的说放在延安东路的隧道口；有的说放在人民广场；议来议去最后一致决定给市中心的人民公园，让上海人民一睹南极石的风采。

经有关专家的鉴定，此石是地球断层中溢出的岩浆凝结而成，由黑点的角闪石和白色的石英石及长石结晶组成。

他们留下越冬

狂风刮了一天，船在海湾中顶风。智利等国家的几艘较小的船，也在海湾中打转。

南极的夏季即将过去，冬天就要来临。一到晚上 8 点多，天就黑下来，9 点多什么也看不见了。中国建成的长城站原初是一个无人站，但是，经检测，长城站设施、设备齐全可靠，完全具备住人的条件。

要不要留人越冬？

考察队总指挥和考察队长思考着。

"既然具备了越冬的条件，就趁此机会，一鼓作气，把长城站建成坚不可摧的真正的长城站。"

"好呀，好呀。"

然而，南极的冬季，从 3 月开始到隔年的 11 月，长达 8 个月。在这个时间段里，风雪不断，长夜漫漫。冰雪把整个大陆、岛屿覆盖。海湾结了冰，岛屿上的淡水湖也封冻。人在这样的环境下工作是十分艰苦的。在这样的恶劣环境里，长城站能否经受严峻的考验？

为了管好、看好长城站并取得南极冬季的越冬经验，进行冬季科学考察，原定的无人夏季站要留人越冬了。经报请国家南极考察委员会和国家海洋局批准，长城站升格为有人值守的常年考察站。

可是，外国考察站越冬有过教训，队员越冬时，由于与世隔绝，人员稀少，枯燥乏味，时间长了，容易出现心理问题，曾经有人把考察站的房子给烧了。所以，性格内向，脾气大的队员不能越冬。

但谁来担当这一极其光荣的任务呢。考察队党委会请大家自愿报名。考察队员和船员纷纷向领导提了书面和口头的请求。而国家海洋局南极办和国家海洋局系统的同志由考察队领导指名。

"向阳红10"号船的会议室里，总指挥陈德鸿和郭琨，对窦洪庆、傅加华说："在南极越冬，要有一点探险和冒险的精神，会遇到想象不到的困难，你们有准备吗？"

"苦，我们不怕，我们尽力完成祖国交给的任务！"他们口气非常坚决。

郭琨问孙福臣："小孙，你看看咱们这个站建得怎么样？"

"挺好的挺漂亮的，是挺好的。"孙福臣说。

"你看这咱们要都走了，这站谁看着？明年要再来还不定什么样呢，说咱们干脆留几个人看着它得了，你能不能留下？"郭琨以商量的口气说。

"根本没有想过这个。"没有思想准备的孙福臣直截了当地说。

刘书燕："实话实说，有的人不愿意留下来，我们有些担心，确实有些担心。"

南极的冬天究竟是什么样子，谁都没经历过。赶工建设的长城站能不能经受极地冬季的考验，更没有人能担保。刘书燕和孙福臣提出申请，回北京安排家里的事情，再回到长城站。

最终，留下越冬的人员共8名，他们是：

颜其德，重庆人，国家海洋局第二海洋研究所助理研究员，地球物理专家，磁场勘探是他的本行。他被任命为长城站的第一个越冬站站长。

卞林根，江苏东台人，1978年毕业于南京气象学院天气动力学专业，同年分配到中国气象局气象科学研究院工作，是参加南极科考的第一个气象人。

窦洪庆是医生。

傅加华是机电工。

还有刘书燕、孙福臣、国晓港和柳春元。

考察队撤离前，总指挥陈德鸿和郭琨对留下的8个人宣布："祖国相信你们，一定能守好家！但要有组织性和纪律性，要绝对服从站长的领导。分内分外的事都要干。"

"我们一定做到。"

在南极冰天雪地的环境中工作生活，意志一定要顽强，性格要开朗，脾气也要好，更要吃得起苦。因为有些想象不到的问题和困难，会突然间发生。一旦出现，不能急躁，要冷静忍耐，要正确处理，稍一疏忽或急躁，会造成严重后果。所以留下的8个同志，在性格、脾气等方面，都作了考虑。

接着，郭队长为他们交代了任务，其中有积累记录资料。如每天雪下多少厚，淡水湖和海湾结冰多少厚等等。

艰巨、光荣的任务落到了8位同志身上。

刘书燕和孙福臣提出的申请，经批准，他们和其他6位随国家慰问团飞回北京，安排好家里事后再飞回长城站。

越冬的工作相对简单，每天记录气象资料，和北京通信两次，然后就是吃饭、睡觉。八个人，两个人负责发电，一个机器检修，后勤、通信、气象各一人，加上站长。寂寞是最考验人的，各个国家科考站的越冬队员也都面临同样的问题，于是，各国考察站寻找各种机会联欢，长城站的人研究了如何做豆腐，来玩的外国人每人送一盒。

在南极这个世界中，不论哪个国家，不论什么肤色，什么政治信仰，一律不论，大家见了面就很高兴。我到你的考察站，我该吃吃，该喝喝，该拿拿，你到我考察站也一样，是一种大同世界的感觉。窦洪庆医生，他，黑黑脸庞上，似乎带着南极洲风云的印记。他向李文祺讲述了自己遇到的两次危险。

第一次危险是1985年5月8日。那天刮着12级大风，气压器的指针降到了可纪录的最低点。人根本不能行走。巨风将长城站的库房顶盖掀掉，把一个室外厕所刮得无影无踪。另一次是在 7 月 27 日，暴风雪铺天盖地席卷长城站。风速达到每秒 40 米。站外，天昏地暗；站内，整个房屋在颤抖，房子发出"隆隆"响声。8 名队员毫不畏惧。为了测定暴风雪的数据，他们拉着"救命绳"行走、测量。长城站的暴风雪又连着刮了 7 天。烟囱被雪埋住了，门被封死了，整个发电机房被雪掩盖了。人，出不来进不去，只好挖开窗口当通道，清除了烟囱里的积雪。帐篷钢架，被风刮断；气象站的测风仪，也吹坏了。但是，长城站主楼经受了考验，安然无恙。

"在恶劣的环境中，如何生活的？"

"极夜，严寒冰雪，给生活带来极大困难。"窦医生说，中午 12 点的时候，天空微微亮了一下，贴近地平线的太阳从云隙中透露出来。

长城湾里模糊的冰山轮廓显影似的刚刚清晰，太阳就不见了。极夜，使人感到非常的寂寞、厌烦。大家吃不到新鲜的蔬菜，每天吃罐头，吃厌了。但为了生存，还得吃呵！吃剩的东西，他们就让那些和考察队员们做伴的鸟类分享。每天中午，他们敲响挂在长城站主楼上的上海人民送的铜钟。鸟类一听钟声，召之即来，美餐一顿。

长城站后边的西湖，冰厚 84 厘米，冰上还积着一层厚厚的雪。每当风雪过后，考察队员在西湖上挖去积雪，再刨开冰层，放入潜水泵，接上管道抽水。谁知，水一抽上来，管道被冻住了。因此，考察队员一面抽水，一面还要用热水烫管子，保持管道畅通。每抽一次水，8 个人要花一天时间，使用 20 天。

窦医生津津有味地介绍起"中国针灸"。他说："'中国针灸'在南极发挥了意想不到的作用。"那是 7 月初的一天，长城站邻近的苏联考察站的一位朋友，慕名前来求医。原来，这位朋友在两年前扭伤了腰，虽经多方治疗，效果不佳。窦医生就用针灸进行治疗。几天后，这位朋友又来到长城站，而且是带了一批人来的，其中有苏联考察站的站长。他兴奋地对窦医生说："真是奇迹，我的腰疼好了，护腰也不用了。"他指指带来的人说："他们都患有腰肩疼痛，你也治一治吧。"

苏联朋友特地为窦洪庆拍摄了在南极洲用针灸治病的电影。他们高兴地对窦医生说："你是第一个在南极洲使用针灸的医生。你真了不起！"

窦医生笑笑说："我没有什么，是中国的医术好。"

一切准备工作就绪，中国首次南极考察船队要撤离南极了。

再会了，南极！

中国南极长城站，屹立在世界的尽头，地球的边沿。她是中华民族的光荣和骄傲。

中国南极考察队即将离开您的时候，想再一次看看您的容貌：您东临乔治王岛长城湾，西靠154米高峰的山海关，傍依10米深的西湖淡水湖。这里的山、这里的水、这里的湾，都以中国最有名的山山水水来命名。1984年12月31日前，在这个荒岛秃岭上，除了风化的岩层，满地的卵石外，就是企鹅、海豹、海狼，还有那友好国家的科学考察站。

现在，58天后，这里的一切似乎都变了。山坡上奇迹般地出现了600平方米的建筑，2幢钢架结构的考察站，4座木板房。在南极的黑夜中，犹如一颗夜明珠，闪亮闪亮。

58天，从卸运第一艇物资，胜利建站，到告别南极，弹指一挥间，英雄的中华男儿，却干了一番惊天动地的事业！考察队员们在欢庆长城站落成的典礼上，流下了激动的泪花，从心底呼喊出"祖国万岁"！冰天雪地的南极，从此有了中华民族科学考察的立足之地。为南极考察事业，做了中国人应做的事，尽了中国人应尽的义务。它向整个世界宣告：中国人民是有志气的，有能耐的！

现在，考察队撤离了长城站。

长城站您作为中华民族的象征，天长地久地留在这里了。

长城站前的一个站标上，箭头永远指向伟大祖国的首都——北京。您距北京17501.949千米。遥远吗？不！他和您心贴着心，脉搏跳动在一起。

作者与南极洲考察队队长郭琨、副队长董兆乾在长城站前合影

2月28日上午10点，"向阳红10"号船汽笛长鸣，推进器隆隆转动，白色的浪花飞溅，留下清晰的航迹。考察队员们站在船舷，靠着窗户，眺望着长城站。

静谧的长城湾，先留下5个考察队员看家，一直要等到8位越冬考察队员来接班。巨轮不时拉响了长长的汽笛，向留守的伙伴致敬。5位考察队员站在海滩上哭了，风中隐隐传来他们的呼喊："我们一定为祖国的长城站看好家！"

长城站渐渐远去了，在人们的视线中消失。甲板上，考察队员孙吉友举起信号枪。绿色的信号弹"嗖嗖"地蹿入空中。1、2、3、4，信号枪传到李文祺手中，他抬起右手，枪口对着天空，扣动扳机，"啪"的一声，第5颗绿色信号弹升入空中，眼泪已夺眶而出……

21点41分44秒，"向阳红10"号船驶出南纬60°，西经59°31′。再会了，南极！

巨轮昂首北行。祖国，您的忠诚的儿子，没有辜负您的嘱托，带着丰硕的成果胜利返航了。

再会了，南极！

考察队南大洋调查海区 10 万平方千米，拿下了 34 个综合观察站，取得了 3549 海里水深测线和 2533 海里重力磁力测线资料，取得了总深度 35716 米的温、盐、深测量的 6 万组数据，获得了数百瓶浮游生物和底栖生物样品，捕到了 100 公斤磷虾。中国南极长城站的建成，填补了我国科学考察事业上的空白，为我国和平利用南极，造福人类奠定了基础。我国成为世界上第 18 个在南极拥有考察站的国家。经《南极条约》国批准，中国在南极问题上拥有了发言权和决策权！在南大洋考察中，取得了在极圈内及其附近海域的综合观察资料和样品等 14 项突破性成果，填补了我国在这一研究领域的空白。

考察队按照预定计划要返航回国了。

1985 年 2 月 28 日，上午 9 点 39 分，54 名考察队员站在乔治王岛的卵石滩上，向长城站告别敬礼，列队登船。巨轮昂首北行。祖国，你忠诚的儿子，没有辜负你的嘱托，带着丰硕的成果凯旋。

返航！这对中国首次南极考察队员来说，无疑是无比激动的时刻。多少个日日夜夜，大家肩负着祖国的重托，民族的期望，在遥远而神往的南极，完成了神圣的使命。现在满载着考察的丰硕成果，重渡太平洋，重返祖国，这怎能不令人激动呢？

从麦哲伦海峡的蓬塔阿雷纳斯到上海，总航程 10642 海里。中国考察编队从南纬 55° 到北纬 31°，要穿越 86 个纬度；从西经 66° 到东经 120°，需横跨 174 个经度，13 个时区。漫漫航行，要经过南半球盛行的西风带、信风带、季风带和北半球的信风带、季风带。

两艘巨轮不分昼夜，以每小时 18 节的航速，在太平洋上奔驰，而在世界地图上标下的航迹，却像蜗牛的爬行，每天只前进"1 厘米"。每次饭前饭后，"向阳红 10"号船的主甲板走道的橱窗前，总是围着一大群人，观看地图上的航迹。

啊，这么慢！"

"每天只走一点点！"

人们总要发出几声感叹声。这也难怪，大家归心似箭啊！但是，亲爱的读者，您可知道，每前进 1 厘米，都倾注着航海人员的多少心血啊！国家海洋局北海分局"向阳红 9"号船船长顾翔，南海分局"向阳红 14"号船大副陈天才，以及"向阳红 10"号船的副船长沈阿坤、徐乃庆和二副罗就春，三副周和建，他们每天三班轮流在"向阳红 10"号驾驶台值班瞭望，一站就是七八个小时，警惕地注视着海面。特别是船长张志挺，他从出海到返航，他关注着每一个航行中可能发生的每一件事。

船在风浪中顽强地前进！

陈德鸿总指挥在考察日记本上写道："为海洋事业多做贡献。"

南极洲考察队长郭琨在考察日记本上写了四句话，表达了他再去南极建新考察站的信心和决心：

南极辟新宇，
考察做贡献。
来年东南极，
团结再奋战。

短短 10 余天的航行，"向阳红 10"号和"J121"号船，将考察队员从智利秋高气爽的蓬塔阿雷纳斯，又一次带到了赤日炎炎的赤道。

此时的赤道，正处在"春分点"。每年的 3 月 21 日，太阳从南半球越过赤道进入北半球，光辐射正巧与赤道成交点，其热异常。25 日 11 时 01 分，"向阳红 10"号船首先越过纬度 00° 00′ 00″，汽笛长鸣，人们欢腾。

此刻，考察队员们的头顶上，蓝天白云，阳光直射；身旁，热风吹拂；脚下，万里细浪，碧波荡漾。成群的飞鱼，从波浪中一跃而起，展开鸟儿似的翅膀，溅起点点水珠，在海面滑翔一段距离后，钻进了大海，谁能想到，海洋中还有如此美妙的景色！

"停船！"船长一声令下，2 台主机从每分钟 153 转，慢慢地降到 0，船体开始漂泊。"两船在赤道休整一天，检修机器设备。"总指挥作出了部署。

轮机部门紧张地投入了主机的维修和保养。几根 6000 米长的钢缆伸进大海后，开始绞缆上油；南大洋考察队水文组的同志们，抓紧时间采集了赤道海域 1000 米的分层海水，首次对赤道海水进行营养盐的分析，并和南大洋的营养盐的含量进行对照。

然而，还有一个精彩的节目等待着大家——钓鲨鱼。"J121"号船的海军官兵，从对讲机中对"向阳红 10"号船的同志说："咱们进行钓鲨鱼比赛如何？"

好啊，我们钓鲨鱼的能手多，冠军肯定是我们的。哈哈哈！"

"别吹，到时看结果！"

一场钓鲨鱼的比赛开始了。人们纷纷拿着有手指粗的钢筋做的鱼钩，放上一块鲜猪肉，扎上一块用木板或泡沫塑料做的浮标，投进了大海。鱼钩在碧蓝透明的海水中一晃一晃。不多时，鲨鱼便在食饵附近游来转去。

"喔，大鲨鱼上钩啦！快拉快拉！"船尾后舷甲板发出一阵欢呼声。李文祺跑过去一看，只见副总指挥董万银的鱼钩首开记录，人们兴高采烈地把一条拼命挣扎的 25 千克左右重的鲨鱼，从大海中提上了甲板。黑的背，白白的肚，三角形的头下有一张宽大的嘴。口一张，像一只小脸盆那么大。人们用铁钩触它，用脚踏它，它一动不动，过后又乱蹦乱跳。

"又一条鲨鱼上钩了！"人群中发出了欢快的笑声。在太平洋的赤日下钓鲨鱼，真是趣味无穷。

素称"海洋霸王"的鲨鱼，生性凶猛，也会伤人，它们怎么会轻易上钩呢？富有经验的韩副政委告诉李文祺，鲨鱼的特点是贪吃，对腥味特别敏感。鱼钩上的新鲜猪肉，能把它们从很远的地方引诱过来。开始，它们并不上钩，围着食饵旁游转几圈后，然后一个冲刺，血盆大口把肉和钩子一起吞下，向深水处钻去。但它跑不了啦！它越挣扎，钩子扎得越深，等它挣扎劲头小了，便把鲨鱼提出水面。但是，有的鱼钩做得不牢固，会被挣扎的鲨鱼带钩遁去。谁知，上了当的鲨鱼，大概是饿慌了的缘故，禁不住鲜肉的诱惑，又会上钩，成为考察队员的猎获物。

钩鲨鱼的竞赛经过 5 个激烈角逐，终于比出了高低。"向阳红 10"号船钩到 8 条，约重 400 千克，夺得第一，"J121"号船钩到 6 条，约重 300 千克，屈居第二。

此时此刻，陈德鸿总指挥的心情极不平静。他遥望着赤道的碧浪，回忆着南极的日日夜夜，边吟边想，边想边吟，挥笔写了一首《再过赤道》的顺口溜：

去年，两船航行在赤道线上，
考察队员向往着战斗的地方。
可是，"J121"号出航同天，主机就封了一个缸，
"J10"号船主机的高压油泵常故障，
何年何月才能把五星红旗插上？
南极洲建站的成败还很难讲！
真是急坏了考察队长。
完不成任务，对不起人民，对不起党，

考察队员们的心啊，极不平常！
如今，我们又回到了赤道线上，
考察队员的心情与上次不一样。
五星红旗已在南极洲高高飘扬！
中国南极长城站建成名扬四方！
南大洋考察硕果满舱！
考察队员啊，个个喜气洋洋。
安全返航评功评奖，
再过赤道，心情不一样。
这就是我们两过赤道的感想！

把活磷虾带回祖国

近半个月的返航，考察队员们经历了冬、秋、夏三个季节，赤道似火的骄阳，把返航中的船甲板，烤得滚烫，温度达到 50 多℃。一走出有空调的舱室，就会受到热浪的冲击，汗流浃背。可是在每个舱室中的舷窗旁，都放着考察队员们在南极采集的地衣、苔藓。这些极寒中生长的地衣和苔藓，虽然处在炎热的高温中，却依然生机勃勃，翠绿欲滴，讨人喜欢。

"磷虾平安无事吧？"负责磷虾侦察与捕捞的上海海洋水产研究所捕捞室主任郭南麟，见到中国科学院海洋研究所副研究员王荣，总要关切地询问一番磷虾的饲养情况。因为，他考虑到一贯生活在冷水中的磷虾能经受赤道的酷暑吗？

"又死了两条！"

身高 1.83 米的王荣，心痛地报告着数字："只存下 56 尾了。"

是啊，饲养活磷虾不易，捕捞活磷虾也难呵。

1 月 13 日半夜，一网捕了 98 尾大磷虾。

2 月 2 日凌晨 1 时，鱼探仪发现磷虾群随着潮水游进了民防湾，处在锚泊的船下。机不可失，时不再来。捕捞专家郭南麟抓紧战机，连续进行垂直拖网，捕获的磷虾一网比一网多，最多一网达 1.3 千克。突然而来的丰收，乐坏了大家，也忙坏了活磷虾的"饲养员"——王荣和陈时华、杨关铭。

长期从事海洋浮游生物研究，特别是对南极磷虾有很深研究的王荣，1983 年 12 月至 1984 年 2 月，国家曾派他到阿根廷的南极科学考察站，进行南极海洋浮游生物的考察，写了一篇关于《磷虾生活史》的论文。当时，由于条件限制，活体磷虾不能从南极带回祖国作科学研究。这次，他参加中国首次南极考察，特地从青岛带了两个 16 平方米的低温实验室。他和他的同伴海洋二所的陈时华、杨关铭，当起了磷虾的饲养员。

每天，他们把采集到的海水，冷却到 0℃后，再放进从南极海域采集到的饵料，然后给磷虾换水加饵料，这样才能使水体保持清洁，水内氧气充足，饵料丰富。可以说，他们饲养磷虾认真、细致、周到、细心。此外，他们还要观察磷虾觅食、脱皮、繁殖的生长规律。由于两次意外的电门跳闸，使低温实验室的温度失控，降到 −15℃，使有些玻璃缸内的活磷虾连同海水，结成冰块。万般辛苦通过捕捞、饲养的活磷虾，由于受冻，每天有几条死去，这不能不说是个沉重的打击，使大家万分痛心。

"我们一定要争取把活磷虾带回祖国！"

王荣还是充满着信心。他在南大洋考察队金庆明队长的关心和支持下，建立了值班制。南大洋考察生物组的同志们，虽然来自全国各个单位，但为了帮助王荣对南极磷虾的研究，每天毫无怨言地参加 24 小时值班，防止再次发生意外。当李文祺走进他们的低温实验室时，只见玻璃缸内，磷虾像萤火虫似的一闪一闪发着蓝光，煞是好看。

祝愿尚存的南极"娇客"，能平安通过赤道，来到地球北面的中国，让祖国人民亲眼看一看活的磷虾吧！

到家了！

中国首次南极考察队乘风破浪，斜穿太平洋，艰苦航行 27 天，于 4 月 5 日 1 点 49 分驶回长江口，11 点 38 分到达吴淞口处的鸭窝沙锚地。

五吨铁锚，隆隆地潜入了浑黄的长江水。考察队员涌到甲板上。海滩、江岸、宝钢高高的烟囱、长长的油码头，映入眼帘。

过往的船与"向阳红 10"号"J121"号船鸣笛问答，辽阔的江天，低回着雄浑的交响乐。

在"向阳红 10"号船和"J121"号船旁驶过时，中国的客轮，拉响了汽笛；旅客们挥动双手，向英雄船和考察勇士们致敬。"呜——"考察船的汽笛也拉响了。面对着遥遥相望的大陆，考察队员们忘记了航途中的疲劳，从心底发出呼喊：

"我们到家了！"而南极的风浪把船体吹得锈迹斑斑，伤痕累累。

"到家了，首先应把船体冲洗得干干净净呀！"政委周志祥，带着船员前后冲洗，左右清扫。东海分局派小艇送花菜、青菜、蘑菇等新鲜蔬菜和豆制品，这些菜成了考察队员们的佳肴。

吃晚饭时，餐厅里碰杯的"叮当"声和"真香啊！""好吃，好吃！""真棒，真棒！"的赞美声交织在一起。还未踏上祖国的大地，队员们就深深感受到了母亲怀抱的温暖。

值得庆贺的，船上配备的收尸冰库和塑料袋，一个都没有派用场。据了解，凡是到南极考察的其他国家或多或少要出一点意外的，死亡的比例在3%。而中国首次南极考察队没有一个伤亡，这在南极考察史上是没有过的。

夜深了，南大洋考察队队长金庆明和副队长沈毅初，还在商量如何把总结和评奖活动搞好。

评功评奖是南极考察总结中的一项内容。根据每个同仁的表现和贡献，上级领导部门将给予一等功、二等功、三等功和嘉奖、表扬五个等级。但是，由于比率有限，立功的人数不可能很多。对此，南大洋考察队党支部提出了"领导先让，共产党员先让的"要求。海洋局第二和第三海洋研究所的王玉衡、徐海龙、林双淡、黄江淮，甘剑平等六人，向党支部提交了书面报告："在评功评奖之际，我们向党表示，参加南极考察是每个炎黄子孙为国争光的职责。我们虽然出了力，流了汗，吃了苦，但没有理由向组织要功，要荣誉。"这是多么崇高的风格啊！

深夜1点了，南极洲考察队队长郭琨还没入睡，他拉着记者说："我们高速度、高质量完成建站任务，这在世界南极建站史上是少有的。但是，今天建站成功，并不代表明天南极考察的成功。我们已经迈出第一步，还将迈出第二步、第三步。"

当李文祺走出郭琨队长住的舱室，瞭望吴淞口，顿觉那星星似的灯光，在迎接着我们的到来。

祖国，你的儿子回来了！

泪水早已模糊了英雄们的眼睛，140来天的艰难困苦，两万海里航行中的风雪浪涛，顿时又涌现在眼前……

中国首次南极考察队，历时142天，航行26433.7海里（48955.2千米），穿越了98个纬度，横跨183个经度，越过13个时区，穿过5个西风带，度过4个季节。经历这么长时间的航行，这么远的航程，这么复杂的航线，往返两次驶过东西南北半球，在中国航海史上是第一次，立下了不朽功勋。考察队员，无一伤亡。

第七章　凯歌还

> 凯旋回沪撰写的长篇通讯

4月10日，考察队员经洗澡、洗衣、刮胡子、理发、整理考察报告、写总结等5天休整，面貌一新。海关人员上船检验后，上午10时，两船驶进黄浦江，一路拉响汽笛。在黄浦江行驶的船，让出航道，欢迎凯旋的人。

当天，《解放日报》以近一个版的篇幅，发表了李文祺的长篇通讯《南极考察者之歌》，以深情的笔墨，叙述考察队员们的英雄事迹。报纸被送上船，队员们人手一份。他们看后对李文祺说："你也是英雄。"

"向阳红10"号船译码员张炳根、黄佐豪，激动得泪水盈眶。他俩是1981年参加工作的年轻党员。在这次远航中，他们及时、正确地完成收发报471份，共12万8千多组电码。除此之外，记者们采写的新闻稿，也要从他们手中一组组译出，及时发回祖国。现在，当他俩从坚守了100多个日日夜夜的工作室里走出的时候，他们骄傲而又深情地说："我们终于胜利完成了任务！"

1985年4月10日，国家南极考察委员会、国家海洋局、海军东海舰队、上海市人民政府在黄浦江的东海分局码头，举行隆重的欢迎仪式。

上海市委第一书记陈国栋、市长汪道涵及上海市委全体常委，中顾委委员方强，共青团中央书记李源潮，南京军区司令员唐述棣，东海舰队司令员谢正浩，国家南极考察委员会主任武衡，上海市政府相关领导同志，考察队员亲属及各界人士2000余人，聚集码头，欢迎凯旋的南极考察的英雄们。

"我国首次赴南极考察编队战胜了狂风恶浪，顺利地进行了南大洋和南极洲的综合性科学考察，取得了大量宝贵的科学资料。尤其令人振奋的是，在南极建成我国第一个科学考察站——中国南极长城站，为我国在南极科学考察建立了前进的基地。500多名南极考察勇士取得的成就，是中国科学考察史上的一个创举。你们为祖国立了功！"武衡激昂地说。

> 凯旋

"你们的崇高理想、铁的纪律和革命英雄主义精神，时时激励和鼓舞着上海人民为社会主义现代化建设事业做出更多的贡献。"汪道涵说。

"中国首次南极考察编队在南极建站和科学考察成功，是党中央、国务院亲切关怀的结果，是全国人民鞭策鼓舞和大力支持的结果，成绩和荣誉归功于党，归功于国家，归功于人民！"中国首次南极考察编队总指挥陈德鸿说。

祖国感谢你们

五月的北京，阳光灿烂，草木葱茏，鲜花盛开。

1985 年 5 月 6 日下午，中南海的大草地上，矗立一排钢架，有一个个台阶。下午 3 时，荣获一、二、三等功的立功考察队员，依次站在台阶上。党和国家领导人来看望大家了，向大家挥手致意后，合影留念。

下午 4 时，中南海怀仁堂两扇鲜红的大门，似伸开的双臂，迎接前来参加庆功授奖大会的南极考察英雄。正厅内，翠绿的君子兰，盛开着鲜花，散发出阵阵芳香。

> 李文祺荣立三等功，被国家南极考察委员会授予奖状

"南极长城站位置示意图""南极海区调查作业示意图""南大洋和南极考察航线示意图"安放在厅的中央。一张长条桌子上，放置着考察队采集的各种标本，白、绿、黄相间的褐玛瑙；纹路细腻，成色好的碧玉和黄玛瑙，以及磷虾干、企鹅标本，吸引了中央各部的领导同志，他们细细看，认真询问。

万里、胡启立、李鹏、习仲勋、彭冲、方毅、杨得志、张爱萍、余秋里、周谷城、严济慈等领导同志来到大厅，听取我国首次南极考察的汇报。

4时30分，中国首次南极考察庆功授奖大会开始。

当陈德鸿总指挥汇报到591名考察队员、船员和海军官兵，在南极恶劣环境中，没有一个伤亡，全部平安返回祖国时，万里同志带头鼓掌，大厅内顿时爆发出雷鸣般的掌声。

人们记得，中国南极考察勇士们经过142天的艰苦奋战，取得了卓越成果：

以最快的速度，在南极洲建立了中国第一个科学考察基地——中国南极长城站；

第一次在南极洲插上鲜艳的五星红旗；

第一次用中国的名字命名南极的冰川、湖泊和海湾。

同时，考察队南大洋调查海区10万平方公里，拿下34个综合观察站，开展了生物、地质地貌、大气物理和海洋等多学科的考察，取得了3459海里水深测线和2533海里重力磁力测线资料，又取得了335716米温、盐、深测量的6万组数据，获得了数百瓶浮游生物和底栖生物样品，捕到100公斤磷虾，填补了我国科学事业的空白，并在14项科研项目中取得了突破性进展。

考察队驾驶中国自己设计制造的科学考察船，胜利穿越了太平洋，开辟了一条中国通往南美洲的新航线；

第一次成功地进入了南极圈；

用自己研制的通信设备，保证了从北京到南极长达18000千米的电话通信，创造了中国电信史上无线电短波通信距离的最高纪录；

更重要的是，这次南极考察锻炼和造就了中国第一支南极科学考察队伍。

累累硕果是考察队员们顽强拼搏取得的。万里同志兴奋地说："你们艰苦奋斗，完成了党和人民交给的任务。你们胜利回来了。祖国感谢你们！"

面对党的关怀，祖国的荣誉，一等功荣获者，37 岁的"向阳红10"号船副轮机长开长虎，眼睛湿润了。在航渡太平洋时，船的主机发生故障，他似猛虎下山，带领同志们在 40 ~ 50℃的高温下抢修，保证安全航行；在遇到 12 级以上的强烈风暴袭击时，他冷静果断，指挥机电部的同志坚守岗位，顽强奋战，保证机器正常运转，战胜了风暴。现在，在雄伟壮观的怀仁堂内，他感到有点不安了。他说："我是一个共产党员，为祖国流血流汗是完全应该的。"

曾经 4 次到南极的南极洲考察队副队长、海洋专家、一等功荣获者董兆乾，吃大苦、耐大劳，不管暴风狂雪，在艰难困苦下，积极完成党交给的任务。

一等功荣获者，南极"飞将军"于志刚，在南极洲恶劣的气候下，沉着冷静，十分精心，采用最佳速度操纵飞机，把两台发电机组安全地吊放到长城站。在荣誉面前，他说，我们虽然做了一些工作，但比起祖国各条战线上的同志们，还有很大差距。我们向党保证，时刻听从党的召唤，把自己的一切献给祖国的四化大业！

考察队员的英雄业绩，党和人民不会忘记，祖国感谢你们。

中共中央机关刊物《红旗》杂志第十期发表题为《南极精神颂》的社论。

南极精神，就是不畏艰险、不怕牺牲、忘我献身的革命英雄主义精神。

南极精神，就是遵守纪律、团结一致、齐心协力的集体主义精神。

南极精神，就是脚踏实地、一丝不苟、严肃认真的科学求实精神。

南极精神，就是发愤图强、立志振兴中华的爱国主义精神。

社论指出，南极精神生动地体现了中国人民在四化建设中不可动摇的坚定信念和自立于世界民族之林的豪迈气派。向世界证明，中国人民有志气、有能力为人类文明的发展，做出自己的贡献。我们的时代，我们的人民需要南极精神。提倡和发扬这种精神，必将进一步激励我国人民在四化建设中披荆斩棘，开拓前进。

在长城站落成后的十个半月，1985 年 10 月 7 日，中国终于成为《南极条约》的协商国，对国际南极事务有了表决权。

第八章

向北极进军

中国对地球另一端北极的考察也开始酝酿

　　在南极考察事业全面展开之际，中国对地球另一端北极的考察也开始酝酿。

　　1996 年 4 月，国际北极科学技术委员会在德国不来梅港市召开会议。以观察员身份参会的国家海洋局极地办的陈立奇和秦大河等中国代表为没有资格发言愤愤不平："作为北半球一个大国的代表，在北极科学组织中竟然没有发言权！"

　　与南极最大不同的是，北极居住、生活着至少已有上万年历史的土著居民——因纽特人、楚科奇人、雅库特人、鄂温克人和拉普人等，也是全球基因库的一个重要组成部分。

　　中国地处北半球，也是环北极 8 个国家以外地理位置离北极最近的国家。北极的环境、气候对中国有直接影响。北极的事务中，中国应当有发言权。

北极，是指北纬60°34′（北极圈）以北的广大区域，总面积约2100万平方千米，其中陆地面积约800万平方千米。北冰洋面积约1470万平方千米，终年被冰雪封冻。海冰平均厚度约3米，洋区中心被永久封冻，至少有300万年历史。只是到了夏季，船只可以从北冰洋中通往世界各地。

很早以前，北极的格局并非如此。它之所以形成今天这个样子，完全是板块运动和大陆漂移的结果。若从地质历史看，北极地区也曾一度碧波荡漾，森林茂密，气候相当暖和。早在人类到来之前，北极已几经变迁，经历了一段相当漫长的历程。

奇妙的是，北冰洋和南极洲不仅其面积大小相似，更为奇怪的是地理形态也相似，许多的地理单元还可南北对应，如北冰洋平均水深约1225米，而水深达5400米的最凹陷部分，位于格陵兰海的东北部，恰好对应于南极大陆海拔高度达5140米的最凸出部分，是位于西南极洲埃尔斯沃思地的文森山。

北冰洋，以北极为中心，为亚洲、欧洲、北美洲三洲所环围抱，面积1310平方千米，相当于太平洋面积的十四分之一，占世界海洋总面积的4.1%，是地球上四大洋中最小最浅的洋，平均深度1200米。南森海盆最深处达5449米，是北冰洋最深点。洋面大部分常年冰冻，有常年不化的冰盖，冰盖面积占总面积的三分之二左右。其海面上分布有自东向西漂流的冰山和浮冰。100多年前，当时最豪华的泰坦尼克号游轮撞上浮冰而沉没，酿成1500余人丧生的悲剧。

北冰洋被陆地包围，近于半封闭。通过挪威海、格陵兰海和巴芬湾同大西洋连接，并以狭窄的白令海峡沟通太平洋。北冰洋沿岸地区多为永久冻土带，永冻层厚达数百米。

北极点，是只有一个方向的极点。它是地球自转轴与固体地球表面的交点。你若站在极点，"上北下南左西右东"的地理常识，便不再管用。你的前后左右，都是朝着南方。你只需原地转一圈，便可自豪地宣称自己已经"环球一周"。北极点至中国北京的距离 5582.81 千米。

北极与南极气候相似，也是全球气候变化的驱动器和敏感区之一。终年气候酷寒、多暴风雪。有极昼、极夜之分，年平均气温 –10℃左右，较南极年平均气温高 15 ~ 20℃，1993 年 1 月，观测到 –71.2℃的极端低温。北极不同于南极的一些气候特征是：一年中有四季之分，冬季为 11 月 ~ 次年 4 月，平均气温在 –20 ~ –30℃。7、8 月为夏季，平均气温也只有 5 ~ 8℃。5、6 月和 9、10 月属春季和秋季，平均气温在冬夏季之间。

北冰洋边缘地区常年多暴风雪，年降雨量 75 ~ 150 毫米。夏天常常是漫天低云，雾气弥漫，多阴霾天气。冬天气压稳定，云量很少、寒冷干燥。我国地处北半球，受北极气候的直接影响较南极更为明显。

北极地区的自然资源极为丰富，据估计，潜在的可采石油储量有 1000 ~ 2000 亿桶，天然气在 50 ~ 80 万亿立方米之间。储藏的煤炭资源，占世界煤炭资源总量的 9%，不亚于我国享誉海内外的煤都——山西大同。

与南极大陆不同的是，北极的生命活动非常活跃。北极最典型的植物当属泰加林中的落叶松，而最典型的低等植物则是地衣，其寿命最长可达 400 年，是寒区重要的物种资源。在北极苔原上还有 900 多种显花植物，它们在夏季时点缀在漫漫的沼泽地上，使北极陆地与南极大陆形成鲜明的对照。那些红猴花、山金车花等构成了北极色彩斑斓的世界。

北极的鸟类共有 120 多种，一到夏天，几乎所有大陆上的候鸟都涌向了北极，成为鸟类活动的中心。

北极海域的鲸类有 6 种，数量远远不如南大洋，但北冰洋中的角鲸和白鲸却是世界鲸类中最珍贵的品种。其貌不扬又温顺的海象，雄性体重可达 1360 千克，它们常常数十头甚至数百头一起聚集在海滩上鼾声大作，高枕无忧。海豹是以家庭为单位生活在一起，大家长通常是一头体重 300 余千克的雄海豹，统治着 50 头左右体重仅 30 ~ 50 千克的雌海豹和它们的子女。

有资格代表北极世界的动物是北极熊。它是北极地区无可置疑的统治者。这些体重可达 900 千克的游泳健将，一生大部分时间都在海水中或浮冰上游弋捕食，甚至在怀胎哺育时也很少登上陆地。它们在冰上的奔跑速度每小时可达 60 千米，能在冰水中连续游泳 320 千米。它们捕食时前掌一扑，即可击碎海象的头骨。北极还有上百万只驯鹿、数万头麝牛、北极狼、北极狐、北极兔，以及数以亿万计具有奇特集体自杀行为的北极旅鼠。

中国的北极梦

北极与中国的缘分

北极，曾经是一个梦。

你可曾知道，我们的祖先很早就到过北极。

据说，在地球最后一次冰期结束的时候，我们先民中的一支（当时生活在亚洲中部），曾经为追逐猎物而举族北上，有的进入北极圈，有的越过白令海峡到了美洲。

700 年前成书的《马可波罗游记》，记载了中国和北极相关的最早的联系，书中记述说，从中国往北到最远的地方，有被称为黑暗的地方，即北极。那里夏天终日享受阳光，那里有拉雪橇的狗，有白熊……

可是后来，不知为什么，中国人却把北极放在了一边。而公元 15 世纪以后，西方人开始关心北极。

西方人最初进入北极，是为了开拓一条直抵东方的海上捷径。结果并不如愿，先后有几百名探险者葬身北极，长眠在寂寥的白色荒原之上。1597 年，荷兰人巴伦支向北极航行，从此杳如黄鹤。直到 300 年后，才有人在他住过的小冰屋里发现他的遗物——一本打开着的《中国历史》。

随着 19 世纪的终结，西方人在北极由寻找东方之路变为以极点为目标的探险活动。1909 年，美国探险家罗伯特·皮尔里第一个徒步到达北极点。此后，冲击北极点的探险活动渐入高潮。第一次世界大战结束不久，北冰洋周围的土地已被瓜分完毕。

1925 年，我国作为 9 个国家中的一员，签署了由海牙国际海事法院主持的《斯瓦尔巴特条约》。条约规定北极深入的斯瓦尔巴特群岛归于挪威，但根据这一条约，凡是签约国公民，都可以前往位于北冰洋的挪威斯瓦尔巴特群岛进行科学考察或者自由进出，并能在岛上从事商业、开矿、打猎和捕鱼活动。现今，已 70 多年过去了，还没有一支由中国人组建的考察队来到这里。

1990 年，美国、俄罗斯、加拿大、丹麦、冰岛、挪威、瑞典和芬兰 8 个环北极国家发起签署了一项条约，决定成立非政府的国际北极科学考察委员会（IASC）。此后，英国、法国、德国、日本、荷兰、瑞士和波兰也相继加入。在北半球，除中国外，几乎所有重要的国家都已成为这个"北极俱乐部"的一员。

出于科学考察的需要，中国应在北极占有自己的位置。我国与北极密切相关，我国的气候就常常直接受控于北极气候的变化。于是，我们的眼光很自然地落在了北极这个地方，试图通过对北极的考察与研究，在科学上拓展我们的视野，使我国对南北极气候对中华大地的影响，以及那里的环境对全球的影响有更深切的了解。既然"地球村"是一个整体，我们怎会在野外科学考察上，囿于自己的一方土地！

为了早圆中国的北极梦，有志者代代相传，已经进行了几十年的追求。

1950 年，新华社记者李楠乘飞机飞越北极点，并采访苏联的"极地 6 号""极地 7 号"浮冰站，为我国有记载以来第一位"北极记者"。

1982 年 6 月，中国地质大学卢右顺容教授在英国剑桥大学进修时，参加了导师哈兰德教授主持的一个北极地质考察项目，曾前往北极圈内的斯匹次卑尔根群岛考察，成为我国第一位到北极考察的女性。

从 1986 年到 1996 年，中国香港旅行家李乐诗（女）四进北极。

1993 年 4 月 8 日，她将五星红旗插在了北极点上。

20 世纪 80 年代起，中国科学院大气物理研究所与挪威卑尔根大学合作，开始了"北极—青藏高原环境变化比较研究"。

1993 年，我国召开首次北极科学研究讨论会，并和不来梅大学合作开展了为期 5 年的北极海洋生态科学考察。1994 年，我国科学家开始实施阿拉斯加巴罗地区气候与环境变化 的观测研究及北极大型海洋动物的解剖学对比研究。

1995 年，由中国科学技术协会主持，中国科学院组织了中国首次北极点科学考察。这次考察的内容包括海洋、冰雪、大气、环境、生态、遥感和大地测量等方面。

1996 年，我国加入了国际北极科学委员会，成为第 16 个成员国。国际北极科学委员会要求成员国必须有相应的考察活动。但是，我国还没有以政府行为的方式在北极地区开展科学研究。

1998 年 7 月，国家海洋局组织了由专家和船长组成的北极考察团，搭乘俄罗斯"苏维埃联盟"号核动力破冰船到过北极点，考察了到北极点的北冰洋航线和自然环境。

事实上，北极探险热的兴起和中国有着密切的关系。作为四大发明之一，中国人最早发明的司南和指南针，总是指向地球的两极。

中国人对南极的涉足虽然要晚于北极，但是南极科学考察却发展得很快，水平远远超过了北极。1984 年，中国首次南极科学考察队也是从上海出发，在南极建立了第一个考察基地——中国南极长城站。

15 年的南极科学考察实践，已经积累了相当丰富的极地科学考察知识和实践经验，形成了学科齐全的极地研究队伍，具备了装备先进的技术支撑条件。这些都为中国政府组织首次北极考察奠定了基础。

第一个进入北极圈的中国人

中国首次北极科学考察，唤起了大家对一位几乎被历史遗忘的耄耋老人的关注。据已知的史料，高时浏是最先到北极进行科学考察的中国人。

他，武汉测绘科技大学的退休教授。他的房间如他的衣着一样，很简朴，在一个书架旁边，一只独木舟模型静静地立在那里。老人说，那是他 1951 年在加拿大哈得孙湾的一个贸易公司买的，他还买了一些其他纪念品。但屡经浩劫之后，目前只剩下那只用海豹皮做的独木舟模型和一双用驯鹿皮做的鞋子。

现在，他所能找到的有关当年闯北极的实物记录也少得可怜：一本已经发黄的硕士论文，一本有关北极生活零星记载的破旧日记，加拿大联邦测量局赠送的一套他在西北地区的法兰克林区第 21 号测站的全部资料（空中照片、测量记录及报告）以及他的一位同事辗转寄还给他的几张照片。

世纪之交，中国北极科学考察队进军北极的号声唤醒了他那沉睡已久的记忆。他凝视着这些物品、资料，那扇尘封已久的记忆之门终于被开启了。

1936 年，他以优异成绩从江苏省立扬州中学毕业。本来立志报考清华大学、交通大学的他，却因家境贫寒，不得已报考了同济大学测量系，因同济大学测量系设有一名黄鹰白奖学金。结果，他如愿以偿，在战火离乱中读完了他的大学。至今，他仍清楚地记得他们仓促逃离上海的情景：1938 年 8 月 13 日上午，他和他的同学们正在参加考试，下发考卷不到 1 小时，监考老师突然宣布停止考试，说因时局紧张，考期另行公布。不久，他随校迁往浙江金华、江西赣州、广西入步、云南昆明。1941 年毕业留校任教。

1948 年 8 月 3 日，他怀着科学兴国的豪情告别祖国，登上"戈登将军"号赴美留学。到达美国施勒库斯城后，由于种族歧视，他找不到工作，使他原来的半工半读计划破产。9 月，他接受友人建议，到加拿大的多伦多大学办理申请，终于进入了该校首届大地测量专业研究生班。1948 年底，他请他的导师具名介绍，写了一封申请书给加拿大联邦大地测量局及暑假招雇学生当临时工的委员会。由于大地测量局正需要测量方面的技术人员，他的申请获得了批准。

1949 年 5 月初，他考完最后一门课，便到渥太华大地测量局天文科任职。不久，他接下了联邦政府下达的在拉布拉多地区的勘测任务。他知道，这次任务完成得好与坏，关系到他今后能否在这里继续干下去。他的第一位助手叫勒恩·麦克哈迪，出生于中国河南，是多伦多大学物理系三年级学生，曾在大地测量局打过两次暑期短工。测量局派麦克哈迪做他的助手，主要是因为麦克哈迪有丛林地区的工作经验。麦克哈迪对中国的印象不好，脾气也很大。尽管他们的观点不一样，但有共同的音乐兴趣。

6 月 9 日上午，他们登上了诺斯曼水上飞机。诺斯曼飞机很小，加上放装备、给养和仪器，他和助手只能蜷伏在仪器箱上。2 小时后，飞机降落在一个湖上。这一地区离北极圈还有四五百千米。根据 1948 年的测量报告，他们要寻找北纬 50°，西经 70° 这个点，是一株钉有标志的较高的树。麦克哈迪确有丛林工作经验，经过两三个小时的努力，他找到了那棵钉有标志的树。随后几个月，他们测定了北纬 52° ～ 55°，西经 60° ～ 68° 之间的 15 个天文控制点。由于任务完成得相当出色，他深得局长雷恩尼的赏识，要留他在该局工作。当时，他还有两门课程未修，学位论文题目尚未确定，测量系又准备聘请他任兼职讲师，因此他回到学校后又继续学习了一个学期。

1950 年 2 月，他来到测量局天文科正式上班，被任命为三等工程师。正是由于这个任职机会，北极的大门向一个黑头发黄皮肤的中国人敞开了。

1950 年 6 月，他回到多伦多大学参加毕业论文答辩和学位授予典礼。他获应用科学硕士学位。不久前，他的老友汉密敦教授来信说，他在编写《加拿大测量史》第四卷中的测量教育部分时，惊异地发现，高时浏是本世纪第一位在加拿大以测量专业获得硕士学位的中国人。

1950 年 6 月下旬，他又奉命北上。这一次他担任拉普拉斯天文测量队的队长，任务除了测拉普拉斯天文点及航测控制点外，还兼三角测量。根据当时的测量记录资料，他已于 1950 年 8 月 5 日到达北纬 65.3°，西经 91.5°。他在这里用他女友的名字为一个未名湖泊命了名。在 1949 年夏季的那次测量中，他曾用他自己的名字为一个北纬 53°，西经 66° 的未名湖泊命了名。于是，在他的测量报告中，就出现了 Lake Mary Mcfrimmon（玛丽·麦克利梦湖）和 Lake Si-Liu Gao（高时浏湖）。根据加拿大法律的有关规定，无名湖可由发现者向有关部门申请，经批准后即可由发现者的姓名命名。由于他当时未向地名委员会申请，因此在现在的地图上和地名索引中，找不到高时浏湖和麦克利梦湖。8 月 6 日，他们一行到达法兰克林特区的琼－皮尔湖，观测站纬度为北纬 66.1°，西经 86.9°，已十分接近北极圈了。

北极圈又有"森林线"之称，因为此线之北只长青苔不长树木，在空中可明显看到青苔和树木的分界。为了证实这种说法，在飞机上，他很留意地观察过：确实，从天空俯瞰，地上有一条明显的分界，线南是一片郁郁葱葱，线北只有绿黄色的青苔和灰石块。不过，真在地上，只有越向北走，才会感到树木渐少青苔渐多。

测量工作进入北极圈后，他们到达一空军基地。每一个人都得填一份表，然后还要审查，宣誓保密。一位军官问他："你是不是基督徒？""不是。""那你怎么能在《圣经》上宣誓保密呢？""你们又没有佛经。我怎么宣誓呢？"军官嘿嘿一笑，便算通过审查了。从此，他就可以在北极地区任何地方测，在任何基地的军营中居住了。他曾住过几座空废的营房，那是"二战"后，美、加军事人员撤走后留下来的。

1951 年夏，他再次出发。这个季度的测区包括：从曼尼托巴省以北的哈得孙湾起，到西北地区法兰克林区的布西亚湾与布西亚半岛。当他们到达布西亚半岛附近时，他惊异地发现，磁针总是垂直向下，不再像以往那样左右摆动了。也不能再测磁偏差了。不知不觉中，他们已处于北纬 71°，西经 96°，即科学上采用的 1932 年的地球北磁极。

由于他的工作十分出色，测量局在两年内给他加了两次薪。他的同事开玩笑说："如果加拿大每人都像你这样卖力，那几年后天文点都测完了，我们还靠什么吃饭呢？"

因纽特人称他"Inuit"。

他第一次见到因纽特人，是在一个加油站，听到有人喊他："Inuit！Inuit！"他几乎当那个人是中国广东同胞。"因纽特"一词源于印第安语，原文是 esquimantsic，意为"吃生肉的人"，但因纽特人自称"Inuit"，意为"真诚的人"。他想，也许是加油站的因纽特人以为他和他们是同族，才喊他"Inuit"吧！

有一天，他偶然看到两个因纽特儿童在玩翻绳游戏，他想起中国小孩也会玩这种游戏，俗称"翻叉叉"。传说小孩玩叉叉就会下雨。他当时很惊讶，对同事们说："我在美国、加拿大旅居几年，从没有见过白种人的小孩玩这种游戏。一看到这些，我仿佛又回到了中国，回到了我的童年。"据此，他认为，因纽特人属于亚洲蒙古人种，甚至可能与我们的祖先有一定的血缘关系。

加拿大号称"千湖之国"。在他所考察的加拿大西北地区，湖泊更是星罗棋布，交通极为不便。冬季，在冰天雪地里靠雪橇；夏季冰雪消融，远距离交通靠水上飞机、陆地飞机、水陆两用机和直升机，近距离交通则靠独木舟。他所乘坐的诺斯曼飞机不但没有座位，而且颠簸得厉害，随时都有可能发生事故。特别是从湖面上起飞时，极有可能撞到小山上，降落时可能栽入湖底，每年都有事故发生。因此，他特别办了飞行保险，以便万一失事后，还可为老父母留下一笔生活费。在一次基线测量中，他走入灌木丛林迷了路。时近黄昏，他索性停下来休息。北纬55°地区的夜晚很冷，且有棕熊、野猪出没，十分危险。好在他的助手进入丛林寻找他。他们用呼叫声寻找对方，终于在天黑时走出了迷阵。

1951年1月，他们接受了在北极圈附近的勘查任务，这是他唯一的一次冬季去北极。因为那一地区是沼泽地带，春夏秋季无法通行，只有冬季湖水结冰时，才能畅行无阻。他们6人睡在两辆可在冰雪上滑动的木车里。两辆木车像两节火车车厢，不过下面不是车轮而是两大片坚实的雪板，拖动这两辆木车的是一台大马力推土拖拉机。拖拉机前有推土钢板，既可铲雪，又可推倒中等大小的树，起着开路先锋的作用。有一天，木车在雪原上像往常一样缓行。在木车里待腻了的他，索性跳下木车，在雪地上散步。哪知，雪深没膝，人行走比乌龟爬行还要慢，每移动一步都要付出巨大的力量，消耗特别大，人就越走越慢。寒冷空气又直往心里钻，如刀刮针在刺。他和木车的距离也愈拉愈远，木车成了远方的一个点，最后消失了。喊叫是没有用的，司机只顾向前开车，待在木车里的同事，总以为他是坐在车后，贪图呼吸新鲜空气，饱览冰雪原野。时已近夜，气温急剧下降，他心急如焚，叹息"此生休矣"，却不敢放松每一步挣扎，只要还能动就有希望。走着走着，前方出现了木车。原来拖拉机发生故障，停车修理，同事们也发现他失踪了。只是此时他已精疲力竭呼吸困难、四肢麻木了。从此，他再也不敢行车时在雪地上单独散步了。

然而，在车上也有危险的时候。有一次，木车行驶在崎岖不平的地面上，颠簸得十分厉害。许多同事都下车步行，他不敢跳下，站在车门口观望。突然，木车失去平衡，来了个底朝天。幸亏雪是软的，他背后又没重物压着，虚惊一场。

当高时浏还在北极区勘查的时候，他从广播里听到有关新中国成立的消息，心情激动不已。心中只有一个念头：一定要回到祖国的怀抱。

1952 年 3 月，他响应新中国的号召，不顾亲友的劝阻，放弃国外优厚的待遇，毅然踏上了回国的旅途。在考察了西欧的测绘事业之后，6月，他回到他的母校同济大学，从事测绘教学和科研工作。他在那里度过了自认为是"黄金时代"的四个春秋。然而好景不长，1958 年被划为"右派"。他经历着和许多同代人一样的悲欢，下工厂，到农村，参加劳动改造。1962 年被"摘帽"。"文革"中又遭批斗。1979 年他才被平反，恢复正常工作。他酷爱音乐，尤其喜好欧美音乐。他说，音乐是他的精神支柱，陪他度过了那段漫长而黑暗的岁月。

党的十一届三中全会后，他不顾年事已高，积极投入到测绘科学的教学与研究事业中。他翻译、编著的书籍、文章达 40 余种。他精通英语、德语，多次出国考察、讲学。从 1978 年起，他自己招生，连续 16 年免费开办英语、德语学习班，培养了 300 多名科技外语人才。他还曾担任武汉知识界合唱团团长达 8 年。

高时浏教授虽然已是八十高龄了，这些年来，他仍一直关注着北极的科学考察事业。平时，他注意收集有关北极探险、科学考察的资料。中国政府派出首次科学考察队远征北极， 实现了他的愿望。

中国为什么要进行北极考察?

1997 年国家海洋局向国务院建议,"在适当时候,将对北极的研究上升到国家行为,确立北极研究的国家目标"。

我国为什么要进行北极考察?

北京。复兴门外大街。二环路路西的国家海洋局极地办公室主任,队长、首席科学家陈立奇正在为中国首次北极科学考察的事,调兵遣将,十分繁忙,就在他稍有休闲的片刻,《解放日报》驻北京办事处任副主任的李文祺请他谈这个大题目。陈立奇开门见山地从国家意义、现实意义和研究现状三个层次作了介绍。

北极考察的国家意义

北极地区是北纬 66° 34′ 北极圈以北的广大地区,包括北冰洋、诸多岛屿和亚、欧、北美大陆北部的苔原带和部分泰加林带,面积约 2100 万平方千米,约占地球总面积的二十五分之一。其中陆地和岛屿面积占 800 万平方千米,全部归属于 8 个环北极国家,但北冰洋仍属国际公共海域。此外,北冰洋中北极圈内的斯瓦尔巴德群岛的行政主权尽管属于挪威政府,由于中国政府于 1925 年签署了由海牙国际法院主持的

《斯瓦尔巴德条约》，因此至今中国人仍有权自由出入该群岛，并在遵守挪威法律的前提下在那里进行正常的科学和生产等活动。

由于独特的自然条件和地理位置，南极和北极在全球变化的研究中占有举足轻重的位置。1990 年，8 个环北极国家成立了国际北极科学委员会，1996 年又成立了政府间的北极理事会，几乎所有北半球发达国家都开展了北极研究活动。我国于 1996 年加入了国际北极科委组织，成为第 16 个成员国。但是，我国尚未以政府行为的方式在北极地区开展研究工作；同时，国际北极科委要求成员国必须有相应的考察活动。在世纪交接之际，中国抓住机遇，开展北极考察。北极地区对于中国来说已不是十分遥远的世界。在中华民族日益强盛，迈向 21 世纪的今天，北极地区的自然环境、经济资源已经与我国的经济建设、自然环境变迁和未来的可持续发展息息相关。

北极地区的气候环境过程直接影响我国的气候与环境变化，关系到我国未来国民经济的可持续性发展，中国科学家有必要研究该地区的气候和环境问题。

北极地区的公共资源属于全人类，我国有责任，有义务，有能力参与北极地区自然资源的和平利用与保护。我国经济和社会的发展已经产生了对北极地区自然资源的需求。

北极地区是许多科学研究理想场所，占全世界人口五分之一的中国应该积极参与北极科学研究工作，为人类对自然界和北极认识的进步做出应有的贡献。

北极考察的现实意义

开展北极研究，不仅对认识极地系统，进而认识整体地球系统具有重要的科学意义，而且对我国气候、环境、农业、资源等方面的现实意义也是很明显的。例如，北极的气候系统严重地影响着我国的天气气候，左右着我国主要经济地区的季节交替与旱涝风霜。北冰洋洋流对东亚大陆气候环境和海洋经济渔场有着重要影响。我国目前的远洋捕鱼已逾千艘，年渔获总量约 50 万吨，其中，四分之一来自北冰洋及白令海邻近海域。北极研究可为我国北方干旱、半干旱区针对荒漠化、沙漠化治理的国土整治规划提供必要的科学依据。同时对世界共有资源的调查和我国享有的权益提供科学依据。

因此北极地区在全球环境变化中的响应和反馈问题的研究，围绕海—冰—气相互作用的研究主题，结合世界共有调查资源，正式开展中国政府行为的北极科学考察，体现我国在国际北极科学委员会中相应的地位和作用，维护中华民族在北极地区的合法权益。

北极研究的现状

北极系统是整体地球系统的一部分，它直接影响全球尺度的大气环流、大洋环流和气候变异，因而成为全球气候变化的驱动器之一。在近年，"全球变化"的研究浪潮中，核心科学目标可归纳为：对整体地球系统环境演变的认识与预测，因此，北极的科学研究也将"环境"和"预测"作为根本目标。1990 年成立的国际北极科学委员会，于 1991 年专门设立了全球变化工作组，确定了北极研究重点的五个跨学科领域，其中第一个研究重点即是海洋—海冰—大气间相互作用和反馈。"白令海影响研究""巴伦支海影响研究"等是重要领域。目前国际两大全球变化研究计划国际地圈—生物圈研究计划和世界气候研究计划已确定了很多相关的计划，包括"北极气候系统研究""全球能量和水循环实验""世界大洋环流实验""海洋—大气—冰相互作用研究"。此外一些地区国际科学研究组织和国家也推出了相应的研究计划，欧洲海洋与极地委员会、欧洲科学基金会规划了为期十年（1996—2005）的"全球环境中的北极海洋系统研究"，美国推出了"北极系统科学研究（ARCSS）"等若干国家计划。

随着改革开放的深入发展，中国有关科研机构从 80 年代开始先后组织了一些相当规模的北极考察研究。例如，中国科学院大气物理研究所与北极国家挪威的卑尔根大学合作，开始北极—青藏高原环境变化比较研究的合作。1993 年，中国召开首次北极科学研究讨论会，讨论了中国北极科学研究的方向和战略设想。1992 年开始，国家海洋局二所与德国极地研究所基尔大学和不来梅大学合作开展了为期五年的北极海洋生态科学考察，对北极生态系结构和北极对海洋生态的影响进行研究。1994 年，中国科学家开始实施阿拉斯加巴罗地区气候与环境变化的观测研究极北极大型海洋动物的眼部解剖学对比研究。1995 年，由中国科学技术协会主持，中国科学院组织了中国首次北极点科学考察。该次考察的科学目标是北极地区对全球环境变化的影响和响应，内容包括海洋、冰雪、大气、古环境、生态、遥感和大地测量等方面。考察队具体实施了 4 个课题的考察，已获得了重要的初步成果。1996 年，中国参加了北极科学委员会的白令海计划、国际北极浮标计划的工作。国家自然科学基金委员会支持了北极冰数值模拟研究和北极变化研究项目。

　　一句话，中国的北极政策目标是：认识北极、保护北极、利用北极和参与治理北极，维护各国和国际社会在北极的共同利益，推动北极的可持续发展。

　　认识北极就是要提高北极的科学研究水平和能力，不断深化对北极的科学认知和了解，探索北极变化和发展的客观规律，为增强人类保护、利用和治理北极的能力创造有利条件。

　　通过认识北极、保护北极、利用北极和参与治理北极，中国致力于同各国一道，在北极领域推动构建人类命运共同体。中国在追求本国利益时，将顾及他国利益和国际社会整体利益，兼顾北极保护与发展，平衡北极当前利益与长远利益，以推动北极的可持续发展。

　　为了实现上述政策目标，中国本着"尊重、合作、共赢、可持续"的基本原则参与北极事务。

　　1999 年年初，党和国家领导人在国家海洋局的报告上作了批示。很快，国务院正式批准组建国家科考队。

值得一提的是，北极黄河站拥有极地科考中非常独特的空间物理观测，位于我国南极中山站同一根磁力线上，可与南极中山站共轭地观测地球白天侧极光。

不应忘记：北极有一块中国"领土"

在大多数国人的印象中，中国的领土范围都集中在亚洲，在海外没有土地。但实际上，在远在 3000 千米之外的海外，欧洲边缘，北冰洋之上，中国还有一块"土地"！中国公民可以自由出入、逗留。

这块土地就是位于北极圈内，欧洲边缘的斯瓦尔巴群岛。斯瓦尔巴群岛被巴伦支海、格陵兰海和北冰洋包围，从二三百年前起，该群岛就是北极地理大发现的大本营。斯瓦尔巴群岛上的新奥尔松，更是人类进军北极点的出发地之一。16 世纪，荷兰探险家发现了这里；之后，美国人、挪威人、意大利人先后来到这里，并从这里驾驶飞机或飞艇飞越北极点。继探险时代之后，美国、俄罗斯、法国、英国等国家先后建立了众多科学考察站。这些探险和考察活动极大丰富了人类发展的文明史。

第一次世界大战发生后，美国于 1917 年与德国断交，并建议中国一致行动，英法两国也要中国参战。当时民国肇始，不平等条约未尽废除，北洋段祺瑞政府同意协助，派出劳工到战场协助。同盟国投降，列强在巴黎和会敲定英、法等继承德国在亚洲的利益，并把德国在山东的利益授予日本，举国失望愤怒，1919 年 5 月 4 日，青年学生率先上街抗议，开启了"五四爱国运动"。

19 世纪与 20 世纪之交，挪威是海运和渔业的大国，大战期间中立国挪威周旋于英、德各自的禁运要求，两头不讨好，付出很大代价。战后，可能是为防止俄罗斯势力独占挪威北极圈内一个无人岛，并对挪威略施惩罚，列强在巴黎和会期间，就该岛主导了一个《斯瓦尔巴德协约》，也称《斯瓦尔巴德条约》。经最初 14 国签字于 1925 年 4 月 2 日生效。中国是战胜国，理应加入，经法国外交官提醒，于 1925 年 7 月 1

日签署了该协约。

20 世纪初，欧洲各国发现斯瓦尔巴群岛拥有丰富的自然资源，于是相继宣称对该岛拥有主权，如果不缔结一份条约，欧洲各国有可能因斯瓦尔巴群岛而发生战争。于 1925 年 8 月 14 日生效的《斯瓦尔巴德条约》规定，该群岛不得作为军事用途，缔约国可在挪威法律之下，自由出入该岛，无须签证，享有在斯匹次卑尔根群岛地域及其领水内的捕鱼、狩猎权，开展海洋、工业、矿业、商业活动的权利和开展科学调查活动的权利。

该约保证了挪威对斯瓦巴德岛的主权，也保证了所有签约国的无歧视门户开放。

凭借着这样一个条约，在地理上和北极没有任何关联的中国，在北极地区拥有了话语权。中国是极地科学考察事业中的后来者。从 20 世纪 80 年代起，伴随着改革开放的步伐，中国极地考察事业迈出了历史性的一步，当年我国首先在南极大陆建立长城站和中山站。随后进军北极。然而，在北极，中国过去始终没有一个固定的立足点，缺乏长期研究的能力。

直到 1991 年，中国人才真正开始行使《斯瓦尔巴德条约》签署国的权利，万里之外那块冰雪大地上尘封的权益，解冻了。而促成这件事的不是政府的行为，而是源于一位从事民间科学考察的探险家。

1991 年秋天，中国探险家高登义应挪威卑尔根大学 Y. 叶新教授的邀请，参加了挪威、苏联、中国和冰岛四国科学家联合的北极综合科学考察。自此开启了长达 10 年的中国民间北极考察之路，为中国政府的北极考察奠定了基础。

不过由于年深日久，高登义起初将《斯瓦尔巴德条约》带回国时，知道这一条约的人实在是不多。这个消息后来才引起了人们的重视，中国科学院责成中国科学探险协会促成此事，并在中国科学院"九五"重大科研项目《极地与全球变化研究》中增加了一个子课题"北极斯瓦尔巴群岛科学建站调查研究"。

1991 年月 5 日 14 时，五星红旗在北纬 81° 浮冰上展开。

北冰洋的水很浑

影响人类开发北极地区的因素，不仅仅有恶劣的自然条件，更有周边国家之间云波诡谲的勾心斗角。北冰洋的水，浑得很啊！

人类很早就开始进入北极地区开发当地自然资源，而最早把水搅浑的是加拿大。1907 年，加拿大率先对北极点及其周边区域提出主权要求，抛出了著名的"扇形原则"：毗邻北冰洋的国家海岸线、东西两端经线、北极点构成的扇形区域即为该国领土。该原则对北冰洋沿岸海岸线最长和次长的沙俄和加拿大最为有利，故而沙俄也迅速跟进，于 1916 年正式宣布以扇形原则划分北极地区，此后苏联、俄罗斯均继承了这一立场。

1994 年，《联合国海洋法公约》生效。该公约重新规定了北极地区的主权问题：北极点及其附近海域不属于任何国家所有，是"全人类的共同财富"。联合国据此公约成立了国际海底管理局，管辖各国领海之外的海底资源，北极地区也在其管辖范围内。

加拿大、俄罗斯放弃"扇形原则"，但这并不意味着北极地区争端的结束。按照该公约，一国领土向外 12 海里的海域为该国领海，领海再向外延伸 200 海里为该国专属经济区；在专属经济区外，各沿海国家还可以对所谓的"外大陆架"行使主权权利（"主权权利"不是"主权"），但需大陆架界限委员会批准。

俄罗斯于 2001 年率先向大陆架界限委员会递交了北极地区外大陆架延伸划界提案，其声索的外大陆架区域面积达 120 万平方千米、涵盖了北极点和北冰洋中部地区的罗蒙诺索夫海岭等区域，大陆架界限委员会于次年以"科学证据不足"为由将其驳回。

尽管如此，一些国家仍做首先霸占北极的梦。

第九章

组建中国首次北极科学考察队

外国和台湾地区科学家加入

　　1999 年年初，时任国务院总理朱镕基批准组建中国首次北极科学察队。6 月，国家海洋局组建考察队领导班子，任命国家海洋局极地办公室主任陈立奇为首席科学家，兼科考队队长和临时党委书记。

> 中国北极科学考察标志

科学考察队由 54 人组成，其中有 4 名外国人。日本国立极地研究所的科学家东久美子（女）博士，一个典型的日本女人，腰板挺拔，双手规矩地放在腹部前，与人说话的时候，总是一边微笑一边频频点头，显得稳重礼貌。她是研究海冰化学性质的专家。因为中日两国科学家在极地研究方面有良好的合作，她被邀请参加中国首次北极考察。这位 7 次到过北极的女科学家，坐船去北极还是第一次。她说："通过此次对北极冰芯的研究，发现北极污染的主要来源是西欧国家的工业污染，这是我最难忘的成果。"

38 岁的韩国科学家姜晟锅和他的助手宋泰润，都是韩国仁荷大学海洋系毕业生，同在韩国海洋与开发研究所工作。他们认为，他们的工作可以预测分析环境的变化，使人类少受灾害。他们说："此次中国北极考察条件非常好，我们非常高兴同中国科学家合作，也希望亚洲国家能够在极地科研项目中更加紧密地合作。"

来自俄罗斯的冰区导航专家伏拉吉米尔，46 岁。从 1980 年开始，他就在俄罗斯南北极研究所工作，曾在俄罗斯北极漂流冰站上工作过两年半，也曾在南极的别林斯高晋站任过站长。这次参加中国首次北极考察，使命是为"雪龙"号在冰区导航，分析北冰洋的冰情，引导"雪龙"号走最为安全便捷的航路。他说："冰区导航是一门实用技术，贵在经验。"因为他不习惯中国的饭菜，在船上享受"特殊待遇"，每餐有专门的面包和黄油。

还有一名科学家是同胞——来自台湾地区的科学家张瑞刚。他是台湾明新技术学院教授，在此次中国首次北极考察中，将与武汉测绘科技大学教授鄂栋臣合作进行北极地区绝对重力的观测。他说："当我知道能参加中国首次北极考察，我的泪水几乎夺眶而出。作为中国人的一分子，我为我们的科学发展深感自豪！"为此，他写了一首《同舟共行》的诗：

与你同舟共行，

带着国人的期许与骄傲，

驶向北极科学考察，

写出中国人对世界贡献的另一章。

与你同舟共行，

一同探索北冰洋的奥秘，

开创民族事业，

用你我进取诚挚的心！

画出明日人类的希望。

与你同舟共行，

你我生命中都有此段共同的艰辛及荣耀，

同舟共济，

荣辱与共。

无论是云彩，

无论是风暴，

无论是欢乐，

无论是困难，

有幸与你同舟共济！

　　这支考察队的首席科学家和考察队长，是国家海洋局极地考察办公室主任陈立奇。他，1945 年 4 月出生，福建晋江人。1969 年毕业于南开大学化学系。1978 年 1 月任国家海洋局第三研究所副研究员、研究员、副主任、副所长，1981 年赴美国留学，1991 年任海洋局第三海洋研究所副所长，1994 年任国家海洋局南极考察办公室主任。多年来，一直工作在海洋化学科学工程技术的前沿，先后组织实施了我国南极考察和中国北极科学考察计划，负责国家重点攻关项目。1994 年 12 月任国家海洋局极地考察办公室主任。发表论文 150 多篇，编著 15 部，8 项成

中国首次北极科学考察队
首席科学家、科考队长、船长名单

一. 首席科学家兼科考队队长：陈立奇
科考队副队长：颜其德、鄂栋臣
首席科学家助理：秦为稼、解思梅、赵俊林、
卞林根、赵进平、陈波
二. 雪龙船船　长：袁绍宏
政　委：李远忠
副政委：裴福余
轮机长：徐建设
大　副：江海浪

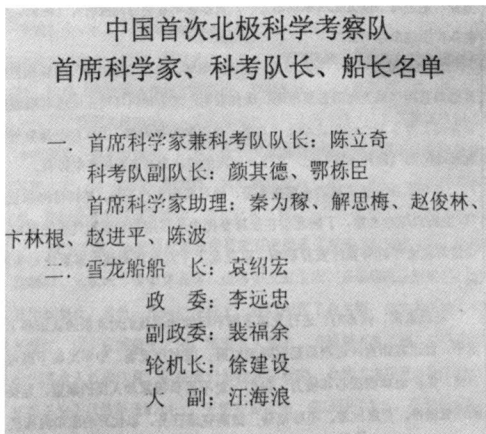

> 中国北极科学考察队首席科学家、队长、船长名单
"雪龙"号船船员 39 人。船长袁绍宏，政委李远忠

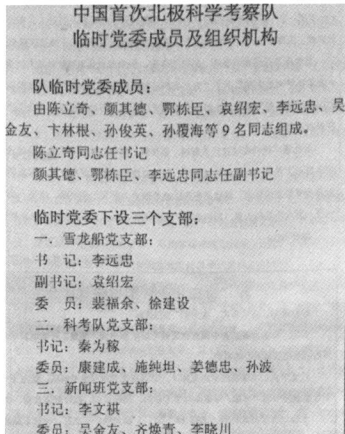

中国首次北极科学考察队
临时党委成员及组织机构

队临时党委成员：
由陈立奇、颜其德、鄂栋臣、袁绍宏、李远忠、吴
金友、卞林根、孙俊英、孙覆海等 9 名同志组成。
陈立奇同志任书记
颜其德、鄂栋臣、李远忠同志任副书记

临时党委下设三个支部：
一. 雪龙船党支部：
书　记：李远忠
副书记：袁绍宏
委　员：裴福余、徐建设
二. 科考队党支部：
书　记：秦为稼
委　员：康建成、施纯坦、姜德忠、孙波
三. 新闻班党支部：
书　记：李文棋
委　员：吴金友、齐焕青、李晓川

> 考察队临时党委成员及各支部书记
名单

果获得部级奖，其中 4 项一等奖。

袁绍宏，1965 年出生于江苏泰州市姜堰区俞垛镇。1986 年集美大学毕业后，分配到国家海洋局东海分局，在"实践"号远洋科学调查船上工作。1993 年 9 月，被任命为"雪龙"号大副，次年 6 月担任见习船长，首次参加中国第十一次南极考察，在南极找到了以馒头山命名的锚地，结束了中国人在南极中山站十年没有锚地的历史。1997 年 7 月任"雪龙"号船长、高级船长，第十四届"中国十大杰出青年"、上海市十大杰出青年，党的十六大代表。

新闻班由《人民日报》、新华社、中央人民广播电台、中国国际广播电台、中央电视台、《解放军报》、《中国青年报》、《工人日报》、《解放日报》、《四川日报》、《北京青年报》、四川电视台、厦门电视台、《地理知识》杂志社等 14 家新闻单位组成，共 21 名记者，其中女记者 2 人。

这是自 1984 年中国首次开展南极科学考察以来，随队记者最多的一次。用高科技"武装"起来的新闻班，携带卫星电话 6 部，铱星卫星电话 2 部，笔记本电脑 10 多台，数码相机 5 台，专业摄像机 6 台，可

随时随地向国内发稿。而李文祺依然土老帽：几支笔，一捆稿纸，用船上的传真机向报社发送稿件。在新闻竞争中，他行吗？

"雪龙"号启航前，记者们开始发稿了，在核对中国首次北极考察队总人数时，竟然出现了两个数据：一个数据为 125 人，另一个数据为 124 人。

哪一个数据准确？李文祺翻过中国极地研究所发给的统计表，一目了然：总人数 125 人。从考察队员分类来看，科技人员 54 人、协调保障人员 12 人，记者 21 人，船员 38 人。年龄最大的 60 岁，最小的 23 岁，平均年龄 40.7 岁。其中有高级职称约 32 人，中级职称 33 人。基本情况说明，125 人是可靠的。但有人还是肯定地说，正式人数 124 人。

怎么会少一人？记者要的是准确可靠的数据。李文祺不怕麻烦，找考察队分管记者工作的党委委员吴金友核实。

原来对外公布的 125 人数据是对的。但在 6 月 30 日晚上封船前，《四川日报》的记者夏如秋还没有报到。考察队对没有报到的《四川日报》询问，被告知原定的记者不去了。

何因？

据说，《四川日报》的记者夏如秋一切都准备好了，但由于交通原因没能踏上"雪龙"号。真可惜！

新闻班由此少了一个新闻单位，少了一名记者。整个考察队的总人数由 125 人，变为 124 人。

特别引人注目的是，考察队中有了 8 位女性，这在中国极地考察史上是首次。她们中有科学家、翻译和记者，其中两位颇有点传奇色彩。一位是中国香港特区的摄影家、探险家李乐诗女士，另一位是日本国立极地研究所的东久美子副教授。

李乐诗女士已三赴南极、六赴北极、一赴青藏高原，是中国唯一涉足过地球三极的女性。

女性加盟极地科学考察，是罕见的。15 年前，中国首次南极科学考察队 591 人，是清一色的男性。当时，曾有女性要求参加考察队，被以

"不方便"为由拒绝，理由是"女性不适应探险和考察"。从此后的十多年的南极考察中，难寻女队员。

但是，国外极地考察的经验，提醒了中国组建首次北极考察队的领导。事实也证明，女性可以适应探险和考察。鉴于此，中国首次北极考察队有了女队员的加盟，而且一下子有 8 人。在考察队中，男女一起干活，一起吃饭，说说笑笑，充满着欢乐。

从此，中国南极考察队也有了女队员。

航线的制定

"雪龙"号首航北极。

考察的航线足足准备了 4 年！ 1995 年，在中国科学院副院长孙鸿烈主持下，由国家 7 个部委 14 位中国科学院院士参加航线及考察计划的制定。

7 月 1 日，"雪龙"驶离上海港，通过日本宗谷海峡，再经白令海峡，于 7 月 14 日到达楚科奇海。在这里设两个测区，在航段上进行大气观测。然后在楚科奇海、加拿大海盆进行三条大洋断面、16 个站点海洋和大气相互作用的观测，完成后考察船向北破冰，即从北纬 76°，西经 170° 向北考察。这里是北冰洋的中心部，有一块终年不化的大浮冰。考察船一面破冰前进，科学家一面观测。考察船破冰到不能前进时，就用直升飞机运送科学家到大浮冰上的 8 个站位进行观测，一直观测到北纬 82°。这个阶段任务结束后，考察船调头，向我们的家乡航行，在加拿大图克托亚克港停靠，与加拿大的华人组织的一个"全球华人世纪行北极探险队"进行联谊。然后，考察船驶向美国阿拉斯加的"诺姆港"锚地进行补给，把考察队的来自日本的科学家和来自我国香港特区、台湾地区的科学家送下船。此时，已是 8 月中旬，考察船继续向南，在途经白令海时，进行 42 个站位观测，在完成海洋、大气、渔业资源考察后，直接返航。

这是一条最经济的航线，省钱、省时间。航线顺风顺水。因为东北季风刮起来了，"雪龙"此时可以一路顺风到上海。

那么，北极考察有没有危险，险在哪儿？

此次"雪龙"号执行首次北极科考任务，正是北极的雾季，加上近年来人类在北极活动的增加，污染加剧，使北极地区经常出现雾气数天不散的现象，这给考察船航行带来一定的难度。

国家海洋局聘请了俄罗斯专家贝索诺夫，负责"雪龙"号在冰区的导航。他说，这个季节冰区的能见度在100米左右。船在破冰情况下行驶，不至于因雾气而发生危险。

80多年前，豪华的泰坦尼克号游轮，因撞上从北冰洋漂来的冰山而沉没，酿成1500人丧生的悲剧。那么，"雪龙"号有没有与冰山相撞的可能？

船长袁绍宏说，"雪龙"号是一艘破冰船，船体非常坚固，而且船上装了避碰雷达，当冰山漂移到一定范围内会自动报警。因此，冰山并不构成考察船的主要危险。但是，考察船在北冰洋冰层较厚的区域航行，将可能影响原定的到达北纬82°的目标的实现。

航行中会不会遇到海盗的袭击？

考察队长陈立奇说，"雪龙"号以往去南极考察的途中曾经遇到过海盗，虽然北极地区近年来没有发现海盗的踪迹，但并不是高枕无忧。为了预防可能出现的海盗，考察船昼夜有人巡逻，船上还配备了高射机枪、冲锋枪和自动步枪等武器。

对考察队员来说，潜在的真正危险是浮冰。在考察队中，有一部分是冰上作业人员，他们将离船到冰上考察和取冰样，时间有一个多星期。由于北极的冰是移动的，如果通信联络出现问题，考察船会找不到他们，那么，冰上考察队员就有失踪的危险。另一个危险则是北极熊。但现在是夏季，它们抓捕海豹已吃得饱饱的，一般不会袭击人类。

从上海起航

1999 年 7 月 1 日，黄浦江新华码头。大风，大雨。风雨交织，倾盆洒向大地。"雪龙"号考察破冰船昂首挺胸。船身上悬挂着巨大横幅："热烈欢送中国首次北极科学考察队出征北极！"

这是启航前老天送给队员的一份见面礼。

"雪龙"号考察船，迎着风雨，起锚、解缆，将要告别上海了。到码头送行的亲人、战友、同事、领导，身穿雨衣，向队员们挥手告别。他们脸上的雨水、泪水，融合在一起淌下。

"一路平安""凯旋"的呼声此起彼伏。

此刻，老天似有灵感。雨，突然停了；风，悄然而止。昏暗的天空，明亮起来，透出丝丝霞光。

在亲人的祝福中，考察队员们踏上了北极之路；在老天的恩赐中，"雪龙"号驶离黄浦江。

"雪龙"号，中国第三代极地科学考察船，是乌克兰赫尔松船厂 1993 年 3 月 25 日完成建造的一艘维他斯·白令级破冰船。1993 年，从乌克兰进口后按照中国需求进行改造而成。

当时的苏联政府为拓展北极的考察，要乌克兰造船厂建造破冰船。乌克兰造船厂工人日夜赶工，基本造好了船。谁知风云突变，乌克兰造船厂发不出工人的工资，要把这艘船坞上刚下水的破冰船卖掉。中国得知信息，立即派出国家海洋局的专家前往乌克兰造船厂洽谈。一方急于甩卖，一方真想买进，中乌双方友好商谈，乌方愿以一亿元人民币的价格卖给中国。中方代表经向国内请示，获得批准，签订合约。

1亿元呀，中方代表喜出望外。"太便宜了！我们自己造，花五六亿也造不出来。"然而，在当初的国力下，一亿元也是大数目。因为没有列入国家当年采购计划，国家财政没有进入预算，拿不出这么多钱。怎么办？总理李鹏得悉后，在他的总理基金中支出了这笔为数不少的钱。

从此，中国有了第一艘破冰科考船——"雪龙"号。"雪龙"意在冰雪中航行的中国。它长167米，宽22.6米，型深13.5米，载重量10225吨，满载吃水9米，满载排水量21025吨，最大航速18节（1节＝1海里／小时＝1.852千米／小时）。续航力20000海里。装配有13200千瓦主机1台，800千瓦副机3台。可载员128人。配备先进的导航、定位和自动驾驶系统。耐寒，能以1.5节航速连续破冲冰，可破1.2米厚的冰层（含0.2米雪）。有200平方米的海洋物理、海洋化学、生物、气象和洁净实验室。还有自动采水系统，测量海水温度、深度、盐度，剖面海流计，高分辨率卫星云图系统和科学声呐系统等先进的大洋调查仪器设备。随船直升飞机两架。与世界十大顶尖的破冰船相比，也在先进行列，排名第九。与15年前的首次南极考察的"向阳红10"号船相比，不论从船的硬件上，还是考察的装备上，都有了飞跃，能为自己的考察船队提供有力保障支撑。

让我们看看世界上最强的十大破冰船吧！

1. 俄罗斯"列宁"号。1957年下水的"列宁"号，是世界第一艘核动力破冰船，其动力心脏是核反应堆，高压蒸汽推动汽轮机，带动螺旋桨推动船只，不间断地航行了30年。

2. 俄罗斯"北极"号核动力破冰船，安装有两座核反应堆，是世界上最大的破冰船，1975 年服役。在北极圈内深水海域使用，破冰厚度 2 米。1977 年 8 月 17 日，成为第一艘到达北极点的水面舰船。

3. 俄罗斯"亚马尔"号破冰船，常用两种破冰方法，当冰层不超过 1.5 米时，多采用"连续式"破冰法。主要靠螺旋桨的力量和船头把冰层劈开撞碎；如果冰层较厚，则采用"冲撞式"破冰法。冲撞破冰船船头部位吃水浅，会轻而易举地冲到冰面上去，船体就会把下面厚厚的冰层压为碎块，如此周而复始。

4. 俄罗斯"50 年胜利"号，是当时世界上最大的核动力破冰船，2006 年建成下水试航，2007 年正式交付使用。船长 159 米，宽 30 米，有船员 138 名，满载排水量 2.5 万吨，最大航速 21 节，航速为 18 节时最大破冰厚度 2.8 米。

5. 俄罗斯"马卡罗夫元帅"号破冰船，2011 年 1 月，在鄂霍次克海将一艘被困在冰层中长达 1 个月的大型鱼品加工船救出。这次救援，耗费了大约 500 万美元。

6. 美国"北极星"号，是世界上最强的常规动力破冰船，满载排水量 13000 吨，隶属于美国海岸警卫队。1976 年服役。全长 121.6 米，装备 2 架直升机。能以 3 节航速连续破 1.8 米厚冰，如果用倒车冲击法，可破开 6 米厚的冰。

7. 美国"北极海"号破冰船是"北极星"的姊妹舰。

8. 美国"希利"号，现役最大的破冰船。1997 年下水，1999 年服役。船长 128 米，宽 25 米，吃水 9.8 米，最大航速 18 节，满载排水 16700 吨，主要作为高纬度科学研究平台和执行冰区护航任务。

9. 中国"雪龙"号是 1998 年中国现役唯一能在极地破冰前行的船只，1994 年服役。长 167 米，宽 22.6 米，型深 13.5 米，续航力 19000 海里，能以 1.5 节航速连续破冰 1.2 米前行。装备先进导航、定位系统，有能容纳 2 架直升飞机的平台和机库。连续破冰厚度 1.1 米，设有海洋物理、化学、生物、气象和洁净实验室 200 平方米，配备先进大洋调查设备。可搭载 80 名考察人员赴极地工作。装备声呐、自动采水和高分辨卫星云图系统，随船直升机 2 架。

10. 俄罗斯"绍卡利斯基院士"号破冰船，1998 年经改造后，开始极地研究工作，属俄罗斯远东水文气象研究所。2011 年曾从俄罗斯出发到达了东南极洲。

"雪龙"号 1993 年 10 月首航南极。此后，"雪龙"年复一年出征。1998 年 11 月 9 日，"雪龙"号在执行"一船三地"（长城站、中山站和俄罗斯"青年站"）任务，为"青年站"装运大型设备。当 5 件单体重量达数吨的物资，从"雪龙"号吊到小艇上时，意外的事情发生了：附近一座冰山突然快速向小艇移动，小艇被夹在大船、冰山、暗礁之间，眼看小艇就要被冰山撞毁。袁绍宏船长立即下令"雪龙"号用尾舵全速转向，硬生生将万吨巨轮的"尾巴"从原地挪开，给夹缝里的小艇让出了"逃走"之路。

"只差一分钟，就一分钟啊！"袁绍宏心有余悸地说。

1998 年，"雪龙"号两度抵达南极，实施第十四和十五次南极考察。袁绍宏船长帮助俄罗斯"青年站"运送物资。

"雪龙"号不仅帮助俄罗斯考察队员，还帮助澳大利亚考察站运走了 50 吨垃圾，当"雪龙"号满载垃圾送达澳大利亚时，受到澳大利亚人民的热烈欢迎。"垃圾外交"成为中国环保史上的佳话。

"雪龙"号首闯北极，配备了两架国产直升飞机。一架是"直九"，另一架是"小松鼠"，由哈尔滨飞机制造公司生产。为保证中国首次北极科学考察队顺利进行，公司选派了 2 名飞行员，1 名特级技师和机械师。6 月 23 日上午 7 时 08 分，从哈尔滨起飞，经过 4 天 2500 千米转场飞行，于 6 月 27 日中午 11 时 08 分，飞停在"雪龙"号直升飞机平台。

　　直升飞机的主要任务是：当"雪龙"号破冰船在北冰洋中破冰破到不能前进时，就由直升飞机将科学家们运送到浮冰上的 8 个站位进行考察工作。这 8 个站位的跨度从北纬 76° 到北纬 82° ，科学家们就在这 6 个纬度范围内进行海水、海洋学、生物学和大气、冰雪的综合考察。如没有直升飞机的支援和保障，考察是不可能顺利进行的。

圆梦北极行

为了考察北极，国家在组织、物资、人员培训等方面作了充分准备。中国首次南极科学考察，由于记者的连续不断的新闻报道，在国际上产生重大影响，在国内激起巨大的爱国热情，普及了南极知识。这次组建中国首次北极科学考察队的消息一传出，全国众多新闻媒体的申请电话和一些新闻工作者，便直接涌向国家海洋局极地考察办公室，使那里的接待工作没有片刻停过。

虽然国家拨出了北极考察的全部经费，却没有随队采访记者的经费预算。记者想要出去，只能由各单位自理。尽管如此，各家新闻媒体还是为有限名额争得不亦乐乎！

李文祺是非常幸运的。作为一名与中国极地考察事业有着不解之缘的记者，被国家海洋局列入了邀请名单。极地考察办公室吴金友打电话给李文祺："老李，你好。我高兴地通知你，你被荣幸地列入考察队名单。"

那时，李文祺已被《解放日报》调往北京办事处工作，任副主任。一听到这个消息，乐开了怀。他曾做一个梦，在参加中国首次南极考察队后，又参加了中国首次北极考察队，成为两个第一次的记者。这个梦，一做就是整整 15 年。

15 年啊！李文祺从一个小伙子到了"知天命"的老记者。现在梦想将变现实，能不高兴吗？

"老吴，谢谢！谢谢！参加考察的记者要交多少经费？"

"因为你在南极考察中的优秀表现，国家海洋局的领导认可，所以，你的待遇从优。"

"要多少呀？"

"其他新闻媒体每人 10 万元人民币。你是他们的一半，5 万元。"

5 万元，这笔费用确实比其他媒体要少得多，但也不算小数目。

"好的。我向报社领导报告后，告知你。"

李文祺经过思考，以书面形式打报告给上海市委宣传部副部长、《解放日报》党委书记贾树枚和总编辑赵凯，并在电话中提出"报社出一点，朋友帮一点，自己拿一点"的成行方案。

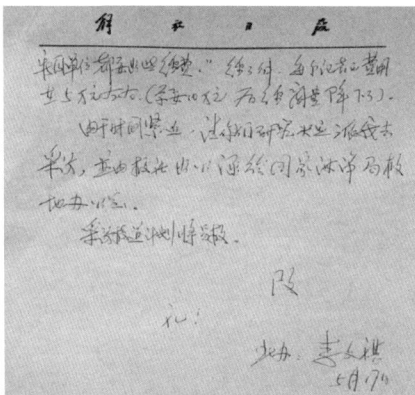

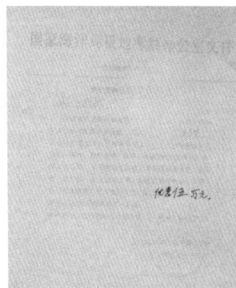

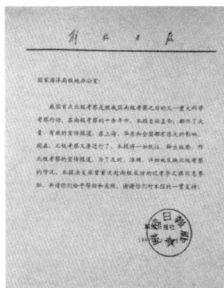

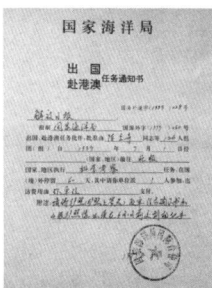

> 国家海洋局邀请参加考察队的报告、报社领导批复等

李文祺又把国家海洋局极地办给报社优惠的函传真到报社。

没想到，报社党政领导获悉此事后，十分重视这次难得的机会，贾树枚说："什么三个一点，经费都由报社出。"

总编辑赵凯说："不要这一点，那一点了，你作为报社的特派记者去采访。"

两个一把手表态后，报社迅速采取行动，向国家海洋局致函感谢。

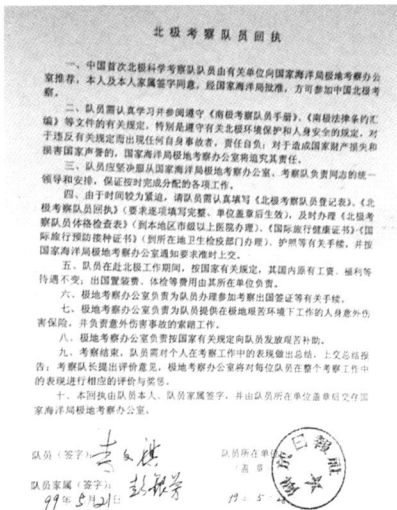

> 李文祺本人与家属签名

国家海洋局收到《解放日报》社的函，也立即向《解放日报》社发出李文祺的出国通知书。

在报社的热情关心和全力支持下，与首次南极考察一样，经报社盖章，家属同意签字后，李文祺终于圆了参加中国首次北极科学考察队的梦。

附录：

《北京晚报》也想派记者参加中国首次北极考察队，然而，由于名额限制不能入列。当《北京晚报》领导得知李文祺成行，即派他们科技部的主任黄天祥与其联系，询问能否以《北京晚报》特约记者的名义为他们发稿。李文祺考虑再三，同意了他们的请求。1999 年 7 月 1 日的《北京晚报》发表了记者采访李文祺的通讯《脚踏两极第一"记"》：

脚踏两极第一"记"

今天，由我国政府组织的首次北极科学考察队，就要乘坐"雪龙"破冰船从上海出发开始北极之旅了，在随队采访的 21 名新闻记者中，里有一个特别的记者，堪称——脚踏两极第一"记"，他就是有着三十多年新闻工作史的《解放日报》资深记者李文祺。说特殊，不仅因为他是这21名记者中年龄最大的一位，而且是其中唯一一位与两次"首次"沾边的记者。

1984年11月20日，我国首次南极考察编队的"向阳红10"号船和海军"J121"号船，鸣笛启程，驶离黄浦江码头，奔赴南极。船上，《解放日报》特派记者、38岁的李文祺望着渐渐远去的上海，心里默默念叨着：再见了上海，但愿此去不是无归期。这是一次未知的旅程，当时，南极大陆对我国的首次南极科学考察队来说是一个完全陌生的天地，此去会遇到什么风险，能否圆满完成任务并安全返回均是个未知数。临行前，许多人留下了遗书，李文祺没有写，而是将护照上的相片放大后，压在写字台玻璃板的下面，对流着泪的妻子说："想我的时候，看看相片。"

那是一次艰苦的旅程。回忆起15年前的首次南极之旅，李文祺依然记忆犹新。在长达140多天的考察活动中，李文祺与其他17名随队记者一样，是一个萝卜几个坑，既要同考察队员一起搬运货物，轮流当厨师，还要找时间采写稿件。由于条件艰苦，船上只有一部传真电话，记者们都盯着，李文祺只好找电话口述稿件，而《解放日报》在后方专门为他配了两人的支援小组，对稿件进行整理。他是18名记者中仅有的两名自始至终参加大洋考察的记者中的一位，这期间，他一共发回了上百篇新闻稿件和照片。

李文祺告诉记者，那一次，他们在大洋上经历了一次生与死的考验。在极地圈，他们遇到了极地狂风的袭击，风速每秒竟达34米，而十二级风风速不过每秒32.6米。往日昂首挺胸的船头，一会儿钻进波涛，一会儿站立浪尖，500多米长、14米高的巨浪与船头相撞，溅起几十米高的浪花，船体剧烈颤抖，左右摇晃到70度。舱室内瓶飞椅倒，人仰马翻。船上聘的外国顾问一个劲地在胸前画着十字，祈求上帝的帮助。全体考察队员和船员坚守岗位，与风浪进行着生死搏斗。李文祺冒着随时可能会被风浪卷走的危险，手抓拉杆，从船舱爬到驾驶室，从船头爬到船尾，不停地用海鸥相机进行拍摄。李文祺说，那巨浪，别说是我平生第一次见到，就连船上的老船员也是第一次碰到，当时我脑海中根本没有"死"这个字眼，只有一个念头：真实记录下这惊险的一幕。

到极地去进行实地采访，被许多记者看作是平生的一个梦想。李文祺说，在从南极返回的路上，他心里有一个想法，那就是有一天要踏上北极。没有想到，15 年后，这个梦想终于要实现了。

自国家决定首次组织北极考察的消息传出后，国家海洋局极地办室便被全国众多新闻媒体的申请电话和来人弄得没有片刻消停过。这次，国家共拨出 1500 万元的考察经费，但没有一分是准备为记者花的，记者想要去自掏腰包。多少？ 10 万元整！尽管如此，各家新闻媒体为有限的名额也快要争破了头。李文祺很幸运，作为一名与我国极地考察事业有着不解之缘的记者，国家海洋局特别邀请他参加，待遇从优，但钱照付。李文祺本来想这笔钱能否报社出一点，朋友帮一点，国家少收一点，没想到《解放日报》领导十分重视这次难得的机会，对李文祺说："不要三点，就一点，报社出钱支持你去。"并且，再次为他配备了后方支援小组，协助他的报道工作。

6 月 29 日，所有记者在上海集中登船，前一天则进行安全教育。出发前，记者在李文祺那里看到一张记者配备物资清单，从防寒外衣、保暖手套到围巾、袜子一应俱全。李文祺说，现在的条件可比第一次去南极时强多了，那次只有防寒服和手套，这次不仅配备了东西多，船上的条件也好，两人一个房间，船上有网站电话等全套通信设备，往回发稿会很方便。

这次航行前后要两个月时间，中间除了在加拿大和美国暂时停靠外，基本上是在海上。李文祺说，船上的生活会很枯燥、很苦，也许还会遇到一些风险，因此想办法调整好自己的心理，学会保护自己很重要，这样才能更好地完成报道任务。我们期待着看到精彩的报道。（记者 孙东海）

老大，不是好当的

　　7月1日，李文祺跨上了"雪龙"号，报社领导、同事与家属到码头送行。首都的《北京晚报》当日发表了介绍李文祺的通讯《脚踏两极第一"记"》。

　　李文祺被中国首次北极考察队党委任命为新闻班党支部书记。

　　新闻班共有14家新闻单位，21名记者。

　　《人民日报》：任建民

> 《北京晚报》的报道

新华社： 李斌、聂晓阳、高学余

《解放军报》：于春光

中央电视台：董志敏、鲁冬军、张海鹏、栗忠民

中央人民广播电台：张彬

中国国际广播电台：刘弘

《中国青年报》：张岳庚

《工人日报》：孙覆海

《解放日报》：李文祺

《北京青年报》：袁力

四川电视台：白山杉、张穗子、李晓川

海南电视台：马小钢

厦门电视台：王海青

《地理知识》杂志社：薛冠超

新闻班分为文字和影视两个组。李文祺的年龄最大，大家呼他为"老大"。又因为记者中只有他一人参加过中国首次南北极考察，大家又称呼他为"脚踏两极第一记"。

"雪龙"号驶离上海，一路北进。一进入东9区，时针向前拨快了一个小时。此时，船上的时间比北京时间早一个小时，天气也凉快了。李文祺根据考察队临时党委的安排，行使支部书记的职责，召集党员过第一次组织生活。

组织生活的主题是："怎样以党员的标准要求自己，严于律己努力克服困难，完成各项任务。"

新闻班党支部不光是新闻单位的记者，还有来自国家海洋局极地办公室、直升机机组、邮政支局的党员，可以说五湖四海。第一次聚在一起过组织生活，都感到挺有意义，挺带劲，因此，发言也是异常热烈。概括起来是："我们是北极科学考察的国家队，不同于民间的科学考察队，是有组织的，要树正气，积极向上，为国家拼搏。参加考察队的人，是各单位推荐来的。来之前，各单位都为大家壮行。作为考察队中

的一名共产党员，肩负光荣的任务，充满着艰巨的使命感。对自己要严要求，要管住自己，以身作则，有困难有危险冲在前头。考察中的艰苦和困难在后头，对每个人都将是一次实战考验。'珍惜、尽力、向前、无悔'8个字，是考察队党委对每一个党员的希望，我们一定要牢记并落实在实际工作之中。"

这些话虽不是豪言壮语，但确确实实表达了党员们的心声。

俄罗斯导航员贝索诺夫和摄影家李乐诗，自始至终站在会议室门外，静静地听着大家的发言。散会后，李文祺问他俩："你们有何感受？"

"有你们共产党人在，我们什么都不怕！"

可是，担任党支部书记的李文祺，这个"老大"不好当。大家为新闻而竞争，有着强烈的使命感和敬业精神。既不能争，又不能闹，更不能漏新闻。好在有首次南极考察的经验，他在上船之前，做了充分的准备工作。对考察队人和事作了记录，从船的驾驶台、轮机舱到厨房、图书馆、医务室，了解得清清楚楚；又把考察队的大洋组、海冰组到直升机的情况，掌握得明明白白。更重要的是，考察队长、首席科学家陈立奇，新闻班班长、国家海洋局极地办的秘书处处长与他相交甚深。他们对他相当关照，使他能够把这个100多米长，20米宽的铁壳子里发生的新闻，几乎一条不漏地每天从船上，通过卫星通信发回报社。

由于他承担起《解放日报》和《新闻报》晚刊的发稿任务，他只能抓两头。一头抓下午到晚上12点之前发生的事，为《解放日报》发稿；一头抓凌晨到中午12点之前发生的事，为《新闻报》晚刊发稿。因此，他固定在白天的下午一点和晚上凌晨一点发稿，雷打不动，使报社知道他的稿件发送时间，便于版面安排。

这样做累不累？岂能不累。他几乎放弃了所有的文娱活动，全身心投入抓新闻、挖新闻、抢新闻之中。每天要写，每天要发，因此他的睡眠极少。好在他能睡，稍有空闲，和衣倒在床上躺一两个小时即可抵挡一阵。

由于忙、累和睡眠极少，人体生物钟全被打乱，内火很重。在北极考察中，他几乎天天吃药，在后阶段，他又几乎天天打针，打针的肿块时常隐隐作痛！

他知道，现在的他，不是 15 年前的他，那时年轻力强，现在已年过半百。然而，首次北极考察毕竟只有一回，他在同行面前，既要有"老大"的风度，又要在新闻报道上略胜一筹，为《解放日报》和《新闻报》争光，不能落后于人。所以，他要拼，他要搏。

拼，是记者生涯中的一个侧面，另一面也能在考察日常生活中的帮。帮，则相互帮助。李文祺在"雪龙"号上，与《中国青年报》的张岳庚住在一个舱室。两人一间，与首次南极考察时，四五人住一间，而且是上下铺的铁架子床相比，一个天一个地；从不能洗澡、洗衣，现在可以天天洗澡、洗衣，还有打球的乒乓室、篮球场、游泳池、酒吧、卡拉 OK，简直是旅游般的享受。

这样的变化还有很多。记忆深刻的是，15 年前，"向阳红 10"号离开长江口后就控制用水，直到抵达阿根廷乌斯怀亚，船上的蔬菜都吃光了，全体船员出力，从补给地搬了 3 万斤大白菜上船。海事卫星电话是稀罕物，船员没机会和家人联系，他们唯一和祖国连在一起的，是每天通过短波收听到的《新闻联播》……现在，科考队员一天的伙食津贴达 200 多元，"雪龙"号上各种水果蔬菜牛奶咖啡管够，随时都能洗热水澡。

再说船上科考队员所用的许多仪器设备全部更新，当年的仪器设备已经看不到了。如采水样，以前是这样工作的：从船上放下一根数百米长的绳子，绳子上装着一个个圆柱形的容器，负责在不同的深度采水。等容器各就各位，船上就放下一个"铁锤"，这套装置能使容器的开关闭合取得水样。最后把这 5 升或 10 升装满了海水的容器再捞上来，通过仪器，读出各项指标的数值。这份体力活儿，干一会儿就累得气喘吁吁，得换个人继续进行。科考队员头戴安全帽，穿着略显臃肿的羽绒服，在甲板上工作，又苦又累。现在可好啦，用的是高度智能化的温盐深仪（CTD）。先进的动力设备一次性把十几个容器投放到水下，用计算机来指挥不同深度的取水，精确性大大超越人工在甲板上手动操作。探测器一边在海水里工作，一边就将采集的数据不断传回，计算机马上加以分析，并在屏幕上生成各样图表，省心又省力。

考察队员的工作和生活设施的变化，说明国家改革开放带来国力的提升，国家为考察队员提供了保障，让大家工作好、生活好。李文祺与张岳庚组成的"新家"，打扫卫生的工作李文祺天天做，把房间整理得井井有条，干干净净。张岳庚向他表示敬意，李文祺一脸真诚地说："老弟，多干点没关系。"

李文祺每天为《解放日报》《新闻报》发稿，在时间的安排上，一个是晚上，赶日报出版；一个是早晨，赶晚报出版，忙得没时间休息时间。为了不影响他的睡眠，张岳庚总是轻手轻脚进出房间。张岳庚戴的手表，没有调整时差，总是按北京时间作息，有时忘了吃饭，李文祺就把饭带回房间，让他醒来吃。

两个男人的"家"，在一起过日子，挺有意思的。张岳庚特地写了篇文章，在《雪龙报》发表，题目是《男人在一起也能过日子》，表扬他称为"老哥"的李文祺。

再说多记者聚集在一条考察船上，是中国日益激烈的新闻竞争写照。尽管"新闻竞争"只是中国改革开放后频繁出现的新词汇。

他投放 50 个漂流瓶

考察船正以 14.5 节的航速航行在北纬 44°，东经 139° 的航线上，此时是午夜 0 时 03 分。在"雪龙"号二层甲板左舷，中国首次北极科学考察队向大海投放了第 11 个漂流瓶。

这种白色的塑制漂流瓶是由国家海洋环境监测中心孟广林高级工程师亲手制作的，一共有 50 个。瓶内装有一枚"中国首次北极科学考察暨'雪龙'号首航北极"纪念和启航封、"航线投放漂流瓶对戳纪念封"，信封正面用中英文写着"幸运者收"以及孟广林的亲笔签名，并用中文注明了投放的日期和投放的经纬度。邮票上加盖着"上海，1999.07.01.10.雪龙号3""辽宁大连，1999.06.26.11"的邮戳和"116023"的邮政编码，以及"中国首次北极科学考察"纪念戳。

第一个漂流瓶是 7 月 3 日 10 时 30 分在北纬 32° 45′，东经 127° 03′ 的东海海域投放的，以后每前进一个纬度，他就投放一个漂流瓶。他还准备将第 50 个漂流瓶放在北极的冰盖上，并在冰盖上插一面五星红旗，让五星红旗飘扬在北极地区。

在科学考察活动中投放漂流瓶，在国际上是很常见的。以往，在科学考察队员投放的漂流瓶中，一般装入的都是家信，而孟广林在航线上投放的漂流瓶内装的却是价值千金的"漂流瓶对戳纪念封"，即将一个投放在大海中随波逐流，另一个保存在投放者那里，这是极罕见的。漂流瓶将在北半球的海洋中随波逐流，位于北半球沿海国家或地区的幸运者，都有可能会捡到孟广林投放的漂流瓶，孟广林也等待着幸运者能与他联系。

停航试验

7月7日，"雪龙"号进入东 10 区，时针又向前拨快了一个小时。从季节来说，这一天是小暑。此时，国内正值酷暑，而考察队员们已开始领略临近北极圈的初冬风情。

当"雪龙"号驶出宗谷海峡进入鄂霍次克海海域后，风平了，几乎没有一丝风；浪静了，海平如静；船停了，主机不转，船在漂泊。这也是启航以来的第一次停船，此时是7月7日下午2时，位于北纬 46° 08′，东经 14° 19′。

"为什么要在此停船？"大家对这突如其来的情况感到纳闷。不一会儿便知原委。原来，来自各处的考察队员与设备、仪器在"雪龙"号上安家前，都没有在一起"磨合"过，在实战中能否协调，需要做一番测试。此时，天时、地利都给考察队创造了一个极有利的时机。考察队领导迅即作出决定：停航 2 小时，作一次进入北冰洋前的实战演习。

于是，考察队的海洋物理、海洋化学、海洋地质的三项试验和大气探测实验同时展开。随船的记者携带上摄像机、照相机等采访设备，也进入了实战状态。此时，在船的甲板、舱面上，一场诸军"兵"种联合作战的战役打响了。

在考察船的中部舱盖上，中国科学院大气研究所的邹捍、王维和曲绍厚正忙着向探空气球充氢气。一根长长的白线扣住探空仪器，只见王维一松手，气球垂直升向空中。探空仪器在 24 千米外的空中，不时向考察船传回各种数据。这项实验是要掌握海洋向大气输送热量和大气向海洋输送动量的数据。

在船的左舷，中国极地研究所的陈波和两名韩国科学家正在取表层水，一下，两下……他们把一个大桶装得满满的，用仪器测海水的温度、盐度。

在船的右舷，中国科学院青岛海洋研究所的李超伦、张武昌和厦门大学的陈敏，将梅花状采水器投入到 1000 米深的海中，采集深水区的水样，用来测试海水中的生物、化学成分。这个仪器可深入到 4000～5000 米的深海，进入北冰洋考察时，将用来采集 3500 米深处的海水。

在船的后甲板，国家海洋局第一海洋研究所的高爱国、程振波也在采集 3000 米处的海洋底泥，将用作地质矿物、古生物地质化学的研究……

两个小时转眼就过去了，所有的仪器、设备运行正常，各个测试项目完全符合预定要求。这场实战演习让人眼花缭乱，让人感到骄傲的是，中国有一支训练有素，整体合成能力强的极地考察队。

第十章

向北挺进

航行在白令海

"雪龙"号的主机又"唱"起了激人奋进的"进行曲",坚硬的船头划开水面向北冰洋挺进。

"雪龙"号劈波斩浪,告别鄂霍次克海科曼多尔群岛,进入了白令海。眼前的白令海碧波荡漾,风吹水面,不时泛起朵朵白色的浪花。海面上,海鸥翱翔,有时它们盘旋在"雪龙"号周围不停地上下翻飞,发出"咕咕"的叫声。

200多年前,白令海还没有今天的名字。这中间有这样一个故事:18世纪初叶,一位名叫维特·白令的俄国航海家,驾驶着探索北极的木帆船,迎风向这里驶来……

那是1725年,俄国彼得大帝在驾崩之前,要求海军司令阿卜拉欣伯爵寻找一条穿过北极海通往中国和印度的航线。此时，正是俄罗斯大地冰封雪裹的时节，海军司令把这项任务交给了出身贫寒，早年在海军服过役的白令。白令带着一个70余人的探险队从圣彼得堡出发，于次年夏季到达堪察加。在此，他开始建造一艘名为"圣卡弗利尔号"的木帆船。

在又一个夏季到来时，"圣卡弗利尔号"从堪察加河入海，开始了艰难的航行。他那次探险的航线，就在我们中国首次北极考察队"雪龙"号航线的海域内。也许是白令的运气不佳，航行途中，数次遇到了几乎使他的探险队全军覆没的大风暴。然而，在与风暴的艰苦抗争中，白令发现了几座岛屿，并绘制出了堪察加海图。

此后，白令又数次率队远征，连续进行了17年的探险。在最后一次的北极探险中，白令魂断在一座荒凉的小岛上，那时是1741年12月8日。他的助手奇里科夫继承白令的事业，终于获得了有关白令海、白令海峡的详细资料。

许多年以后，沙俄政府将白令长眠的岛屿命名为白令岛，并在那里建了纪念碑；白令曾渡过的亚洲与美洲间的水域被命名为"白令海峡"；白令所航行过的海被命名为"白令海"。

眼前，在曾经航行过白令那艘木帆船的海域，"雪龙"号载着中国首次北极科学考察队正昂首向北极驶去。

停航抢修

北京时间清晨 6 点，人已醒。躺在床上的李文祺，感觉船速慢了下来。突然，听到房外有人急步从舷梯爬上来，匆匆走到睡在隔舱的首席科学家、考察队长陈立奇的房门前。"笃笃笃……，笃笃笃……"一阵敲门声，紧接着一阵叫声："老陈，老陈！"

凭感觉，李文祺知道发生了紧急情况，马上起床，穿好衣服，拉开窗帘，往外一看，考察船几乎停了。此时，一个船员从窗前走过，问道："怎么回事？"

他诙谐地说："船累了，要歇一歇。"

李文祺迅速走进了陈立奇房间，只见他穿着"南极棉"内衣裤，已经坐在写字台前。考察队副队长颜其德，船长袁绍宏，政委李远忠和党委委员吴金友在座，一行人正在紧急磋商。

原来，"雪龙"号正航行在北纬 55°46′，东经 164°29′的白令海。突然，"雪龙"号主机推力系统的轴承密封处的垫片老化破碎了，润滑油严重泄漏。这是轮机长徐建设上岗时发现的。船速快，漏油快；船速慢，漏油慢。随着主轴转速的快慢而漏油有多有少。在航速 7 节，每分钟转速 60 圈的情况下，油不会漏。而航速 15 节，转速在 102 圈的时候就漏油。其他方面没有异常。

中国极地考察第一船的"雪龙"号舵机，平时有 1 兆牛米的推舵能力，全仗它控制着万吨船体，以千钧之力推着它按确定的航线航行。现在，它遇到了麻烦，何时才能到达北极！

"走，到机舱去看看！"

陈队长带着党委一班人来到机舱。平时"热"和"闹"的机舱，此刻显得特别清静，轮机长徐建设正带着一班机匠在查原因。

15 年前，中国首次南极考察队在穿越赤道时，"向阳红 10"号船也发生主机故障。那个故障不是漏油，而是主机 18 只油泵中的 6 只，被油中的残渣堵塞，造成"心肌梗塞"，在茫茫太平洋中抢修。

现在，在白令海也遇到了主机故障，是巧合吗？

陈立奇等来到船体尾部，走下四层钢梯，到达机舱。轮机长徐建设与大管轮包瞿福，二管轮吴键，三管轮郭广生和机匠曹建军等都在现场。

"一定要抢修！"党委会作出了决定。否则"雪龙"进入北冰洋，会遇到大片的浮冰。破冰需要主轴的强大推力。现在不修好，到时麻烦会更大。所幸的是，号称常年狂风怒号、波浪滔天的白令海，此刻正处在静空区域。气象观测预示，在未来的 24 小时内，没有大的气旋，海况良好，风平浪静，适宜船舶漂泊，这给抢修创造了条件。

"停航 6 小时，更换垫片！"船长袁绍宏果断地下达了停航命令。

8 时 30 分，"雪龙"号原地停航。轮机长带领管轮、机匠长钻进又窄又黑的主轴舱，闻着浓重的油味，忍着舱内的高温，打开密封盖，聚精会神、一丝不苟地工作到下午 1 时 45 分，足足用了 5 小时 15 分，更换了推力系统的轴承密封垫片。

"抢修成功了！抢修成功了！"

考察队员一阵欢呼，并向浑身油污，此刻还饿着肚子的船员们送去了敬意和感谢。

主机又启动了。"雪龙"号以最高时速北进，北进！通过了白令海奥柳托尔斯基角。

驶过国际日期变更线

7月11日晚11时30分（北京时间11日晚7时30分），"雪龙"号考察船驶过国际日期变更线，时间从7月11日倒退到了7月10日。这意味着中国首次北极考察队在白令海还要过一个11日。

在国际日期变更线处可以看到，辽阔的海面笼罩着大雾，白茫茫一片。在驾驶台的雷达显示屏上，也显示出周围没有过往的船只。"雪龙"号正以15节的航速向美国北部阿拉斯加的诺姆港驶去。

从上海港启航至今已有11天，考察队员们经历了夏秋冬三个季节，也适应了时差的变化。

大约经过10多个小时的航行，"雪龙"号抵达美国诺姆港外的锚地锚泊。锚泊期间，我国台湾明新技术学院的张瑞刚教授上了船，加入中国首次北极考察队赴北极进行科学考察。

4 小时内看日落日出

从北纬 32° 的上海起航，经过连续 11 天 3560 海里的航行，"雪龙"号科学考察破冰船于北京时间 7 月 12 日 8 时 50 分，在离北极圈很近的美国阿拉斯加的诺姆港锚泊。这是中国极地科学考察船首次锚泊美国港口。

由于多日没有见到陆地，且又航行在时雨时雾的茫茫大海中，很少见到太阳。今天，晴空万里，鸟儿在蓝天白云下欢唱着，考察队员多少有点儿兴奋，纷纷走上甲板，沐浴着阳光的温暖。从"雪龙"号上极目远眺，眼前这个靠近北极圈的诺姆港显得格外宁静。

也许是心理作用，在锚地锚泊的时间过得特别快。现在是当地时间"晚上"9 时 (北京时间 7 月 12 日下午 5 时)，已是中国古时的二更天了，但夕阳还不愿离去，考察队员在甲板上尽情地欣赏着灿烂的晚霞。转眼间，2 小时过去了，当地时间已是"晚上"11 时，应是"深夜"时分，夕阳不情愿地离开了地平线，却留下了万道霞光。此时空中的云彩，犹如朵朵彩色的棉球，紫的、红的、金黄的、灰黑的，甚是好看。耳边顿时响起一连串的"咔嚓，咔嚓"声，考察队员都将这罕见的"日落"景色留在了自己的胶卷上。

此时，天空并没有暗黑。诺姆港的码头、岸上的房舍清晰可见，建筑物内外灯光闪耀，给不是夜的"深夜"，平添了几分情趣。"反正睡不着，看了日落，再看日出吧！"考察队员们个个不愿离开甲板回舱休息，生怕错过了在三四个小时内亲历日落日出的机会。于是，大家伫立在吹着阵阵冷风的甲板上，期盼着这少见的日出奇景。

"快看！太阳出来了！"不知是谁的提醒，考察队员们顿时活跃了起来，像听到口令似的，一同向着东方的天际望去。一轮旭日冉冉升起，光彩夺目。考察队员们迅速按下快门，将异国他乡的日出景色收进了镜头。此时，当地时间是凌晨 2 时 35 分。在不到 4 个小时的时间内，大家有幸饱览了日落又日出的奇景，真是此生难得一见。

迎来历史性的一刻

　　"雪龙"号驶离美国阿拉斯加的诺姆港锚地，向着北极而去。在驾驶台的自动航海记录仪上，红色的数字显示着"雪龙"号航行的位置与海况：北纬 64°20′，西经 168°14′；风速 5.7 米每秒；气温 3.4℃；相对湿度 98%；气压 1026 百帕，航速 17 节。

　　当时针指向 20 时，"雪龙"号在白丽丝公主角转向，驶入白令海峡。这里的海水是黑色的，是一种深渊似的黑。这里的水域呈三角形，北端直通北冰洋，南部的底线则是太平洋上的阿留申群岛，东边就是阿拉斯加，西边是亚洲的西伯利亚。这条将美国和俄罗斯分开的海峡，最窄处只有 84 千米，水深 30～50 米。史料表明，在第四纪冰期，这里曾是一条干燥的陆桥，亚洲的蒙古人由此徒步越过陆桥前往美洲。

　　资料记载，白令海和白令海峡，终年都是极为恶劣的气候：夏季雨多雾重，冬季风急雪大，常年是暴风天气，年均气温为 –10℃，冬季为 –35～–45℃。即使在夏季，北冰洋里的巨大浮冰也被冷得发黑的海水裹拥着，从海峡北端滚滚而下，让人望而生畏。

　　而此时的白令海峡，风和日丽，几乎没有浪，没有浮冰。西下的太阳，直射在海面上，闪烁着金光。直到 21 时，太阳才慢慢地钻入水中，留下一片余晖。夜深了，天空仍是一片青白，能见度在 20 海里左右，白令海峡两边的群峰和水中的小岛，一目了然。时钟迎来了新的一天。凌晨 1 时 35 分，鲜红的太阳又从下海的地方冒了出来，李文祺没有忘记摄下这壮丽的自然景观。此时，"雪龙"号正朝着太阳升起的地方驶去。

一阵欢快之后疲劳向李文祺袭来，当李文祺躺在床上快入梦乡的时候，船长袁绍宏在话筒里呼叫："'雪龙'号将于当地时间 5 时 38 分，北京时间 7 月 14 日 0 时 38 分，通过 66°34′ 北极圈。要拍照的快起床！"

惊醒的李文祺赶快穿上衣服，奔上驾驶台。考察队队长陈立奇已站在经纬度显示器旁，等待着历史性一刻的到来。纬度显示的数字在跳跃：66°26′ ……66°27′，到了，66°34′！

李文祺按动快门，拍下了历史性的一刻：中国首次北极科学考察队进入了北极圈。

神秘的通道——白令海峡

白令海峡是一条狭窄的水道。它位于亚洲大陆东北端和北美大陆西北端之间，北连楚科奇海，南接白令海，是沟通北冰洋与太平洋的唯一通道。就在这条水道南端的白令海，中国首次北极科学考察队的"雪龙"号考察船入波涌，上浪尖，展开了连续 5 天的大断面调查，完成了对 20 个大洋站位的观测取样，获得了一批有价值的科研数据。

在海运史上，白令海峡充满神秘色彩。据说，在第四纪冰期时，这里曾是一座"陆桥"。后来，因地壳变迁等诸多原因，"陆桥"被永久地埋在 30 ~ 50 米深的水下。在"桑田"与"沧海"的变换中，白令海峡演绎和见证了自然与人类的无穷秘密。随着时间的推进，白令海峡对气候环境的影响，引起人们的高度关注。因为它所起的交互相通的作用，使北冰洋与北太平洋的海水通过洋流进行交换，不仅影响着当地的气候，也影响着北半球乃至全球的气候。因此，研究白令海峡两端海洋的水体交换并揭示其秘密，便成了中国首次北极科学考察的三大科学目标之一。

白令海峡两端的水体交换何以会有如此大的影响呢？据物理海洋学专家介绍，这有两方面的因素。一是白令海峡的海水交换会影响北冰洋的大气环流，进而影响中国近海的气候系统。通常，白令海的海平面要高于楚科奇海，在一年的大部分时间中，太平洋海水是流向北冰洋的，这股暖水进入北冰洋后，会加速北冰洋的海冰融解。而海冰的消退会加强海洋与大气间的热交换，同时影响北冰洋或者北半球的大气环流。二是西北太平洋的气候会受黑潮和亲潮两大势力的影响。在大洋风场的驱动下，赤道海区的暖水挟带着巨大热量沿太平洋西边界向两极流动。而流入北太平洋的这支强流，就是著名的黑潮。在北纬 43° 左右，黑潮会与来自白令海的寒流亲潮不期而遇。黑潮与亲潮的变化，无疑会引起气候系统的变异。因此，白令海峡的海水交换是影响我国气候的重要因素。

两大洋海水交换对气候环境的影响甚为重要，但因诸多原因的影响，长期来未能得到很好的研究。目前，我们虽然还不能直接测量海水交换。但白令海与楚科奇海的海水因受白令海峡流量改变的影响，在其海水温度与盐度分布的数据中，就包含有海水交换的明确信息。因此，通过数值模式计算一段时间内海水交换的量值与分布特征，并考察水交换与大气、海洋等其他要素的密切关系，就能进一步揭开两大洋水体交换对全球气候影响的秘密……就此而言，考察队所取得的大量资料，将大有用武之地。

第十一章

被冰雪覆盖的大洋

"告别"黑夜

"雪龙"号一路往北航行，黑夜已变得越来越模糊。船过北太平洋时，昼夜交替的变化已经变得越来越不明显。中国首次北极科学考察队正逐渐"告别"黑夜，进入北极圈内的极昼世界。

7月11日，在阿拉斯加的诺姆港，太阳是在当地时间21时50分落下的。4小时后的7月12日，当地时间凌晨2时16分，一轮旭日从落日处稍微偏东一点的天际冉冉升起。

7月12日，太阳落日的时间是当地时间22时30分。

7月13日，凌晨1时40分，太阳又露出了笑脸，日出时间比7月12日提前了半个多小时。

此时，"雪龙"号正穿越白令海峡的最窄处，北美大陆和亚洲大陆都近在咫尺。朝霞映红了天边，初升的太阳好像刚刚出炉的通红的钢锭。一瞬间，海面上突然出现一点绿光，犹如一颗绿宝石，太阳竟然被云彩分成三段，仿佛巨大的蘑菇云，真是罕见的日出奇观。

越往北走，日出的时间越来越提早，亦即白天越来越长，夜晚越来越短。武汉测绘科技大学鄂栋臣教授说，夏季的北极圈上，太阳就像一个皮球一样，在远方的海平面上渐渐落下，但刚一接触海面又渐渐跃起来，然后又渐渐落下，又渐渐跃起，周而复始，这是南极圈和北极圈特有的现象。过了北极圈，太阳就始终在地平线以上了，成了名副其实的"不落的太阳"。根据天文学方法计算的结果，在北极圈内的整个作业期间，中国首次北极科学考察队都将处在极昼中，科学考察队已经告别黑夜。

极昼和极夜是极地地区特有的自然现象。极区各处极昼和极夜的长短，随着纬度的升高而不同，越往北走，纬度越高，极昼和极夜的时间越长，抵达北纬 90° 的极点，极昼和极夜交替出现的时间各为半年。

一进北极圈

"幸会"鲸群

7月13日16时左右，"雪龙"号驶离美国阿拉斯加的诺姆港西行。20时30分，船只位于北纬64°20′，西经168°19′位置时，驾驶室的值班员发现船前不时有水柱从海面喷出。

此时，白令海峡风平浪静，天空晴朗，能见度很高，右前方隐约可见海拔365米高的KING岛。水波荡漾的海面上，不时有羽花状的水柱喷出，左一个，右一个，前一个，后一个，犹如缕缕喷泉，在夕阳的映衬下，煞是好看。这无疑是一个数量可观的鲸群，"雪龙"号在此与鲸群"幸会"。

水柱过后，水波翻动处露出鲸光溜溜的黑色背脊，偶尔还可见鲸的尾鳍在海面上翘起。巨大的鲸像潜艇一样在水中滑行。逆光下，平静的深蓝色海面上，鲸游动处的海水颜色稍深，而且波纹荡漾。

"雪龙"号以15节左右的时速驶过这片鲸出没的海域后，21时许，再度"幸会"又一拨鲸群。此时，不仅近处可见到鲸，在远方海天交界处，也隐约可见不时喷射的白色水柱，犹如海面上绽放的烟花。

北纬64°一直到北纬67°，也就是从白令海到北冰洋的一路上，

"雪龙"号不断受到鲸群相聚相送的礼遇。

鲸是海洋中最大的哺乳动物，地球的南北两极及其附近海域都是鲸出没频繁的地方。专家说，鲸的成群出现，说明北极海域和白令海峡海洋生物比较多。

说到鲸，不禁想起地质科学家位梦华的一番描述。1995 年春，以国家地震局地质研究所研究员位梦华为主的中国北极科学考察筹备组，在北极目睹因纽特人捕获鲸后的情景：

一天，他们一行 8 人分乘 4 辆雪上摩托，顶风冒雪地向海上进发。这时细雪纷飞，狂风肆虐，烟雾滚滚，能见度极低，几十米开外便是一片混沌世界。所有的摩托都开着灯，在冰雪的裹挟下飞驰。这样行驶了大约 40 分钟之后，忽然看到前面的冰堆上竖着一面旗子，是因纽特人捕到鲸的标志。果然，就在前面不远处停着许多雪上摩托，更有许多人是闻讯而来的，其中有青年与老人，有女人和孩子，熙熙攘攘，像是过年似的。冰面上支撑有两顶帐篷，那是捕鲸队的营房。人们正在清理冰道，脸上洋溢着胜利的喜悦，能捕到一条鲸是很不容易的，况且又是开春后捕到的第一条。我们把摩托和雪橇靠边停好，看那些因纽特人忙忙碌碌，自己又插不上手，只好站在旁边休息。

折腾了一阵子之后，终于在乱冰堆中开出一片平地，有人用电锯将冰层锯出了一个四四方方的缺口，作为往上拉鲸的通道。位梦华赶紧跑过去一看，噢！原来那鲸就漂在水里，黑色的躯体像个巨大的气球，露出水面的只是一小部分而已。几个人用一条粗大的绳子捆住了鲸的尾巴，慢慢地将它拉出冰面，像巨大扇子的两翼伸展着，任凭人们摆布。人们这才排成了长队，抓起了摆在地上的绳子，我（位梦华，作者注）也过去凑数。这时，迈克走过来，悄悄地告诉我说："你想帮他们拉鲸是可以的，但最好站到后面去，靠近滑轮的地方非常危险，因为鲸很重，万一绳断可不是好玩的。去年，有两个妇女帮着拉鲸时，由于滑轮破裂而当场被打死，还有人受了重伤。有个妇女连脑袋都打掉了。"我非常感谢他的忠告，虽然很想站在前面看看那鲸是怎样被拉上来的，但犹豫一阵之后，我还是挪到后面去了。

一切都准备就绪后，只听一声号令，人们便都齐心合力地拽那根绳子。先是鲸的尾被拖到冰上，然后躯体被慢慢地拉离冰面，终于露出了它的全貌；这是一条小鲸，有9.93米长，大嘴像个山洞，下颚的边缘长着一排密密的、犹如篱笆状的鲸须，像是入口处的一道滤网。我正看得出神，却被鲸突然的吼叫声吓了一跳，可那些因纽特人却并不在意。接着，又是几声长鸣，像是怒吼，又像是哀叹，这到底是海水在里面作祟所引起的，还是鲸在离开水世界时发出的最终叹息，无人知晓。

还在因纽特人刚开始拉绳子的时候，有人用一把长柄铲子从鲸的躯体上切下一块四四方方的肉来，我这才确切地看到了鲸的内部结构，其外表是一层厚约3～4厘米的黑皮，里面则是一层10～20厘米厚的粉红色脂肪，这是因纽特人最爱吃的食物。以前，他们都是生吃的，现在也煮了吃。不久，一个小姑娘将煮熟的鲸肉一盘子一盘子地往外端，人们蜂拥上去。我也很想拥上前去，但却没有足够的勇气。正在犹豫之际，捕鲸队长笑呵呵地走了过来，给了我一块。也许是因为肚子饿的缘故，我觉得那肉很香。

因纽特人捕获鲸后的那种喜悦之情，正像农民秋天喜获丰收的情景。鲸立即被分成一段段的，里面似乎没有骨头，只是在一层厚厚的黑皮里面包着鲜红的肉。然后，再往前一节节地分割。鲸的结构看来很简单，皮下脂肪以内是一层黑红色的肌肉，但很松软，并不像其他动物的肌肉那般结实。

鲸肉的分配有一定的规定，哪部分该给谁，大家都心中有数，分配结束，人们把一块块分得的肉装上摩托，轰然开动，运回家去。

喜欢独居的巨兽

格陵兰鲸是当今地球上最大的动物之一，其长度有20～22米，脊背平展，没有突起的部位；前鳍呈圆形，宽阔短小；头部和背上的皮奇厚无比，可达 25 厘米，使它能在寒冷的冰水中生活。鲸的头硕大无比，头长占了身长的 1/3，头的顶端有两个小小的呼吸孔。鲸的眼睛很小，紧靠嘴角的两端，在眼睛后侧露出很不明显的耳孔。鲸须别具一格，长在口腔里，由三四百个从上颌垂下的富有弹性的薄膜构成，每个薄膜长4.5 米，重 4 ～ 10 千克，内侧边缘上还长满了发状的毛边。在一片冰原的缝隙中，格陵兰鲸能任意驰骋，用脊背撞开初冻的冰层，并轻而易举地推动大块浮冰。

令人吃惊的是，这种庞然大物竟然只靠吞食小虾和其他浮游生物为生。它利用鲸须做筛子，滤出同海水一道入口的其他食物。据估计，一头鲸每天用这种方法能吞食 1000 千克食物。

格陵兰鲸生性寡居，或成小群活动，没有一定的繁殖期。刚出生的小鲸就有三四米长，一年后就能长到 9 米，寿命达 40 年以上。幼鲸通常游在母鲸身边。一遇危险，母鲸就用自己的身躯保护它，并发狂地挡住捕鲸船的攻击。

格陵兰鲸浮游水面，通常能呼吸 1 ～ 3 分钟，之后钻入水下可达5 ～ 10 分钟甚至 20 分钟。受伤或极度受惊的鲸，潜入水下的时间可长达 0.5 ～ 1 小时。有时还能见到鲸嬉戏的场面，它们跃出水面，庞大的身躯完全暴露空中。一般情况下，鲸的行进速度缓慢，时速仅七八千米，即使划小舟也能追上，用长矛和鱼镖就能捕获它。只有受惊时，其时速才提高到 13 ～ 16 千米。

格陵兰鲸呼吸喷起的水柱高约 4 ～ 6 米，降落时状如圆帽。如果从它后面或正面观察游动中的鲸，便可看到，它那双层的喷泉和水柱呈 V形四下散开。格陵兰鲸有白令－楚科奇鲸群、西格陵兰鲸群和斯匹次卑尔根鲸群三个独立的鲸群。它们是迁徙动物，秋天随着积冰向南游去，春天时又返回北方。

格陵兰鲸和其他濒于绝灭的北极动物一样，面临的最大威胁是来自人类对它们的虐杀。

进入北极圈

7月13日凌晨5时38分，北京时间14日0时38分，"雪龙"号穿越白令海峡，通过北纬66°34′，进入了北极圈，比原定时间提前了1小时22分。

中国首次北极考察队进入北极圈后，迅即在北纬67°～69°的楚科奇海的三个站位进行首次采样，从采集到的海水和底泥来看，对研究太平洋和北冰洋的水交换很有好处。因为楚科奇海水深16米以上的是太平洋的水，16米以下是北冰洋冰融化的水。太平洋的水浮在上面，加速了北冰洋冰的融化。在水深55米处，还采集到了32.5米长的底泥柱样。

从收到的海冰图看，北冰洋的海冰集聚在北纬70°左右的偏南海域。考察队进入冰区后，由于海洋中的测点被海冰覆盖，"雪龙"号在考察的站位顺序上作了灵活调整，采用"游击战"的方式在预定的海区进行调查，必要时用直升飞机支援站位的作业，完成对原定16个站位的采样测定。

"雪龙"号船驶入冰海后，在北纬69.5°，西经172°的广阔海面上，可以看到无数的浮冰一片连着一片，前呼后拥，浩浩荡荡，犹如草原上奔驰的骏马滚滚而来。在这自然奇观中，考察队第一次放飞了气艇与气球，进行大气、大气与海洋相互作用的探测，直升飞机第一次升空，进行冰海冰情探测和航摄。

此时，大雾散去，能见度恢复，驾驶台发现有几十块浮冰正在漂来。紧接着，大似足球场、小如桌面、形态各异的浮冰，接连不断地浮然而至。大浮冰的水下部位泛着蓝莹莹的光；冰面上的积雪容纳了人类给它的尘埃，白的冰变成了灰的和黑的，还沉积了不知从哪里来的黄土。

"雪龙"号像巨人一样，昂首挺胸，阔步前进，浮冰未能挡住"雪龙"号。"轰"的一声响，接着，一声连一声，这是"雪龙"号撞上浮冰发出的声音。"轰"，浮冰破裂。船体震动，晃了几晃，又前进了。4时10分，考察船又与两大一小三头北极海象相遇。这是考察队进入北极圈后第一次与北极动物相遇。

由于洋流运动，北冰洋表面的海冰总在不停地漂移、裂解和分化，并不像南极大陆那样有历经数百万年积累起来的数千米厚的冰雪。科学家的测算表明，北极地区的冰雪总量是南极的 1/10，且北冰洋被终年不化的冰雪覆盖，北冰洋可谓是地球上唯一的白色海洋。

尽管北冰洋的洋面大部分被冰雪覆盖，但冰下的海水却像其他大洋的海水一样，永不停息地按照一定的规律流动着。据最新的观测数据，大西洋洋流每年向北冰洋注入 72000 立方千米的海水，北太平洋洋流也向其注入 30000 立方千米的海水，周围陆地的河流也注入有 4400 立方千米的淡水。这样，北冰洋洋底冷水流每年以 10.6 万立方千米的流量，经 2700 米深、450 千米宽的弗拉海姆海峡涌入大西洋。

进入浮冰区

雾越来越浓，能见度越来越低。"雪龙"号在楚科奇海完成几个站位的采样后，继续向北纬 70° 挺进。"前面有浮冰！"蓝色的海面上，正有几十块大小不一的浮冰向着"雪龙"号缓缓漂来，"雪龙"号减速航行。不多时，只见浮冰连成了一片，前呼后拥，滚滚而来。考察队员们拥向甲板，欣赏这壮丽的自然奇观。此时，雾开始逐渐散去，能见度也有所提高。

突然间，雾散尽，天空清晰透亮，太阳挂在天际，从海平面上反射出来，散发着金色的霞光。"雪龙"号迎着太阳驶去，浮冰未能阻挡住"雪龙"号前进。

伴着"轰"声，"雪龙"号一路前进一路破冰。考察船于中午 12 时（北京时间 15 日上午 7 时）抵达北纬 69.5°，东经 172° 的站位，考察队员又投入了紧张的采样工作。

> "雪龙"船航行在北冰洋上

"这里的冰怎么这样'脏'"

"这里的冰怎么这样'脏'？"

自进入冰海后，这是科学考察队员们相互之间问得最多的一个问题。原来，从身处北冰洋浮冰区的"雪龙"号上远远看去，视野中尽是白色和深蓝色的交错，海面上则是一片白色海冰。然而，仔细一看，发现有些海冰的外观呈现出灰色，或是密布着星星点点的褐色，好像陆地初融的带着泥巴的冰雪。

当时，考察船所在的位置是北纬70°，西经172°左右，距陆地并不遥远，这些冰很可能是陆缘冰。随着夏季的到来，北冰洋沿岸的陆缘冰逐渐融化分解，并随着洋流漂移到目前的楚科奇海海域。那么，究竟是何因呢？科学家们从不同的角度作了剖析。

中国极地研究所专门研究海洋生物的陈波副研究员说，秋冬季节，北极地区暴风雪比较多，把陆地的沙尘吹刮到海冰上。当夏季到来时，海冰表层的雪逐渐融化，而沙尘却留在了残冰上。

此外，也可能是冰藻的"恶作剧"——以硅藻为主的冰藻大量繁殖而"污染"了海冰。进入冰区后的海水抽样已经表明，冰区的藻类种类繁多。夏季充足的阳光和流入北冰洋的北太平洋海水，为冰藻繁殖提供了条件。船只航行时，阳光下，翻动着的海冰会"释放"出一些浑浊的漂浮物，这就是夏季大量繁衍的冰藻。

首席科学家陈立奇说，沿北冰洋海岸有 8 个国家，许多条河流带着泥沙入海，而北冰洋是世界上最小最浅的大洋，有一半左右的海底都是大陆架。目前，我们考察船所在位置的海深只有数十米，入海的泥沙必然会影响冬季的海冰，而北极海冰又是移动的，加上在风力和洋流的作用下，海底物质很可能被搅动泛至上层。

同时，也有资料表明，北半球是人类工业最集中的区域，污染物的长距离输送，导致了北极地区被污染。"雪龙"号越往北，这样的海冰就越少。

北冰洋与南大洋的海冰不同

"雪龙"号在楚科奇海沿北纬 70° 36′ ～ 71° 00′ 一线考察时受阻。在这一带，海冰的密集度经常可达到 80% 以上，可常见巨冰盘和次冰盘，其中含大量冰脊和冰丘。而在南极南纬 70° 36′，西经 174° 58′ 闯入固定冰区，冰架内的冰丘组可高达 5 米以上，平整固定冰的最大厚度可超过 2.2 米。

根据所观测到的冰情发现，北冰洋海冰与南大洋海冰有几个不同的特征：

第一，北冰洋因被周围陆地严密地包围着，海冰不能自由移动。而南大洋却是一个开阔的海域，海冰移动的自由度较大。

第二，北极点的年平均气温为 –18℃，而南极点为 –45℃，寒冷程度差别很大。

第三，在南极大陆附近，由于有从大陆飘落来的飞雪，因而海冰上的积雪量极大。

北冰洋的海冰面积比南大洋的海冰面积小得多。更重要的是，在夏季，南大洋的海冰约有 85% 被融解掉，而北冰洋海冰被融化的仅为 25%。

在南极大陆的边缘部，有低温的下降风从大陆吹向海上。因此，在大陆周围的海冰要比北冰洋的厚。例如，在南纬 70°的麦克默多海冰的冻冰度日（冻结指数）超过 13300，因此 2.75 米厚的平整固定冰甚多，有时可厚达 3.5 米。相反，在阿拉斯加北端的尼罗，虽然纬度大体相同，但冻冰度日却只有 8500，冰的厚度（平整冰）最大为 2.2 米。

在南极大陆周围，流冰大多远离大陆，沿冰原辐射的方向（即向北）漂移。由于冰原的辐射会产生开阔水面，结果都在那里形成新冰，由薄冰形成的冰域不断增加。这样，南半球的 海冰面积虽然比北半球的海冰面积要大得多，但大部分海冰（约 85%）为一年冰。这与大部分由厚的多年冰构成的北冰洋海冰显然不同。

在北冰洋海冰中，冰丘和冰脊要比南大洋的海冰多。此外，在北冰洋厚的多年冰之间（或者是多年冰与陆地之间），也存在有薄的一年冰。在多年冰的压力作用下，薄的一年冰形成了许多大的冰脊，这种情况在南极极为罕见。

第十二章

科考开始

在北极的第一次

　　浮冰区的浮冰密度越来越高，几乎连成了一片。"雪龙"号向前航行着，船体不时发出与浮冰撞击的"隆隆"声，极缓慢地向前推进着。到当日中午 12 时（北京时间 16 日上午 7 时），"雪龙"号航行在北纬 70° 40′，西经 174° 55′，开始了进入北极圈后的几个第一次的科学考察。

第一次放飞系留式飞艇

　　橘红色的飞艇，下面拖着根白线，由一架小仪器控制着向空中飞去。

　　在空中 300 米处，飞艇停留数分钟后，又慢慢地向飞行甲板靠拢。中国科学院大气物理研究所的科学家正在做进入北极圈后的第一次飞艇放飞与回收工作。

用飞艇进行低空探测大气、海－冰－气的交换，是世界上大气物理与海－冰－气相互作用的研究热点。用这种方法，能实地实时探测到空中一千米以下海洋向大气输送的热量与大气向海洋输送的动量。而且，这个探测方法很灵敏，探测结果能即刻显示出来。可不是，此时此地的海域上空，湿度很大，海洋表面有一个向大气输送热量和动量的过程，它在向大气输送着水汽。

第一次放飞探空气球

银灰色的气球，充满氦气后，挂上一个远距离数据发射装置，就放飞了。

"嗨！一万元又没有了！"这个不回收的气球，是"臭氧测量探空系统"的一部分。这个系统是中国科学院花了15万美元刚从芬兰进口的，是目前世界上最先进的探测大气臭氧的仪器。在这次北极考察中，中国科学院大气物理研究所派出4名科学家参加考察，目的是要了解北极上空臭氧的状况。

研究已表明，大气上层的臭氧是很脆弱的，一旦遭受破坏，就很难恢复。南极上空已有一个大洞，北极上空有没有呢？这项探测研究的目的就是要了解臭氧层情况，以便制定保护地球的措施。臭氧不能再破坏了！臭氧一旦破坏，强烈的紫外线辐射就会产生有害的生物体效应和气候效应。

所谓生物体效应损害，即生命遭受侵害；气候效应损害，就是使大气环流结构发生改变，出现气候异常。而臭氧层的破坏，是由人类活动引起的。如果北极上空也出现臭氧空洞，就要呼吁世界各国保护环境，保护臭氧层。

此时，放飞的气球正在30千米外的高空，不时向"雪龙"号发回探测数据。北极上空的臭氧是否受到破坏，要到所有探空气球释放完后才能知晓。

直升机第一次升空

"小松鼠"直升飞机被拖出了机库。在北极太阳光的照耀下，直升飞机机身上"北极考察"几个字格外醒目。经考察队决定，首次在北极上空进行冰情探测和航摄的任务，由随队采访的记者来完成。从下午2时20分起，记者在填写好《北极考察直升机使用登记表》后，

> 北冰洋上船、机"同框"

分批坐上直升机升空，每批3人。李文祺轮到第5批，系好安全带、穿好救生衣后登机。直升机机翼旋转的速度加大了，在强大的气流作用下，飞机飞离"雪龙"号飞机平台，向着远处的浮冰飞去。

前方，蓝天白云；机下，蓝水白冰。冰，重重叠叠，望不到边。机上，李文祺的照相机不时发出"咔嚓"声。直升机飞行员似乎很理解记者的心情，同意了记者们的要求，飞机的舱门被打开了，记者们的采访镜头直俯海面。飞机在"雪龙"号上空盘旋，李文祺从东南西北的不同角度拍下了"雪龙"号在北冰洋的雄姿。为了保证拍摄效果，记者们又要求飞行员将飞机停在空中，这一停就是数分钟，使记者们能"笃悠悠"地"坐"在空中拍照。下午4时52分，"小松鼠"完成6个航次的飞行后休息了。

第一次吃"夜"餐

李文祺不喜欢吃夜餐，这已成了个习惯。自进入北极圈后，白天黑夜分不清了，24 小时都是阳光灿烂，不知道何时是早晨，更不知晚上与半夜了。

一天晚上，李文祺刚写完一篇稿子，手表的时针已指向 23 时 15 分。

"老李，吃饭去了。"同室的小张呼唤他。"不是刚吃过吗，怎么又要吃了？"李文祺有些不解。

"是的。那是中午，现在是晚饭。"李文祺才恍然大悟。拿了碗筷与小张一起走到餐厅。

餐厅中人已不少，虽不能说座无虚席，但也难找空的座位。大家排着队在拿面条。"晚上怎么吃面条？"李文祺又疑惑了。因为每天晚餐是三菜一汤，怎么今天吃面条？

"嗨！老李，这是半夜餐。"有人对李文祺说。

既然来了，吃就吃吧。李文祺盛了一点雪菜汤面，与"雪龙"号船员坐在一起吃着，并聊了起来。

他们对李文祺说："这几天，吃半夜餐的人特多。原来每晚只要 12 筒卷面就够了，现在 30 多筒卷面都不够。"这说明，考察队员开始适应北极的环境了。每人每天加班加点工作，不是吃三餐，而是四餐了！

向上海人民送去一个"凉爽"的问候

在中国首次北极科学考察中，位于上海浦东新区的中国极地研究所，派出 6 名从事极地研究的科学家参加这次考察。他们当中有中国极地研究所党委书记、副所长颜其德，海洋生物学家陈波，冰川学家康建成、孙波，无线电工程师罗宇忠，微生物学硕士曾胤新。自"雪龙"号离开家乡的土地后，在"雪龙"号这块移动的国土上，他们没有辜负共和国的嘱托，没有辜负上海父老乡亲的期望，在各自的岗位上尽心尽责。一天中午，孙波博士将我拉到他的房间，悄悄对李文祺说："你是记者中唯一的上海记者，能否帮我们给盛夏中的上海人民，送去来自北冰洋冰雪世界的凉爽问候？""这没有问题，我一定办到。"李文祺向他保证。

接着，他拿出了他们6个人签名的信……

"我们于7月16日晚到达北纬70°57′，西经174°20′的洋面作业，这里漂浮着比南极海冰更坚硬的海冰，密集度在80%～90%左右，平均冰厚1.5米。现在，"雪龙"号是到达地球最北端的中国船只。到目前为止，我们已完成13个海洋综合站位的采样工作，首次获得了一大批颇有科研价值的样品和资料，为圆满完成首次北极考察奠定了基础。……在科学考察的日子里，我们感受到了北极科学考察的气氛。来自全国各地各单位、不同学科的科学家汇聚在'雪龙'号船上，这些科学家覆盖了地球系统的5大专业，表现出我国开展极地考察的气魄和综合实力。当前，尽管北冰洋给我们设置了'层层白色障碍'和重重险阻，但我们决心发扬南极精神，开辟出我国北极科学考察的冰海航道。我们来自上海，来自中国极地研究所，我们以主人翁的姿态严格要求自己，努力工作，作出表率，不辜负上海父老乡亲对我们的期望。"

信的最后是发信时"雪龙"号的位置：北纬71°03′，西经172°17′。时间则是当地时间9时15分。

冰区采样

航线上的冰，密度加大，厚度也在增加。

原先流动的碎冰不见了，稀疏流冰和戴着雪帽的流冰也不见了。海水不流了，冰也不动了。眼前的冰雪世界，死一样的寂静。起伏不平的冰盘，一个接着一个，望不到边。偶尔可听到几声海鸥的鸣叫。

在足球场那么大的冰盘上，水坑清晰可见。冰表面的颜色为白、灰、蓝相间，有的还散发着浅色的蓝光。"雪龙"号以3节的航速破冰前进，在被"雪龙"号撞开的冰断面上，能见到平整冰和冰脊表层有10～20厘米厚的积雪，下面是坚硬如石的厚冰板或冻结成形似"帆"和"龙骨"的冰脊。冰川专家指着航线上的这些冰说，从雪层厚度、冰板厚度和浅蓝色的光判断，这些冰有80%为当年冰，这些初生冰的初期冰正处在北极夏天的融化过程中。

北冰洋是世界上唯一可以步行通过的大洋。此话不假。冬季，北冰洋的大部分海域被平均厚度3米的冰层覆盖着，在北美洲与欧洲之间形成了一座坚固的冰桥。夏季，虽受到昼夜的太阳日照，有一部分冰被融化，但在永久性冰区或其他连片冰原上，由大大小小的冰丛、浮冰、冰山、冰岛组成了一条冰道，没有破冰船，人也可以通行。

在北冰洋，冰是最壮观的自然景色。冰山的厚度从十几米到上百米，最厚可达 130 多米。面积小的不到 1 平方千米，大的有几十甚至上百平方千米。冰山形状各异，有尖顶冰山、桌状冰山等。冰岛是冰山的特殊变形，表面平坦或有缓坡，面积最大的可达 600 ~ 700 平方千米，厚度在 30 ~ 35 米，露出水面 10 ~ 20 米。

"雪龙"号绕过有多个冰丘冻结在一起的冰山缓慢前进。这座冰山的水上部位有 5 米高左右，冰山两侧延伸有数百米的冰脊。这冰脊如山脊，一道沟连着一道沟。冰脊前面是平整的巨型冰盘和冰原。"雪龙"号被固定冰区封锁着，巨轮压上冰盖纹丝不动，无法破冰向前，向后倒车，再向东南方推进，"雪龙"号冲击着 2.2 米厚的平整冰层，以"冰区功况"（即最大功率）推进破冰。"雪龙"号在隆隆的抖动声中，越过了这个固定冰区，又到达了一个新的考察站位。

寒风中，考察队大洋班采水、抓底泥的科研人员各就各位，各司其职，忙而不乱。被抓斗、采泥器等采集仪器带到海面的底栖生物种类繁多，有纽虫、星虫、竹节虫、齿吻沙蚕、蛇尾等。没想到，在冰冷的北冰洋中，有上海人喜食的毛蚶。还有共生一体的海鞘与海葵，它们五彩斑斓，绚丽多姿。生长在一个椭圆状硬壳生物上的海葵，下部是一团红色的肉体，上部长着一根根触须。此外，还有一只只淡红色的小海星。此时，冰情加重，"小松鼠"直升机载着船长袁绍宏、考察队副队长颜其德、俄罗斯导航专家贝索诺夫正升空察看冰情，以确定航向……

第十二章　科考开始

"雪龙"号提前开赴白令海

7月16日晚，"雪龙"号抵达北纬70°57′，西经174°20′的北冰洋洋面作业。这里，漂浮着比南极更坚硬的海冰，且冰的密集度高，冰的平均厚度有1.5米。"雪龙"号虽被冰原、冰山、冰脊这些层层的白色障碍阻挡着，但考察队员在冰海中还是完成了13个站位的调查，取得了大量的第一手资料和数据。

然而，冰情正在日趋加重，且北冰洋的冰坚硬无比，它阻挡了船的航行，"雪龙"号在16个小时中只航行了17海里，船速比步行还慢，使中国首次北极科学考察计划严重受阻，这样下去"雪龙"号将无法按预定的时间到达原定目的地，进而影响下一阶段的调查考察任务。怎么办?

考察队是"急"字当头，科学家们急，考察队长、首席科学家陈立奇更急。考察队全体成员就这个问题展开了热烈的讨论。

"先退出北冰洋的调查，把最后实施的白令海调查考察提前。"科学家们向考察队队长提出了建议。因为，科学家们拿不下考察的站位，心里很不踏实。"与其在冰区泡时间，还不如转移战场，先到白令海去调查。"

从7月16日开始，紧急磋商的会一个接着一个。

"雪龙"号在冰区硬顶，绝不是一个好办法。数米厚的冰会使船损坏，油耗增大。今年11月，"雪龙"号还要承担进行南极"一船两站"的考察，既要保证北极考察任务的完成，又要保证南极考察任务的执行，按照实事求是的原则，采取因时制宜、因地制宜的措施，迅速调整科学考察计划是适当的。

"到8月份，北冰洋的冰情好转，等到白令海考察任务完成，再回北冰洋调查也是适宜的。这样做，完全不影响整个北极考察计划的实施。"

"那么，白令海的海况如何？"有人提出。

"白令海正处在西风带的一个大低气压中，风力强大，有11级。现在过去，海浪汹涌，但是从17日开始，这个名为'阿留申'的大气压正在东移，近期有一个好天气，这给我们转移战场提供了一个极好的机会。然而，作业后期有没有大风，这要看运气了。"气象学家解思梅博士拿出这几天收到的云图作了介绍，使大家的心有了底。

7月17日晚，考察队党委召开扩大会作出决定：在总体计划不变的情况下，"雪龙"号转战白令海。19时30分（北京时间7月18日下午2时30分），考察队召开全体队员会议，宣布了这个战术转移的重大决定。队员们各就各位，迅速做好了准备。午夜零点（北京时间7月18日下午7时）"雪龙"号在完成北冰洋第14个站位的调查取样后，以14节的航速直奔白令海。

"雪龙"号于7月20日进入白令海，利用15天时间，完成对白令海测区的海洋环境和生态的综合调查。然后，于8月5日左右，再返回北冰洋楚科奇海北部，用3天时间完成对冰缘区的考察。之后，在按计划前往加拿大图克托亚图克港，与"全球华人世纪行北极探险队"会合，进行北极考察经验交流后，"雪龙"号再返回到楚科奇海北部的北冰洋，寻找适当的位置，用9天左右的时间，完成对永久性冰区和冰雪野外的考察。

北极熊是北极的象征

北极熊是当今世界上最大的猛兽之一，像企鹅代表南极洲一样，北极熊是北极的象征。

北极熊，全身白毛似披雪，就连耳朵和脚掌也都长着白毛，只有鼻头处有一点黑毛，故又被称为白熊。北极熊，雌小雄大，体重一般为几百千克，最大者有上千千克。其体形窄扁，呈流线型，脑袋狭小，两眼紧靠上端，颈项颀长，非常灵活。熊爪尖利如铁钩，熊牙锋利无比，前掌力大无比。北极熊主食海豹。每当春夏，成群结队的海豹躺在冰上晒太阳时，北极熊便巧妙地利用地形、地貌，一步步向海豹逼近，一到行之有效的捕程之内，便会猛冲过去，巨大的熊掌以迅雷不及掩耳之势，将海豹的脑袋击碎。冬天，北极熊以惊人的毅力静候在冰盖的海豹呼吸孔旁，一动不动，只要海豹一露头，它便猛击一掌，海豹立即一命呜呼，此时，北极熊会马上牢牢地咬住海豹，以防海豹沉下去，然后用力将海豹从洞中拖出食之。

北极熊看起来行动蹒跚，其实，它跑起来要比人快得多，这个庞然大物奔跑起来，时速可达 60 千米。大自然还造就了北极熊天生就是游泳和潜水能手，它那宽大的熊掌犹如双桨，在那冰冷的北冰洋里，两条前腿奋力前划，后腿并在一起，掌握前进的方向，可连续游四五十千米。不仅大熊，就连小熊也能以每小时 5000 ~ 6000 米的速度在水里长时间地游泳。它潜水时，睁大眼睛，紧闭鼻孔，在水下能坚持两分多钟。

春季，是北极熊的求偶期。此时，成熟的雄熊和成熟的雌熊会一起漫游，表现出彼此倾心和眷恋之情。体态苗条的雌熊总是走在前面，而体态粗壮的雄熊则紧随其后。当遇上"情敌"时，雄熊之间不免要进行场残酷的格斗，胜利者当上新郎，失败者则灰溜溜地离去。短暂的"蜜月"之后，"夫妻俩"各奔东西。雌熊将同幼熊在一起生活，雄熊则过着流浪的"单身汉"生活。

北京时间 7 月 18 日上午 9 时 40 分，"雪龙"号正航行在北纬 70° 29′，西经 170° 29′。在前方一海里处的冰原上，考察队员发现了两头北极熊。这是考察队进入北极后，第一次遇到北极地区的大型动物。

"发现北极熊！发现北极熊！请记者到船头摄影。"船上各处的扩音器响起了报务主任龚洪清那夹杂着浓重上海浦东北蔡口音的声音。

此时，不知是好奇还是兴奋，谁也不愿错过这罕见的机会，都以最

> 北极熊

快的速度取出照相机、扛上摄像机冲出了舱室。船头甲板站满了考察队员，有的抢占着制高点，有的在选择拍摄点。"雪龙"号减速，慢慢停了下来，向北极熊活动的冰原靠近。

"你们看，北极熊向我们走过来了！"不知谁叫了一声，大家的眼睛齐刷刷地向船的左舷前方望去。两头北极熊，一头在原地的冰丛中走动，一头向左方走去，跳过冰缘、冰沟，在一个冰水坑边停住，站立起来足有两米来高，向着我们点了几次头，又走向另一个冰原。俄罗斯导航专家贝索诺夫说："这两头白熊的年龄在两岁左右。""在这个经纬度活动的北极熊有一两千只之多。"陈立奇告诉大家。

为防止北极熊对考察队员的袭击，考察队早已配备了保护人员和保护装备，并进行过演习。专家告诫队员，如遇到北极熊，驱赶它们最简单的方法是大喊、投掷冰块、敲打铁器，切忌见熊就跑，这是最蠢的举动，正中熊的下怀。遇到那些动作随便，走路慢慢腾腾，东闻西嗅的北极熊，更不必紧张，因为它们此时全无恶意。总之，与北极熊打交道以小心为好。不知怎的，看到北极熊李文祺心中忽地涌上一阵忧虑。来北极前，他曾看到一份资料，说由于滥捕滥杀，白熊数量正在急剧减少，现在整个北极的白熊不足 20000 头。北极熊的敌人主要是北极地区的人类。他们虽然十分尊重甚至崇拜北极熊，但仍要捕获它，捕获后还要举行一些独特的仪式。例如，阿拉斯加的因纽特人，常常跳"白熊舞"庆祝狩猎成功。格陵兰的因纽特猎手捕到北极熊时，其母亲和妻子都穿上熊鬃镶边的鞋子，以此为荣。随着北极石油资源的开发，北极熊的生存受到严重威胁。近年来，北极地区的一些国家在签署保护北极熊国际公约的基础上，又不断呼吁保护北极熊，严格控制买卖、贩运熊皮及其制品，挪威、俄罗斯等国还划出北极熊自然保护区。然而即使这样，北极熊的数量仍在逐年减少……

撤出冰区

"雪龙"号撤出了冰区。

在冰区和清水区有一条十分明显的界线。冰区内，冰连着冰，重重叠叠，白茫茫一片，望不到头。清水区，碧波荡漾，风吹海面，泛起层层浪花。一白一清，两边泾渭分明。这诗情画意般的景色不是人为划分，而是浑然天成的。只有夏天的阳光给大海的热量，使白线步步后退，一直退到可退的地方待到冬季，大自然给它补充冰和雪，白线又步步进逼，向前延伸，一直伸到可伸的地方。这条界线，每年随着季节的变化，进进退退。李文祺站在"雪龙"号驾驶台的左侧，拍下了这条自然界的界线。

"大踏步地后退，就是为了大踏步地前进"，电影《南征北战》中的这句台词，此时用来诠释"雪龙"号的"撤退"真是再恰当不过了。现在的后退，是科学考察场地的转移；后退是为了真正的前进。进与退，都是一个目标：为了整个科学考察计划的实现。

在转移途中，考察队员们没有忘记科学考察和调查。大洋组在实施拖网作业时，第一次没能成功，把网弄乱了。再来第二次。船员们打趣地说："我们指望你们能打一点鱼上来，改善一下伙食呢！"

怎么会冒出这么一句话来呢？原来，15 年前，中国首次南极考察队在南大洋进行以磷虾资源为主的拖网调查时，捕到了不少磷虾，第一网下去就捕到了 21 千克。除了制作标本外，多余的用来改善了考察队员伙食，让大家美美地吃上了一餐油爆磷虾，这意外的收获船员们还惦记着呢！"我们争取把北冰洋的鱼打上来！"大洋班实施拖网的科研人员说。在转移途中，考察队队长、首席科学家陈立奇写了一首《两极见海冰》的诗。他说，到南极渴望见到海冰，那意味着度过了西风带晕船的煎熬。在北极，想见到海冰又怕见海冰，因为我们需要更靠北一点……

白令海生物资源的科学内涵

"雪龙"号从北冰洋折向返回白令海，首次北极科学考察的现场作业进入第二阶段——研究白令海生态系统与生物资源对我国渔业发展的影响。

目前，我国的远洋捕鱼船已逾千艘，年渔获总量中约有四分之一的产量来自白令海及其附近海域。因此，在白令海进行生态系统与生活资源的综合研究，揭示白令海生物资源（生物的种、分布及生物生产力）的现存状况及其未来的可持续利用潜力，对我国国民经济的发展具有重要的意义。

海洋生物大体上可分为游泳生物（如鱼、虾等）、浮游动物（如桡足类）和浮游植物（各种藻类）三大类，它们与其生活着的物理、化学环境构成了统一的区域生态系统。在这个系统中，各种因子之间既相互联系，又相互制约。例如，游泳生物吃浮游动物，浮游动物摄食浮游植物，浮游植物则利用太阳光、水中的营养盐（如硝酸盐、磷酸盐、硅酸盐等）和二氧化碳，通过光合作用进行初级生产——不断地生长、繁殖，为浮游动物提供食物保障，由此维护的浮游动物又为游泳生物提供了食物来源，从而构成了具有不同营养级的食物链。因此从食物链来看，低营养级生物的繁殖、生长能力调控着较高级生物资源量的变化，生物资源可持续利用潜力的评估，必须考虑低营养级生物的因素。

通常情况下，食物链中的各级生物呈金字塔式的分布态势，即越低营养级的生物，其生物量越大，当海域中生物量的分布违背这一规律时，整个生态结构便会崩溃。因此，通过对海洋浮游植物、浮游动物种类、数量和生产力的调查与研究，我们能获得海洋生物资源容量大小的信息。从这一意义上来说，对生态结构、生物生产力的研究与海洋渔业捕捞，可谓是息息相关。

目前，对海洋生物生产力、生物种类分布等的研究，虽已达到准确定量（理论的推算值）的水平，但海洋捕捞却因受鱼群分布、天气、网具等因素的影响（特定情况下的实际值），还难以定量化。但两者却是互相补充且相互不可替代的。

如果能系统地、准确地获取海洋生物生产力、各种生物的空间分布特征，就可以从总体上勾画出海洋生物资源现存量的大致轮廓，从而就可评估海洋生物资源的可持续利用潜力。这就是考察白令海生物资源的科学内涵。

来自台湾地区科学家的茶道表演

　　"雪龙"号正以 15.6 节的航速，顺利通过白令海峡，向白令海的第一个调查作业点（北纬 60°　55′，西经 177°　45′）驶去。

　　晚餐后，大家照例会在餐厅闲谈一番。此刻，来自我国台湾地区明新学院的科学家张瑞刚教授也来了劲，即兴为在座的队友作了一次台湾茶道的表演。

　　餐厅的长条桌上，放上了一套整整齐齐的茶具——紫砂茶壶和小圆杯、小长杯，杯上还刻有一条飞龙。

　　张先生先用开水冲洗一下茶壶，将水倒尽，在茶壶内放进福建的乌龙名茶，冲入开水，稍待，将茶汁倒出，再冲入开水，动作是那样的有条不紊。"这叫暖壶洗茶。"他说道。

　　然后，只见张先生用热水将茶杯一一冲洗后，拿起沏好的茶倒入杯子。"这叫变色龙。"顷刻间，杯子上的飞龙变成了一条五彩缤纷的龙，杯中淡黄色的茶冒出缕缕热气，发出阵阵清香。

　　"请大家喝一杯。喝之前，请先闻一闻，慢慢品茗。"张先生端起茶杯招呼着。

　　接过茶杯一闻，果然清香扑鼻；慢慢呷上一口，觉有点苦涩，回味却是甜津津的。"好茶！好茶！"听着大家的赞扬，张先生也笑了。

功夫茶，全在功夫上。那套喝茶的顺序也是够复杂的。 这时，来自日本、韩国的三位科学家闻讯也赶来了。张先生向他们一一敬茶，素精于茶道的邻邦科学家按茶道礼仪接过茶杯。

"'雪龙'号茶馆开业了！"不知谁的一声吆喝，引来一阵欢笑。

"你们可不要多喝！"一位队友说。

"为啥？"

"那天张先生请喝茶，我多喝了几杯，一个晚上没睡好觉。此茶能使人兴奋。"

"马上要到作业点了，兴奋一点没有事。""哈哈哈"，又是一阵热烈的欢笑。

科学家们在一起喝茶，这是第一次。此景此情，是那样的融洽。

为什么要调整考察计划

"雪龙"号顶着白令海的 6 级强风、4 米浪高和较大的涌浪，于北京时间 7 月 20 日下午 6 时 15 分抵达北纬 60° 55′，西经 177° 45′白令海的第一个调查作业点。

按计划，在白令海的调查作业点共有 42 个站位，分布在北纬 56° ～ 61°，东经 177° ～西经 177° 的海域。这里又正是西风带，有四分之三的站位在水深 3000 米左右，其中 19 个站位需进行拖网捕鱼的调查。尽管船体晃动厉害，晕船、呕吐一起向考察队员压来，可考察队员仍坚持在船舷甲板上，展开了对白令海海洋、大气和渔业资源的综合考察。

此时，有消息传来：中国首次北极科学考察队撤出北冰洋冰区，并对考察计划作调整的消息见报后，引起了读者的很大反响，纷纷询问是怎么一回事。为此，就读者关心的三个问题，在考察间隙，李文祺对考察队长、首席科学家陈立奇作了一次专访。

记者："雪龙"号启航前公布的考察计划是经过充分论证的，为什么现在要调整呢？

陈立奇：在极地考察中，实施计划变化太多的原因有两个，一是极地的情况复杂，二是我们对它知之甚少。在出发前，我们制定的计划是基于船可以到达北纬 74°～75°，这是根据近几年北极的冰情决定的。但在出发时，却收到了今年北极冰情严重的最新预报。为此，一进极圈，就对冰区作业作了第一次调整，作业纬度从 75° 以北调整为 71° 以北。这次调整是第二次，可能还会有。在南极考察中，我们也都作过多次相应的调整，这说明到极地进行考察的必要。因为，我们对极地的未知太多。

记者：北极冰阻挡了考察队到达水深 1000 米的站位调查考察，为什么在白令海调查完毕后，还要千里迢迢到北冰洋"杀"回马枪呢？

陈立奇：这是很值得的。考察北冰洋海—冰—气的能量与物质交换，是此次北极考察的核心任务之一。如果调查的海域达不到一定的深度，拿到的数据将没有代表性，很难了解到这种相互作用对全球气候的影响。北冰洋平均水深在 1200 米，而我们已调查的站位都在 1000 米以内。所以，等到北冰洋浮冰融化后，再"杀"回去。另外，此次来北极，还关系到包括中国人在内的全人类的福祉。因此，容不得半点含糊。

记者：调整计划后，要增加 3 天多的航程，这会影响 9 月 8 日的归期吗？

陈立奇：考察队大洋班的科学家们围绕白令海的作业，作出了精细可行的安排，节省了时间。此外，"雪龙"号经过强度航行，回国后必须进行维修和维护，以便今年 11 月份执行第 16 次南极考察的"一船两站"任务。剩下的时间不多，我们必须在 9 月上旬到达上海港。

帮厨

又轮到李文祺去厨房帮厨。这是"雪龙"号启航以来李文祺第二次帮厨了。

帮厨，顾名思义是帮助厨师干活，在厨师蒸好饭和馒头，烹调完菜和汤后，帮助将饭菜送到餐厅，并把菜一一分给队友。餐后，收拾饭桌，将剩余的饭菜送回厨房，清洗餐厅地板，洗刷锅盆。这活不算累，也不算轻松。因为，从厨房到餐厅，得上上下下往返数次。科学家、船员、记者都要去做，而且要做好。去南极考察是这样，来北极考察也是这样。

这次北极考察队有124人，每日三餐，加上夜宵，靠"雪龙"号上的5名厨师，确实是忙不过来的。而且，每日三餐，中晚两餐三菜一汤要不同样，也是够难的。于是，考察队作了规定，上至队长下至船员，每人都得帮厨。每天4人为一组，每组10天轮转一次。

也许是巧合，每次轮到李文祺去帮厨时，厨房总要为队员加菜，让大家小聚一番。这可是六菜一汤，还加啤酒和饮料，足够李文祺忙乎一阵。聚餐时，8人一桌，自由组合。席间，大家频频举杯，互相问候，共祝考察顺利，欢声笑语不断。

"你去找两盘碟片来，让大家乐一乐。"陈立奇队长说。国家海洋局极地考察办公室的小夏拿来了VCD金曲，队员们自选自唱，唱起了当今最流行、最时髦的歌曲。顿时，整个餐厅在唱，整个餐厅在欢。有的离开了餐桌，在狭小的空间，跳起了舞；有的把酒瓶当成了乐器，"叮叮当当"地敲打……真是百姿百态，乐啊乐，唱啊唱，跳啊跳。

"走走走走走啊走，走到九月九，他乡没有烈酒，没有问候。走走走走走啊走，走到九月九，家中才有自由，才有九月九。亲人和朋友，举起杯倒满酒，饮尽这乡愁，醉倒在家门口。"一首《九月九的酒》的歌，是大家情感的流露，更是情感的宣泄！

一次普通、简单的晚间聚餐，成了一次欢乐的聚会。这也许是考察队员们最有感情、最有情趣的表现。

来自德国的一份关爱

在白令海漂泊作业的"雪龙"号，收到了一份来自德国不来梅港极地海洋研究所的传真："我在遥远的欧洲，通过因特网时刻关注着'雪龙'号每日的航迹和考察实况。我为你们祝福，向你们致以特别的崇高敬意。"发传真的人叫王自磐，是一位在海外的华籍科学家。

"雪龙"号远航北极，世界各地的华侨和旅居海外的华籍科学家都给予了密切的关注，几乎每天都会收到他们发送来的电子邮件或传真，其中有祝贺的，有询问情况的，更多的是关爱。在传真中，王自磐教授除了对考察队的祝愿，更多且更重要的是给随船采访的记者送来了帮助和关爱。他说："你们（记者）在向全国乃至全世界宣传报道这次历史性的壮举，同时也希望在信息传播中，尽可能避免失真，减少错误。尤其是涉及科学上的一些报道，出手之前，多问问相关的科学家。你们能与众多的不同学科的科学精英一同工作，是一次难得的科普学习的机会。"

对由"雪龙"号发出的一些新闻报道中应有的科学性与科学事件的完整性，王教授都一一列举，并作了很好的注释。他说："有一些科学概念、地理概念，要多问问身边的科学家。出差错或问题多了，会产生负面影响，降低可信度，因为你们面对的是国内外亿万读者和观众。"

"你们能与众多的不同学科的科学精英一同工作，是一次难得的科普学习的机会。"来自遥远德国的这份关爱，深深感动着随船采访的记者们。确实，科学新闻的报道与一般的新闻报道虽有共性，但更多更重要的是科学新闻的"个"性，要做好科学新闻的报道工作，唯有认真学习科学家们一丝不苟的科学态度。

目击采集浮游动物

时阴时雨，时雾时雨。"雪龙"号在一年四季风风雨雨的白令海上开开停停，漂泊作业已进入第 5 天，到北京时间 7 月 24 日上午 7 时 15 分，已完成了 14 个作业点的调查考察，航程 850 海里。在第 12 个作业点作业，李文祺参与并目睹了生物垂直拖网的作业。

白令海，是那样的蓝，清清的海水，透明度极好，海面上雾气腾腾，"雪龙"号停机，船体在晃动。位于一层甲板上的绞车工作室那扇大铁门打开了，绞车启动，钢臂伸向船舷外，钢缆下吊着一个直径 80 厘米、长 2.7 米的白色拖网。粗看，钢臂下吊着一块用白布做的圆筒。其实，这是个拖网，网眼只有 500 微米，小得几乎看不清楚。女科学家、国家海洋局第三海洋研究所的林景宏和厦门大学的陈敏博士以及厦门大学的学生蔡平河博士开始采样了。

此时，"雪龙"号漂泊的位置在北纬 57°0′46″，东经 174°29′，水深达 3000 余米。"可以下网！"林景宏手一挥，绞车转动，细细的钢丝向外传送，网具以每秒 0.5 米的速度，缓缓地垂直进入大海。绞车上的计数器随着网具的深坠在不断地跳跃，100 米、150 米、200 米。"停！"拖网在这个深度停留了 2 分钟。

"起网！"10分钟后，拖网吊出了海面，悬挂在船舷甲板的空中。林景宏打开水龙头开关，一股清水冲刷着拖网，将附着在拖网里层网壁上的浮游动物冲到网底管，待水流尽，取下透明的网底管，只见里面的小动物在跳动，有的似虾，有的像小球藻，是真正的小不点儿。它们被倒入一个500毫升的白身红盖的塑料瓶内，注入培养剂，成为回国后作活体研究的实物。两个小时过去了，白令海的海洋浮游生物采样还在进行。只见林景宏他们又把一大一小两个能同时采集浮游动物和浮游植物的网联在一起，向白令海投去……晚间，那些小不点儿发出亮绿色的荧光，像夏天夜空中的萤火虫。考察队首席科学家助理、中国极地研究所副研究员陈波说："这些从200米深处到表层海水中采集的浮游动物，能反映出白令海浮游动物和浮游植物资源的情况，进而可以了解白令海渔业资源的情况。"

"从初步取样的情况看，白令海浮游动物丰富吗？"

"可以肯定地说，白令海是浮游动物非常丰富的海域。"陈波说，"海域中的初级生产者是浮游植物，通过光合作用，将海水中的无机碳转化为有机碳，形成一定丰度的浮游植物群落。而浮游动物是海洋的次等生产者，一定数量的有机碳首先通过浮游动物向高级阶层传递，形成一定资源的经济鱼类的水产资源。白令海采集到的浮游动物，大都是北冰洋的哲水蚤。这是白令海的优势种，数量最大，构成了鱼类饵的主要成分，成为丰富高产的鱼类资源食物链中的重要一环。"

下水游泳

风在啸。水密窗外，发出阵阵呼声。

浪在涌。船体晃动，水密门关了。

此时，船舱底部的游泳池来了一帮人，有首席科学家助理、国家海洋局极地考察办公室科研处副处长秦为稼，中国科学院大气物理研究所研究员曲绍厚，以及三个老记者。此时来此，是要体验一下寒冷世界对人的刺激，看谁最有能耐。

"雪龙"游泳池有20平方米，水深2米。水是刚从白令海抽上来的，水温9℃，他们光着膀子，穿着泳裤，在水池边做入水前的准备。三个老记者则是走极端，先进桑拿房洗了一把桑拿，把自己蒸得满头大汗，浑身水淋淋的，然后跳入水池，来一个冷刺激。"我给你们计时"，秦为稼按下手腕上的防水表。"30秒，50秒，1分钟！"三人各自游了1分钟爬上来了。

"感觉怎么样？"

"刚入水，寒冷刺骨，皮肤像针刺一般。"新华社27岁的聂晓阳说："上来后，浑身热乎乎的。"

59岁的曲绍厚教授，是个倔老头，也入池下水了，他游了两圈就上来了。秦为稼则跨过池边的栏杆，双手一松来了一个空中入水动作。"嘭"的一声，水花四溅。此时，三个冒着大汗的同行又从桑拿房出来，一个接着一个跳入水池。他们真够可以的，在冰冷的池水中待了很久，时间最长者是《工人日报》的孙覆海，足足有 20 分钟！他们上来后，《中国青年报》的张岳庚对李文祺说："在水中的时间长了，双腿也麻木了。"

李文祺知道，当考察队再一次进入北极圈后，他们相约要在北冰洋畅游一番呢！

采获"海带王"

太阳终于露脸了。这可是中国首次北极考察队于 7 月 17 日撤出北冰洋冰区，转入白令海调查作业以来遇到的第一个晴天。

气旋离去，大海又宁静下来。阳光下，波光粼粼，微风细浪似有无限温柔。海豚在考察船四周游弋戏水，不时跃出水面，一个翻身钻入水中不见了。甲板上的一个个水渍，成了一块块白花花的盐巴。天蓝、海平、船稳，是多么融洽。

午餐后，大洋班的科学家们在北纬 56°59′48″，西经 179°54′48″ 的站位上做深水采样。当地时间下午 2 时 40 分（北京时间 7 月 27 日上午 9 时 40 分），梅花采收器带上来个"怪物"：其貌不凡，有一根长达 15 米的柄（假茎），柄的顶端有一个直径 8 厘米的球状物，并"分蘖"出支状小柄，每一小柄上还有一带状叶片，有 65 厘米之长，最大宽度 6 厘米；柄往下渐细，到底部的直径仅 1 厘米，还连结着一个直径 20 厘米的根。这是啥东西？谁也叫不上来。考察队的科学家们和常年在海上奔波的船员从未见过。它既不像是从水深 3810 米的海底拔上来的，因为"尾部"没有泥，又不像是漂浮着被采收器带上来的。

"暂时叫它'海带王'吧！"考察队副队长颜其德稍稍咬了一小点头部须茎，用舌拌一下味后说："确有海带的味。""是放回大海，还是带回去？"

"当然带回去！上海的中国极地研究所办了个极地博物馆，让上海的父老乡亲见识见识我们首次北极考察捕获的'海带王'，不是很好吗！"

"对！""雪龙"号政委老李叫人取来两个黑色的小塑料袋。10余人把它拉直，托在空中，既像一根鞭，又像一根藤，用手摸摸，还坚硬得很，却又能盘起来。大家把它盘成6圈，装在袋里一称，足足有8千克，加入海水，送进了冷库。

那么，这个东西究竟是什么呢？大家百思不得其解。考察队队长陈立奇叫人将晚上作业、正在酣睡的首席科学家助理陈波请来，他对海洋动物研究颇有造诣，由他作了一个初步的鉴定："这是一株罕见的大型褐藻。生活在较深的潮下带，与常见的海带同属褐藻门植物，是从沿岸大陆架被海流漂浮到作业点的。"

这个小插曲，给被大风大浪折腾了多天的考察队员们，带来了一些欢乐。

一箱烂泥竟是宝贝

也许说来令人难以置信：一箱烂泥巴，竟是宝贝。

7月30日8时30分左右，"雪龙"号在一个处于大陆架的海洋站位上进行大洋综合调查作业，海底水深大约在420米，海洋地质是其中一项。

几位考察队员正在"雪龙"号的船尾处忙碌着。不到10分钟，一个箱式取样器浮出水面，考察队员从取样器中倒出一箱"泥巴"。考察队员将它视为至宝。

国家海洋局第一海洋研究所的高爱国博士见李文祺对这箱"泥巴"有些大惑不解，忙给他解释："这次海洋地质调查，主要是通过采取海底表层沉积物和柱状沉积物来进行。长期以来，海底沉积作为环境变迁的最佳载体之一，受到了国际学术界的重视。这些泥质粉砂组成的'泥巴'就是海底沉积物，这可都是宝贝。这是我国第一次在白令海获得系列沉积物。"

这箱"泥巴"自上到下的颜色也不一样，逐渐从浅黄色变成浅灰色。"上层沉积物因含水量较高，且年代较近，颜色呈现为浅黄色；下层沉积物含水量较低，年代又较远，所以颜色为浅灰色。"程振波解释说。

"这是蛇尾。"生物学家郑凤武用小镊子夹着刚从"泥巴"里寻找出的一根细细的、看上去比蚯蚓还要小的生物说。"这可能是海胆。"

他夹起了另一个有点像一节萎缩的小茄子那样发黑的东西，一起放进一个装了水的器皿里。

几位科学家拿着塑料袋也过来取样，他们先用小铲子把上层的泥巴分别装入袋子里，再把下层的沉积物装入另外的几个塑料袋子。塑料袋上都有编号，然后放入冷库。程振波把今天的收获在采样记录上一一作了登记。

在取样调查中，我国首次北极科学考察的收获颇丰。在白令海已取到 8 个表层沉积物样品，柱状沉积物有 5 根，其中最长的达到 5.19 米，直径 6.8 厘米，取自水深 3780 米的海底。这是中国第一次在白令海取得这么长的深海样品，它将能为中国科学家推演白令海 10 万年前的古环境、古气候信息，提供关键的科学依据。

"从这些'海泥'中，何以见到古时候的海洋？"听着科学家的一番解释，李文祺提出了问题。

如果在白令海的最后作业顺利，"雪龙"号将重新驶往楚科奇海考察。预计航行时间约 50 个小时。据解思梅教授的冰情预报，船只最北可达北纬 73°。

此次北极之行，有一个考察课题是"楚科奇海与白令海沉积物中晚更新世以来古海洋学记录"。简单地说，就是要搞清一万年以来的海洋情况，包括古温度、古盐度、古海流、古降水量等等。方法就是"挖泥"，这些"泥"的学名叫"沉积物"，它的颜色发绿，手感与小孩儿玩的胶泥差不多。这些深海沉积物将随大家一起回国，再作各种各样的分析，学科涉及沉积学、地球化学、微体古生物学、矿物学和古地磁学等。海水是流动的，了解今天的海流已属不易，更何况一万年以前的呢？但海洋地质学家能用粒度分析法来解困，破解沉积的动力过程，即古海流的流动过程。这是因为，在海流的强弱与沉积物颗粒的大小之间，存在着某种对应关系，只要知道了沉积物颗粒的大小，就可以了解相应年代海流的强弱。确定沉积物颗粒大小的方法有筛析法和激光光谱照射法。通过分析，就能确定沉积物的来源地，一万年以前的海洋情况就可以了解了。

冰海采样

茫茫白令海，公海海域 6 万平方千米。这海常年受著名的阿留申低压控制，成为地球上为数不多的大气低压区之一，一年四季风风雨雨。大风，不仅是白令海的常客，也是白令海的特色。春秋冬三季，白令海强大的涡旋风场，让人望而却步。然而，在今年的夏季，它以少有的平静，迎来了中国第一次派出的 124 名"白令"来客……

放网、收网，不分昼夜

白令海，是一个奇妙的海，它给人类留下了许多未知的东西。上层的海潮可影响北半球的气候，而深层水的上升，使太平洋、印度洋、大西洋的深层海水汇聚白令海。它们为什么要流到白令海呢？海水上升时所携带的营养盐，如何被生物劫掠一空，然后又被驱赶出白令海，加入大洋水的循环呢？那些吞食营养盐的浮游植物，被浮游动物吃掉，浮游动物又被鱼类吃掉，白令海的鱼有多少？中国首次北极考察队调查考察白令海，就是要了解白令海、北冰洋与北太平洋水团交换对北太平洋环流的变异影响及邻近海域生态系统与生物资源对我国渔业的影响。

7 月 8 日到 17 日，白令海被一股强大的气旋占领，狂风大作，巨浪翻滚。幸运的是，当中国首次北极考察队在北冰洋冰区受阻，返回白令海时，气旋已减弱，并向东移去。

白令海的调查考察，共设计了 42 个站位。第一断面从北纬61°～56°，由北向南展开，总长度达 560 千米。第二断面沿北纬56°，从东半球向西半球展开，中间跨过 180°的东西两个经区的海域。

"雪龙"号于 7 月 19 日晚 10 时进入了第一个站位。大洋班的科学家们在首席科学家助理秦为稼、赵进平、陈波、赵俊琳的具体指挥下，调查作业不分白天黑夜，也不管吃饭睡觉，一干就是四五个小时。从第2 个站位到第 8 个站位，是分布最密的考察断面，航程 200 千米，差不多 2 个小时完成一个站。他们站着干，干完睡。到站了，揉一揉眼又走上岗位。

北京时间 7 月 28 日下午 1 时，"雪龙"号驶抵北纬 57°59′，东经 178°55′，来到白令海 42 个调查站位中唯一的"连续站"作业。

所谓"连续站"，就是连续 27 个小时在一个站位上，不间断地采集从大海的表层到海底的深深浅浅水层中的浮游生物、水底沉积物、底泥以及海水的样品，以反映出一个站位样品的系统性和整体性。这是一个时间最长，最劳累、最辛苦的站位。

大洋班的 25 名科学家，分成三组在船的左舷、右舷和后甲板上同时展开工作。

在左舷，厦门大学的副研究员陈敏博士、中国科学院青岛海洋研究所李超伦硕士和王伟强副研究员进行浮游生物垂直分层拖网作业。

在右舷，国家海洋局北海分局的吉国工程师和中国极地研究所的罗宇忠工程师正在施放梅花采水器。他们每施放一次，采水 11 瓶，重复 7次，然后再作一次全深度的采样观测。他们已有 20 个小时没有合眼了。

在后甲板，国家海洋局第二海洋研究所的高级工程师陈荣华等 5 人，在"重力活塞取样"上配置了 300 千克的重物，让取样管从海面一下子就能扎到 3800 米的海……

"连续站"原定计划作业的时间被突破，25 名科学家连奋战了 32

个小时才圆满完成任务。

采样的人

白令海的考察无声地落下了帷幕。一切看上去是那样自然，是那样平淡无奇。"雪龙"号全速前进，第二次向北极圈驶去。航行在白令海峡，沉沉的夜色笼罩着淡雾，疲倦的考察队员很快进入梦乡。宁静的海收起了波浪，向他们深深地致敬。然而，难以平静的是队员们的心，难以平静的是队员们的梦。白令海的鏖战是平静背后的激烈、平淡背后的艰巨。平凡的考察背后，有许多不平凡的故事，闪现着许多高尚的情操。这里，记录下这些平凡的人和事，让人们了解谦虚的考察队员们不愿张扬的事。

物理考察的五位队员是矫玉田、罗宇忠、吉国、高郭平和赵进平。他们都有丰富的海洋考察经验，是配合最默契的组合。考察前，他们只开过一次会，后面的考察就都在紧张与平静中进行。物理考察项目覆盖全部调查站位，要达到最大水深，每个站位要工作 2.5 小时。每个站位的采样重复又重复，非常枯燥乏味。物理实验室还是大洋班的数据中心，还要为其他班提供水样、站位、水深、表层海温等数据。伴随着隆隆机声，所有站位都在他们严谨的作业中一个个完成。当从纸上划掉最后一个站位时，他们没有激动、没有欣喜若狂，因为白令海考察只是中国首次北极考察队中的一部分，更多、更艰难的工作还在后头。

从事地质考察的程振波、高爱国、陈荣华、李秀珠，李亮，在海洋考察中都已身经百战。他们的组合是名副其实的铁军。后甲板条件艰苦，凛冽的寒风吹拂着他们刚毅的面庞，只要有考察任务，五个人总是并肩站在一起，顽强地进行着一次次的作业。考察装备笨重，后甲板绞车交错、钢缆纵横，加之绞车计数器失效，这些都没有影响他们的勇气和坚强。每次从深深的海底取回宝贵的样品时，他们的脸上才洋溢出兴奋的笑容。经过他们忘我的劳动，这次考察，他们取到了我国在白令海的第一批沉积物样品包括 5.19 米的柱状样，超额完成了任务。

　　国家海洋局第三海洋研究所的林景宏，不是弱不禁风的"林妹妹"，而是和男队员一样能干，在左舷经常能看到她的身影。只是在因时间紧张，她的一些项目安排不上的时候，她的眼中才会闪烁着泪花，才会表现出女性柔弱的一面。此刻，她笑了，因为她采到的样品已相当丰富。

　　来自厦门大学的两位博士陈敏、蔡平和，在校是师生，上船是队友，共同承担初级生产力和同位素化学的考察任务。他们到站取样，开船要立即分析，消耗着巨大的精力，睡眠时间少之又少，但他们从不提任何要求，从不表示困倦，从不宣扬自己的成绩，总是把风趣和快乐带给大家。每次一到站位，他们就精神抖擞地站到岗位上。那种坚毅和顽强，显示了我国科学考察队员无坚不摧的精神。看到他们日渐消瘦的面容，就会隐约感觉到他们作业的艰辛。如果你知道他们准备的双份样品瓶都快要用罄时，就会知道他们的收获有多大。

　　李伦硕士和张武昌博士来自中国科学院青岛海洋研究所，从他们永远挂在脸上的稚气和谦逊的微笑，看得出他们的年轻，一个 30 岁，一个 26 岁，而他们是考察浮游生物的重要战将。在大部分测站活动中，他们只有 1.5 小时的垂直拖网作业时间，开船后就要分析样品做培养实验。当别人都抓紧时间睡觉的时候，他们还忙碌在瓶瓶罐罐之间和显微镜下，只有大海才知道两位年轻人付出了多少。他们的观测早已大大超过计划工作量，可以说是硕果累累了，但样品对他们来说仍是多多益善。

　　大洋考察班班长矫玉田来自国家海洋局第一海洋研究所，是去南极次数最多的人之一。他的能干在全船闻名。班长是个芝麻官，但在考察中却是重任在肩。25 个队员，3 个甲板区，让他操尽了心。他不知疲倦地工作着，与船上、队上联系配合，处理班里各种问题，自己还要值班，这副担子实在不轻。他在白令海作业期间睡眠时间极少，而且多是和衣而眠，到站了或有事了就一跃而起。他头脑里装着每个站位的作业项目、人员调度、安全保证，从不计较工作量。大家对这个班长有高度的认同感，每次开会时都认真地听他部署，然后一丝不苟地执行。大家都知道他的重要性，认为他是全班的"中锋"，组织全班的严密配合。

王伟强是大洋班年龄最大的考察队员，57岁，他的豪爽笑声堪称第一，他也自豪地以"老大"自居。当老大可不容易，老王从离开上海那天起，每天都在实验室度过。密集的考察使他根本没有足够的时间处理完样品去休息。他每天的睡眠时间极少，剩余时间全部在实验室。开始时不修边幅，后来是蓬头垢面，再后来连睁开眼睛的力量都没有了，但他还是在工作、工作，因为没有人能替代他。有几次他大叫"人困马乏了"，随后又去工作了。白令海作业终于完了，大家庆幸这个老黄牛没有被累倒，也庆贺取得了那么丰硕的二氧化碳数据。

国家海洋局第二海洋研究所的卢勇、金明明和国家海洋局环境监测中心的姚子伟是话最少的人，每天按部就班地采样，然后四台仪器开足马力分析，再把数据输入计算机，姚子伟还要参加物理班值班。没有人督促、没有人替换、没有人鼓励，一切尽在不言中。正是这种平静、平淡，大量数据伴随着平凡源源涌出。

郑凤武、施纯坦两位队员负责底栖生物考察，他们与地质考察队员一道工作，从底泥中找宝贝，在冰水里筛洗样品，晕船吐过之后继续工作。他们已习惯了这种艰苦的工作，我们很难在他们身上找出新闻热点，但当我们看到琳琅满目的底栖生物样品时，就会对他们的敬业精神产生由衷的敬意。在白令海考察，最缺乏的是睡眠，而最没人提起的也是睡眠；最需要的是吃饭，而经常错过的也是吃饭；最难受的是疲劳，而最容易忘掉的也是疲劳。我们深深感到，大洋班里无弱兵，这些来自10个单位的队员形成了一种良好的风气，代表了祖国海洋科技界的蓬勃向上，青年一代的奋发图强。当"雪龙"号再一次驶向北方时，我们向熟睡的大洋班队员致以深深的敬意。

白令海，我们将永远记住这难忘的海区、难忘的队员、难忘的考察。

白令海，我们还要再来，我们还会再来！

北进　北进

二进北极圈　全速北上

当地时间 7 月 31 日晚 11 时（北京时间 8 月 1 日下午 6 时），科学家们在"雪龙"号左舷甲板上，收回了最后一个垂直浮游生物拖网。至此，中国首次北极科学考察队在白令海的调查考察和拖网捕鱼任务全部完成。"雪龙"号向左调转 90° 航向，全速北上。中国首次北极科学考察队开始二进北极圈，进行第三阶段的冰海作业和冰盖考察。

在近半个月的时间内，中国首次北极科学考察队创造了中国极地考察史上的四个第一：

第一次在横跨东西经两个经度范围的海区内进行 42 个站位调查；

第一次在白令海中对一条最长、观测内容最完善的断面进行了调查，从水深 120 米的大陆架开始，经几百米深的大陆坡，再到 3800 米的深海盆，取得了一大批珍贵的样品；

第一次从 3800 米的深海取到了 5 根深海沉积物柱状样品（分别为5.19 米、2.53 米、3.95 米、1.91 米和 5.15 米）；

第一次进行了连续 32 小时的"连续站"作业。

中国首次北极科学考察队在白令海的调查考察采取了南北夹击的战略，即在白令海南北分别布下两个横断面测区，在北冰洋和北太平洋的水团交换路径上进行调查作业。在战术上采用分兵合击，即分别在"雪龙"号的左舷、右舷、后甲板和顶甲板进行海洋物理、化学、生物、地质、大气的整体综合观测采样。由于采用了当今海洋和大气调查的先进仪器与设备，获得了大批宝贵的海洋数据，为海洋物理学、海洋生物学、海洋化学、海洋地质学和大气学的深入研究奠定了基础，这也是我国有史以来对白令海进行的最高水平的研究。

告别白令海到北冰洋，需航行 50 小时左右。"雪龙"号于 8 月 3 日重返北冰洋浮冰区，进行为期 7 天的浮冰观测、冰雪采样和选择适当的站位进行观测。

新闻发布会在半夜举行

对白令海的调查考察，原定的时间表是在当地时间 8 月 2 日下午 6 时结束，但在科学家们的努力下，整个考察提前了 7 小时完成。

当地时间 7 月 31 日深夜 11 时（北京时间 8 月 1 日下午 6 时），当"雪龙"号向左调转 90° 航向，向北冰洋驶去时，考察队的新闻发布会也开始了。

"我告诉大家，白令海考察任务胜利完成！"这是首席科学家助理秦为稼与记者见面说的第一句话。

"我总算可以松口气了！"秦为稼说。启航前，他既要编制"科学考察实施计划"，还要参加全国有关科学考察的协调会。启航后，他要协调各路科研人员的"磨合"，调试仪器设备。稍有空闲，还得被记者围住问这问那，整天有忙不完的事。现在，一连串的数据，使他一直紧锁的眉头舒展了。新闻发布会前后不过 10 分钟，公布了一批极有科学价值的数据。

物理海洋学：完成了 42 个温盐深站的作业，进行了 30 个最大深度达 3750 米深水站的作业，采水成功率达 99%。采集记录的剖面数据达 300 兆；完成了 1600 组走航表层温度和红外测温的连续观测数据。这为研究白令海陆架水团、结构和形成机制提供了可靠的数据。

化学海洋学和生物地球化学：获得了碳循环分析样品548个、大气采样66个，测定溶解氧、二氧化碳和营养盐数据1818个，取得重金属水样16个，测定叶绿素和初级生产力数据495个，总石油烃等有机物样品90个。它为了解白令海的生物、地球化学特征，研究其对全球气候变化的贡献和对我国气候的影响，研究白令海有机地球化学的背景和人为污染程度及影响提供了基础数据。

海洋生物学、渔业资源：进行了浮游动物、生物垂直拖网234次，取得微型浮游动物样品44个，浮游生物量样品19个，为研究白令海浮游生物关键种和种群动态及其海洋生态系统提供了宝贵的现场资料。

海洋地质、底栖生物：获取了13个站位的表层样，计13斗，获取了6个站位的柱状样品，最大长度为519厘米。还有4个站位的地质样品，为探讨研究白令海沉积物的物质来源、沉积速率、地层结构以及古气候环境提供了实物。

闯冰海

在俄罗斯、加拿大和美国等多国科学家协助下，"雪龙"号在坚冰重重的北冰洋中正一步步安全闯入冰海，中国首次北极科学考察队也顺利展开了作业，这体现了北极科学考察国际合作的突出特点。

考察队专门请了俄罗斯导航员，用他的观察和经验为"雪龙"号指引前进的方向。在一眼望不到边的大片冰区，船上的直升机就会出动，扩大了可见范围。船上虽有一套卫星云图的接收系统，可以接收美国一颗光学卫星的信号，获得冰区冰水的分界线信息。但北极的夏季晴天极少，多雾多云是它的基本特征。在这种情况下，能见度有时还不到100米，直升机也无济于事，那颗光学卫星也会失去作用。因为光学卫星如同人的眼睛一样，只是"站得高、望得远"，分辨率不高，有云雾遮挡时，就会束手无策。

"雪龙"号还配备有一套雷达卫星导航设备。雷达卫星是加拿大于20世纪90年代发射的一颗先进的干涉孔径卫星，这颗雷达卫星的最高分辨率可达8米，连汪洋中的一条渔船都能清楚显现。而且，它如同用手触摸海冰一样，不仅可以判断海冰的面积和分布特征，还可获得海冰粗糙度、湿润度等信息，从而就能判断海冰的厚度、密集度、冰龄、是否正在融化等。更重要的是，这颗雷达卫星不受云雾等情况的限制。

雷达卫星数据由美国阿拉斯加的国际北极研究中心实时接收，通过电子手段传送到位于渥太华的加拿大海冰监测中心，中心对图像进行分析，再得出海冰分布图，通过国际互联网发送到"雪龙"号上。两天前，中国首次北极科学考察队就是根据发送来的海冰图找到了一块适合作业的大浮冰。

对中国首次北极科学考察，加拿大方面也给予了极大的方便。应中国北极考察队的请求，加拿大的雷达卫星还将提供下一步联合冰站所在区域的高分辨率图像。这不仅能为考察队找到理想作业点提供重要参考，还是研究北冰洋的海冰气相互作用的卫星同步资料，意义重大。

美子的生日

"雪龙"号穿雾劈浪，昂首北进。中国首次北极科学考察队又回到了北冰洋。这一次，考察队员们已不像第一次那样惊喜和激动，更多的是冷静。北极，未知的东西实在是太多了。

如果有一点惊喜的话，那是在晚餐时分，考察队为队友东久美子过生日。餐桌上，没有特别的菜肴，仅仅多了"雪龙"号特制的一枚印有她彩照的"中国首次北极科学考察队纪念封"和一只特制的蛋糕。俄罗斯的贝索诺夫、韩国的江成浩与宋太成、我国台湾地区科学家张瑞刚和香港记者李乐诗，科学家们相聚在一起，为美子的生日祝酒，也为中国首次北极科学考察队二进北极圈祝酒。考察队首席科学家陈立奇和考察队员一一向她敬酒、祝贺，使她热泪盈眶。一曲《祝您生日快乐》，整个餐厅顿时生辉。美子十分激动，她切开蛋糕，一一分给队友。这一幕成了考察队二进北极圈的序曲。

东久美子，今年40岁，是日本国立极地研究所的副教授，一个典型的日本女人。她剪着齐耳短发，鼻梁上架着一副金丝眼镜，显得十分秀气，说话总是彬彬有礼，且常常掩口而笑。她与丈夫都从事着极地冰川化学的研究。他们共同迷恋着白色世界。由于没有孩子，他们专注事业，常常天各一方。最远的一次，丈夫在南极的日本考察站越冬，她则在北极考察。一南一北，地球两极，轴心相连，心心相印。

自1991年以来，这位日本女科学家已从格陵兰、加拿大等地七赴北极。此次与中国同行同船前往北极，还是第一次。她此行与中国的科学家们共同对北极海冰进行研究，上冰盖采集积雪和冰芯。回日本后，她将对北极冰雪的硫酸盐和硝酸盐进行分析。她说："这两种物质相对稳定，便于观测北极环境和冰区气候的变化。"她以前做过北极冰芯的研究，分析出北极的污染主要来源于西欧国家的工业污染，这次她要作进一步的论证。她佩服中国科学家，认为中国的同行工作效率高。

东久美子为何喜爱冰雪？她说她自己也"不知道"，可能与她出生在日本的北海道有关。她说，冬季的北海道，有很多很厚的雪。小时候，她与中国北方的孩子一样，喜欢堆雪人、溜冰、打雪仗。工作后，她与冰雪打交道，到野外作业，与男性为伍，不怕吃苦、应对寒冷和艰苦的挑战，她的秘诀是"要有男人的头脑"和"男人的气魄"。她的业余爱好是"滑雪、看书和吃"。"吃"，她不挑剔。与中国考察队员相处一个月来，吃的是中国饭菜，餐餐津津有味。风大浪高，中国的队员晕船了，饭不吃了，她却不然，照吃。她穿的服装，全是中国考察队发的统一款式。

北冰洋，我们又来了

8月3日，中国北极科学考察队第一次放艇，实施冰边缘多学科综合观测。

下午2时许，长约25米、宽约6米、载重可达25吨的"长城"号小艇从"雪龙"号上徐徐放至海面，8位科学家已是"全副武装"，等候上艇。此时，甲板上人头攒动。这是我国在极地科学考察中首次利用小艇进行冰边缘的多学科综合观测，也是中国首次北极科学考察队第一次进行海－冰－气综合试验。

当小艇驶离"雪龙"号1.35海里，到达北纬71°49′，西经168°52′时，科学家们选定了一个周围有四五成冰的站位，开始第一次海－冰－气联合作业。甲板上，中国科学院大气物理研究所曲绍厚研究员和中国气象科学研究院逯昌贵拿出小绞车，给橘红色飞艇充上了氢气。飞艇带着传感器升上450米的高空，传感器所过之处，温度、压力等数据源源不断地被驾驶室内的计算机自动记录下来。

女科学家解思梅和薛振和、姜德忠动手在"雪龙"号船外架设便携式辐射仪，测量太阳辐射和海水反射的量，这是我国首次在极地考察船上使用这一测量手段，它可以研究海冰对太阳辐射的屏障作用。姜德忠和薛振和还不时对从船边"擦身而过"的浮冰进行测量。

在艇艉，赵进平和矫玉田则在进行海洋观测，用手摇小绞车施放专门用于测量海水温度、盐度和深度的 CTD 仪。"海底水深大约有 50 米，上层水温度和盐度都较低，这表明大气在向海洋输送热量，正进一步加速海冰的融化。"做完第一个测站后，赵进平说。

采用小艇进行海洋、大气和海冰的立体式观测研究，是科学家揭示海冰和海洋、大气交换过程的关键区，这种交换过程影响着海冰的分布和海洋的运动，同时影响着包括我国在内的全球气候变化。然而，在极地考察中，水域和大片固定冰上的研究还比较容易做，最困难的是在浮冰区进行观测，这恰恰是北极研究中的难点和热点。

"看，那是什么？"突然，有人大喊了一声。

"是海豹。"

"不是，是海象，有两根象牙。"

在小艇正前方一块较大的白色浮冰边上，三只黑乎乎的东西显得格外醒目，头部还在不时地活动，不是海象是什么。两大一小，三只海象好像是"一家三口"。小艇逐渐向它们靠近，海象似乎发觉了我们，身子一动，就溜了下去。没过多久，这种不得不呼吸一下新鲜空气的哺乳动物又从冰的另一个地方探出头来，玩起了"捉迷藏"。之后，考察队员们又见到了更多的海象，看来这一片冰边缘带是海象们的"世袭领地"。

冰上的第一个脚印

蓝天，白云；蓝海，白冰。

"雪龙"号进入北冰洋后，中国首次北极科学考察队遇上了第一个晴天。气温 0.3℃，风速每秒 6.8 米。

在对北冰洋进行海－冰－气综合立体考察的联合行动之前，为了给冰上作业的考察队员找到一个合适的冰站，给驾艇考察的队员寻找一条最佳的航海线路，直升飞机承担了侦察任务。

两架姐妹机中的姐姐"直九"号起飞，它重量 4 吨，可载员 8 人，能续航 3.5 小时，飞行 860 千米。中午 12 时 25 分，"直九"号升空"活络筋骨"，7 分钟后安全降落在平台上，完成了北极上空的第一个起落。

12 点 40 分，考察队长、首席科学家陈立奇，船长袁绍宏，首席科学家助理秦为稼，考察队员、中国极地研究所的高级工程师孙波博士等 8 人登上"直九"号。"直九"号再次升空，飞向西北，在 500 米的空中往下探视，海面上尽是密密麻麻的小浮冰。飞行 10 分钟后，还是看不到固定的冰边缘。直升机折向东飞行，海面上仍然是较小的浮冰，且呈带状分布。再向北飞，在八九成浮冰的冰区，发现冰盘不均，找不到一块可以降落停机的落脚冰。此时，雾起，雨夹着雪向飞机袭来。

　　"直九"号穿雾破雨，冲出雨雾区，飞至北纬 74° 6′ 11″，西经 165° 10′ 6″ 的东北方向，才发现有一块直径 200 米、约 3 万平方米的浮冰。它像一个足球场，比较平坦，冰面上有融冰形成的池塘。这块浮冰距"雪龙"号约 20 海里。

　　"就在此下降。"队长一声令下，驾驶员慢慢降低高度，平稳地降落在浮冰上。打开机舱门，孙波第一个走下飞机，在冰雪上踩下了第一个中国科学考察队员的脚印。随后，秦为稼、陈立奇等走下了飞机。

　　这第一个脚印。标志着中国政府派出的考察队员真正踏上了北极的冰土，也标志着中国人的"北极梦"实现了！时间是当地时间 1999 年 8 月 4 日 14 时 20 分（北京时间 1999 年 8 月 5 日上午 9 时 20 分）。

　　我们中国人为了圆北极梦，已进行了几十年的追求。而今，代表中华民族的第一支科学考察队驾驶着万吨级的破冰船，浩浩荡荡地来了。

　　当地时间 8 月 4 日 14 时 30 分，"直九"号侦察完毕后回船，选定距离"雪龙"号 20 海里的那块巨冰作为北冰洋海－冰－气的综合观测站。17 时 30 分，卞林根，曲绍厚等 10 位科学家和安全保障人员带着仪器设备、帐篷和防备北极熊袭击的自卫武器登上"直九"号，飞赴巨冰。在那里作连续 32 小时的观测。"直九"号飞了三个起落，19 时 43 分返航。

　　在综合观测站的 10 位科学家将在浮冰区度过第一个夜晚……

> 踏上北极的第一个脚印

第十三章　北进 北进

联合行动

浮冰上的联合行动

蓝天白云间，飞机穿梭；碧海白冰间，小艇航行。在选定的那块巨冰上，对北冰洋海冰气进行立体综合观测和绝对重力值测定的 10 位科学家和安全保障人员正各就各位，各司其职。这是中国首次北极科学考察队的第一次联合行动。

巨冰面上，那顶深蓝色的小帐篷成了白色世界中一个显眼的标志。在 8 平方米的帐篷内，测定绝对重力值的仪器和计算机一应俱全。帐篷外，数根黑色的电缆横卧在冰面上，一头连着发电机，一头接进竖着天线的帐篷。当地时间 8 月 5 日凌晨 2 时 32 分，考察队副队长、武汉测绘科技大学的鄂栋臣教授与先期被直升飞机送到冰上的张瑞刚教授汇合，他俩紧密配合，一个在帐篷内，一个在帐篷外，开始了对北冰洋上绝对重力值的测定。是中国人在北极的第一次重力值测定，也是世界上首次应用绝对重力仪在北冰洋的冰面上进行的绝对重力值测定！李文祺有幸看到了这次测定的全过程。

绝对重力值是地球某一地区的地心引力值。通过它可以计算地球形状的变化、海平面的变化和地壳变化运动的规律，广泛应用于航空航天、物理探矿、工业测量等众多领域。重力与民生息息相关，例如，在制造温度计、压力计、体重计等时，都需要标准重力值来标定仪器的正确性。

以往的绝对重力仪都不能在野外进行测量，而此次所使用的设备完全克服了温度及环境的限制，能直接在野外进行测量。此次，在北极进行绝对重力值测量的目的有五个：

1. 了解极地的重力场；

2. 计算极地的平均海平面（或称大地水准面）；

3. 提供相关资料给海冰班参考；

4. 印证重力标准公式；

5. 其他科学应用论证。

世界上唯一一台用于野外测量的便携式绝对重力仪刚在美国研制成功，就被中国首次北极科学考察队队员张瑞刚教授带上了"雪龙"号。近年来，武汉测绘科技大学的鄂栋臣教授一直与张教授合作进行重力值的研究，在这次北极考察中，他们又是合作伙伴。此时，他们配合得十分默契，一个在帐篷外，一个在帐篷内，期盼着测定数据的诞生。

时间一分分地过去。北京时间 1999 年 8 月 6 日凌晨 4 时 14 分，这是一个令世人永远不会忘却的时刻，979 622 839.3 微伽这个数据，是世界上第一次在北冰洋上测定的第一个绝对重力值，终于由中国科学家在北冰洋的冰盖上测得了。60 岁的鄂栋臣教授激动地说："这是我与张瑞刚教授多年来的心愿，今天实现了。我们为民族，为中国，为世界做出了应有的贡献，我们心里高兴！"

此时此刻，大气班的橘红色飞艇充氦气后，已升至 200～300 米的空中。一根细细的白线连接着冰面上的仪器。曲绍厚教授和他的同伴、首席科学家助理卞林根等正在实时探测北冰洋上空的风速、温度、湿度和气压。它们已施放了8次"软式气象塔"，要把高空、中空、低空和海平面的气象数据拿到手，以获得大气边界层中物质和能量的交换数据，因为只有研究了北冰洋上海气通量的交换和大气结构，才能了解北冰洋的气候对全球气候变化的影响。

海冰班的孙波等4位考察队员为了取到冰芯，在10个小时内，连续打了两个孔，才取得了两根冰芯（一根3.7米，一根4米）。因为这里的冰松软似土，取芯机使不上劲，还不时被冰雪阻塞。经观测冰的生长、发育过程，得知这个巨大的冰盘竟是一年冰，厚度为4米，冰的温度是两头热中间冷。原因是正值融冰期的北极冰，大气给冰输送热量和太阳给冰辐射热量，使表层冰的温度高；底层冰接触海水，水温升高，传给了低层冰。夹在中间的冰温度就低。冰的颜色以白色为主，蓝冰的成分很少。"初步观察，到手的海冰中有许多信息，还有很多反射层。至于这些反射层是什么，这要把冰芯拿回去后，作进一步的研究才能得知。"孙波解释着。

当地时间8月5日19时10分，中国首次北极科学考察的第一次联合行动顺利结束。人员、仪器设备、帐篷等由直升飞机接回"雪龙"号船。

北冰洋的冰到了融冰期

到达北纬 70° 以后，北冰洋上的浮冰已不像我们第一次进来时那样密集了。蓝色的海面，虽然还有一片片的浮冰，但空间扩大了。那些体积不同、形状各异的海冰正在融解过程中，有的像莲叶，有的像孔雀开屏；有的平坦如镜，有的坑坑洼洼，恰似蓝天上飘着的朵朵白云。

"雪龙"号首闯北极冰区，在这一带受阻，海冰十分密集，可见到巨大的冰盘和大量冰脊、冰丘。在北纬 70° 36′，西经 174° 58′，闯入固定冰区，冰架内的冰丘高达 5 米以上，平整的固定冰最大厚度达 2.2 米。现在，第二次进入冰区。在这个纬度上，巨大的冰盘不见了，大量的冰脊和冰丘也不见了。时间，前后只不过 20 天，真有点儿"时过境迁"的感觉。

李文祺很难想象出北冰洋海冰的融化有何奥秘。首席科学家助理赵进平对李文祺的满腹疑团，大约已觉察出来。他指着舱外的北冰洋，热忱地给他说了起来。

极地海冰的融冰过程是极其复杂的。

冬季，北方大地一般都被冰封雪覆着。如果四五月来到北极的冰面，其情景与北方冬季十分相似。无边无际的海冰像坚实的大地，厚厚的积雪可达 1 米多，形成了一个平整的冰原，还有一排排高达 6 米的冰脊。每当大风卷挟着漫天雪粒，会让人想起北国风光的绮丽和严酷。

8月是北冰洋的盛夏季节，处于海冰的消融期，无边无际的冰原已不复存在，有的仅是大大小小的浮冰群落。松散的冰块飘忽不定，冬季白白的积雪层好像从未存在，很难与冬季海冰的巨大与威严联系在一起，也很难找到那种想象中的北冰洋的感觉。海水正在分割海冰。此时，会产生一种感觉，这是北冰洋吗？

8月，太阳直接照射到雪面，表层雪融化，融化后的雪水迅速渗透到下面的雪层。如果雪不太厚，这个过程将继续下去，雪层将全面融化。如果雪层很厚，雪面接受的太阳能不足以融化全部雪层，剩余的雪就成为原来的雪层与渗透下来的融雪冰结的产物，形成一种新的冰。这种冰比冰要软，比雪要硬。因此，就很难找到原来意义上的雪了。正是这种表面雪融解现象为上一个冬天的风尘雨雪做上了一个标志，如果这块海冰没有融化，将会在下一个冬天成为多年冰。在钻得的冰芯中，这种标志将用来区分每一个夏天。

由于海冰表面的雪层高低不平，融化的雪水无法向下渗透时将流向低处，形成许多大大小小的水坑或水池。冰面或雪面对太阳辐射有强烈的反射能力，这也是两极寒冷的原因之一。水坑中的水具有一切水的特点，它们强烈吸收太阳辐射能力，吸收率为90%左右，因而水坑中的水在夏天很少冻结。水坑不冻结，它的温度高于冰雪，导致水坑下的雪全部融化，海冰也不断受到侵蚀。

然而，上表面的这两个融冰过程都不是海冰融化的主要过程，上表面只不过融化了一些雪和薄薄的一层冰。融化的水如果流入海中，也不过减少了海冰的厚度；如果形成水坑，在下一个冬天将重新冰结，冰厚也没有真正减少。

大规模的融冰过程来自海冰的下表面。下表面的融冰过程与海冰的物理性质有关。海冰可以透射部分太阳辐射能，使到达冰下的海水为其增温。海冰又有另一种功能，就是阻碍海水新获得的能量以长波辐射的形式重新传出冰面，使得冰下海水的能量持续增加。因此，海冰如同冬季窗上的玻璃，产生温室效应。当夏天太阳重新出现在北冰洋时，海冰的增厚过程终结了。此时，海水会用其获得的全部太阳能向海冰进攻。海冰融化加入海水的行列，降低了海水的盐度，也降低了海水的温度，形成融冰季节冰下海水的低温低盐特性。由于海冰存在有大量缝隙，为海水渗入海冰内部提供了机会，其内部不断地被融解，形成海冰下部相当厚度的冰层疏松。正是这种机制，使海冰厚度迅速降低。

在北冰洋的大部分海区，海冰还是顽强地阻滞了海水的渗入，但海冰内部仍会分裂。海冰分裂后形成的小冰块不仅受到上下表面的融解作用，而且在冰的四周也受到海水的加热。事实上，冰块越小，单位体积海冰受到的侧面加热越大，因而越容易融化。海冰的破裂主要有两个原因。其一，冬天结束后海冰逐渐升温，冰的体积不断膨胀。冰膨胀时内应力增大，在运动过程中会因受力不均衡而发生爆裂。海水渗入断裂的冰，会逐渐加大冰的裂隙，使海冰逐渐萎缩。另一个原因是，在冬季冰运动过程中，海冰也不断发生开裂，有时开裂的冰可以再次冻结，形成较薄的冰层。夏季太阳照射后，裂隙容易再次开裂。因此，夏季的海冰易支离破碎。

海冰的融化还不仅仅是由于来自四面八方的热量影响，北冰洋的大风会造成海冰进一步的分裂与稀疏，冰边缘的海浪使海冰更容易被侵蚀，来自开阔海域的温暖海水加大冰下海水的热容量，来自深层的温暖中层水向冰的下表面输送热量。有些海区冰量较小，海冰无力抵御海水的进攻，会全部融化，有些海区，海冰可以保存下来，但厚度大大下降。

因此，夏季北冰洋是在全面融冰。如果太阳再多工作一段时间，北冰洋的海冰会全部融化。

踏上了北极冰盖

　　在即将撤离综合考察观测站的前夕，为了帮助在冰盘上作海－冰－气综合考察的 10 名科学家搬运仪器，李文祺到了综合考察观测站，获得了一点踏上北极冰盖的感觉。

　　这是一块大小为 1.5 平方千米的大冰盘。冰盘上有 5 条很大很深的裂缝，有的已可见海水，冰盘各部分虽然相连，但看得出，要不了多久，它们就要断裂、分离、融化。高低不平的冰面上有一层雪冰，晶莹剔透，粒粗如米。踩在上面，发出"扑哧！扑哧"的响声。去掉表层雪冰，取一把尝尝，淡而无味。

　　"味道怎么样？"李文祺问。"不错，清凉可口，口感比北京的自来水好。"同伴张岳庚笑着回答。"到这里不尝点北极冰怎么行！"向远处眺望，只见"雪龙"号与浮冰连接在一起。不落的太阳光，通过冰面的反射，船体发出亮亮的光点。"雪龙"号犹如镶嵌在冰天之间的一件瑰宝。

　　他俩越过一个个冰裂缝，向冰盘腹地的综合考察观测站走去。沿途，顺便尝了尝冰间湖中的水。"呀，咸得很！"

　　冰盘中央是进行海－冰－气综合考察的营地。深蓝色的小帐篷，覆盖着 8 平方米的冰面，成了白色世界中一个鲜明的标志。帐篷内，测定绝对重力值的仪器和计算机一应俱全。帐篷外，数根黑色的电缆横卧在冰上，一端连着 20 米外的手提发电机，一端接进竖着天线的帐篷。帐篷左侧，还有着数顶橘黄色的单人小帐篷。此时，充满氦气的红色飞艇正放飞在 200 ~ 300 米的空中，艇下端伸出一根细细的白线连接着冰盖上的仪器。

已是当地时间下午 7 时 10 分了，中国首次北极科学考察队在北冰洋冰盖上的联合综合考察任务圆满完成，人员、设备正在陆续撤回"雪龙"号。

站在地球的顶端，望着周围这无边无际的冰盖，看着飘扬在北极上空的五星红旗，李文祺从心底里泛起一阵从未有过的骄傲与自豪：我是一个中国人。

北冰洋上煮饺子

北冰洋的气候真是变幻莫测。凌晨，李文祺还在"雪龙"号的甲板观看"午夜不落的太阳"。睡觉时，太阳还是金灿灿的。想不到 5 个小时后起床，海面上已是大雾茫茫，浮冰点点，寒风夹着小雨。

气候恶劣，但放小艇到海上调查考察的计划不变。19 名考察队员下艇了，李文祺是其中之一。上午 10 时多，"雪龙"号三副朱兵驾驶着"长城"号小艇，在北冰洋加拿大海盆的浮冰中穿插而行，晶莹剔透的浮冰从艇边漂流而过。小艇上的总指挥是女科学家解思梅，她说："今天我们算是风雨同舟了。"

放艇到浮冰区考察的任务有四项：大泽调查；进行温度、盐度和深度的考察；施放探空气球，了解加拿大海盆上空 200 米的气象变化（即温度、湿度和气压）；进行太阳辐射的观测和环境海水采样。

不多时，小艇抵达北纬 72° 52′ 06″，西经 158° 19′ 09″的第一个观测点，立即开始作业。艇艉，首席科学家助理、国家海洋局第二海洋研究所副所长、博士生导师赵进平和工程师矫玉田用手摇车施放专门用于测量海水温度、盐度和深度的 CTD 仪；艇左舷，国家海洋局环境监测预报中心的助理研究员邹斌正在海平面 2 米的高度处安装辐射仪探头，用于探测太阳对海洋的辐射量和海洋接受太阳的辐射量。在大船上，因船高体大，探测的数据不准确，只有在接近海面的小艇上测到的数据才是真实的。"这就是要放小艇考察调查的真正目的。"解思梅说。

艇右舷，国家海洋局环境监测预报中心的高级工程师姜德忠、薛振和开始放飞刚充上氢气的探空气球。气球带着昂贵的探头升空，却被每秒8米的风吹得横在海面上，在离海面40米的高度上下翻滚，探头大幅度摆动。"不成功，回收再放。"在"雪龙"号上遥控指挥的中国科学院大气物理研究所研究员邹捍博士发出指令。气球回收后，充足氢气后再次施放，还是不能升空，仍在海面上空40米处左右翻动。由于天气的原因这次放飞探空气球没有成功。

完成第一个观测点的调查后，小艇继续在浮冰中穿插前进。小艇停在一块大浮冰处，北京师范大学的赵俊琳教授跳到冰上，采集了不同海深的水样。

小艇在北冰洋上穿行了近6个小时，调查考察了4个点，午餐是在小艇上吃的，却是一顿挺有意思且别有风味的午餐——北冰洋上煮饺子。在没有舱盖的露天艇甲板上，用电饭煲煮水饺，每次只能煮两袋，且是用冷水煮，煮一锅要30分钟左右。虽然每次每人只能吃上四五只，却是货真价实的上海产的"龙凤"牌三鲜水饺。吃吃煮煮，煮煮吃吃，这确实是真正的饮风露餐！

北冰洋上煮饺子，算是人生第一回。

小冰洞里的昆虫

　　北冰洋的雾，也是五彩缤纷，变幻莫测。前些天是灰的或白的或黑的，今天却是紫红的。这可能是极昼中不落的太阳强烈的紫外线辐射云层的缘故吧。在陆地上，是绝对看不到这一景色的。

　　雾散，天晴，光足。又遇上了一个好天气。"雪龙"号驾驶台屏幕上显示的气候特征是：风速每秒 8 米，气温 –1.7℃，湿度 99%，气压 1016.9 百帕。

　　"长城"号小艇在大副汪海浪的驾驶下，载着 26 名考察队员正沿着北冰洋加拿大海盆边缘浮冰区在寻找站位，进行海–冰–气的联合考察。这已是"长城号"小艇第三次出航去执行任务。

　　海上，静得出奇；海水，平得出奇。浮冰静静地卧在水中，形状千姿百态，有的似球、似笋、似塔；有的似鸳鸯戏水，似飘然下凡的仙子，似笑口常开的弥勒。大自然的魅力，使我们惊叹不已。托起浮冰的海水，又似一面巨大的镜子。从艇上往水中看，能清晰地看见自己的容貌。

　　每次坐小艇出航，总希望能在浮冰丛中发现一些动物，大的如北极熊、海豹、海象，小的如鸥鸟。前天在海上泡了 6 个小时，一无所获。如今的"运气"会好些吗？3 个小时过去了，"长城"号小艇来到一块有两三个篮球场大小的浮冰前，考察队员依次跳上浮冰，实施对冰间湖的考察。

在一个小小的冰间湖边，有一个手指般粗、深三四厘米的小冰洞，考察队员孙覆海在其中发现了一只带翅的小昆虫，说它像蜜蜂，但更像苍蝇。大家闻讯都围过去看个究竟。这个小生命孤单地在冰洞中生存着，它是怎么抵御寒冷的？又是怎么来到远离陆地的北冰洋的？一连串的问题，谁也说不清楚。北京师范大学的赵俊琳教授如获至宝，他将小昆虫小心翼翼地装到一个小塑料瓶里，又怕它被闷死，还特地开了一个透气孔。他说："在寒冷的北冰洋上发现活体昆虫，实在是个奇迹。在国内外介绍北冰洋的资料中，从未见到过有昆虫的记载。我要带回去制成标本，认真研究一下，兴许从它身上能揭示某种信息。"

小艇返航了。今天出航的收获甚丰，搞海洋物理的，在不同的站位、不同的海水深度中，施放了 10 次 CTD 仪；搞大气探测的，向 450 米高的空中，连续 3 次放飞系留式探空气艇；搞气象观测的，用反照率仪等仪器取得了低空温度、湿度和气压等一系列数据。

第十四章　联合行动

"午夜的太阳"

　　寒风刺骨，凛冽逼人。"雪龙"号经过 24 小时的连续航行，来到北纬 74°26′，西经 157°59′的加拿大海盆的又一个考察站。

　　从"雪龙"号的舷窗向外望去，眼前仍然是一片连绵逶迤的浮冰，且气候正发生着从未见过的戏剧性变化：先是大雾笼罩，雷电闪闪，伴随着沉闷的雷声；接着是万里晴空，阳光灿烂；转眼又是薄雾缭绕，雨声点点；紧接着是大风呼啸，波涛起伏。本来要放"长城"号小艇去浮冰区考察的决定，不得不临时撤消。然因风大，直到午夜还没有正式通知。于是，"全副武装"的李文祺来到"雪龙"号甲板上观赏起极地的午夜景色。

　　在欧洲与亚洲的大多数国家中，当繁星在苍穹中争相斗妍时，李文祺却有幸观赏到了"午夜的太阳"这一北极奇观。

　　午夜时分，哪来太阳？但眼前确确实实是一轮太阳。在加拿大海盆的洋面上，它正在点点下落，太阳降至最低点时，恰与李文祺的视线相接，当洋面和洁白的浮冰还未来得及与它一吻时，它又一点点跳离洋面和浮冰返回空中，这就是北极极昼中"午夜的太阳"。

　　尽管甲板上寒风凛冽，眼前，李文祺只觉得，它那柔润的玫瑰红色光芒四射，与蓝天、碧海、白云、白冰自然组合成了自然界灿烂夺目的景色，让人心旷神怡。在红色的衬映下，蓝天更清澈，碧波更深沉，白云更纯洁，白冰更美丽！"漂亮、漂亮、太漂亮了。""午夜的太阳"特有的魅力赢得了考察队员的赞美。

在风雪中

　　寒风凛冽，细雪纷飞，中国首次北极科学考察队终于到达北冰洋中心海域，在北纬 74°58′，西经 160°32′ 的一块浮冰上建立了"联合冰站"，标志着中国北极科学考察最后阶段的联合冰站综合观测研究的帷幕已经拉开。在这里，考察队将进行多项目、多学科（海冰、大气、海洋、海冰生物等）的联合考察。在直升飞机的配合下，从海、陆、空作全方位的行动。

　　北纬 74°58′，这是迄今为止"雪龙"号航行的最北纬度。

　　进入 8 月中旬以后，北冰洋的浮冰消融现象依然很严重，寻找一块合适的浮冰是考察队面临的最大难题。直升飞机飞了 3 个起落才找到一块面积约 1 平方千米的浮冰。然而，"雪龙"号根本无法靠近这块浮冰。10 时 42 分，天气逐渐转好、考察队员分批乘坐小艇前往距离"雪龙"号 0.54 海里处的浮冰。

　　洋面上泛起了半米左右的波浪，气温已经降到 -5℃。小艇迎风破浪，不一会就到了浮冰边缘，试了两次都没能靠上去，第三次才终于成功。

　　浮冰边缘看上去冰清玉洁，水面下的冰透着悠悠的蓝，融化的部分仿佛冰雕玉琢，像海底的珊瑚。涌动的海水敲击着浮冰，击起高高的白浪花。

11 时 20 分，队员们纷纷行动起来，从小艇往浮冰上装卸物资和设备。顿时，茫茫冰原上呈现出一番热闹景象。海冰组和测绘组分别支起一顶顶颜色不一的帐篷，格外显眼；发电机"隆隆"地响起，打破了浮冰上的宁静。

观测工作和搬运设备几乎同时进行。选准一个点，中国极地研究所的康建成和国家海洋局海洋环境预报中心的孟广林配合着打起了冰芯，孙波背着便携式冰雷达，怀抱便携式电脑开始实时测量浮冰厚度，一边走一边实时显示测量数据。"我们还将呈扇形向北、西北和东北方向飞行，采集样品，测量海冰。"康建成说。

中国科学院兰州冰川研究所的年轻女科学家孙俊英拎着一个样品箱向浮冰深处走去，她要采集冰表面上最近新下的雪，研究最新的环境变化情况；一个蓝色的冰间湖旁，海洋组的矫玉田和陈敏等人在一起施放测量海水温度、深度和盐度的仪器，他们的资料将同时为其他组的队员提供。

"我们距离北京 5566 千米。"鄂栋臣教授经过计算得出了这个数字。

在冰上待久了，尽管"全副武装"，穿得很厚实，仍然觉得寒气逼人。由于天气寒冷，本已充足电的摄像机没用多久，就出现了电力不足的信号，尼康照相机内的红色感光符号也由于电池原因突然消失。

不知何时起，雪花又飘舞起来，视野里的冰站和"雪龙"号逐渐变得朦胧，颇有诗的意境。12 时许，大部分科学考察队员返回"雪龙"号。冰站上，几位留守队员将度过寒冷的极地之夜。

不久，消息传来，冰雪组已经钻取了一根 4.85 米长的冰芯，采集了两个表层雪样，并测量了 60 米长的海冰厚度。无声无息之间，中国科学家正在北冰洋上镌刻下中华儿女的历史新篇章。

第十四章　联合行动

建冰站

下午 5 时，直升飞机准备起飞，去寻找一块能建立联合冰站的大浮冰。要在浮冰密集的北冰洋上寻找理想的浮冰，不但不是一件简单的事，而且也不是一件小事。因为最后阶段的多项目、多学科冰上临时联合观测站的选址如何，关系着考察队攻坚阶段任务能否圆满完成。

10 分钟后，直升飞机平稳地起飞了。机舱里，除了考察队首席科学家陈立奇及秦为稼、卞林根、解思梅三个助理以及船长袁绍宏和俄罗斯冰区导航专家贝索诺夫外，还有两位记者。

北极的天真是娃娃脸。起飞时天气晴朗，能见度很高。到了空中，却怎么也找不到阳光了。前后仅仅只有 5 分钟，机舱外已是阴云密布，浓雾缭绕，竟有一种隔世之感。透过机舱向下看，洁白的浮冰，湛蓝的海洋。这么多天过来，北极风光，虽然已是熟悉得不能再熟悉了，但从空中看去，仍然以她无比的壮美深深震撼着李文祺的视觉和感觉，让李文祺怀疑是不是步入了仙境。

在不知不觉中，飞机已飞临一个浮冰密集区的上空。直升机迅即降低高度，贴着海面低飞巡查。北极的夏季是融冰时节，在阳光和温暖海水的作用下，大部分浮冰已是支离破碎、溃不成军，仿佛不堪一击。但它的支撑力还是很大，直升机在浮冰上降落，与飞机降落在机场跑道上一样平稳，就好像一片树叶落在冰上一样。

直升飞机在不断盘旋着飞行，寻找着建立联合考察冰站的合适地点。20分钟后，直升机来到第二个浮冰区上空。这里，浮冰冰面比较完整，从上面看下去，犹如一片白色的平原。冰面上蓝色的水道纵横交叉、湖泊成群，仿佛是一个被白雪覆盖着的冬天的江南水乡。

直升机正在不断地降低高度，盘旋而下。就在飞机起落架刚触及冰面的瞬间，飞机又轻盈地升起，继续向远方飞去。显然，富有经验的飞行员在着地的瞬间，就判断出这块浮冰不能满足建立联合冰站的要求，所以一弹即起，动作干净、利落、潇洒、漂亮。

直升机终于在一块浮冰上降落了，发动机的震动通过冰面传递到融池中，掀起一圈圈的水波。螺旋桨刮起的风把冰上的散雪吹得长了腿似的，四散奔逃。飞行员下机检查，确认停得稳当后，才打开舱门，让大家下来。

科学家立即分头跑开去观察和检验浮冰的情况，判断其厚度、强度、面积以及交通等条件。因为飞机轰鸣的声音很大，只能用手势代替讲话。最后的结论是，基本上符合有关条件，但是冰层较薄，面积也不大，只能作为备选。他们立即登机，数秒钟后，飞机又一次轻盈地弹起，向更远处飞去。

又一块浮冰很快跃入了他们的眼帘。这是一块多年冰，贝索诺夫估计厚度在6米左右。冰面上起伏不平，无论从哪个角度看，都像是连绵逶迤的冰雪丘陵。卞林根说这块浮冰下垫面比较典型，面积也大，比第一块浮冰更加符合作业的条件。然而，这块浮冰冰面起伏偏大，不利于人员和仪器的运输。另外，有的观测项目，要求冰面相对平整……最后，大家的结论是，如果再没有合适的冰，脚下的这块大浮冰就将是联合冰站的选址。

于是，直升机绕道向"雪龙"号方向飞去，期望能在归途中有令人欣喜的发现。飞了没多久，一个比较光亮的目标进入视野。直升机调整航向，向那个方向飞去。近了！近了！果然，这应该是最理想的选址。

第十四章　联合行动

直升机立即下降，准备在那块浮冰上降落。

当直升机刚停稳，科学家第三次走出机舱时，立即不约而同地说："就是它，这是今天找到的最适合的一块大浮冰了。"这块浮冰的冰面平整，面积有几个足球场大，且是多年冰。贝索诺夫说，冰龄有"many years"，厚度估计有 3 米左右，足以承受科学考察人员和各种仪器在其上工作和生活一个多星期。

在这块冰的表面，也有若干个大大小小的融池，冰上的积雪干净得让人不忍踩上去。李文祺趴在冰上，用手捧了一口融池里的水尝尝，略有一点淡淡的咸味。贝索诺夫说，在这块浮冰下有水道，使融池里的水和海水相通着。如果是纯粹的冰雪融池，池内的水应该是淡水，且是不可多得的天然纯净水。

如果不是怕牙疼，李文祺真想美美地吃上一口北极纯净的"冰雪糕"。从某种意义上说，无味也是一种美味。早些年人们都喜欢喝带点或甜或酸味道的水，可现在的人却时髦地喝没有任何味道的纯水。

在返航的飞机上，李文祺想，今年 11 月到次年 4 月的隆冬季节，这些浮冰会重新连起来，整个冰洋都将成为浮冰的天下，今天看到的海水和融池都将成为厚厚的坚冰。在冰雪的世界，北极将是另外一番景象。

找呀找呀找，科学家终于找到了一块理想的浮冰。可是，科学认识是没有止境的，就像北冰洋的季节无止无休地变化。

找呀找呀找，中国科学家在北极的探寻将永远继续下去。

第一次看到下雪

这是考察队进入北极以来最寒冷的一天。气温降到了 -5℃，风速达到每秒 7.3 米。"雪龙"号的甲板上，第一次结了冰。

风在呼啸，天上下起了雪。

"下雪了，下雪了！"来到北极第一次看到下雪，考察队员们的那种兴奋，是对雪的第一感受。

"雪龙"号甲板上的积雪虽说不多不厚，但在一些拐角处，却积了一层白茫茫的雪，李文祺顺手抓起一把：它没有棱角，也没有六角形，倒有些像椰丝，干乎乎、软绵绵。

这雪，既不像南极的雪，飘飘洒洒，一朵一朵似花；也不像我国北方的雪，一团一团似棉；更不像上海的雪那样含有很多水分。为什么会不一样？李文祺请教了冰雪专家、海冰组的考察队员、国家海洋局环境监测中心的高级工程师孟广林。他的解释是：一般来说，不论哪里下的雪，都是六角形的。凡是高空中形成的雪，都是大的雪花。这两天北冰洋上下的雪是不完整的雪粒，是低空中的雾凝成的雪。因此，它没有完整的六角形。

北极的夏天，是多雾的季节。在冷气团下，雾气也会形成雪。北极气候的变化影响着全球，首当其冲的是北半球的国家。经科学家测定，高纬度的北极本身已明显出现变暖趋势，1890～1940年，平均年气温上升了2℃，这是北半球变化平均值的3倍。1961～1990年，大部分地区的冬春季节，气温上升了3～4℃，夏季上升了1℃。由于这个原因，居住在北京、上海的人，都会感受到，北京冬季下雪的次数少了，量很小；上海近几年几乎看不到下雪的情景。

在北极这个无边的白色寒冷世界即将转入冬季时，下的雪是不会融化的。于是，它们年复一年地堆积起来。昨天，当李文祺作为首批队员之一踏上"联合冰站"时，只见冰上已有了近2厘米厚的积雪。雪上加雪，这可算是北极的奇观了。采雪样的考察队员打开塑料袋，一铲一铲地把新雪装进袋中。连香港的李乐诗也不例外，采集新雪的劲头甭说有多高了。

新雪轻松柔软，每立方米重100千克。冬季，六角形的雪花，在风中飞舞碰撞，被磨去棱角，变成面粉一样，随风飘落在冰面，形成积雪。这些积雪的密度比新雪大，约为每立方米400千克。雪降一层覆盖一层，年复一年，随着深度和压力的增加，积雪变成由细小雪晶粒组成的粒雪。当积雪达到70～100米时，雪晶体会相互融合成为新冰。新冰的密度约为每立方米820千克。当冰埋藏深度超过1200米时。新冰会形成蓝色的坚硬老冰，也叫蓝冰。因此，越深的冰形成的年代就越久。科学家估计，北极格陵兰岛最深处的水，年龄在十万年或是几百万年甚至100万年以上。

雪中，船左舷冰盖上白色世界中那顶蓝色帐篷特别显眼。这是考察队初选的"联合冰站"，它位于北纬74°56′，西经160°26′。如果最后确定这块浮冰作为"联合冰站"，那么，这是中国首次北极科学考察队进入纬度最高的地方，也是中国极地考察破冰船"雪龙"号到达最北的地方。

午餐时，在餐桌上遇到了首席科学家助理、中国气象科学研究院的卞林根研究员，他与李文祺都是首次南极考察队的老队友。他告诉了李文祺一个惊人的发现，被选中建立"联合冰站"的浮冰，此前曾有人来过，在那里发现两个遗留的饮料盒。至于是哪个国家的考察队，还不清楚。那两个饮料盒，忘了拿回船上，也无法考证。

午餐后，李文祺站在甲板上，眺望着茫茫大海中那些支离破碎的浮冰，那白色世界的威严令人肃然起敬又望而生畏。但是，北极又具有举世无双的雄浑壮丽的景色，它亘古绝伦的美丽，使人如醉如痴，毕生难忘。

科学家说，在白色的冰雪世界里，有时会遇到颗粒比较大的冰晶粒随风而降。在阳光下，这些漫天飞舞的冰晶闪烁着五颜六色的光彩，人好像是处在五光十色的神话世界里，大有成仙之感。现在，飘的不是冰晶而是雪，李文祺也有这种感受，更令人称奇的是这冰雪世界的纯洁和宁静。风雪过后，四周万籁俱寂。在这种环境中，感到自己和大自然是如此的亲近，甚至可以忘却时空，忘却一切。

在一些人看来，北极是远离人类文明的白色荒漠，是被上帝遗忘在天涯海角的洪荒之地。然而，现代地球科学研究却证明，正是这块白色世界，无时无刻不在影响着整个地球系统的运转，制约着人类的生态环境，影响着人类的未来。所以，促使今天的极地科学家们投身于风雪之中的动力，已不再是对神秘北极的好奇心，而是对人类前途的责任感。

第十四章 联合行动

冰站第一天

北极的夏天，气温降到了 −5℃，风速达每秒 9.3 米，天空中飘扬着丝丝小雪。"雪龙"号甲板上也第一次结了冰。这是中国首次北极科学考察队进入北冰洋以来最寒冷的一天。

这也是中国极地考察史上会永远铭记的一天。在北纬 77°18′，西经 160°49′的一块巨大的浮冰上，中国首次北极科学考察队建立了"联合冰站"，进行全方位、多项目、多学科的综合考察。这里是中国首次北极科学考察队进入纬度最高的地方，也是中国远洋考察破冰船"雪龙"号到达最北的地方。然而，谁能知道，为选择这块浮冰建立联合冰站，考察队整整花了两天时间！

1999 年 8 月 18 日下午 3 点 42 分，"雪龙"号在联合冰站附近漂泊，"长城"号小艇满载着考察队员和考察物资、设备、仪器向"联合冰站"驶去；天空中，直升飞机盘旋，开始航摄并随时支援考察队行动。茫茫的北冰洋上，展开了一幅船、艇、飞机、人一起行动的壮丽画卷。

李文祺有幸成为 30 余名首先踏上"联合冰站"的队员之一，迎着刺骨寒风，于下午 4 时乘"长城"号小艇到达距"雪龙"号 0.75 海里的联合冰站。"长城"号小艇敲冰开路，冲上冰滩。举目望去，冰面上是起伏不平的冰丘、冰脊和大大小小的冰间湖。湖面已结冰，上有一层薄雪。考察队就要在这里进行大气、海冰生物、生态、冰雪、海洋、重力值测量等考察。这将是考察队最后考察中最浓重的一笔。

在这里，机械化运输已完全失去作用。考察队员们只能靠肩扛手拎或手拉雪橇将物资、器材运送上冰面。为防备北极熊袭击，保护考察队员的安全，董利、夏立民手持冲锋枪，开始在冰原上巡逻。

在这里，科学家已完全忙开了：搬运器材的、搭帐篷的、采样的、钻探冰芯的、测量浮冰厚度的……科学家们有条不紊，忙着各自的工作。首席科学家助理卞林根作为现场指挥，忙得满头大汗，干脆把帽子也摘了……

下午6时，留下康建成、孙波、孙俊英、孟广林、董利等几名队员继续工作外，其他队员登上"长城"号小艇返回"雪龙"号。此时，风更大了，雪也下得更大了。风雪之中，李文祺似乎听到了中国科学家正向世界宣称：无论什么事，中国人都能办得到！

雾锁大洋

海连着海，雾接着雾。"雪龙"号以每小时 16 节的速度破雾前进，有时达到 17 节。从白令海到白令海峡，到楚科奇海，再到北冰洋，是笼罩着雾的海，能见度极差。好在前往北冰洋的这条航线上，只有中国的"雪龙"号。因为驾驶台的雷达屏幕上，没有显示一艘船只。

海雾，是海洋上暖湿空气经过较冷海面时，水汽凝结而形成大片的雾。它抬升离开海面就是低云。在卫星云图上很难区别是低云还是雾。

海雾与陆地上的雾有什么不同？李文祺请教为"雪龙"号保驾护航的气象、海洋、海冰预报专家、国家海洋局预报中心的解思梅研究员。这位 58 岁的女科学家，是青岛人。她告诉李文祺，陆地上的雾，最常见的是地面辐射雾。所谓地面辐射雾，多数是白天晴空万里，太阳辐射使地面升温，夜间地面辐射冷却，使近地层的空气冷却，由大量的水汽凝结形成的雾。太阳一出来，随着温度的升高，雾很快就消失了。地面辐射雾是短命的，而海雾有时可持续几天或十几天。即使没有云，太阳出来了，海雾依旧存在的现象是常有的事。

海雾，使常年驾船在海上航行的船长和海员们头痛。能见度差，看不到远处的目标和过往的船只，容易发生海损事故。1993 年 5 月 1 日凌晨，我国的"向阳红6"号科学考察船，就是因海雾弥漫而被塞浦路斯的"银角"号撞沉。此次，中国首次北极科学考察队乘坐的"雪龙"号，除了有先进的仪器外，驾驶台当班的船长、大副或二副或三副责任心极强，寸步不离岗位，始终保持着高度的警惕。船长袁绍宏在驾驶台对李文祺说："'雪龙'号从上海启航以来，几乎天天航行。为了考察顺利和成功，我们马虎不得啊！"他眼睛睁得大大的，不时地望着北冰洋的海面，还察看那雷达显示屏。

中国首次北极考察队二进北冰洋。北冰洋上，除了雾，一切依旧。

有考察队员作了一首诗，诗曰：

雾是谁的嫁衣，
却被太阳披起。
一团羞涩的霞光，
装扮大海的新娘。

直升机在浓雾中起降

北冰洋上，时风时雨，时雾时雪，时晴时阴；捉摸不透的气候，反复无常。

8月17日，好不容易盼来一个晴天。下午5时10分，"直九"号直升飞机起飞，去寻找一块能建立联合冰站的大浮冰。满是浮冰的北冰洋，找块冰还不容易？殊不知，这时的北冰洋已是融冰时节。洋面上的冰，已被阳光和升温的海水攻击得支离破碎，不堪一击，能经得起重载的浮冰已寥寥无几。

经过一个多小时的选择，终于找到了一块有几个足球场那么大的多年浮冰。冰的厚度有3米，具备承受科学考察队员和各种仪器设备在冰上工作、生活一个星期的条件。此冰作为冰站选址被定了下来，并记下了它的经纬度位置。飞机返回"雪龙"号，准备接科学考察队员来安营扎寨。想不到的是，洋面上大雾骤起，能见度从5海里下降到50米。送科学考察队员的命令被迫取消。

不多一会儿，天气好转，起飞令又一次下达。科学考察队员直奔飞机平台。岂料，大雾再一次升起，轰鸣的飞机又只得停机。

凌晨，天气又一次好转。直升飞机去寻找那块被选中的浮冰，却再也找不到。秦为稼就此作出一项规定，今后上浮冰考察的队员，必须携带卫星定位仪，以防不测。

浓雾，始终与考察队在较劲。直升飞机在如此恶劣的气象条件下飞行，飞行员需要多么大的勇气和智慧！好在两位飞行员都是身经百战的老将。56 岁的机组组长徐勤和是一级飞行员，有 4000 多个小时的飞行经历，曾执行过西沙保卫战、导弹发射试验、森林防火、抗洪救灾等重大任务。32 岁的齐焕清也有 1800 多个小时的飞行经历。他俩是老少搭档，配合默契。

在确定联合冰站的第二天，即 8 月 19 日，计划安排直升飞机送四批队员到离船 200 千米外的浮冰上作业。上午 8 时 15 分，第一航次送第一批队员出发，队员在冰上作业近 50 分钟，一切顺利。飞机载着他们返回"雪龙"号。

就在飞机离船尚有 10 分钟航程时，浓雾飘然而来。瞬间，飞机被浓雾围得严严实实，能见度 50 米都不到。飞机贴着海面低飞，20 多分钟过去了，依然找不到"雪龙"号。

"'雪龙''雪龙'，'直九'呼叫。"齐焕清冷静应对，并与"雪龙"号紧急联络，请求"雪龙"号驾驶台给予经纬度指示。

"'雪龙'明白！"在"雪龙"号驾驶台的指引下，飞机掠过飞行平台，齐焕清看到了平台四周亮起的灯光。然而，大风降临，不利飞机降落。他请求驾驶台把船调个方向，让船侧面受风，以利飞机在雾中迎风降落。

此时的"雪龙"号，正在放"长城"艇下海，准备送队员到冰站。船长袁绍宏得知直升机处在危难之中，立即下令先把"长城"艇收起来，又亲自指挥"雪龙"号船在原地转了一个 90 度的弯。齐焕清镇定地拉着操纵杆，把握时机，动作麻利地把飞机降落在平台上。此时船上的队员都捏着一把汗。

在寒"夜"中站岗

　　新闻班中，同行们叫李文祺"老大"。其实，李文祺没有多大能耐，只是年龄比他们大一些；参加过首次南极考察，在资格上比他们"老"一些。一个人叫了，其他人跟着叫，李文祺也默认了。

　　"老大"就是老哥。当"老大"总得有老大的样子，有些事不能抢，如谁先上飞机，谁先下小艇，总得谦让一些，听从领导安排；但有些事要抢着做，如帮厨、打扫卫生之类杂事，或为大家办一个签名的"记者首次进入北极的纪念封"，等等。这几天，新闻班中除女性和年纪大的不去为科学家站岗放哨外，每天晚上有两人赴"联合冰站"，从当晚的 6 时站岗放哨到第二天早上 8 时。在 −5℃ 的风雪之夜，要站 10 多个小时岗，确实相当艰苦。这期间，不能睡觉，不能进帐篷，全心全意为科学家不受北极熊的袭击而站岗。之前的两个晚上，《工人日报》的孙覆海、《解放军报》的于春光、《中国青年报》的张岳庚分别上冰站去了。为了对他们表达敬意和进行慰问，每晚凌晨 2 时左右，李文祺和其他同行到"雪龙"号驾驶台，通过高频电话与他们聊天，以驱散极地之夜的孤单和寒冷。当小孙、小于回到船上时，看到一夜不睡的他俩，大家惊呆了。寒冷把他们冻得脸色青紫，双眼发红，孙覆海还感冒了。好在极地没有感冒病毒，就是不吃药，也会马上痊愈。

他们向李文祺诉说了站岗的情况。当晚，"联合冰站"站长卞林根在小孙、小于向他报到时，把一支五六式冲锋枪及压满子弹的弹夹递给他俩，风趣地说："你俩是冰站武装部队的正副司令，这块地盘的治安就交给你们了。"

验过枪，他们立即履行的职责，仔细巡逻"防区"——这块位于北纬75°、约有1平方千米的浮冰。"防区"内有一个海拔6米的冰脊，长400米左右，冰脊西边有9个冰间湖，湖畔全是0.5～1.5米高的冰丘。浮冰外缘，三面是有八九成冰的碎冰区，一面是开阔的水域。在这块冰形冰貌复杂的浮冰上，一旦发现北极熊，必定是一场遭遇战。所以，他们计算了从近距离遭遇到开枪的时间，并把帐篷周围的冰丘仔细辨认清楚，看北极熊容易从哪里出现。他们还设想了鸣枪、击毙等几种方案，确保冰站的安全。

夏天的北极，没有真正的夜。而这夜，能见度也在几千米。空中一丝一丝的雪刺，随风扎在脸上麻沙沙的。他俩握枪的手虽然戴了手套，仍被冻得生疼。科学家们在帐篷中和衣而睡，他俩沿着冰脊和冰边缘警惕地巡逻着，耳听着寒夜中每一种细小的声音，眼睛仔细搜索着冰海中每一个可疑之处。他们的脚印一次次被白雪覆盖，白雪上一次次叠印上他们新的脚印。凌晨时分，太阳从云层中露了一下脸又缩了回去。天上出现了一道红黄相间的彩虹，斜跨了大半个天空。他们迎来了新的一天，中国首次北极科学考察队的冰站安然无恙。这一夜他们在冷、饿、困、累中度过，眼睛被风吹得如同得了红眼病，脸麻木得摸上去也感觉不到，并不停地打着响亮的喷嚏。这值不值？他们的回答只有一个字：值！

飞到最北点

"老李，快起床，吃了早饭，7 时 30 分准时上飞机，飞向最北点。"李文祺刚睡下不久，考察队领导成员之一的吴金友跑来通知。

飞向北极圈的最北点，是每个考察队员都想实现的事。对李文祺来说，真是来得太快了。昨天已有 8 人到了最北点。今天，李文祺将作为第二批考察队员之一，实现人生中最难忘的事——坐着国产的直升机去北极圈最北的地方。

同行的还有 4 人：新华社 2 人、国际电台 1 人、厦门电视台 1 人。他们跟着科学家解思梅、矫玉田和中国极地研究所的罗宇忠，到最北点实地采访科学家们的工作。

飞向最北点考察，是昨天下午开始实施的。首席科学家陈立奇、我国台湾科学家张瑞刚等 5 人，在北纬 78° 18′ 102″，西经 160° 49′ 250″ 的浮冰上，进行了冰芯、冰雪的采集和重力值的测定。

在飞行员徐勤和、齐焕清的驾驶下，直升机以 1500 米的高度，200 千米的时速，在雾中穿行。上头，蓝天、白云；下边，碧海、白冰。从直升机上俯视北冰洋，洋面似万顷良"田"，冰与水之间隔成一块块的"农田"；"农田"之中，沟渠纵横。一个小时后，飞机停在一块 1 平方千米左右的浮冰上。浮冰上，有一层 20 厘米厚的积雪。阳光下，浮冰洁白无瑕，冰丘起伏，造型别致的冰峰重重叠叠。透着蓝光的冰间湖相互连通，湖面已结冰。

跨下飞机，女科学家解思梅迅速测风速、风向、气压、气温。矫玉田一声唤："老李，帮助抬发电机！"

两人抬着发电机快步走向冰岸。因直升飞机不能熄火，停留时间又有限，必须抓住每分每秒，把该拿的数据尽快拿到手。罗宇忠发动了发电机，电线拉到冰岸边，矫玉田把测量冰海温度、盐度和深度的精密仪器用洁白棉纱绳扎好，吊在一根 2 米长的铁棒上，慢慢伸向冰海。同行们对着科学家摄像、拍照，忙得不可开交。短短的 40 分钟到了，飞行员催着大伙快上飞机。可是，在这纯洁的冰雪世界中，大家都想多待一会儿。李文祺和新华社的聂晓阳敲开冰间湖的冰，俯下身子，用手舀水喝。"啊，真纯！水，真甜！"

直升飞机载着他们往回飞。可是，在"雪龙"号漂泊的洋面上，大雾笼罩，能见度很低，直升飞机贴着洋面寻找"雪龙"号，足足花了 20 分钟才好不容易找到。此时，已是中午 11 时 45 分（北京时间 8 月 21 日清晨 6 时 45 分）。向北极圈的最北点飞行一个来回，用了 4 个多小时。

雷达测冰

全球海－冰－气相互作用的研究表明，北极海冰在全球变化中，海冰的面积和厚度起了重要的决定作用。然而，以往因受技术手段限制，各国科学家往往侧重于海冰面积的研究。在海冰厚度测量方面，国际上通常采用的仰视声呐、卫星遥感和打钻三种技术，但这三种技术都有局限。因此，近年来，在极地研究中，逐渐兴起采用雷达测冰技术来测量海冰的厚度。中国极地研究所孙波博士告诉李文祺，我们使用的冰雷达是一种地质雷达，它是厂商根据测冰要求专门进行设计生产的。在去年的南极内陆冰盖考察中，这种水雷达得到了成功应用，测量了1100多千米大冰盖的厚度，从而为揭示东南极的地形"真面目"奠定了基础。

在已经进行的北极科学考察中，孙波等科学家利用测冰雷达在北纬72°～73°的两个作业点，测量了北极海冰的厚度，并成功地显示出冰下地形——海冰底部的形状。8月5日，在北纬73°的一块大浮冰上，中国首次北极科学考察队建立了第一个临时联合冰站。在30米长的测线上，科学家发现海冰厚度并不一致，介于3～4米之间。8月11日，在北纬72°的一块浮冰上，也测得了海冰厚度，雷达显示：在90米长的测线上，海冰厚度在2.0～3.1米之间。

通常，人们认为海冰底部较为平坦，而从雷达显示的图像上可以清晰地看到，北极海冰底部并不平坦，而是凹凸不平的。孙波说，这是水和冰相互作用的结果，可能标志着海流对海冰底部不同的影响程度。

这项考察研究的成果结合加拿大雷达卫星图像、冰芯、表层冰雪样品等资料，将促进对北极海冰的进一步研究，全面准确地认识北极海冰在全球变化中的作用成为可能。

冰是柔软的

"雪龙"号科学考察船正向着冰区的纵深挺进。四周，一片大大小小连绵逶迤的浮冰群落飘忽不定。此时，由整体浇筑成、厚80厘米的"雪龙"号船头充分显示出了它超凡的破冰功能。有的浮冰刚触及船头，立即就四分五裂不见踪影；有的像刀切豆腐那样利落，被一分为二；有的似乎要与"雪龙"号船头较一把劲，不时发出"刷刷"的声响；有的则被撞得"晕头转向"，不停地翻滚……眼前这番少有见到的破冰场景，李文祺还是第一次领略到。

"啊，北冰洋的海冰多么柔软！"不知是谁的感叹。李文祺的思绪顿时被拉了回来，疑惑不解：北冰洋的海冰怎么会是柔软的？对海冰研究颇有造诣的国家海洋局第二海洋研究所赵进平研究员的一番通俗而形象的解说，使李文祺茅塞顿开。

众所周知，冰是水在摄氏零度或零度以下凝结成的固体，它不像水或空气那样具有流动性，它坚硬无弹性，更无塑性，这都是对小尺度冰的物理特征的描述。然而，对于像北极地区那些大尺度、大范围的海冰来说，它像沥青那样是黏黏的，随时随地会变形，且有流动性又具一定的弹性恢复能力。它遇到岛屿会裂开从两边绕过去，遇到来自不同方向风力的挤压会形成冰脊，遇到相反方向风力的拉伸会散开。

对大尺度、大范围的海冰而言，其流动性并不是它的物理特征，而是一种运动特性。也就是说，就冰的本质而言，在物理性质上，它确实是固体；而它们一旦运动起来，一部分固体与另部分固体的相互作用，其各部分都难以永远保持自我，有的就会断裂、破碎、堆积，在整体上就体现为流动性。

其实，在物质世界中，任何事物的大尺度与小尺度都是不相同的。人们日常所说的柔软，一般是与触觉联系在一起的。事实上，人们感觉柔软的东西，更多的是从视觉上得到的。例如，一根根坚韧的油井钻井杆，一旦连接成几千米的长度，它像柔软的面条一般；由一个个坚硬的星球组合成的银河系，则是流畅绵软；芭蕾舞演员婀娜多姿的舞步；火山口涌动出的岩浆……这些都不是触觉得到的，因此，也就很难相信北极海冰是柔软的。

然而，当李文祺乘坐直升飞机，在天空俯视北冰洋时，看到了海冰运动的真实状态。它忽而像旋转的云团，忽而又像演变的沙丘；忽而像流动的岩浆，忽而又像奔腾的河流。此时，李文祺对海冰具有流动性已是坚信不疑，且感到对大尺度、大范围"北极海冰是柔软的"描述也是恰如其分的。

"黑色星期六"

在联合冰站，科学家多学科、多项目的综合科考正在有条不紊地进行着；在"雪龙"号上，科学家以船为基地对北冰洋海洋考察和探测北极地区大气的考察也在进行着。然而，常言道：人有旦夕祸福。对于中国首次北极科学考察队来说，也有祸福。福，至今人与船平平安安；祸，深不可测的北极气候、冰情，随时随地给考察队带来麻烦，使考察队蒙受一些损失。昨天，可以说，就是一个黑色的星期六（北京时间星期日）。

采水器破了三个

自联合考察开始后，大洋班的科学家们兵分两路，一部分上了联合冰站，在浮冰上施放自容式测量仪，用来进行200米深的温、盐、深度测量及150米海流的测量。另一部分留在"雪龙"号船上，有的在后甲板作业，作连续72小时的同位素吸附器的观测，有的在左舷做浮游生物和初级生产力的采样。科学家们在 −4.1℃的寒风中工作，冷了就跺跺脚。

午餐过后，每3小时一次的300米深采样继续进行，开始一切正常。当卷扬机启动，钢丝绳拉着采水器一米米向上提升时，漂流的浮冰来了，没有措施可以阻止它前进。因为甲板到海面有五六米，看似小小的浮冰，那有棱有角的冰凌却像一把刀子，正好扎在出水的采水器上。浮冰过后，拉上甲板一看，采水器破了3个。

探空气球飞跑了四个

中午1时30分，在船的中部甲板，中国科学院大气物理研究所的科学家准备施放大气探测气球。灰白色的气球直径有3米，一次充170个大气压的氦气，才能使气球鼓起来。球下端吊有一个定位探测仪，可自动探测30千米高度以下大气层的温度、气压、湿度、臭氧浓度和风向、风速，并将观测到的数据传给船上的计算机接收、处理系统。

邹捍博士和他的助手们，刚把气球充好气，挂好定位探测仪，向空中放飞时，却遇上了一股低气流。风速每秒10米的低气流压住气球，不让它直起来。横在船舷外的气球在风中翻滚，球下的定位探测仪大幅度摆动。"嘭"的一声，探测仪断线，飞进大海，无影无踪，气球独自飞了。不带探测仪的气球飞向空中是毫无用处的。

"再来一次。"充好气的气球没等挂上探测仪，又飞了。第三次，又飞了。无奈。在晚餐后，再补放了一个，可惜，再一次飞了。

为探测北极地区的大气结构特征，中国科学院特地从国外进口了一套大气垂直结构观测系统。这套系统是目前国际上最先进的大气探测系统之一，最适合在野外和船上以船作为基地进行大气探测。气球携带的定位探测仪，每一个价格在人民币一万元左右。

"长城"艇受损

无巧不成书。要么不出事，一有事就接二连三。那是前天上午的事。"长城"号小艇作为"雪龙"号与"联合冰站"的交通艇，执行着运送器材和考察队员的任务。每天上午8时送，下午6时接。正当"长城"号小艇准备送考察队员到"冰站"时，一块浮冰向它冲来。对这块几十平方米左右的小冰，谁也没有在意。殊不知，小小的浮冰竟然力大无比，将小艇隆起压向"雪龙"号，把艇的右舷扶手压瘪，将驾驶台的一块玻璃挤得粉碎。好在艇上没有人员，否则真险啊！"长城"号小艇是一艘光荣的艇，一艘有着极地考察历史纪录的艇。它原先服役于"向阳红10"号，参加中国首次南极考察，建中国南极长城站时被同时命名。它为中国极地考察立下了汗马功劳。之后，它又转移到"极地"号考察船，现在又在"雪龙"号上老骥伏枥，不幸受损。考察队不得不把它吊进船体，回上海时给它"医治"，由备用的"中山"号小艇接班。

人熊相遇

当地时间 22 日中午 12 时 22 分（北京时间 23 日上午 7 时 22 分），直升飞机送康建成、孙波等 6 位科学工作者到北纬 76°55'，西经 161°55' 的浮冰上，进行采集冰芯、冰雪等项目的考察时，发现一大两小三头北极熊。他们与北极熊相距 100 来米左右。北极熊发现人后，没有向人发动攻击，而是悄悄地走了，上演了有惊无险的一幕。这是考察队进入北极以来第五次发现北极熊。

在北冰洋上，蓝天，白云；碧海，白冰。天海一色，云冰交融。阳光下，几乎分不清哪是天，哪是海，哪是云，哪是冰。北极的风光，如画似锦，只有在此时才展现它的全部美丽。这是中国首次北极科学考察队遇到的天气最好的一天。午餐后，直升飞机载着 6 名科学家向北飞去。在北冰洋上的一块浮冰上，停机下人，采集冰雪、冰芯。11 时 45 分，直升飞机降落在北纬 76°，西经 161° 的浮冰上。此冰直径 200 米，冰丘、冰脊起伏不平，形状似莲花。6 名科学家似伞兵，迅速散开，在冰上形成一个菱形阵式，各自展开工作，直升飞机返回。

最前面的孙俊英埋头采雪；中间右侧的王新民启动发电机，孟广林打冰钻；中间左侧的康建成采冰，孙波用雷达测冰的厚度；最后的夏立民架设电台,保持与"雪龙"号的联络。因在冰上工作的时间所限,他们各司其职,谁也顾不上谁。12时22分(北京时间8月23日上午7时22分),正在紧张采冰的康建成博士一抬头,只见前方近100米的冰脊上,一大两小三头北极熊正"熊视眈眈"瞅着他们。

"北极熊!"康建成头皮发麻,本能地叫了一声。孙波博士的视线离开计算机,向前一看,果真是三头北极熊。灰白色的毛通体发亮,鼻腔边的一撮黑毛清晰可见。与熊的视线相接,只见两只黑眼露着凶相。

"孙俊英,快过来!"

孙波对着离北极熊最近的中国科学院兰州冰川研究所副研究员孙俊英猛喝一声。这位女科学家一下就站了起来,抓住采的雪样,向孙波他们靠拢。负责安全的夏立民一听到有北极熊,神经高度紧张,连奔带跑取冲锋枪,摔了一跤。爬起来,一个冲刺,迅速拿起枪,把子弹推上枪膛,站到了科学家们的前面,一副卫士的模样。

此刻,康建成、王新民、孟广林也汇集过来,12只眼睛一起看着北极熊。有的举起了照相机。

人熊对峙,足有5分钟之久,谁也没有向前一步。北极熊是北极濒临灭绝的保护动物,尽管近在咫尺,夏立民没有开枪,因为它们没有向他们发起攻击。熊儿们看到6个穿着红色服装的人,没有伤害它们之意,那头大熊转身离去,两头小熊也跟随而走。

在北极,中国首次北极科学考察队已五遇北极熊,这是最近的一次。虽然没有发生意外,但考察队领导还是提醒大家麻痹不得。据专家介绍,今天遇到的北极熊,极有可能是母熊带着它的两只熊仔外出见世面。因为母熊一般生双胞胎,母熊与熊仔朝夕相处,形影不离。如果是这样,对考察队来说是幸运的,是有惊无险。16时15分,直升飞机把他们接回"雪龙"号,本节起首那条180字的简短电讯也随即从"雪龙"号发往上海。

采样，惊险的一夜

北冰洋上，冰情严重。刚刚进入融冰期的冰，顽强地与正在升温的海水、空气进行着较量。它们不肯轻易地融化为水，依然阻挡着"雪龙"号的前进。

首次进入北冰洋，考察队受阻。考察队适时调整战略，大踏步后退，转战白令海。大洋班的科学家们，在7月20日至8月1日的13天中，迎风浪，战海浪，在近24万平方千米的42个站位上，完成了有史以来在白令海进行的最大规模的综合性海洋考察。

大洋班二进北极圈后，没有因在白令海取得的成果而陶醉。在北冰洋上，他们没有放弃进一步调查的责任。8月7日深夜，他们接到了执行部分断面调查的决定。

已休息了两昼夜的队员们精神振奋，从20时40分开始，到第二天5时，已把4个站位的数据和样品收入表中。第5个站位是北冰洋上进行调查的一个最深的站位，达2700米。一夜没有合眼的队员，拿出了看家本领，把从未动用过的同位素吸附器拿出来使用，以取得最佳数据。由于水深，冰情严重、复杂，左右甲板和后甲板不能同时作业。右舷的队员首先使用温、热、深度探测仪。漂来漂去的浮冰，忽而将钢丝绳拖出好远，忽而将钢丝绳压在船舷上。两个半小时过去，当仪器即将出水之际，两块大浮冰却将水面封闭了起来。

在首席科学家助理赵进平和组长矫玉田的指挥下，队员们与浮冰斗智斗勇。一会儿将桁车拉进拉出，一会儿又使劲摇动钢丝绳，使压在一起的浮冰有所松动，缝隙扩大。矫玉田抓住战机，突然启动绞车，仪器破冰而出。升上来的仪器上，还卡着一片10千克重的晶莹剔透的冰片哩！

随着右舷采样完成，后甲板的地质采样开始了。他们仗着钢缆粗、仪器重，大胆作业。谁料，浮冰不睬你这一套，把水面封得结结实实，没有给仪器入海留出任何缝隙。没有办法，只能等待。此时的北冰洋，虽说是夏天，但6级大风，仍然把后甲板吹成了一个严寒世界。

人与冰对峙着。1小时过去了，浮冰终于后退，露出一条小缝。"轰"的一声，柱状采样器穿过缝隙，直冲海底。2小时后，一支4米长的柱状地质样品出水。紧接着庞大的多管采样器又进入海底，获得了8管满满的地质样品。

左舷的队员要每隔6个小时重复做一次垂直拖网，连续做4次，每次要拖三种网，网深入水中500米。在海冰不断的海面拖网，意味着危险。女科学家林景宏拖第一网就遇险，网被卡在冰中上不来。船长袁绍宏指挥巨轮前进、后退，巨大的浮冰就是不肯退让。就在浮冰旋转的几秒钟内，队员们又一次抓住战机，快速提升网具。当网具即将离开水面的一刹那，大浮冰又将海面封死。

好险啊！收起的网中除了浮游生物，还有一块重40千克的冰块！

大洋班在北冰洋的调查，覆盖了16万平方千米的海域。

发现逆温层

北极科学考察队完成联合冰站首次作业后，科学家通过 24 小时变化过程的初步分析，发现北冰洋上空存在一个强烈的逆温现象。来自中国科学院大气物理研究所的两个小组的科学家通过不同手段观测，互相印证了这一现象。

所谓逆温，是指随高度升高而空气温度上升的现象。一般说来，空气温度是随高度增加而降低。南北极地区逆温现象很常见，但温差达 17℃很少见。

邹捍教授运用全球定位系统卫星定位仪定位探空气球，在 8 月 5 ~ 6 日的 24 小时内，每隔 6 小时施放一次，气球最高升空达 25 千米。气球带动的传感器每升高 30 ~ 50 米传回来一个温度数据。4 次观测的数据是一致的，逆温层的厚度在 400 米左右，逆温层的最高温度为 17.8℃，而冰面温度在 0.8℃。曲绍厚教授运用的手段是用飞艇带动传感器升空，每隔 2 ~ 3 米传回一个温度数据。他测量的最大高度为 600 米，共测量 8 次。根据他观测的数据，逆温层的厚度为 250 米，温度最大梯度变化达到每 10 米 1.2℃。

逆温的强弱与大洋表面状态密切相关。上述数据都是在一块方圆 1

千米的大型浮冰块上测得的。而在三四成的浮冰区域观测，飞艇数据表明，逆温层厚度降为 150 米；在开阔水域（冰间湖）则降为 50 米。邹捍认为，逆温主要原因是暖气团北上，下层空气与冰面进行热量交换的结果。

为到达适合小艇调查作业的站位，"雪龙"号经历了 24 小时艰难曲折的冰区航行，船长整夜未眠。驶过北纬 71°15′一线的开阔水域后，船在昨晚继续北上，终于驶到了一个大的浮冰站位。

用数学模式模拟气候，是一个常用的科学手段。但在北极，这一手段却不灵了。比如模拟北极的现代气候，仅降水一项，就有 20 多个模式，不仅彼此结果差距甚远，与实际观测数值更可以差出一倍。而当模拟未来气候时，结论会让你的心"突突"地跳。1990 年前后，美、英、加三国的科研机构分别进行模拟，计算大气中二氧化碳的浓度加倍，将引起全球气温上升多少。模拟结果是，中、低纬度将增加 2 ~ 3℃，但北极却增加十几度！后面这一数字令人难以置信。

模拟结果之所以惊人，原因在于"人们对北极海－冰－气交换，或曰大气的垂直交换，还知之太少"。59 岁的曲绍厚研究员这样说。这也是导致他不顾老伴的反对，执意再来北极的原因。此前，他已两到南极，一赴北极。由于多年的野外奔波，几年前他的心脏就出了点毛病。他此行的工作正是"北极地区海－冰－气交换过程"的研究，所使用的家伙叫"软式气象塔"。软式气象塔就是一根线拴着一个充氦汽艇，上面带着探测温度、湿度、压力、风速与风力的传感器，并由船上的接收和处理装置实时给出结论。

几天前的冰盘联合观测，曲绍厚研究员 26 个小时没有合眼。但他的兴致比年轻人还高，因为他在这个地域的上空发现了一个罕见的强逆温层。

在南极，从地面每上升 10 米，温度提高零点几摄氏度；曲绍厚上次在北极的观测结果也大致如此。让他一惊的是这一次发现，高度提高 10 米后，温度却提高了 1.2℃。逆温层的存在，使能量与物质交换的过程趋于缓慢。但它并没有闲着，它积累着能量，到了一定的值，这些能量会朝着冰层倾盆而下，并在局部地区加速冰的融化。

人们都有这样的经验：一块冰，当它是一个整体的时候不易融化，一旦某个局部先行融化，有了水面后，整体的融化就不可阻挡了。

我们已经知道，北极冰的变化，与全人类休戚相关。研究北极海－冰－气的相互作用，很重要的一点，就是试图把握北极冰融冻增减的机理。曲绍厚的观测结果，为研究北极海－冰－气的相互作用，提供了新的思路。但老曲一再提醒李文祺，从根本上弄清这一问题，还需要更多这样的观测，也许要几代人的努力。

第十四章　联合行动

第十五章　凯旋

告别北极

一枚特殊的纪念封

8月23日的天气特别好，说"晴空万里"是一点也不夸张的。

考察队在北冰洋冰区的考察，已到了最后阶段。19名曾参加过中国首次南极科学考察队，又参加中国首次北极科学考察队的队员，在喘了一口气之后，想在一起聚一聚的事提到了议事日程。两位考察队副队长颜其德、鄂栋臣把李文祺找去，共商"聚"事。

商量后确定："聚"在返航途中进行，主题是"从南极走向北极"，并将这项活动置于整个首次北极考察队的大活动之中，座谈中国极地考察事业15年来走过的路、取得的成就和个人的体会。124名北极科学考察队队员中，曾参加过首次南极科学考察的 19 名队员可获得一枚值得保留、极有纪念意义的特制纪念封。这一枚纪念封既要突出两个"首次"，又要包含 19 名队员的共同愿望。

经过大家的努力，纪念封的设计图案出来了。特制纪念封的正面印有"中国首次南北极科学考察纪念封"的红色字样，左方是邮票式图案，由"中国首次南极科学考察队"和"中国首次北极科学考察队"队徽，以及 15 年前的"向阳红 10"号、现在的"雪龙"号和当年航线与现在航线的世界地图组成。纪念封的背面，有 19 名队员的合影照片和制作这枚纪念封的一段文字说明：15 年前，这 19 名队员有幸参加了中国首次南极科学考察队，相识在南极洲（1984 年 11 月～1985 年 4 月）。今天，他们又荣幸地参加了中国首次北极科学考察队，重逢在北冰洋（1999 年 7 月～1999 年 9 月）。他们是我国极地科学考察事业 15 年发展历程的见证人和参加者。为纪念我国极地科学考察事业的长足发展和"两个首次"参加者的重逢，特作此纪念封。落款是中国首次北极科学考察队，雪龙号邮政支局。此外，还有一项备注：此封制作 20 枚，参加"两个"首次的 19 名队员每人一枚作纪念，另一枚存放极地科普馆。

纪念封的封页外面，有邓小平的"为人类和平利用南极做出贡献"的题词。封页内有 19 名队员的名字。

船员 13 人：傅炳伟、邵旭明、许妃湘、吕清华、何虹、方根水、夏云宝、汪海浪、叶明明、吴林、曹建军、陈洪炎、郑庭军。

科学家 4 人：武汉测绘科技大学教授鄂栋臣，中国极地研究所副所长、研究员颜其德，中国气象科学研究院研究员卞林根，国家海洋局第二海洋研究所副所长、研究员赵进平。

官员 1 人：国家海洋局极地考察办公室董利。

记者 1 人：《解放日报》主任记者李文祺。

一枚小小的纪念封，是我国极地考察事业一个缩影。它又像是一本史书，记下了参加过中国南北极首次考察的人的名字。正是：好男儿走南闯北，两极首次兄弟情深。

喝南北极冰块合在一起的酒

在北京，如果听说有哪位朋友用南极的万年冰兑酒喝，一定十分羡慕。如果在一杯酒里，既加入南极的冰块，又加入北极的冰块，喝上一杯"双冰会合酒"，那简直是莫大的幸事，而且也是一件非常浪漫的创举。

1999 年 8 月 26 日 12 点 38 分，"雪龙"号驶出了北极圈，凌晨 2 点 36 分，驶进美国阿拉斯加诺姆港。考察队员们站在甲板上，遥望北边天际多姿多彩的太阳余晖，岸上的盏盏灯火，似乎没有多少吸引力。

这天正值中国传统节日——中秋，大家想家想亲人了。

考察船副政委兼随船医生的裴福余，悄然无声地走近李文祺的身旁说："老李，请你到我的房间去，几个好朋友等着你呐。"

"什么事？"

"你去了就知道了。"裴福余真诚地说。

走进他在船四层的房间，见到茶几上放着五六个杯子，两瓶酒，一瓶是"酒鬼"，一瓶是包装精美的葡萄酒。还有花生、皮蛋、盐水虾等几样小菜。茶几旁站着船政委李远忠，船员叶明明、孔德水、徐宁。打开的舷窗，北冰洋上的明月照进房间，一股浓浓的洋上聚会小酌的情调，充满了小屋。

他们见李文祺进了门，异口同声地说："老李，你辛苦了！我们几个为你消消疲劳。还要告诉你，《解放日报》和《新闻报》编委会，给你发来慰问电。我们知道了，为你庆贺庆贺！"

"报社的慰问电，主要是慰问全体考察队员的，当然，也是对我的鼓励。我要感谢你们！"

"我们在地球的北端的北冰洋上，一起喝杯酒，过一个中秋节。"裴福余深情地说，"喝什么酒呢？你们猜猜看。"

大家你看看我，我看看你，谁也答不上来。

"请你们品尝南北极冰块合在一起的酒。地球南北两极的冰块结合在一起泡的酒。"

喝这样的酒，闻所未闻，更不要说亲口尝一尝呢，这是人生遇到头一回的新鲜事！

为了活跃气氛，裴医生提议大家先喝一杯白酒，祝愿中国首次北极考察成功。李文祺从不喝白酒，但盛情难却，于是胸脯一拍，表示破例喝上一杯。

裴副政委拿起一瓶酒，每人先斟满一杯，一边谈天说地，一边频频举杯。

序曲过后，裴副政委到冰箱的冷冻层端出两个盘子。盘子里盛满晶莹剔透的冰块。他说："大盘子里装的是今年（1999 年）3 月初在南极中山站附近采集的南极冰，小盘子里装的是几天前刚刚在北极核心区联合冰站采集的北极冰。'雪龙'号只有今年来到地球两极，也只有具有浪漫情怀的船上工作人员，采集并珍藏到来自两极的冰。我请你们把两极冰放在一起兑酒品尝。"

"尤其是老李，你既是首次南极考察的队员，又是首次北极考察的队员，《北京晚报》用'脚踏两极第一记'介绍你的事迹，我们深受感动。今晚特别请你来喝两极冰块第一杯酒！"

他把大家面前喝白酒的小杯子换成喝葡萄酒的大杯子，给每人倒上半杯，然后用一把铁锤把冰敲成小块，端到大家面前。让每个人挑一块南极冰和一块北极冰，分别投入杯子里。晶莹剔透的南极冰块，一遇到酒，即刻发出"噼啪噼啪"的响声，在杯子里快速地消融着，似水帘洞中的滴水声，又似爆米花的开裂声。

"大家一起为老李敬一杯！"政委李远忠说。他们一齐举杯喝下南极冰和北极冰双冰相会的酒。

李文祺太感动了。"谢谢！谢谢！"他一个劲地说。谁能想到，在一条科学考察船上，几个朋友聚会，竟在一个酒杯里同时尝到南极冰和北极冰的"味道"。

"老李，用地球两极的冰泡酒喝，你和我们都是第一次。人生中的第一次有许多，但有意义的不多。我们跑过两极的人，记下今晚的第一次！"李远忠政委总结似的介绍："杯中的南极冰，是在中山站一个冰盖上，从50多米深的冰层中，用冰钻取出的。它的形成已有上万年的历史。每年，南极下的雪一层覆盖一层，每一层压缩成冰仅仅是几毫米，气体分子进入了冰晶格。当它们变成上百米高的冰盖，冰龄已有上万年了。当它们遇到酒一类的液体时，冰中的气体会释放出来，发出响声。因此，我们可以这样说，闻到了上万年前的空气，喝到了上万年前的水。而北极冰，没有南极冰坚实。它们疏松，不含空气，因此不会发出响声。"

双冰酒，多么有意思！

裴医生介绍说："北极冰就采自我们作业的冰站附近，是去掉表面覆盖的积雪之后，精心采集的。当时我在北冰洋上的冰原上，尝过北极的冰，淡淡的，没有任何味道。但是站在漂浮的冰原上，用牙齿把北极的冰咬得咯咯作响，感觉也挺不错。从某种意义上说，没有任何味道是世界上最好的味道了。这些北极冰的冰龄比南极的冰龄要短得多，大约在几年到几十年之间，因为北极的冰总是在漂移。"

大家在品味南北极冰块合在一起的酒时候，"雪龙"号考察船外月亮正圆正亮，在海面上铺下一条迷人的、随波闪烁的光影。几颗闪烁的星星，宝石一样镶嵌在天幕上。小屋里，在波涛和明月的相伴下，他们陶醉了。

准备返航

"忽如一夜春风来，千树万树梨花开。"这般美景是在陆地上形容春天的来临。

在北极，寒风一夜吹，千冰万冰连成片。早晨起来，李文祺发现

"雪龙"号四周的海水凝固了，结成了一层有 2 厘米厚的薄冰，把原先的浮冰连接起来了。阳光下，原先的波光粼粼被反射的白光替代。

"这个现象你注意到了吗？"李文祺问船长袁绍宏。

"我注意到了。这告诉我们，北极的夏天快要过去，冬季将要来临。如果北冰洋全部被冰封住，我们往回跑就困难了。"从船长的话中，李文祺知道考察队马上就要返航了

北冰洋的夏季只有 2 个月。冬季长达 6 个月。夏季过后是秋季，而秋季仅仅是一个黄昏，随之而来的是漫漫长夜。极夜又冷又寂寞，漆黑的夜晚长达 200 天左右。到翌年三四月，地平线上才会渐渐露出微光，太阳慢慢地露出自己脸庞。

北极考察的经验告诉人们，考察船进出北冰洋要掌握时机。错过时机，考察船就有被冰冻在那里的可能。有一年，俄罗斯的一艘考察船被冰所困，在冰上整整待了一年。考察人员只能在漫长的极夜中苦熬，直到第二年夏天来临才解困。

"我们遇上这个机会也好嘛！"有的队员半认真半玩笑地说，"可以体验在黑暗中生活的滋味，也可以看到绚丽的极光。"

"这不可能。我们船的燃料不够。现在剩下的油，也只够返回上海。船上所有吃的食品也不多，怎么可能坚持一年！要不就是冻死、饿死。"船员说。

最后经证实，考察队的确就要返航了。具体的安排是：中午，考察队领导向全体考察人员通报考察情况；下午 4 时，所有科学考察项目全部停止；下午 6 时，考察队在"联合冰站"升国旗、举行告别北极的仪式；晚 10 时，"雪龙"号考察船返航。

这几天，北冰洋上的雾也没有了。考察队员们在考察之余，抓住并不多见的晴天，拍摄着极地日出日落时少见的壮丽景色。

第十五章　凯旋

冰海游泳

返航前，另一项准备工作也在紧张地进行：8 名队员要下北冰洋游泳。为保护队员的安全，专门成立了救援小组，由"雪龙"号的医生、船员等人组成，还准备了浴巾、棉衣等用品，让队员出水时用。

午餐时，大伙在餐厅中议论纷纷："真是好样的。在北冰洋上游泳，谁见过？唯有咱中国人，天不怕，地不怕，冷也不怕！"

"这可不是闹着玩的，可要小心哟。"

"年纪轻的，没有结过婚的，不能下。突然的冷刺激，会影响生育的。"两个 26 岁的男队员被劝阻下水。

中午 12 时，准备下北冰洋游泳的队员穿着泳装在甲板上作下水前的准备。围观的队友哈哈大笑。

12 时 40 分。"准备！开始！"

> 北冰洋里游泳

随着一声令下，"中山"艇被送至海面。游泳队员下船登上小艇，他们身着泳装，在腰间系了一根绳子，以防被海流卷走，也防北极熊的突然出现。

此时，经测量，北冰洋的水温为 -1.2℃。"雪龙"号四周漂着浮冰和今天刚结成的薄冰。第一个下水的是孙覆海，他在冰海中游了三个来回，还做了几个蛙泳动作，约有 2 分钟之久。紧跟着，张岳庚、刘虹、王海清先后下水。李文祺没有想到的是，李乐诗女士也在游泳的勇敢分子中间。

留在北极的《解放日报》和《新闻报》

要返航了。短暂的北极考察就要结束，考察队员们都在想各自的心事：如何留一个北极纪念？有的女队员连夜绣红旗把本单位的名称绣上去，手举红旗，在冰天雪地中拍几张照片，算是留念吧！有的队员则早有"预谋"，来北极时，早已把旗帜准备好了。

"我，怎么没有想到呢？蓝天、白冰、红旗，拍一张照片留念多有意义！多神气！但我想到的是其他队员无法与我比的另一招，那就是我身边有着两张报纸，一张是《解放日报》，一张是《新闻报》。"李文祺这样想的。

7 月 1 日上午，报社总编辑赵凯先生来码头送李文祺，他给了李文祺一捆当天的《解放日报》，刊登着中国首次北极考察队出发的消息。上船后，李文祺把报纸分送给每个队员外，自己留了 2 份。来码头送行的还有李文祺的好友、同事胡廷楣先生，他也带来了《新闻报》。告别北极之际，两份报纸可派上了用处。

经考察队领导批准，"中山"号小艇送李文祺到"联合冰站"。李文祺站在考察队帐篷和冰脊、冰间湖之间，手里拿着《解放日报》《新闻报》，请队友给他留了个影。

"你们《解放日报》四个鲜红的报头字，在雪冰之中真红！"队

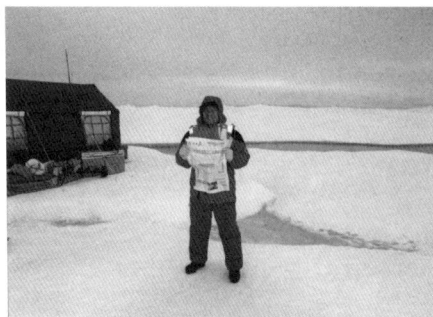

> 手拿报纸留影

友说。

　　告别冰站时，李文祺将两份远涉重洋的报纸用塑料袋包好，用冰雪压在冰丘的最高处，算是留给北极的纪念。往后，哪个国家的考察队登上这块浮冰——中国首次北极科学考察队的"联合冰站"，看到这两份报纸，也算是个见面礼，好让他们知道，中国首次北极科学考察队在此工作过！中国上海媒体的记者也到过这里！

　　当然，李文祺也没有忘记家乡人的嘱托。上海浦东新区的父老乡亲知道李文祺要随中国首次北极科学考察队去北极采访，在 6 月 30 日的

> 参加北极考察的记者在北冰洋合影

风雨之夜，给李文祺送来了一面红旗，上面写着"热烈欢送《解放日报》记者李文祺乘'雪龙'号赴北极采访"。李文祺手展红旗，如同与家乡的父老乡亲在一起。

北极，再见

"呜……"随着袁绍宏船长亲手拉响的汽笛声，"雪龙"号科学考察破冰船渐渐驶离联合冰站"码头"，中国首次北极科学考察队圆满完成现场考察任务胜利返航。

现在是北京时间 1999 年 8 月 25 日下午 4 时 30 分（当地时间 1999年 8 月 24 日晚上 9 时 30 分）。望着逐渐远去的联合冰站，尽管它的轮廓在李文祺的视线中越来越小，但伟大祖国鲜艳的五星红旗却迎风招展，高高飘扬在白色的冰脊上。此时，15 年前南极洲乔治王岛飘扬起五星红旗的景象又历历在目，它犹如一团熊熊烈火，照耀着中国科学家转战在极地考察的各个战场上……

此前，考察队员们身穿红色科学考察服，在"联合冰站"举行了隆重庄严的告别北极仪式。下午 7 时（北京时间 8 月 25 日下午 2 时），考察队副队长颜其德的一声令下，悬挂着五星红旗的飞艇缓缓升向空中，迎风招展；中华人民共和国国歌在白色世界的上空回荡。此刻，考察队员端庄的脸庞上都挂着激动的泪花。科学家、船员、记者举手高呼："考察北极，爱护地球！""考察北极，造福人类！"

"北极，再见！考察队队长、首席科学家陈立奇宣布'雪龙'号胜利返航！""雪龙"号船长袁绍宏拉响了三声长长的汽笛，"雪龙"号徐徐驶离联合冰站，那面五星红旗高高飘扬在极地的白色冰脊上。

在返航途中，当地时间 23 时 22 分，"雪龙"号驶至北纬 75° 30′，西经 162° 37′ 处，这是"雪龙"号首航北极到达的最北点。

首次北极考察的 56 天，十分短暂。北极！今天，我们依依惜别。五星红旗、中华人民共和国国歌、一声声汽笛，代表着 12 亿中国人民，向

> 作者在北极冰原上的照片

你道一声：再见！

北极！回首数十天来，你以博大的胸怀，接纳了中华民族派出的代表，给了我们风、雨、雾、雪的礼遇，给了我们绚丽的朝霞和斑斓的晚霞，让我们获得了从高空到海底的海－冰－气相互交换的各种第一手数据和珍贵样品。你那可爱的代表——北极熊数次与我们交往，十分友好，没有伤害我们一个队员。对此，考察队员非常感激，在离别之时，让我们向你再说一声：北极！谢谢！

此时此刻，我们特别要提一提联合冰站。

联合冰站从建站到撤站，前后只有7天。这里有的是风雪、寒冷，科学家们却以此为基地，进行多学科、多项目的观测。他们坚守在帐篷中，还定时到观测点上观看仪器运转的状况，记录测到的数据。这种野外工作，比起在实验室里艰苦万分。他们既是繁重的体力劳动者，更是繁重的脑力劳动者，还要承担北极熊可能袭击的风险。吃饭，不可能定时，睡觉更没有保障。

在撤离冰站之际，李文祺遇到了国家海洋局第一海洋研究所的矫玉田。这位39岁的大洋班班长，在冰站上放了四个深400米、500米的海洋沉积物捕捉器，已三天三夜了，今天下午刚收起最后一个仪器。此刻，他在想什么？"我饿，想吃饭。"他没有返航前的喜悦，只有在完成工作后最起码的要求，李文祺的眼睛湿润了，崇敬之情油然升起。我们的科学家是多么淳朴！

59岁的中国科学院大气物理研究所的曲绍厚研究员，也已30多个小时没合眼了。为了拿到北极海－冰－气相互交换的第一手数据，他把睡觉视为"第二位"。尤其是昨天至今的24小时连续观测，得到了北极湿度多层结构的基础性资料，得到了海－冰－气相互作用中有逆温层作用的数据。他高兴了。对于辛苦，他乐哈哈地说："没事，没事。养兵千日，用兵一时。"对于北极气候中的逆温层作用，国外至今还没有发现。曲教授说："这是我们中国人的新发现。回去后要写成文章，向世界介绍我们的考察成果。"在72个小时内，在70米、220米深的海洋中进行"碳通量"观测的中国极地研究所副研究员陈波，一个瘦小的身躯，由于连续的野外操作，体质明显下降。他要回收仪器，这给他带来了一定的困难。咬咬牙，到今天下午4时，仪器终于胜利回收，并且一次成功。

祖国大陆科学家的敬业、献身精神深深感动着参加中国首次北极科学考察队的我国台湾地区科学家张瑞刚和香港特区科学家何建宗。张瑞刚说："我不但从大陆科学家那里学到了很多我以前不知道的东西，而且还得到了我所要的资料。我相信，我在北极获得的资料，对大陆科学家也会有很大的帮助。大陆对科技上的投入很重视，超出了我的想象，而且科技人员的素质与西方科技人员的素质不相上下，甚至超过他们，我希望对北极的科学考察能继续下去。"何建宗说："能参加我国首次北极科学考察队是我的幸荣。与内地科学家合作愉快，收获也多，我获得了很多样品，有一些新的发现。今后的合作将更完美。"

认识北极，了解北极，是为了全球，为了人类。"联合冰站"站长、中国气象科学研究院的卜林根研究员天天坚守在冰站，脸被晒得黑中发红。他是以"挺复杂的心情"离开冰站的。他说："这次考察的时间相对来说是短了些。以后我们还要来，还有很多很多东西等待着我们去探索。"是啊，探索无止境。有了第一次，还将有许多次。中国人对北极的发言权将越来越多，越来越重要。

一个烟头也不能留下

"雪龙"号归航了。

当地时间 8 月 25 日 9 时 30 分 (北京时间 8 月 25 日下午 4 时 30 分)，"雪龙"号汽笛长鸣，离开北冰洋的多年海冰区，向着我们的家乡驶去。

当李文祺经过科学家们居住的舱室时，耳边传来了一曲"交响曲"，那是我们这些可爱的科学家们睡眠时的打呼声，有的鼾声如雷，有的轻声低吟。

是的！他们实在是太累了！

科学考察中，科学家们对待每一个样品、每一个数据，是那样的认真，那样的一丝不苟。殊不知，他们对待其他事情也是如此。李文祺在联合冰站就看到了这样的一幕情景：当考察队员在联合冰站举行隆重庄严的告别北极仪式后，大多数人站在国旗旁、考察队帐篷边摄影留念，拍摄在北极的最后一瞬。但人群中的科学家却不忙于告别北极，而是认真地将撤站的物资器材、仪器一件件整理好，运到冰岸边，等待小艇运回去。在人员撤离的最后一刻，他们都手拿着塑料袋，在人们到过的冰雪地上，将被人丢弃在那里的香烟头一个一个拾起来，装进塑料袋，直至地上看不到烟头。

此时此景，极大地感动着在场的每一个人。科学家们细小的举动是那样的认真、执着，大家也都一一仿效，将地上的烟头和垃圾捡起来。

"我们不能在北极留下垃圾，更不能在白色世界中留下中国人的烟头！"气象科学家卞林根研究员就是这样说的。

"保护地球，造福人类，这不是一句空话。保护环境都得从自己做起，作为考察队就应该这样。"张瑞刚教授也这样对李文祺说。

一个小小的烟头，在科学家眼中，看得是那么的重。他们把捡回的烟头带回到了船上，卞林根则是把烟头放在自己的口袋中带回的。中国就是有着这些可敬、可亲的科学家，才使我们事业的腾飞有了保证。

归途中

阿拉斯加拒绝我们上岸。按照考察计划，返航时考虑到考察队员们长期在北冰洋上工作，身体疲惫，途经美国阿拉斯加，考察船靠港，让队员们上岸观光踩地气。此前，每个队员的护照，也得到美国驻沪总领事批准认可。可是，"雪龙"号派出官员上岸与阿拉斯加海关洽谈签证时，被美国海关没有理由地一口拒绝。反复商量，无动于衷。在此情况下，考察队领导当即决定：离开美国，回家！队员们得知消息，激动不已地唱起了"走走走走走啊走，走到九月九，他乡没有美酒……"

考察队员虽然没有登上美国领土，但举行了别具一格的一个欢送会。

送同胞，情依依

"同志们，大家好。在离别之际，我感谢同志们的关心，支持、照顾！"此刻，在考察队为即将离船返回家乡的张瑞刚教授和何建宗先生举行的欢送会上，张瑞刚教授按捺不住激动的心情，含着满眶热泪，用了句大家既熟悉而又感生疏的话来答谢眼前这些朝夕相处过的队友。在世纪交接之际，他与何建宗先生参加了中国首次北极考察。时间虽短，但一颗拳拳爱国心、满腔骨肉同胞情，却将科学家们的心紧紧地凝结在一起。

张教授是从祖国宝岛台湾直飞美国阿拉斯加诺姆港的。在那里，他登上"雪龙"号，加入中国首次北极科学考察队，进行大陆与台湾首次合作的一个科研项目：在北冰洋的浮冰上作绝对重力值测量。合作很愉快，也很成功。仅在联合冰站，张教授就获得了 10.8 万个数据。短短的 48 天，他与队友们相处，亲如兄弟。他说，我完成了预定的科学考察任务，最大的收获是交了这么多朋友。我们第一次接触，没有隔阂，多的是共同语言。回到台湾后，我要向台湾科学界介绍大陆科学家的事业心和极地考察的成就，争取有更多的科学家参与祖国的极地考察事业。我的希望是两岸尽快统一！

何建宗先生是参加考察时间最短的一人。他任教于香港一所大学，并从事相关科研工作。这次，他利用暑假参加了对极地的考察。他是从香港飞抵加拿大图克托亚图克港后，于 8 月 13 日登上"雪龙"号的。一上船，他就参与了考察队最紧张、最全面、最精彩的最后一战——联合冰站考察，获取了 40 多份海洋生物样品、120 份海洋深度层次的水样。8 月 22 日那一天，他乘直升飞机到远离考察船的一块浮冰上采样时，一不小心，掉进了冰间湖。幸亏冰间湖的冰底没有穿透，又穿着救生衣，然而，齐胸深的冰水把他冻得够呛。同行的科学家急忙脱下自己的衣服，从里到外帮他将湿透的衣服换了。同胞情，血浓于水，无价。在欢送会上，他动情地说："香港回归了祖国，我就是祖国大家庭的一员。与内地科学家在一起，就是一家人。"

"一家人"，一句最普通不过的话，却充分表达了科学家们的一家情。

在临别之际，为了表达他们对祖国的一片深情，他俩分别向上海的中国极地研究所科普馆赠送了珍贵的极地纪念品，以示永存。何先生赠送的三样东西尤为珍贵：1998 年 7 ~ 8 月，他在北极格陵兰岛北部海湾（北纬 78° ~ 79°）采集到的独角鲸脊椎一块；石块样品一批；地衣样品一批，其中有黑色和橙色等多种地衣。这些样品既可供展览，让人们看到北极的东西，又可进行教育和生态的研究。张教授赠送的四样物品是：德新技术学院院旗一面；北极考察的御寒帽一顶；台湾古居文化的首日封一枚；因纽特人的手工艺品一件。对于两位科学家的深深爱国情，队友们由衷地报以热烈的掌声。

他们下船了。祝愿他们一路平安。

欢乐的晚上

在返航途中，航线上的气象情况很好。专管气象、冰情预报的解思梅博士对李文祺说："考察队撤离时，北方有一股冷空气正在席卷而来，我们遇不到了。我们的南方，已形成的一个气旋正在东移，我们也碰不上了。我们到美国阿拉斯加的诺姆港，可以说是一路顺风。"

此刻，"雪龙"号以正常的航速平稳地向着美国阿拉斯加的诺姆港驶去。船舱里，考察队员在度过了归航途中欢乐的一刻后，都已先后进入了酣梦之中。从他们酣睡的姿态来看，他们似乎还沉浸在欢乐一刻的气氛中。

因为，这欢乐一刻的内容实在是丰富而精彩，这欢乐一刻的气氛热烈而感人，既是庆贺考察队胜利完成了北冰洋的全部考察任务，又是给俄罗斯导航专家贝索诺夫和韩国科学家江成浩过生日，还要为张瑞刚和何建宗送行，他俩将在前方停靠港诺姆港下船返回家乡。

"祝您生日快乐，祝您生日快乐……"音调是那样的和谐，情感是那样的深切，祝愿是那样的真挚。大家举杯祝贺两位与中国科学家同甘共苦的外国科学家生日快乐，感谢他们参与中国首次北极科学考察，为极地考察成功做出的贡献。大家还先后一次次与张瑞刚、何建宗两位骨肉同胞碰杯，共祝科学家的合作愉快。两位过生日的外国友人端起他们亲自切开的蛋糕，给每个队友送上一块，表达他们一片真情。欢声笑语洋溢在餐厅，一直到很晚。

"我太高兴了，我不但参加了首次北极考察，还要参加南极考察。

今年 11 月份，我将参加第 16 次南极的考察队，去长城站、中山站，再次与鄂栋臣教授合作，进行相对重力值和绝对重力值的测定，从而填补中国在这两个站的重力数据空白。"与李文祺共桌的张瑞刚教授异常兴奋地告诉李文祺。

　　餐厅外，极昼在慢慢离去，黑夜在一点点降临。西边，太阳落下海平面后的橙黄、红、紫的余光映辉；东边，明亮的、圆圆的月亮挂在空中，好像就在头顶上，举手可摘。宁静的海面上，月光明媚。这是一个多么难得、多么欢乐的晚上。

又见到了黑夜

　　"雪龙"号离开诺姆港后，我们又见到了黑夜，似乎有些兴奋的感觉。

　　对生活在地球中、低纬度的人来说，"日出"是一天的开始，"日落"是一天的结束；白天是工作的时候，黑夜是休息的时候。周而复始，早已形成了昼夜相间的生物节律。然而，在北极考察期间，考察队员处在没有日夜交替的世界中，原来有规律的人体生物节律紊乱了，早晨、中午、晚上的概念已完全模糊，以致常常会提出"现在吃什么饭？""现在是北京时间几点钟？"等这样的怪问题。

　　现在又见到了黑夜，使这些昼夜概念完全被搞糊涂了几十天的人感到，人体的生物节律开始在恢复，因此感到特别亲切。当船长宣布"把时钟向后倒拨一小时"时，感到离家越来越近了。

　　尽管有了又见到黑夜的亲切感，但没有见到北极光的遗憾还在大家的心头时隐时现。因为我们在北极考察期间，正是北极的极昼，未能领略到北极光的风采。我们只能听那些曾在北极黑夜中生活过的队员们介绍：在长达 179 天的北极极夜中，空中会经常出现"燃烧着"的游动彩色光带，这就是"北极光"。除"南极光"外，自然界中很难找出能与"北极光"相媲美的现象。任何的画笔或任何人工的色彩，都很难描绘出北极天空中变幻多端、光彩夺目的奇景。有时，"北极光"在天空中闪现一下，就消失得无影无踪。有时，可在空中照耀数小时。它们有的呈银白色，凝聚不动；有的非常明亮，掩去星月的光辉；有的极为清淡，恍如缕缕落云；有的如一弯弧光，呈现淡绿、微红色彩；有的则如无数彩绸或缎带抛向空中；有的如丝质纱巾，迎风飘拂，反射出紫色和极深红的异彩。特别是火炬形极光，好像是燃烧的火焰，又像是明亮的波浪从天边滚向天顶，灿烂夺目，蔚为壮观。

情切切

"时钟再向后倒拨一小时，日期向前拨快一天，从 29 日拨到 30 日。""雪龙"号刚驶过国际日期变更线，广播中就传来了船长的通知。

此时，1999 年 8 月 30 日，我们与祖国已在同一天了；船上时间 20 时，北京时间 17 时，时差仅为 3 小时。李文祺到船上的各个舱室走了一圈，发觉考察队员们思念亲人的方式虽有不同，但情感却是那样的朴实、深切。

407 室的小张，正拿着两张照片在看，一张是他妻子与女儿的合影，另一张是他女儿的单人照。他动情地对李文祺说："我妻子算不上大度，孝敬公婆……我女儿，今年 10 岁了，暑假结束了，明天就要开学了。小时候，她很听我的话。现在大了，见识也多了……我对她说，你长大了，离不离开爸。她似懂非懂地说，我一辈子也不离开爸。说着，搂着我脖子撒娇。"小张的幸福之情尽在言语中。

叶明明等也在看照片。去年，叶明明参加中国第 14 次南极考察队返回后，带着妻子、孩子到杭州玩了几天。他指着床头镜框中的照片说："陪他们出去玩，非常难得。我别的不担心，就是妻子的心脏病不知怎么样了，回去后，我要陪她去医院好好查一查。"二副王建忠床头的照片，是一家三口的合影。32 岁的他，已在海上生活了 10 年。他曾三赴南极，海上狂风巨浪时的呕吐，每次过西风带时的艰难，冰山间的出生入死，他都不怕。而最刻骨铭心的是每次与妻子、女儿分别时的挥手情。他说，要成为一个合格的船员和船员的妻子，首先要学会挥手。

科学家们在自己的房中，除了整理考察中获得的数据，用笔记本电脑撰写考察报告外，思家之情也表露无遗。他们当中，平均每 10 个人中就有一架数码相机，经常有照片从航行在大海的"雪龙"号上发送到北京、上海、兰州、杭州、厦门、青岛等城市，与妻子、丈夫、孩子和父母见面。他们思家，思念着他们温馨的小屋……热恋中的小伙子，用电子邮件向远在数千米之外的她发出情意绵绵的问候。现在，他们真希望"雪龙"号能插上翅膀，快快飞回上海，好尽快回到她们身旁。

颁发荣誉证书

时钟又倒拨了一次。"雪龙"号正以 16.4 节的航速返航，船上的时间与祖国的时间，只差 2 小时了。大家都明白，离上海越来越近了。

此时，餐厅内洋溢出一股浓浓的极地深情，考察队正在向参加中国首次北极科学考察的全体队员颁发荣誉证书。

这份"荣誉证书"是用电脑制作的，五彩缤纷，煞是好看，上面有中国首次北极科学考察队队长、首席科学家陈立奇和"雪龙"号船长袁绍宏的亲笔签名。"荣誉证书"的左上角是一枚紫色的"中国北极科学考察"的队徽；左下角是我们伟大祖国红色的版图，起航处是我国的经济中心上海，一条红色的航线向北延伸；右边是此次考察队到达的最北经纬度：北纬 75°30′，西经 162°25.9′；右下角是乘风破冰的"雪龙"号，中间是地球的经纬线，以及在白令海北冰洋考察的航线，还有"雪龙"号锚泊过的加拿大图克托亚图克港和美国的诺姆港，航线分别由红、紫、灰、黑色标明不同时间的航向。一行黑字注明参加北极科学考察的时间。底下，还有一行注明"雪龙"号考察船两进北极圈的时间与总航程 13210 海里的小字。这么多的内容浓缩在一张 16 开的证书中，设计者真是绞尽了脑汁。

在这次考察队中，有 19 位队员参加过中国首次南极考察，又参加了首次北极考察。为纪念这"两个首次"，考察队专门给这 19 位队员颁发了"两个首次"荣誉证书。这份荣誉证书是对折的，展开后可见："荣誉证书"的上边，有邓小平同志"为人类和平利用南极做出贡献"的题词，下边是一个铁锚；左右两上角是两次考察队的队徽；左右两下角是"向阳红 10"号考察船和"雪龙"号科学考察破冰船的船样；白色的底版上，刻印着参加过"两个首次"队员的名字与时间；下边左右对称地有首次南极考察队队长郭琨和首次北极考察队队长陈立奇的签名。李文祺有幸同时获得了这两份"荣誉证书"。李文祺把它们看得很重，它们是李文祺人生旅途中的两张重要证明——证明李文祺抵达过地球两极。此前，李文祺还获得了一枚"中国首次南北极科学考察"纪念封，在这枚纪念封上，有 19 个人的亲笔签名，它也是十分珍贵的。

在颁发"荣誉证书"的全体队员会上，考察队还给曲绍厚、李亮、陈荣华、李秀珠、程振波、高爱国、郑凤武 7 位考察队员颁发了捐赠证书，他们向中国极地研究所极地科普馆捐赠了极具教育意义的纪念品。曲绍厚教授赠送的汽艇，是他在南极中山站、北极斯瓦巴德群岛、我国南沙群岛以及此次北极考察中使用过，曾为极地考察立下过汗马功劳的设备。其他 6 位捐赠的是从北冰洋水深 1700 米海底采集的海底沉积样品。首次在北极上空飞行的两架直升飞机模型也是捐赠品。这些物品将被送往中国极地研究所的极地科普馆陈列，它将会告诉人们这些日子发生的一切。

人食五谷，哪有不病之理

"雪龙"号科学考察破冰船可谓是个小社会。船上，为考察队员工作之余提供娱乐、休闲的餐厅、酒吧、卡拉 OK 厅、泳池、篮球场等，一应俱全。此外，还有一个设备齐全的"医院"。这个"医院"几乎占了船舱的一个层面，中医、西医、内科、外科、妇科各科齐全，设有门诊室、手术室、CT 室、X 光室，更有能进行远程会诊的电脑网络，"医院"的院长兼大夫，全由"雪龙"号副政委裴福余一人承担。

这位毕业于上海第二军医大学海医系的裴大夫，今年 45 岁，除了"政委"这个角色外，他还当上《雪龙报》的总编，出版一份 16 开的报纸，每期 4 版，也有 8 版的时候。他对李文祺说："考察船出航，当医生的，工作越空越好；如果忙得不可开交，那就糟了。我希望求医者越少越好，这不是我想偷懒，而是在远离陆地的大海上，尽管船上医疗器械配备齐全，但条件毕竟有限。若有人突患急病、大病，应付一阵可以，要动大手术就难了。所以，求医者少为好。"

裴大夫说的是实话。李文祺在登上"雪龙"号之前，看到过一份《"雪龙"号船执行 1999 年中国首次北极科学考察任务的计划》，其中就有"加强生活、卫生管理"这样一条规定，要求船上"积极抓好各种疾病的预防，对已发病人员及时抢救和医治，确属无法抢救又危及生命时，经请示同意后送就近国家港口医治"。计划很周全。在此次北极考察中，124 名队员个个平安。

然而，人食五谷，谁能保证不会有病痛？裴大夫给了李文祺一份统计表，在 2 个月的北极考察中，拿药治病的队员还真不少，有 300 多人次，大多数是来搽红药水、取感冒药的。其中，急性腰扭伤 5 人、胸部挫伤 3 人、皮肤擦伤 10 人、皮肤疖肿 5 人、感冒 27 人、胃痉挛 2 人、多尿症 3 人、关节炎与肩周炎 16 人。裴大夫说，考察中要搬运物资、器材，皮肤擦伤、扭伤在所难免，涂点药水，吃点药就没事。关节炎、肩周炎发作，主要是北极地区的空气湿度高，相对湿度天天在 100%，人体受潮引起老毛病复发。至于感冒，在寒冷的世界中，人一动就出汗，一停就受冷，冷热交替容易引起感冒，但只要吃点药，打个喷嚏就好了，一般不会发烧。其他病症一个也没发现。

当了一回舵手

此时，"雪龙"号正航行在日本本州岛与北海道之间的津轻海峡。这是一条东西长 130 千米、南北宽约 20 ~ 50 千米的水道，它最窄处约 18.5 千米。本州岛的海岸，群山起伏；北海道岸上的楼群清晰可见，从望远镜中可以看到沙滩边游泳的男女。晚上，"雪龙"号穿过津轻海峡进入日本海。海面上渔火点点，一片灯光。集群的灯光捕鱼船，最多处有 40 艘，把黑夜中的海面，装点得如同白昼。

驾驶着万吨巨轮，航行在辽阔的海疆，多有诗意。然而，驾驶巨轮航行的是谁？也许人们会不假思索地脱口而出："舵手。"

这答案是既不全面又不正确。这回李文祺在"雪龙"号上真正过了一把"舵手"的瘾，才知道"舵手"是怎么回事。那是在当地时间 8 月 5 日下午 6 时 35 分，"雪龙"号以 5 节的船速航行在北冰洋浮冰区。李文祺和同室的小张来到驾驶台，眺望着海面上漂浮着的浮冰，看着船体在它们中间穿梭而过，似乎有一种特殊的感受。突然，两人都冒出了一个念头，对大副汪海浪说："让我们当一回舵手，过一把舵手的瘾。""可以！"大副和舵手夏云宝都是中国首次南极考察队的队员，是两个"老南极"了。夏云宝在一旁给两人当师傅，看他们的操作是否正确。

舵轮就在驾驶台的中央。它比汽车的方向盘还小。油压干舵轮，十分轻巧，轻轻一动，它会左右转动，仪表上的指针随着舵轮的左右而左右，庞大的船体就会向左向右变换方向。初次操作，他们十分认真。首先是认真听清口令。李文祺的眼睛紧盯着前方海面，竖着耳听着大副随时发出的口令。

"右 15 度。"大副发出了口令。因为前面有块不大不小的浮冰，船要避让。

"15 度右。"李文祺重复着口令，手轻轻地将舵轮转向右边的 15 度。

"对了。就这样操作。"夏云宝说："口令一定要重复，好让大副知道你操作是否与他发出的口令一致。"船向右偏了 15 度，船体轻轻地擦冰而过。

半个小时后，前边的海面上出现了一片冰脊。冰脊就像山脊，它是多年形成的冰，厚度大。若与它相撞，即使是破冰船，它也是纹丝不动

"左满舵。"为避开它，大副提前发出了口令。

"满舵左。"李文祺赶紧重复口令，并把舵轮转到左满舵。船即时向左转去，从一个水道穿越冰脊而过。

一个小时后，李文祺感觉很累。舵手操舵，不能坐，只能站。一个舵手，每天当班两次，每次 4 小时。站立 4 个钟头，还要全神贯注，确实是够累的。这时，李文祺对"舵手"才有了确切的了解。原来，舵手也叫舵工，是水手工种中的一种。他操作着舵轮，控制着船的航行方向。但是，他的操作是在船长或大副的口令下执行的，更全面正确的说法应该是"在船长指令下，舵手操作规程，使船沿着船长指定的航向前进"。

归航联谊晚会

"请大家最后一次拨钟，把现在的 9 时倒拨到 8 时。"扩音器中响起正在驾驶台值班的船长袁绍宏的声音。

时钟，与北京一致；队员们的心啊，与祖国的脉搏同步搏动。

离上海又近了。正在进行的"归航晚会"爆发出热烈的歌声：

67 个日日夜夜，我们走过夏天、秋天和冬天；
1 万海里风风雨雨，我们追逐着一个 50 年的梦；
我们领略过太平洋的海风，北冰洋的白雪；
我们抗争过白令海的迷雾，楚科奇海的海浪；
我们用汗水融化了北极的坚冰；

我们让欢庆打破了冰层的寂寞。

累累硕果托起明天的希望，

收获的欢乐扬起返航的风帆，

圆梦后的心同在呼唤，

我们回来了，祖国！

再过3天，"雪龙"号就要驶进长江，驶进黄浦江，停靠上浦东新华港码头。归航晚会的联谊，意味着靠港后的分别。队员们珍惜相处在一起的友谊，各自拿出看家节目，投入到晚会之中。陈立奇、张岳庚、白山杉的诗歌朗诵，张穗子的散文，还有张彬与夏立民用队员名字串起来的对口相声，不时博得阵阵欢笑。不善歌、不善舞的李文祺，也凑了一下热闹，上去演了一个"填读成语"，居然获得满堂喝彩。这是李文祺始料未及的，这是李文祺平生第一次上台表演节目。欢乐洋溢在队员们的脸上。

"在你们远离祖国，远离家乡，远离亲人的日子里，我们能够做的，除了对你们常常的祝愿和成功的期盼，就是给予你们的家庭力所能及的照料，分担你们的艰辛，等待你们的凯旋。"当颜其德读完浦东新区沪东新村街道党、工委和办事处给全体队员的慰问信，队员们已是激动万分。因为，他们照顾的不仅是中国极地研究所派出的6位科学家的家，而是给了全体队员关怀和温暖。

又是沪东新村街道在"雪龙"号启航前给队员们送来了一份份归航小礼品，给"归航晚会"增添了无限的情趣。队员们拿到的礼品中，有一张红色的小字条，上面表达的是一声声温馨的问候和祝愿。李文祺得到的一张VCD碟片中，就有这样的一段话："'极地人'三个字讲述的不仅仅是人生的一个片段，它还是浓缩的一首诗、一篇散文、一部小说，以及关于思念、离别、激励、惊喜等等的一支情歌……"

中央电视台和四川电视台的7位记者同行，临时填写的小合唱《考察队员之歌》，给晚会画上了一个令人兴奋的句号：

考察的朋友们，咱们来相会，

一起到北极，寒风阵阵吹。

北极熊、象海豹，惊得四处跑，

科考队员坐着"松鼠"满天飞。

啊！极地的朋友们，

美好的时光属于谁？

属于你，属于我，

属于我们北极考察的队员们。

（注："松鼠"是直升飞机的名字）

欢迎你！"雪龙"号

9月8日，为表达凯旋的心情，陈立奇即兴赋诗一首：

又见上海格外亲，
归来战友话不尽。
倾注心血为祖国，
今生不悔北极行。

经过71天的劈波斩浪，破冰挺进北冰洋，我国首次北极科学考察队满载硕果，载誉而归。9月9日下午，"雪龙"号顺利锚泊在上海浦东新区新华港区码头，我国首次北极科学考察画上了圆满的句号。国家海洋局在此举行了隆重热烈的欢迎仪式。

新华港区装点一新，码头上400面彩旗迎风招展，表达着全国人民对科学考察队员的热烈欢迎。主席台前，红底白字醒目地写着"中国首次北极科学考察暨'雪龙'号船首航北极凯旋仪式"的字样。主席台左侧，20只巨大的气球悬挂着"同心协力、振兴中华，把中国极地事业全面推向21世纪""以丰硕的科研成果向建国50周年献礼"等20条欢迎标语。主席台右侧，考察队员的家属们秩序井然地等候着，他们翘首望着黄浦江的远处。两个月前，我国首次北极科学考察队带着党和祖国人民的期望和深深的祝福远征北极，远离亲人，如今他们不辱使命，克服征途中的种种困难和艰险，出色地完成了各项考察任务，带着荣誉和骄傲凯旋。

下午4时。"雪龙"号雄伟的英姿跃入了人们的眼帘，她缓缓驶向码头。军乐队奏响了欢快流畅的迎宾曲。此刻，"雪龙"号上的人们、江边的人们相互致意，激动人心的时刻终于到来了。

16时30分，时任国家海洋局副局长陈连增宣布欢迎仪式正式开始。刹那间，锣鼓喧天，鼓乐齐鸣，掌声、欢呼声、笑声响成一片，码头成了欢乐的海洋。少先队员向中国首次北极科学考察队的30名代表献上鲜花。与此同时，1999只彩色气球飞向蓝天，寓意着1999年中国首次北极科学考察队满载着和平、科学的硕果胜利归来，也寓意着全体科学考察人员以在极地事业中做出的贡献向国庆50周年献礼。

欢迎仪式上，中国首次北极科学考察队队长、首席科学家陈立奇同志首先代表全体科学考察队员讲话，他对党和各级政府、全国人民及新闻界对首次北极科学考察的重视、关心和支持表示感谢，并表示将再接再厉勇攀极地科学高峰。时任国家海洋局局长张登义在欢迎仪式上致辞，代表国家海洋局领导向我国首次北极科学考察队凯旋表示热烈欢迎，祝贺他们在此次航程中胜利完成各项考察任务。最后，时任上海市副市长周禹鹏发表了热情洋溢的讲话，他代表上海市政府和上海市人民向我国首次北极考察队作出骄人成绩表示祝贺。

简短而隆重热烈的欢迎仪式正式结束。

此次考察，中国科学家创下了我国极地考察史上的"五个第一"：

首次在北极进行涉及海洋、大气、海冰、地质、生物等领域的大规模、综合性考察；

在北纬75°的海冰上建立了第一个联合冰站；

"雪龙"号破冰航行到达北纬75°30′的航线，创下了航海史上的最高纬度纪录；

集自动气象观测系统、CTD系统和测冰雷达等多种先进设施于一船，开创极地考察之先河；

在世界上首次获得北冰洋绝对重力值，从而创立了"世界第一"的纪录。"雪龙"号，不愧是祖国人民的骄傲！

我国首次北极科学考察将会成为历史上辉煌的一页，永载史册。

第十五章　凯旋

首次北极科学考察成绩丰硕

中国首次北极科学考察队自 1999 年 7 月 1 日由上海出发，至 1999 年 9 月 9 日 16 时抵沪，历时 71 天，安全航行 14180 海里，航时 1237.42 小时。

在中国首次北极科学考察中，科学考察队员发扬了"爱国、拼搏、协作、创新"的极地精神，克服了极地的恶劣气候影响，执行着"探索北极、保护地球"的神圣使命，对北极地区广阔的海域进行了大规模、多学科、综合性的科学考察，获得了一批极其珍贵的样品、数据和资料，为科学地、全面地、系统地研究北极地区环境提供了科学的依据。

1. 从 7 月 14 日到 19 日，在北纬 67.5°～71°，西经 165°～175° 范围内，圆满地完成了对楚科奇海冰缘区 14 个站位的综合调查作业，取得了大批宝贵的海洋样品、数据和资料，为物理海洋学、海洋生物学、海洋化学、海洋地质学的深入研究奠定了基础。

物理海洋学方面。共完成 15 个温盐测站作业，采水成功率达 99%，获取温度与盐度资料 6 兆；投放抛弃式温度探头 12 枚、盐度探头 8 枚，完成了温度与盐度的走航观测，获取资料 3.8 兆；连续记录了多普勒声学测流数据 100 兆。

化学海洋和生物地球化学方面。获取二氧化碳样品60份，测得溶解氧、二氧化碳通量和营养盐数据320个，采集水团同位素示踪水样63份。同时，还测得叶绿素和初生产力数据等495个。

海洋生物学方面。进行了浮游生物垂直拖网13次，获得各种样品120份；采用浮游生物高速采集器进行走航拖网5次，获得表层叶绿素走航采样19个。

海洋地质学方面。获取了14个站位的表层样计22箱斗，获得了第一批北冰洋沉积物岩芯样品5个，其中4个样品达到或超过300厘米，为探讨研究北冰洋的沉积物物质来源、沉积速率、地层结构以及气候环境记录等问题提供了分析数据。

对楚科奇海测站的设置，涉及北太平洋水流入区、近岸流区和部分冰层覆盖区，所取得的资料对了解楚科奇海环境结构、北冰洋与北太平洋水交换，研究其对全球气候变化的贡献和对我国气候和海洋环境的影响、海冰对海洋过程的影响等科学问题有重要意义。

2. 从7月20日到8月1日，对白令海进行了历时13天的海洋资源考察，共有6条剖面42个站位。考察覆盖了白令海全部公海海域，近24万平方千米，在每个作业站都进行了多项目的综合考察。

物理海洋学方面。完成42个CTD作业，进行了31个水深超过2000米的深水站作业，CTD下放最大深度3750米，采水成功率达99%，获取资料50兆。同时，记录了ADCP剖面测流数据300兆；完成了走航表层温度和红外测温，获得了1600组连续观测的数据。

化学海洋学和生物地球化学方面。获取碳循环采样548份，大气气溶胶走航采样总量样品22份，分层样品42份；测得溶解氧、二氧化碳通量和营养盐数据1818个，二氧化碳和水圈同位素示踪水样、垂直层冰样等样品1541份。

海洋生物学、渔业资源方面。进行了浮游动物垂直拖网80次，浮游生物垂直拖网154次，获得微型浮游动物样品44份。进行了32小时的连续站生物分层拖网观测，并进行了浮游生物采集和浮游动物关键种生物生长过程现场研究实验。采用探鱼仪对渔业资源进行连续观测,渔业拖网 19 次,对研究渔业资源可持续发展做了基础性工作。

海洋地质、底栖生物方面。获得了 13 个站位的表层水样计 13 箱斗;获取 6 个站位的柱状地质样品,最大长度为 519 厘米,还获取 4 个站位的多管式地质样品,这些数据为探讨白令海的沉积物物质来源、沉积速率、地层结构以及气候记录及生物多样性等问题提供了分析数据。

白令海的考察是一次设计科学、考察项目全面的综合性海洋考察。这次考察表明我国海洋科学研究水平和能力的提高,对我国 21 世纪海洋科学的发展将产生意义深远的影响,是有史以来我国首次在该海区进行的综合性海洋考察。

3. 充分利用"雪龙"号船重返北冰洋的机会,完成了沿航线增设海洋断面调查站点的任务以及在北冰洋的联合水文观测。

从白令海返回北冰洋,利用"雪龙"号船航行,来增设海洋断面调查站位。在首席科学家的领导下,船、队配合默契,完成了 39 个站位的作业任务。其中"雪龙"号船测站 24 个,小艇测站 13 个,直升飞机测站 2 个。这对于进一步了解楚科奇海环境结构、北冰洋与太平洋水交换、加拿大海盆深层水和底层水的形成机制、海冰和海洋过程的影响等科学问题有重要意义。特别是在第一阶段楚科奇海考察中,已经获得了第一批数据;利用重返北冰洋的机会,再次观测楚科奇海,经过对数据的初步分析,发现物理数据中不仅包含明确的北冰洋与太平洋水交换信息,而且显著地记录着融冰过程和融冰后海洋的强烈变化。

4. 在北冰洋浮冰区建立临时冰站,进行了浮冰边缘海 – 气 – 冰耦合观测实验和绝对重力测量。

8 月 4 日,考察队利用直升机对海冰冰缘带和海冰分布进行了侦察。在北纬 73° 26′ 31″,西经 164° 59′ 130″,发现了一块约 1 平方千米的浮冰,浮冰厚度约 4 米,冰状况基本代表了北极浮冰的特点。经过现场科学论证,首席科学家陈立奇决定在这块浮冰上建立临时冰站。

从 8 月 4 日 23 时起,用 1.5 小时建起了 12 平方米的帐篷,架设 4

米观测塔，在 2 个小时内完成了各种观测仪器的安装、调试。开始对北极大气边界层的结构和动量、热量与物质等湍流通量交换，以及对流层与平流层的大气温度、气压、湿度、风向、风速变化等过程，进行了近 24 小时的联合观测，获得了重要资料。

5. 在北冰洋冰边缘开展立体考察。

8 月 3 日，科学考察队第一次使用小艇实施冰边缘多学科综合观测，以进一步研究北冰洋海 – 冰 – 气相互作用，先后在北冰洋三次施放小艇，在冰边缘测量太阳辐射和海水反射的能量。同时，还利用系留汽艇、CTD 仪取得了海洋、大气和海冰的立体式观测重要数据，为研究海洋对太阳辐射的屏障作用进行了新尝试。

6. 建立联合冰站。

8 月 17 日，为建立具有科学意义和安全的联合冰站，考察队 3 次利用直升机侦察冰情。8 月 18 日，科学考察队在北纬 74° 58′，西经 160° 32′ 找到了一块大约 1 平方千米的多年浮冰，经考察适合建立冰站。18 日 15 时 42 分，26 名队员（包括记者）携带建站设备和考察仪器乘坐小艇前往距离"雪龙"号船 1 千米多的浮冰，当时气温已经降到 −5℃。海冰班和测绘班分别在浮冰上支起帐篷，架设 8 米高的气象观测塔，开始联合冰站工作。这是本次科学考察破冰船"雪龙"号到达的最北端，也是北极科学考察进入了最后攻坚阶段。

在这块浮冰上，科学考察队进行了长时间、大规模、全方位和多学科的综合观测。大气班使用国际上最先进的观测仪器在冰上进行了 7 天的大气边界层、辐射平衡等项目观测；冰雪班利用冰雷达测冰的厚度和考察冰的物理过程，并钻取冰芯和采集表层冰雪样品；海冰班对海冰生物群落结构和海冰区碳循环的重要环节进行测量研究；大洋班对冰边缘海水温度、盐度和深度以及洋流进行了测量和观察；测绘班在冰站又一次进行了绝对重力的测量。获得了大批极其珍贵的样品、数据和资料，为人类科学地了解北极做出了贡献。

7. 利用直升机协助远距离冰上作业。

科学考察队还利用"雪龙"号船搭载的直升机做后勤保障，以冰站为基点向正北、东北、西北飞1～2个纬度，最远点达到北纬77°18′。飞行了8架次，飞行18小时11分，26人次乘飞机至冰上考察，运送了2吨多物资和样品，取得了14组冰样和14组表层雪样，开创了中国直升机在北极飞行的先河。

从7月14日试飞开始到8月24日最后一次探察冰间水道为止，直升机先后分四个阶段组织飞行。两架直升机共起降了78架次，其中甲板起降49架次，陆地起降6架次，野外冰上起降23架次，共飞行49小时52分钟，飞行里程约7000千米，共接送人员571人次，运送物资、仪器设备和样品约4490千克，安全圆满地完成了考察期间各项飞行任务。

8. 首次北极科学考察队有14个新闻单位21名记者随队采访报道。

这是自1984年我国首次开展南极科学考察以来，随队采访记者最多的一次，也是一支用高科技"武装"起来的新闻军团，共携带卫星电话6部、铱星电话2部、便携电脑10多台、数码相机5台、专业摄像机6台，随时随地向国内发稿。这对宣传我国极地事业是一次难得的好机会。临时党委十分重视记者采访工作，专门成立新闻班，指派专人负责，并适时、适度地召开有关船、科学考察和重要内容的新闻发布会，使记者们及时了解船航行和科学考察工作进展。

后　记

　　人生最快乐的事，莫过于为理想而奋斗。我从一介草根成长为党报的高级记者，感恩党的培养，老同志的带教，同事们的帮助，还有自己的奋斗。我一步一个脚印向前走，不畏艰难，不怕困苦，不惧生死，勇往直前，取得了一些成就。在中国首次南极科学考察中，荣立国家南极考察委员会三等功，赴京领奖，在中南海受到党和国家领导人亲切接见，合影留念。《把五星红旗插上南极》的文章获一等奖，国务委员、国家科委主任宋健亲自为我颁奖；作为全国科学大会代表，受到邓小平等党和国家领导人亲切接见，合影留念；《解放日报》第一个署名的记者，范长江新闻奖、上海大众科学奖、全国科普作家突出贡献奖获得者等，这些是组织对我在新闻事业方面做出贡献的肯定和褒奖。奋斗的足迹，伴随一生，献身了党报。

　　20岁那年，我被选调进上海市委机关报《解放日报》工作，在新闻岗位上奋斗了40年，直至退休，从一而终。退休后又在上海老新闻工作者协会等社会团体工作了15年。55年一晃而过，进入暮年。暮鼓晨钟，我还在前行，被团市委、市教委、市委党校、市社科院聘为理论宣讲专家团成员。2023年9月被上海外国语大学贤达经济人文学院聘为"思政课特聘兼职教师"，12月被海事大学聘为客助导师。在涉老组织中，担任讲师团党建工作委员会副书记、团长，组织各条战线上退休的老干部、老劳模、老教师、老党员、老科技人员，在机关、企业、军营、学校、社区为干部、职工、战士、学生和社区居民宣讲新时代的新政、新人、新事，鼓励人们为实现中国梦而团结奋斗，算是夕阳不落，发挥余热。

2020年春，宅家抗疫，闭门不出。每天，除了上网浏览国内外新闻，翻阅每天的报刊外，无所作为。突然想起自己脚踏地球南北两极时记的日记，翻出来看看。于是翻箱倒柜寻日记本，想不到翻出一大堆在南极、北极时采写的新闻稿，其中有不少是当时记录下的特写、通讯和队员的工作场景。还有《解放日报》当初批准我参加考察队的原始文件……一个念头油然而生——整理出书。这样，不仅消磨时光，更能把我国极地考察为何起步，考察队员们为国拼搏的精气神再次表达出来。每天，安排好时间整理，一天复一天，一月复一月。经过一年的努力，初成书稿。

我要出书的想法得到了朋友们的相助。上海老科技工作者协会会长陈积芳帮我出点子，上海市委宣传部文化发展基金会及时给我发来了《项目资助申请表》。上海出版协会会长胡国强亲自陪我去上海文艺出版社，与领导见面商谈出版事项……

庆幸的是，我赶上了一个好时代。我要感谢帮助我的人，你们永远是我铭记的朋友！如果书中有不足之处，敬请读者指正。

作者简介

1978 年 3 月 28 日，李文祺在全国科学大会上采写的新闻《战友重逢分外亲》，是"文化大革命"结束后第一个记者署名的报道。2020 年，《上海市志新闻出版分志·报业卷》，将此事作为上海的"大事记"载入市志。

李文祺亲历"神舟一号"到"神舟六号"的现场采访。为庆祝建党百年，《解放日报》社编辑出版特刊《印迹——一百个版里的中国共产党一百年》，收录其发表的关于神舟一号飞船发射的消息、特写等文章的版面。

李文祺采写的新闻作品，获特别奖 2 篇，一等奖 8 篇，二等奖 15 篇，三等奖 11 篇，优秀奖 2 篇。其中获奖作品入选《聚焦上海 谱写辉煌——上海优秀记者获奖作品集》《上海好新闻评选获奖作品》《上海新闻丛书》《感悟科学》《中学生文库》。

李文祺撰写出版《南极之行》《南极掠影》《科海浪花》《来自北极圈的电讯——中国首次北极科学考察散记》《京城纪事》《回忆往事——亲历神舟一号到六号》《足迹》《天之骄子》；主编全国著名劳模《抓斗大王——包起帆发明创造历程》《包起帆创新实践历程》《包起帆感动中国的人》《改革先锋包起帆》和《抓斗大王——包起帆》连环画，担任《时代领跑者——上海劳模口述史》《新闻老战士与抗战》副主编；参与《大上海骄子》《跨越》《追寻科技创新的足迹》等书的撰写。其中《南极之行》获全国优秀图书奖。

图书在版编目（CIP）数据

脚踏地球南北两极 / 李文祺著. -- 上海 ：上海文
艺出版社，2024. -- ISBN 978-7-5321-9049-2

Ⅰ．I267

中国国家版本馆CIP数据核字第20249A0R55号

发 行 人：毕　胜
策 划 人：杨　婷
责任编辑：汪冬梅　程方洁
封面设计、排版制作：观止堂_未氓

书　　名：脚踏地球南北两极
作　　者：李文祺
出　　版：上海世纪出版集团　　上海文艺出版社
地　　址：上海市闵行区号景路159弄A座2楼 201101
发　　行：上海文艺出版社发行中心
　　　　　上海市闵行区号景路159弄A座2楼206室 201101 www.ewen.co
印　　刷：浙江中恒世纪印务有限公司
开　　本：710×1000 1/16
印　　张：26.75
字　　数：380,000
印　　次：2024年8月第1版 2024年8月第1次印刷
Ｉ Ｓ Ｂ Ｎ：978-7-5321-9049-2/I.7122
定　　价：78.00元
告 读 者：如发现本书有质量问题请与印刷厂质量科联系　T: 0571-88855633